中篇科幻佳作丛书 科幻剧院系列

亲吻人类

未來事务管理局 编著

中国青年出版社

图书在版编目（CIP）数据

亲吻人类 / 未来事务管理局编著. —北京：中国青年出版社，2024.2
（中篇科幻佳作丛书之科幻剧院系列）
ISBN 978-7-5153-7121-4

Ⅰ. ①亲… Ⅱ. ①未… Ⅲ. ①幻想小说—小说集—世界—现代 Ⅳ. ① I14

中国国家版本馆 CIP 数据核字（2024）第 002577 号

编　　著：	未来事务管理局
项目总监：	姬少亭　李兆欣
产品策划：	青年文摘杂志社 ｜ 未来事务管理局
丛书主编：	彭岩　付江
特约编辑：	龚蕾　吴迪　周玲
责任编辑：	彭岩
出版发行：	中国青年出版社
社　　址：	北京市东城区东四十二条 21 号
网　　址：	www.cyp.com.cn
编辑中心：	010-57350407
营销中心：	010-57350370
经　　销：	新华书店
印　　刷：	北京中科印刷有限公司
规　　格：	660mm×970mm　1/16
印　　张：	30.5
字　　数：	400 千字
版　　次：	2024 年 2 月北京第 1 版
印　　次：	2024 年 2 月第 1 次印刷
定　　价：	68.00 元

如有印装质量问题，请凭购书发票与质检部联系调换。
联系电话：010-57350337

今天当我们谈论科幻，
我们在谈论什么？

"当人工智能的发展速度超出了人们想象，过往的科幻正快速变成现实，科幻在今天还有意义吗？"

当我向GPT-4提出这个问题，并不指望什么惊世骇俗的回答。

果然，它以"当然，即使在人工智能迅速发展的今天，科幻作品仍然具有重要意义"这句套话开场，洋洋洒洒用近千字阐述科幻的意义在于探索未知领域，提供伦理和道德思考，激发科学家和工程师的灵感以推动技术发展，为社会、文化和技术批判提供独特视角，启迪年轻人对科学技术的兴趣并帮助公众理解复杂的科学概念，以及科幻是文学、影视和其他艺术形式的重要组成，不一而足。

说得都对，却很没劲。

然而科幻本身不是这样的啊！

我花了好些天读完三册"科幻剧院系列"，太有劲了啊！以至于我沉溺于这些故事营造的一个又一个小世界，几乎忘记了编辑让我先睹为快的目的，不是为了让我坐在电脑前，时而揪心时而欣喜时而疑惑时而恍然大悟，而是要我为这个系列作序。不过，编辑会明白我为啥迟迟无法交稿，实在是因为故事都太精彩——

那个能在梦中看到江水从脚下升起、江面弯曲高高越过头顶，能听到包裹整个世界的江面是大提琴浑厚弦乐的少年；那个将自己的身体交给一只小狗，或者一位阿兹海默症老年患者来控制的配体员；那个手里举着一颗人造大脑的女孩……多有意思啊！

科幻最为迷人之处，在于它是人类最炫目最绚烂的想象，能把我们的思绪带到"另一颗星球"——这具平凡肉身难以企及的辽阔高远之处，也让我们有了宏阔的视角回望来路，理解人类的本质。这一组作品产生于当下，阅读它们的感受，远比GPT-4的抽象概括要复杂和丰盈得多，映射出我们对未来热切的期盼和渴望，或者焦虑和恐惧。

记得王安忆老师曾说，短篇小说的活力并不取决于量的多少，而在于内部结构。我一厢情愿地认为，中篇是最适合科幻的文学叙事长度。与通常的故事不同，科幻不仅要面对王安忆老师说的"将一个产生于假想之中的前提繁衍到结局"，还得为这个故事建构一个人类日常经验之外的世界，和与这个世界相匹配的一整套世界观。因此对于科幻需要搭建的世界观来说，中篇或许更游刃有余。

我觉得故事结构不需要太精巧，大概跟我作为媒介社会学者的工作有关——人和社会的运行都做不到完全的严丝合缝，我们常常心有旁骛，主干之外的枝枝蔓蔓往往吸引注意，比主干更灵动、更有趣。只有中篇，才可能在一个动机驱使的结构里发展出另一个动机、派生出另一条线索，旁逸斜出，偶尔走神，再回过神来。

不管未来把我们带到哪里，如果我们忍不住追问"生命、宇宙及一切的答案"，也许就像GPT-4给我的那个回答，科幻在今天仍然有意义。只不过，科幻不提供一个标准答案，它提供我们思考自身和外部世界关系的参考框架，提供奇思妙想，提供警示，也提供情感慰藉。探索浩瀚无垠的未知是人类生命的本能冲动，也是高贵的精神向往。肉身暂时无法开启星际旅行，那就让我们先在科幻故事里尽情神游吧。

复旦大学新闻学院教授　陆晔

2023 年 12 月 15 日

于复旦园

目　录

1　　人生历险记 / 房泽宇

93　　亲吻人类 / 里湾

153　　延身与亡灵少女 / 翻空

249　　万火知途 / 文禾谷

313　　定风波 / 东心爰

379　　解控人生的少女 / 昼温

475　　后　记

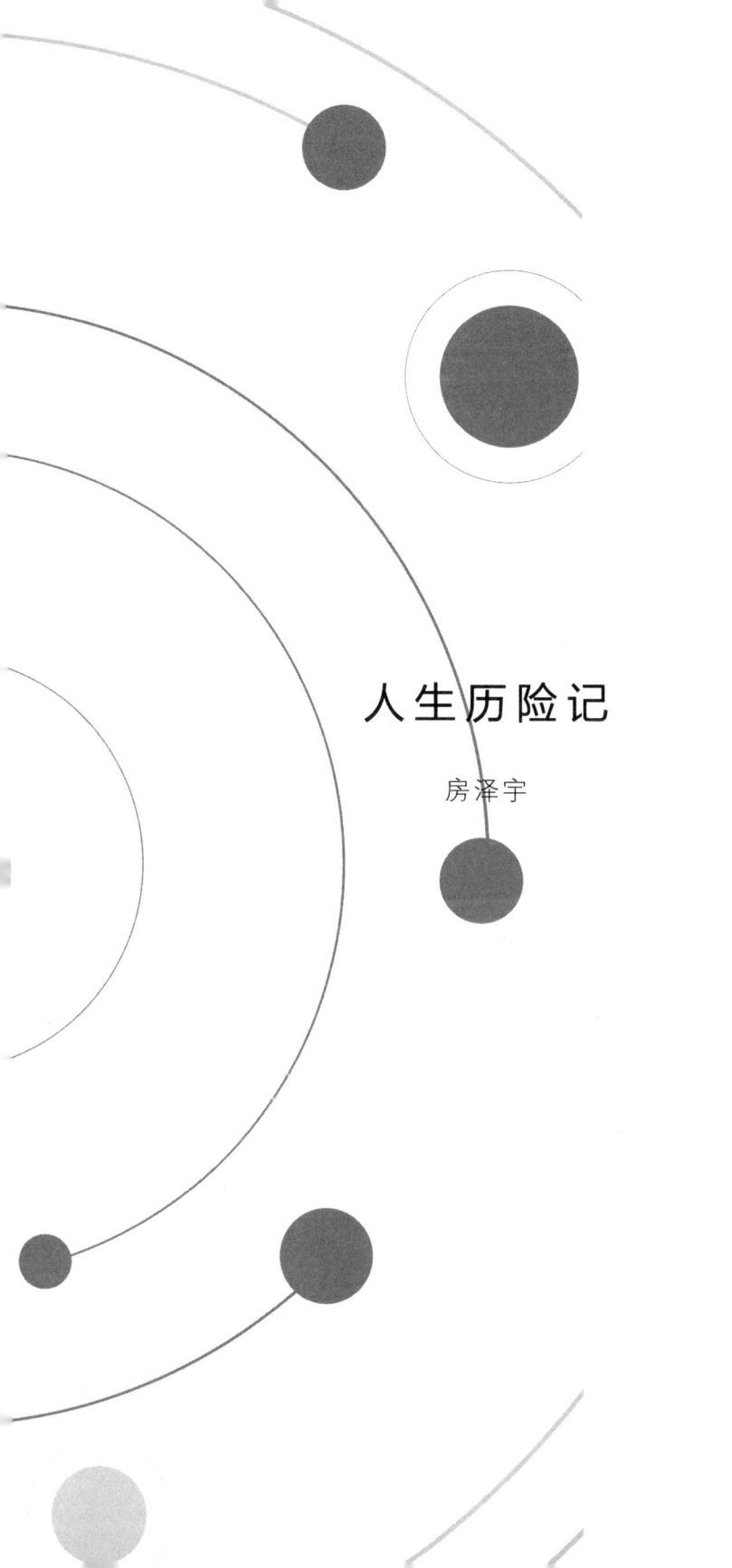

人生历险记

房泽宇

人生平凡而漫长,又短得来不及回望。

你看一部电影、读一本小说、办公室里摸鱼、辅导孩子作业,年复一年,日子平淡如水。你以为生活毫无来由地开始,莫名其妙地结束。可有一天,你发现电影的魔怪映进现实,小说的内容正在发生,一头吸血机器成为你的老板,孩子的作业化为咒语辞典。也许你落荒而逃,也许你咬牙前进,但相信我,朋友,请开始你的历险吧,这才是人生。

一

人生光彩夺目，也可能落魄不堪。你或许活得像个庸庸碌碌的人，或者像只狗一样苟延残喘。而下面这则冒险故事，就是从一条狗开始的。

这条狗名叫易安，身高1.75米，体重77公斤，像普通的狗一样喜欢吐舌头、追苍蝇。仔细看它，你会发现它没刮干净胡须，发型土里土气的，一件全是口袋的衣服，装着指南针、哨子、记号笔、打火石等诸如此类的小玩意儿。

故事发生在一个初夏午后。

那是一座别墅大院，易安蹲在草坪上，面对着一位身着黄色连衣裙的女士，她腿上有一只睡着的雪纳瑞，脖子上的项圈中间有条"A"字的灯带，和易安那条"B"字的项圈灯带一样，都发出了蓝色的荧光。

女人一脸好奇，就像研究员在分析亚科昆虫一样盯着易安。

她坐正起来，拿起手边的飞盘，向易安身后扬去。

易安立即掉过头去追它，跑的姿势像崴脚的猩猩一般，鞋也跑飞了一只，但仍紧追不舍，最终跳到半空叼住了它。

易安把飞盘衔回来，蹲回到她脚边，好像在等着她的夸赞。

女人看也没看他，只打了个哈欠，"还是我们多多接得好。"她低头又看了看表，"你自己玩会儿吧。"她一脸无趣地站起身，抱着怀中的雪纳瑞走进了身后的别墅。

等她离开后，易安嗅着她走过的地面，等女人消失后，他说话了。

"基地基地，我看到的颜色很怪啊，是不是眼睛出什么问题了？"

易安说话时嘴巴没动，他的声音是一股脑电波，通过项圈，连接到心声系统上，传递到了十八公里外的一间控制室里。

控制室的大奇收听到了，他面前屏幕上显示的正是易安的画面。

大奇仔细听完了他的描述，"我明白了。"他随后说道，"你看到了狗的视角。"

"什么叫狗的视角？"

"现在是狗的意识在控制你，所以你看到的画面也是由它的大脑分析出来的，你不知道吧？狗是看不出红色的。"

"所以我看到的才全是黄色和紫色？"

"我怎么知道，我又没给动物服务过，应该就是这样。我说易安，你怎么连这种活都接，你把身子租给狗，经过我同意了吗？"

"干吗非要经过你。"易安舔着自己肩膀说，"就是怕你不同意才没告诉你，你就说以前吧，有想旅游的租我，你嫌离公司太远。跳芭蕾舞的租我，你怕把我的腿给掰坏喽。残疾人租我，你又担心什么影响神经协调性。可咱们公司就是干这个的，既然是出租身子，租给谁不一样。"

"租给狗和租给人能一样吗？四肢结构、皮肤构造，都不一样。就好比现在，你的眼睛看到了狗脑处理后的影像，开始谁也没想到。毕竟神经学还在发展中，配体这项服务本来也存在一定风险。我看公司这是疯了，怎么能让动物租人呢？"

"不都那么回事儿嘛。"易安舔完肩膀后开始舔手，"就当被附身了，反正它把项圈一戴，我把项圈一戴，我就是想动也动不了，还想那么多干吗。"

"你想得太简单了。"大奇说，"刚才它的情绪在系统上显示出了波动，你知道为什么吗？"

"我怎么知道。"

"因为它看到了女人怀里抱着的狗,没认出是它自己,不高兴了。"

"它生气又关我什么事儿?"

"怎么不关你事儿,它用的你身子,但它的行为是不可控的,万一激动起来,出危险了呢?"

"这不还有你嘛,哥,你是我的专用安全员,在控制台上让它下线不就行了,汪!"

"怎么回事儿?"

"什么回事儿?"

"你刚才怎么狗叫了一声。"

"有吗?哦……那是我逗你呢。"

"你个神经病,你可别吓唬你哥,别真变成狗了,不行,还是给你下线吧,当初就不该介绍你来干这行,这客户也有病,想看狗变成人好不好玩,这什么变态想法。"

"你先别,哥,这单子是老黄给的。"

"他给得怎么了?"

"公司不一直想搞个特色业务嘛,他就想到了这个宠物配体业务。"

"他怎么不自己来当呢,我看他比你合适,就喜欢在客户那摇尾巴。"

"人家是经理,再说这是关键的头一单,我都答应了,你别给我下线。"

"你怎么不跟我商量就答应?"

"我都什么岁数了,什么都要跟你商量,我不想让你操心。"

"要是咱爸咱妈还在,我还不想操这个心呢。但我感觉你那性格,不会接这种单啊,我最近一直觉得奇怪,你有点反常,你是不是有什么事儿在瞒着我?"

"就别乱猜了,没有。"

"那你买那些军工铲、帐篷什么的,干什么用?前几天我看你接了个电话,催什么款?你不是欠高利贷了吧?"

"别被害妄想症了,我哪敢干那个。"

"没有就好,你看咱妈给你起的名字,易安易安,随遇而安,就是让你别瞎折腾。"

"我知道了,不说了,小队要继续执行任务了。"

"你说这个我又来气了,整天看那些探险小说,基地的、小队的,我听着别扭。"

"抱歉,小队信号接收出现了问题。"他说完屏蔽了心声系统中从脑海发出的声音,让大奇听不到他随后说的话了。

狗眼中奇异的颜色像加上了一道滤镜,使寻常的事物变得神秘起来。

这种色彩让这座别墅大院变得朦胧,像深林中的某处神秘地带。

而易安仿佛正带领着一支探险小队,前来寻找未知文明中的一股超自然力量。

"基地基地,我们正在向能量之源靠近。"易安在心声中自言自语道。

控制他的那条狗,在院子里撒欢地跑着,而他仿佛就坐在探险车上,正随之颠簸。

放眼望去,是一片片的密林,他一边尝试与基地取得联系,一边与车上那些不存在的队员沟通着。

狗停了下来,匍匐在地,阳光下吐出舌头。

"设备员。"易安见状说,"检查下散热片是不是出了故障。"

"是!"他又模仿出另一个人的声音回答道。

"其他人保持警戒。"

他警惕地注视着车窗外一人多高的草坪,手把着一只控制车头机炮的开关,在草间瞄来瞄去。

忽然，一只鸟从草丛中飞了起来，易安赶紧把炮头瞄向它。

狗兴奋地站了起来，立即向鸟追去。

"注意，注意，一只不明生物出现，驾驶员，跟踪它的去向。"

"汪！"

易安一愣。

"是！"他又说了一遍，这次没有失误。

鸟在天空旋转了一圈儿，停在院中一棵罗汉松上，开始整理羽毛。

"好像是一种毒虫。"易安看着那只鸟说。

"资料上没有记载，如果能长这么大，说明氧气成分很高，但空气中的数据是正常的。"

"所以又是那股神秘的能量。"易安判断道，"它也许会使生物变异。"

狗对着鸟叫了两声，那声音变成了机炮扫射声，鸟飞走了。

"队长，现在该怎么办？"炮手装上新的弹药后问。

易安看着那棵罗汉松，在他眼中，它是一根图腾，上面标记着一片神秘的符号。

狗在树根下闻了闻。

"对此地进行勘探。"易安下达了命令。

狗又抬起头，倾听着什么。

"注意，声呐雷达上接收到了一股不明回波。"侦查员提醒道。

狗把身体侧过去。

"这地方可能有危险。"易安说，"突击队员注意，执行地面任务，在图腾一米处放置监听信号塔，其他队员到车头掩护，保持二级戒备状态……"

他正说着，那狗靠到树上，十分自然地抬起一条后腿。

所有队员一同陷入了沉默。

这时，丛林忽然变成草坪，秘境变回了大院，图腾也成了罗汉松。

易安裤裆一热，一股臊味儿传进了鼻子。

狗穿着湿裤子愉快地跑开了。

心声系统中传来了大奇的呼叫申请，易安发着呆接通了。

"你为什么关通信？狗尿你裤子了？这可是对配者的伤害行为，你应该向我申请下线！"

"报告基地。"易安说，"是小队在做标记。"

"易安，你怎么每次工作时都要演这种东西，幼不幼稚？"

"哥，服务时长就差十二分钟了，就让我把这场险探完呗？"

"我看你是真魔怔了。我才不管你，反正尿的是你裤子。"

"哥，这事儿你别跟别人……"

"基地信号不好，再见。"大奇也关了通信。

草又长高了，别墅又模糊了，罗汉松又变回了图腾。

就当刚刚什么也没发生过！

狗在空气中使劲闻着。

"雷达收到信号源。"

狗向那气味儿跑去。

"正在向它靠近。"

狗爬在了院子的栅栏上，栅栏外，是一条小区的步行道，弯弯曲曲地连接着各栋别墅。

"这地方咱们没来过。"勘探员看着电子地图说。

这狗本来是条小狗，可现在它的身体是一个高大的人类，惊讶地发现自己比栏杆还高了。

它纵身一跃，跳到了过道上。

"刚刚那道机关真是惊险。"易安说，"车辆情况如何？"

"成功翻越，钛钢装甲外部没有磨损。"

"油不多了，保持警惕，继续前进。"

"是！"

易安手脚并用地趴在小区过道上，大热天之下，没遇到其他人。

那股浓烈的气味儿吸引着他，它就像是神秘信号的发射之源，某种咒语或是来自外星的科技，虽然鼻子是易安的，但分析气味信号的大脑属于狗，那味道无比清晰，像有条线扯着一样。

雷达上，目标就在附近，狗向四周看去。

那是一座敞开的垃圾桶。

不，不能这么想，简单的垃圾桶就无趣了，那应该是什么？它开着大口，黑漆漆的，深不见底……

狗愉快地跑到那，跳起来往里一钻，易安两眼一黑，两脚朝天，一头扎进了垃圾桶里。

像个洞穴，他想到了。

洞穴中的塑料餐盒和垃圾袋直冲上来，抹了一脸腐臭的汤水。

不，那是腐烂的古尸，物质化的咒语，黏稠的飞船。

他的大脑加快速度，向队员们呐喊，坚持！再坚持一下！我们就要成功了！

他的背被拍了一下。

整辆探险车都随之震撼了，像遭到了一枚导弹的袭击。

狗一激灵，从垃圾桶里钻出来，他面前站着一名穿着制服的人，是小区保安。

"它不是地球人。"易安向队员们提醒道。

"你哪栋的？"保安问。

易安趴在地上，咧开嘴，对他露出了牙尖上的香菜叶。

"呜汪！"他有力地回答了他。

控制室内，屏幕上狗和人的投影图正在闪烁，狗的情绪正变得激动，连接信号也产生了异常，大奇发现喉咙的控制中枢正在失效，手忙脚乱地调整起来。

坚持，易安鼓励着队员们，只剩两分钟了，再坚持一下。

保安看着发出狗叫的易安，他后退了一步，不由得往腰间一摸。

"启动防护罩！"易安大叫道。

忽然间，狗冲了上去，把保安掏出来的警棍给咬住了。

保安当机立断，丢下警棍就跑。

"不好啦！有人得狂犬病啦！"他边跑边喊。

易安，也就是那条雪纳瑞，是见不得人背着身跑的，在远古的印象中，那是猎物在示弱。

显示屏紊乱了，喉咙的连接控制权忽然下线。

"抓住它！"易安用自己的嗓子喊了出来。

保安一听，撒丫子跑得更快了。

很快，奇迹在狗的一生中降临了，它站了起来。就像一股神秘的力量注入了进去。它展开双臂，用双腿奔跑向前方，像个人一样跑了起来。

它震惊无比，这是它从未遇到过的奇妙体验，它经历着一场从未想象过的历险。

它把保安扑在地，"它就是信号源，我们找到了！"易安大叫着，向保安的脖子咬了下去……

二

公司里，同事们全在打电话，向电话那头极力宣传着配体服务所能带来的好处。

易安走到那张"您是您，我也是您"的宣传海报前也接到了一个电话。

"您好，请问您在本公司预定的服务，今天是否能付款？"

易安神色紧张起来，用手捂住话筒，"再晚几天。"他说，"过几天就付。"

"如果不能完成付款，这边就要帮您取消了。"

"别啊，跟你们领导说说行不行？"

"这是系统操作的，后面还有人在排队，一周内不能完成付款，就得把您的名额让出了。"

"一周就一周。"

易安听到身后的脚步声，赶紧挂断电话，回过头看到了大奇。

"你偷偷摸摸干吗呢？老黄那你去了吗？"

"没呢。"

"你听说了吗？那女的把咱俩投诉了，我这正来气呢。"

"本来就差一分钟了，你为什么不再等等？"

"你还怨我？那节骨眼儿要不是我，那狗，不，是你，就要咬人了。"

说话间两人走到经理办公室门口，推开门，黄经理黄着一张脸正在等他们。

"你们听说了?"等两人坐下后他问道。

"听说了。"大奇说,"老黄,这叫什么事儿,她还来投诉我们?我还没投诉她呢。"

"不是这个。"老黄说,"你们有没有听说我向上头保证过什么?"

"这没有。"大奇说。

老黄指指自己嘴巴,"看到没有?我都急出水疱了!"说毕,老黄重重地把茶杯蹾在桌子上,又拿出茶叶罐,重重地拍在桌子上,又掏出罐子里的茶叶,重重地丢进杯子里,然后把开水倒了进去。

两人被他搞得一颤一颤的。

"怎么成这样了?我报告都写好了,宠物配体,多好的项目,怎么连条狗都搞不定?"他把热水倒满后,杯子上映出了几个字,赠:待客户如待家人的优秀员工——黄西。

"可它差点咬……"

"咬了人是客户的责任,你没完成就是你的责任,现在人家来找我的责任,谁能担这个责任?"老黄把水壶往下一放。

"之前不是没经验嘛……"易安说,"再有动物配体,我就没问题了。"

"第一次就被投诉了,你还想着第二次?"

"那也不至于这项目就黄了吧?"

"不黄怎么办?咱们这种业务本来就在风口浪尖上,总公司盯得紧着呢,尤其是第一次服务的数据,那是一点儿偏差都不能有。"

易安直起身,"那我的奖金……"

"你还有脸跟我提奖金?"

"什么奖金?"大奇问。

"我答应他,这单只要做完,就给他笔奖金,就这么小小的要求,因为你是老员工我才放心，你太让我失望了。"

"你怎么没跟我说过？"大奇看着易安问。

"这有什么好说的。"易安搪塞道，"黄经理，要不这样，你再给我一单，我这次保证完成。"

"不是单子的事儿，是新项目，新市场。"

"新项目是吧。"易安凝神思考着，"给我点时间，让我好好想想。"

"易安。"大奇又问道，"你怎么回事儿，这又不是该你想的事儿，你是想要那笔奖金？想用来干吗？"

"钱嘛，年轻人谁不想多赚点。"老黄说道，"大奇你也有责任，为什么就给下线了，总的来说老易是有经验的，那些新来的天天挑三拣四，易安就什么单都能接，你就是管他太多了。"

"要不仓鼠配体业务怎么样？"易安忽然说道，"你看仓鼠就是吃和睡，很安全。"

"你也不想想仓鼠那脖子能戴上项圈吗？"大奇提高声音说。

"也是。"易安点点头。

"得了，用不着你操心了。"老黄吹了吹杯口的浮茶，"也得亏你小子运气好。"他喝了一口后说道，"正巧现在有个客户，有个单子。"

"什么单子？"易安问。

"不是什么好单子，我觉得八成没人愿意接，还没想好要不要接呢。"

"具体的呢？"

"老黄，我怎么感觉你在下套呢？"大奇问。

"不是套，正经是个新项目。"老黄放下茶杯，"这单子的客户是个老人。"

"老人？又不是没服务过，那有什么？"

"有病。"

"有病？"

老黄指指脑袋，"老年痴呆，阿尔茨海默病。"

"那不是扯淡吗？"大奇说，"咱们又不出租脑子，一个脑子有病的人租别人身子，他脑子依旧是有病的，没辙。"

正说着，有人敲了门。

老黄张望了一眼，"客户到了。"他说，"一会儿你们别瞎吵吵，听我说。"

黄经理去为客户开了门，进来的是一个女人，很有气质，大概四五十岁。

"陈鸽。"老黄笑着迎接了她，"正说你这单子呢。"

他立即为易安他们做了介绍。

"小提琴家，圈里很有名气了。"

"过奖了，没什么名气。"陈鸽谦虚地回应了一声，但能听出，她的声音很疲惫。

"但你们要服务的不是她，是她的父亲要配体。"老黄继续说道。

陈鸽的父亲叫陈海洋，几年前得了阿尔茨海默病，现已到了中晚期阶段。

"我也实属无奈。"她说，"我爸这病让他变得很固执，现在又开始失忆了，忘了家，忘了我，忘了所有的人。他就天天想着办法要离家出走，还说我们是妖怪，我担心得工作也做不下去，回家他都不敢让我接近，最近我搬了出去，给他请了保姆，这病实在太折磨人了。"

"谁说不是呢。"老黄叹息道，"一个被病痛摧残的家庭已属不幸，更不幸的是连陪伴都成了奢望。"

"你之前联系我过来，说你们的配体服务会有帮助？"陈鸽问。

"我们这不是心理咨询室。"大奇说道，"这种病不适合配体，因为客户首先在认知上得是正常的，换一具身体也无济于事。"

"倒也是。"陈鸽说,"可能就是想找个救命稻草吧……那为什么找我过来呢?"

"因为我们开展了一项新项目。"老黄说道。

其他人同时看向了他。

"什么项目?"

老黄端着茶杯绕起了圈子,"你说你父亲总想出门对吧?"

"对,他不认识那是他自己的家,想离家出走。"

"那为什么不让他出去呢?"

"怎么敢呢?他一个老人,又神志不清,跑到哪儿去了都不知道。"

"对。"老黄站定说,"因为太危险了,可要是身体不是他的呢?"

他慢慢看向易安,易安也慢慢看向了他。

易安站了起来,"如果租了我,你不就可以放心了吗?"他说,"而且,我们还有安全员呢。"他又指向了一脸蒙的大奇。

"对喽。"老黄笑了起来,"这就是我们的新项目。"

回到宿舍里,易安叉着腰,欣赏着墙上贴着的那片地图、探险记录资料和手抄本的影印件。

其中有郑河下西洋时的海图,还有阿蒙森探险南极时的笔记,各国各时代的历险家所遗留下来的资料都被他贴在了墙上,像是某位警探的线索板一样。

其中有张黑白显旧的照片,画面上是两头无毛狮卧在阜原上,照片下用笔写着——暗夜,幽灵,察沃食人狮,捕食135人。

易安把宿舍的灯关上,照片上两头狮子的眼睛仿佛在黑暗中泛起了光,"注意,它们正在夜色下悄悄靠近。"他把手比作枪,对着那张照片假装扣起了扳机。

随后,他凭空躲闪着,好像在与什么动物搏斗。直到他精疲力竭,这才倒下去,满足地躺在了地板上一堆散乱的探险小说里。

他斜眼望去,床下是一根攀岩用的速降绳,边上还有防切割手套、防晒服和一瓶高效驱虫剂。

他又把头转向另一边,墙角那是背包、营灯和一座简易烤架。

他坐起来,看向身后,那顶被他搭在宿舍中央的帐篷,里面的睡袋边放着一大堆荧光棒。他转身钻了进去,取出口袋里的手电筒,又从睡袋下摸出一张地图,在上面查看着。

看着看着,他躺在了睡袋上,关了手电,把地图放到一边。

他望着帐篷的窗外,仿佛那是一片星空,他打开手机,播放了一首白噪音,那是首来自草原和森林的风声,混着远方斑马和瞪羚的鸣叫,他闭上眼睛,在这些遥远而空灵的声音中,微笑着进入了梦乡。

在他睡着时,手机收到了一条短信。

[您的预定还有六天到期,请及时付款]

这是一个阳光温柔的早晨,安静得公园里只有几个散着步的人。

林荫下的一条长椅上,易安看着手机上的探险小说,大奇则抱着怀中的控制器惴惴不安。

大奇打量着四周,"配体啊,对情绪有一定要求,你说一个脑子有病的人,情绪会是怎样的?"

"老年痴呆嘛。"易安盯着说,"就是发呆,一会儿你就让他坐在这儿,让他看手机,把这部小说看完。"

"你倒是清闲。"大奇瞥了他一眼,"我可紧张着呢,但愿这公园的景色能让他安心。要不是咱们公司有种便携式控制器,我还真不放心让你一个人来。"

"哥。"易安放下手机,"老黄的意思你也听明白了,这单是咱们公司的新项目,可别再提前下线了。"

"你哥我呀,就想简简单单地做一份工作,安心做一辈子就行了,就是你,总给我搞出这些麻烦事来。"

"说实话,这单我觉得一点也不麻烦。"

"我为什么能当安全员,因为我学过神经学,让一个脑子有病的人控制你,这事儿别说你,别人也没尝试过,谁知道会出什么事儿。"

控制器响了,大奇点开它,"哟,时间到了,客户发来上线申请了。"他说道。

易安把手机放回口袋,"哥,你别乱想了,不就是个老人而已,让他上线吧。"

"有什么不良反应要及时跟我说。"

"知道了。"

大奇站起来,面前易安,点下了控制器面板上的接通键。

遥远的 A 项圈发出了电波,从空间网连接过来,使易安项圈上的"B"字形灯带闪烁起来,A、B 两人的投影图随后出现在了大奇手中的控制器屏幕上,易安感到一阵熟悉的酥麻,每根神经如化雪般开融。他的意识后退着,缩到暗处,为另一个侵入的意识让路,让它融进自己的神经、筋肉,让它成了这副身体的主人。

随着工作开始,易安再一次进入他的世界,这座公园在他眼中成了深海中的一片藻林,他穿着潜水服,正在黑暗的海底中探索着。

大奇露出微笑,"您好,感谢您使用本公司的配体服务,我是您的安全员,如果您在服务过程中,感觉到心悸、心慌、焦虑或……"

噌的一下,易安站了起来。

大奇收住了笑容。

易安慌张着,向四周看来看去。

大奇又露出微笑,"老先生,您是第一次使用这项服务吧?这种错乱感是正常的,因为第一次都会不习惯……"

这是首次体验配体时常会发生的现象，意识忽然出现在别人身体上，认知会受到一阵影响。易安对此并不在意，他的面前依旧是海底，但不是深海，林间的光斑是经过海面折射出的投影，微风下，一棵棵树就是巨大的海藻，在水流中缓缓摇摆着。

"我的宝藏呢？"易安问，此时他的表情和神色都十分紧张，腰弯着，眉头拧出两个揪子，嘴角直向下耷拉。

说话的不是易安，而是刚刚上线的客户，那个叫陈海洋的老人。

大奇没有理会他的话，只是说："陈老先生，请动动您的手，看看能否灵活自如？有没有什么不舒服的地方？"

陈海洋也没理他，背对着大奇，直勾勾地往公园里看，"我的宝藏去哪了？"他胡乱地问着。

易安虽然无法控制自己，但话是能听见的，陈海洋说宝藏的时候，他正好在想，这次的历险要编个什么故事呢？我要在海底寻找什么呢？

宝藏？

易安的双眼在潜水镜里一亮，"什么宝藏？"他在心声系统中问了陈海洋一声。

陈海洋却脖子一缩，四下看去，"谁在说话？"

"您好，这是一种通信系统，叫心声系统，您可以通过心声交流，就像在脑海中对话。"大奇按工作流程简单地解释了一下。

陈海洋露出迷惑的目光，"心声？我可以和我的内心说话了？"他按着胸口说。

"一般情况下，我们不必说话。"易安在心声中说。

陈海洋再次听到这个声音后，紧皱的眉头松开了，"太好了！"他大喊一声，"心声，我的心声，你要说话，你一定要说。"

易安眼前的藻林黯淡了下去，陈海洋不停喊叫着，干扰了他的想象。

"你要我说什么？"易安问。

"咱们的宝藏啊，鹿魔把它藏到哪去了？"

"什么鹿魔？"

"奥茨海魔之境的鹿魔，就是这儿，你还不知道咱们被困在这儿了吗？"

什么境？易安想，是说阿尔茨海默吧？怎么他糊涂得都把病当成一个地方了。

可随着陈海洋的不断倾诉，易安眼中的这片深海完全不见了踪影，取而代之的是，出现了一片原始森林。

"您能不能，在我工作时，别打扰我？"易安问。

"你在工作？你在帮我找宝藏吗？"

"是——"易安拉长声音，"你让我一个人好好找，行吗？"

倒也可以，易安想，找宝藏也算是历险目标，就是太俗套，像个麦格芬。

"我们得一起找。"陈海洋说，"我被困在这个魔境，这么久了，我太孤独了，心声，现在有你了，我不怕了，咱们一起找，用我的真识之眼，咱们来一块儿打败鹿魔，一起去找宝藏。"

易安一身潜水服碎在了地上，他飞起来，爬到自己脑子上，用一只无形的笔，唰唰地把陈海洋的话记录在上面——奥茨海魔之境、有鹿魔、有宝藏，还有真识之眼。

这些词拼合为一体，变成了一个人，变成了陈海洋。

"你也在历险？"他的心声中只剩下了陈海洋的声音，"你在探险吗？"

"我不得不探。"陈海洋说，"咱们的宝藏没了，那把脱困的钥匙就藏在里面。"

他们中间隔着一道透明的墙，两人隔墙对望。

"我可以叫你老陈吗？"易安问。

"你叫我什么都行。"

"老陈,要不咱们就假装这是奥茨海魔之境,我扮演你的心声,一起去找宝藏怎么样?"

"不是假装,是真的。"陈海洋说。

那道透明的墙上碎开了缝。

"好,咱们就当是真的。"易安说。

"不是就当,的确是真的。"

那堵隔开两人的墙碎开了,化成了一股粉末。

"没错。"易安在黑暗拉住他的手,将陈海洋拽进了自己的世界中,"是真的,咱们真去找宝藏。"

大奇坐回到长椅上,无奈地听着心声中两人的对话。

"我早晚啊,都得被给你给整疯了。"他叹息道。

易安的视线又回到了这座公园里,虽然陈海洋和他共用着一具身体,可也成了两个同行的人,经历起同一个冒险了。

"说吧。"易安问,"去哪找?"

"我还以为你知道。"陈海洋说。

"那丢的宝藏具体是什么?"

"我不记得了啊,我还想问你呢。"

"你既不知道宝藏是什么,也不知道要去哪找?"

"可不是嘛。"

"那也没事。"易安说,"这个设定我来想。"

"不过我有线索。"陈海洋说,"只要开启真识之眼,就能看到鹿魔,是它抢走的宝藏,它一定知道下落。"

"你这真识之眼还能启动呢?"

"能啊。"

"那你启动给我看看。"

陈海洋闭上了双眼，易安的视线也陷入黑暗，他抬起右手，按在了左眼上，猛然间，他又睁开了右眼，仿佛是一种仪式。

眼睛打开的那一刻，刺眼的阳光进入视线，恍惚片刻后，画面逐渐清晰起来。

在易安面前，一对情侣走过，远处，是片修剪整齐的树木，那些树边有座长满鲜花的花坛，花坛上的天空布满了白云，在绿油油的草坪上投下了自己的影子。

启动了真识之眼后，易安看到的依旧是公园里的景色，这当然也在他的意料之内，只不过他又要把这些寻常的景色幻想成别的了。

"老陈，你说这棵像树的东西是什么？"他问的是身边的那棵柳树。

"树啊。"陈海洋回道。

"不对。"陈海洋没进入状态，易安继续引导他，"虽然看着像树，但现在咱们不能当它是树了，要当成别的，比如……"

易安顿住了，他看到那棵柳树闪了一下。

他以为自己看错了，但是没有，就像电视机出现的信号干扰，柳树在他面前闪成了几块不同的波普矩形，相互压叠在了一块儿。就像游戏中某个建模中出现了bug，这棵树显示出了错乱的轮廓，树干那儿荡过几条横纹，瞬间，它变成了一棵榆树。

易安盯着它沉默了一会儿。

"大奇。"他在心声中问道，"你……是不是也看见了？"

"看见什么？"

"这棵树啊，它是不是变了？"

"要演你自己演，别带上我。"大奇不想搭理他。

"我没演啊，叶子和枝都不一样了，完完全全是两种树，它到底是榆树还是柳树？"

"什么乱七八糟的，不就是棵李子树吗？你刚才不是还说，等它长李子了你要来摘。"

咚的一声，易安仿佛跌坐在了自己的心口上。

一棵树怎么会变呢？

冒险应该来自想象，想象来自现实，但现实不应该吧嗒一声变成了想象的世界。

"看来鹿魔不在这儿，咱们得出去找。"他说。

"找谁？"

"鹿魔。"

"哪来的鹿魔？"易安问，"我还没有搞清楚这棵树是怎么回事儿。"

"奥茨海魔之境，什么怪事儿都会发生。"陈海洋没理会树的事，转身走向公园门口。

转身那一刻，易安看向身后的长椅，却发现大奇没坐在椅子上，取而代之的是，一只大鹦鹉蹲在那儿。

那是只羽毛黄蓝相间的鹦鹉，一人来高，有张弯月似的长嘴，胸前佩戴着块控制器。

"大奇！你人呢？"易安在心声中问道。

鹦鹉扇了扇翅膀，"又喊我干吗？"它用大奇的声音回答了他。

一瞬间，世界在易安眼前拉开了老远，不对了，都不对了，这世界完全不对了，只是他刚刚没有发现。

刚刚那对走过面前的情侣明明应是一对在附近拍照的母女，这儿的树也根本没被修剪过，花坛应该是在东边而不是在西边，天空万里无云，花园里的草是一撮撮的，根本没有草坪。

他仿佛进入了一个满是坏道的世界，连地砖的花纹也在随意地变换组合着。

陈海洋走在这片闪烁的步行道上，大步流星地走出了公园大门，迎接而来的，是一幅更加奇异的景象。

高楼、马路、行人像音乐器里的波形此起彼伏，它们被重新打乱组合，每样东西都在和旁边的互换位置。

路上汽车光中一闪，和对面的汽车交换了方向。行人明明在走过来，却闪现到另一边，又向远处走了。

商店与街道上，有的摆设一会儿存在、一会儿又消失、一会儿又出现在另一处。远处的高楼像积木一样，交叠、交叉着，甚至有个红绿灯悬浮着在空中出现了一瞬。

透过陈海洋的视线，整个世界都处在不稳定中。

陈海洋却不在意，手往前一指，"你看到了吗？"他问。

顺着手指方向瞧去，只见川流不息的马路上，变幻的汽车之间，有一头鹿站在马路中央。

那是一头高大结实、长着两只巨型犄角、昂首挺胸、棕黄色的雄鹿。

它以一副威严的模样注视着易安，前蹄狠踏在柏油路上。它的皮毛和神态看起来都是那么真实，可行人们对它却无动于衷。

只见它鼻翼翕动，扬起了犄角，冲了过来，那有力的步伐就像易安此时的心跳声一般剧烈。

易安忘了是陈海洋在控制着他的身体，他本能地想跑，却像噩梦中那样无法动弹。

只见那头冲来的鹿越来越近，陈海洋在心声中仿佛在向他追问着什么，但他已经全都听不见了，只看着那双鹿角仿佛瞄准了他的眼睛。

忽然，一双翅膀搂住了他，向后一拉，他跌坐在了地上。

雄鹿从他身前掠过，摇身一变，成了一辆货车，飞快地远去了。

他呆呆地看向拉住他的鹦鹉，它渐渐变回了大奇的模样。

他举起颤抖的双手，它们又属于自己了。

再看向面前的城市。

它们又恢复如初了。

三

宿舍里，大奇把地上的小说全捡起来，一本本整理好，整齐地摆到桌子一角。

易安坐在桌边，双眼发愣。

大奇在他面前拍了一巴掌，易安像还魂一样地醒过来。

"原来奥茨海魔之境真的存在。"他看向大奇说，"他也果然有真识之眼。"

"我的预测果然应验了。"大奇坐到桌对面后说，"你看探险小说走火入魔，那是早晚的事儿。"

"不是，他启动真识之眼后……奥茨海魔之境就出现了，哥，咱们的世界会不会是虚拟的，魔法世界会不会真的存在？"

"我被你糊弄怕了。"大奇说道，"你是真看到了？还是在这儿特意给我装出来的？在这儿给我继续演呢？"

"我说的是真的，完完全全是真的。"

"那我真变成了鹦鹉？"

"是啊，张着大嘴，哇啦哇啦地叫，但就是你的声音。"

"你这分明是在损我。"

"真不是。"易安使劲挠着头皮，"我也解释不清了，该怎么让你相信呢？"

"行了。"大奇说，"要是真的，那我也知道是怎么回事儿。"

"怎么回事儿？"易安放下手问。

"你忘了那条狗吗？它上线时，你看到的就是它的世界，现在也一样，你看到的是陈海洋的世界。"

"他的世界？你是说困住他的奥茨海魔之境？"

"什么乱七八糟的，是他脑海中的世界。"大奇打开控制器，推到易安面前，"你好好看看。"

控制器上有电子档病历，在接受服务前客户都要把病历传到公司备案，这份是陈海洋的。

易安仔细看起来，诊断结果上有一条标注，陈海洋所患的阿尔茨海默病使颞叶部分受到了严重影响。

他继续向下看去。

患者极易产生大量的幻视与幻听。

"幻觉？"易安抬起头问。

"你以为呢？"

"不可能。"易安说，"哪有那么真实的幻觉。"

"什么叫幻觉。"大奇说，"就是分不清现实，现实又是什么？是器官接收了外部的刺激，把信号反馈给大脑，是大脑模拟计算出的结果。他大脑病了，计算当然出现错误，更别说是颞叶，我听说那会让幻觉变得更罕见、更真实。"

"你又不是医生。"

"我查过资料啦，怎么也是学神经学的，我敢肯定，随着病情加重，他的幻觉也会变得不同，连时间和空间都会发生错乱。"

"但他一直说要找宝藏，你看他是有逻辑的。"

"妄想就更普遍了，阿尔茨海默病的典型症状，感觉丢这丢那，还总觉得有人害他，对，你看他不是说了什么魔吗？全对上了。"

"我还是觉得不像。"易安继续看着控制器上的病历说，"这上面有陈海洋医生的电话，我要不打过去问问？"

"你随便问，就看你哥说得对不对。"

易安拿手机拨打了过去，病历上显示那名主治医生叫罗洋，电话接通后易安打了声招呼，"罗医生是吧？"

"有什么事？"

"是这样。"易安先介绍了自己，又简单介绍了一下对陈海洋的服务，随后，他把自己看到的那番惊异场景描述了一遍，讲得绘声绘色。

"胡闹！"罗医生在电话中骂了他一声。

"我是不是没讲清楚？"易安问。

"不是你没讲清楚，而是我不赞成你们为他提供的这项服务。"罗医生在电话中说，"病人应该静心疗养，按时吃药，他这几次复查都没来，定期来医院很重要，你们这是在耽误他的病情。"

"罗医生，这事儿我会跟他女儿说，我就是问，他真有幻觉吗？"

"他平时就想象力丰富，当然有幻觉，他是不是说什么魔境了？找宝藏了？"

"对，对对。"

"还有其他的吗？比如，神志错乱、感知丧失之类的？"

"那倒没有。"

"那还算万幸，说明他的病情还没向更深一步发展。赶紧让他抽空来医院，不能再耽误了。"

"我知道了。"易安道着歉，挂断了电话。

"我说什么来着？"大奇问。

"原来幻觉这么神奇。"

"你们呀，都是头脑简单，脑袋一热，我早就说这单子成不了，你非得接。"

"大奇。"易安忽然想起来，"最后是不是你又给我退出了？"

"废话。"大奇说,"你站货车前面,难道让你撞死啊?"

"坏了。"易安说,"这单又没成,老黄鼻子都得气歪了。"

这时他的手机又响了一声,他赶紧拿起来一看,上面有一条新短信。

[您的预定还有五天到期,请及时付款]

他头上沁出一层汗来。

老黄的牙齿也是黄的,骂人时那两板牙就像撞击的岩石一样咔嚓响。

易安盯着他嘴上的水泡,它已经破了。

"易安哪易安,这是多好的项目啊,公关部和宣传部都准备好了,宣传方案也和广告投放商联系了。就等你把这单做完,马上就可以作为案例。"

"黄经理。"易安指了指他,"你嘴上那个疱流血了。"

老黄用手背擦了一把,"这个噱头我越想越对。"他也不看,把血往衣服一蹭,"配体服务可以保证阿尔茨海默病患者的人身安全,安全员就在身边,怎么想也不会出错啊。"

"您消消气儿。"

"我消个屁!陈海洋提前下线,你搞了个坏单出来,总部还在等着我的汇报!你让我报告上写什么呀?你是不想干了?"

"这单不是还没结束吗?"

"第一次服务,客户就掉线了,系统上是有数据的!新项目头一次的数据最关键,总部的人看不见?你让我报告上怎么写?"

"你就写。"易安说,"通过第一次服务,发现病人的症状得到了改善。"

"别给我扯这些……"老黄说。

"嗯?"他转头愣住。

半晌后,"啥?"他又问。

"阿尔茨海默病啊,咱们的服务让病情出现了缓解。"易安说。

"谁说的?"

"我问过医生了,他说,咱们服务之后,他的病情没有加重。"

"不对,你说的是改善。"

"是改善了。"易安说,"跟之前陈鸽说的完全不一样了,他说话变得很有逻辑,昨天我跟他一直在聊天。"

"什么?你说配体服务能治这种病?"

"是改善。"

老黄哆嗦了一下。

"这个事儿我可没敢……"他自言自语地思考着,忽然看向易安,他眉头一松,走上来握住易安的手。

"经理,你怎么了?"易安问。

"等等,等等,我有点发晕。"老黄缓了一下,又看向易安,"你要说的是真的,咱们可就要翻身啦。"

"千真万确。"

"不,不。"他松开手,继续凝视思考起来,"你给了我莫大的启发,的确是个好点子。"老黄喃喃自语,"别说治疗,就像你说的,有了改善的迹象,哪怕就一点点。"他说,"这就是一个惊天新闻啦,我怎么早没想到呢!"

"但是得多试试,才能看出具体的差异来。"

"你说得对,太对了!"老黄说,"你可以,这个点子好,对,报告上可以这么写,的确需要更进一步的数据,通了,说得通了……易安,从今天开始你其他单子都别接了,就盯住这个,你现在就是这个项目的总负责人。"

"那个……奖金的事儿?"

"只要你拿到改善的数据。"老黄拍拍胸脯,"我当天就发你。"

易安看着面前的老黄,但在他眼前,这间办公室是一家研究所,他是一名研究员,发明了一种意识转移法,能够复制健康。

他穿着白大褂,在投资人面前徘徊着,看着他在电话中,命令着公关部和宣传部开始准备,让他的这个伟大项目朝着一个更伟大的目标前进。

可在内心中,他反复问着自己,"你会治吗?"

一列蒸汽火车的加速,是每一块煤炭的能量,是没有哪个铲子还能偷懒的,谁也阻碍不了这股强大的力量,每个人都要加入进来。

一股能量冲撞着,在大奇面前它们呐喊着,而大奇静静地看着,就像在观看一场闹剧。

"你自己想。"大奇说,"要怎么收场。"

易安沉默不言。

"全公司的人都围着你转了,你到底怎么想的?"

"我是在想,有什么两全其美的办法。"易安说。

"有一个美就谢大谢地了,你还想两全?"

"要是我能发现有好转的迹象呢?"易安问。

"你觉得有可能吗?医学上的难题,都能让你解决了?"

"能糊弄过老黄就行,他又不懂,再说这病好一阵坏一阵,我要赶上好的那阵,数据上能体现出来就行了。"

"这种病只会越来越坏。"大奇说,"你就别想歪主意了,别到了后面,人家再怪是咱们让病情加重的。"

"那你说要怎么办?"

"其实有一个办法。"大奇说,"咱们的服务上有规定,除了达到服务时长,另外一条是客户只要签字满意,这单在系统上也算是结单。"

"那治病的事儿怎么交代?"

"随便找个由头,再说客户都满意了,这个项目也算成了。"

"可怎么让他满意呢?"

"这样,"大奇说,"他不是想找宝藏吗?那咱们把宝藏给他不就行了。"

四

上线前的一晚。

易安在帐篷里翻来覆去地睡不着,陈海洋幻觉中的景象铺天盖地地在他脑海中盘旋。

他坐起来,使劲摇摇头,想把那些幻境甩出去。

他起床去翻衣柜,找出一件像考古学家一样的衣服,比量了一下。

他钻回帐篷中又躺下,眼睛盯着窗子,想象那里有一片星空。

但星空没有出现,只有错乱的楼和悬空的信号灯。

手机响起收到短信的声音,他没去拿手机,还是傻傻地看着那片错乱的世界。

草原的风、瞪羚和斑马,它们都不见了。

一阵敲门声后,易安把门打开。

"怎么了?"大奇看着他通红的双眼,"是不是又通宵看小说了?"

"没有。"易安手在眼睛上揉了揉。

大奇拍了拍身上的挎包,"我都准备好了。"他说,"把你的铲子带上。"

易安回身去取了一把兵工铲,他想了想,又把地上那件卡其色的工装服和探险短裤捡起来,换在了身上。

两人下了楼,走到了大街上,路上的行人匆匆来往着,车喇叭声此起彼伏,又是一个庸碌的早晨。

走着走着，易安猛地把眼一睁，高楼依旧是高楼。

他再猛一回头，行人依旧是行人。

"你干什么呢？"大奇问。

"看看世界有没有在我没观察时塌缩了。"易安回道。

"别闹了，一会儿陈海洋要上线了。"大奇领着他拐过了喧闹的大街，走上一条小路，又走了一阵，行人变得稀少了，来到了一条交通不便利的老街道。

易安尝试着再一次幻想起来，值得庆幸的是，这次他脑海里没再产生那些错乱的场景，四周的建筑在他的想象中仿佛是裸露的废墟，他是一名考古探险家，拿着登山杖，正在探索远古遗留下的神迹。

老街门头上的痕迹是古人留下的壁画，地上的青砖则是由一种未知的材料堆砌的长方体。

他拿铲子在地上敲击着，听着它们的回响，仿佛能听到一阵来自地下的声音。

"奥茨海魔之境。"不知不觉，他又说出了这个词，他发现自己无意间，就会把陈海洋说的那些，加入他现在的故事里。

大奇带着他走进了一条更加偏僻的小巷，直走到最深处，他才停下来。

这是条悠长的巷子，似乎很久没人再经过这里了，同时它也是条安全的巷子，也不会有车能开进这来。

大奇拿过铲子，在地上挖了起来。

易安看了眼手机，约定的上线时间就要到了。他的腿开始不听使唤地走来走去，原地打着圈子。

"哥。"他忽然说，"这样，我今天装成一个考古学家，是来这儿考察的。"

"你又犯病了是不是？"

"我是为了稳住他,他要找宝藏,我就得配合着当个考古学家,这样才有逻辑,你到时候配合我一下。"

"我呀,最多不拆穿你。"大奇铲了把土后说道,"你给我悠着点,再神神叨叨的,我把你送精神病院去。"

"行。"易安答应着,翻了翻身上的口袋,又检查了一遍衣着,"那这样,我是著名的考古学家'沙都能考',就算是精神病院,我也能在那考古,我可以在地板的缝隙里发掘出类人遗留下的信件,他曾在那被当成精神病关了三百五十七年。"

"暂停。"大奇说,"用不着这么多设定。"

"我这不是怕他不信嘛。"他又看了看时间,"哥,时间到了,怎么样了?"

大奇丢下铲子,蹲在地上鼓捣了几下,起身按了一下腰,"行了。"说完,他从包里取出控制器,只见上面闪烁着。

"人家已经在申请了。"易安说。

"没耽误。"大奇在上面点了几下,"准备好了吗?"

"嗯,就算好了吧。"

大奇揉揉鼻子,按下了连接键。

不知为什么,那阵本来习惯的酥麻让易安颤了一下,他眼盯前方,土是土、泥是泥、砖墙是砖墙、小巷还是小巷。

但又总觉得哪里不对劲,他继续观察。

猛然间,他四处看去,眼睛到处乱看,不知道要停到哪。

"老陈,老陈?"易安在心声中问道。

"唉……唉!"他的眼睛终于停了下来,目视向小巷的尽头。

"心声?"他问。

"是我。"易安说。

"你之前去哪了?我怎么找不到你了?"

"我帮你找宝藏去了。"

"不是说好了吗?咱们一起去。"

"陈老先生,不用一起了,我们已经帮你把宝藏找回来了。"

陈海洋一回头,跟他说话的是一只大鹦鹉。

易安想揉揉眼睛,但是他现在动不了,他盯着变成鹦鹉的大奇,跟昨天一模一样,羽毛绚丽,嘴巴又长又尖。

鹦鹉扑腾着翅膀,扬起了地上的一片灰尘。

"你的宝藏就在这儿。"鹦鹉用爪子踩踏着地上的一片软土。

"心声,这鹦鹉是哪来的?"陈海洋问。

"哦。"易安说,"这是咱们的向导。"

"向导?"

"为宝藏提供线索的,其实是一个著名的考古学家,叫沙都能考。"

"怎么变成我了?"鹦鹉叫道。

易安在心声里咳嗽了一声。

"这么厉害。"陈海洋说,"鹦鹉,你都在哪儿考过古?"

"我在……我在精神病院里考过,找到了一个精神病,关了三百多年。"

"什么找到神经病,是找到一个三百五十七年的类人留下的信。"易安说道。

"反正就是这回事儿。"

"哦……"陈海洋点点头。

"那些事不说了。"鹦鹉说,"你的宝藏就在这里。"它又踩了几脚那片土,"你挖挖看。"

"心声,真的?我的宝藏找到了?"

易安犹豫了一下。

"问你呢。"鹦鹉压着声音说。

"哦……对，鹦鹉是提供了一条线索，你看看是不是。"

陈海洋不由得露出笑容，赶紧蹲下去，扒开了那片软土，只见下面露出了一个金色的盒盖。他赶紧加快速度，把一个金色的盒子捧了出来。

"这……这是我的宝藏？"

"对。"鹦鹉说。

陈海洋把盒子摇了摇，里面哗啦地响，他把盒盖打开了一点，几颗颜色各异的大宝石滚了出来。

陈海洋目瞪口呆，"我丢的是宝石？"

"不然呢？"鹦鹉说，"一大箱宝石，可别再丢了。"

鹦鹉说着，把挂在脖子上的控制器取下来，点亮它，调出了一张结单。

"找也找回来了，在'满意'这签个字吧。"鹦鹉把控制器递向陈海洋。

易安看着伸来的控制器，又看着陈海洋伸出手，要接过去。

"老陈。"他忽然说了一声，"再好好看看，到底是不是你丢的？"

陈海洋一听缩回了手，他又拿起盒子，把盖子掀开一条缝，眼睛贴上去向里面瞅。

"你在干什么呢？"大奇在心声中问易安。

"我就是提醒一下。"易安说，"别个是让鹿魔变出来的。"

易安话音刚落，就见漆黑的盒缝里，出现了一双雪白的眼睛。

陈海洋大叫一声，把盒子丢在地上，里面的宝石撒了一地。

接着，这些宝石像旋风一样聚集起来，拼在了一起，排列组合下，它们变成了昨天的那头雄鹿。

易安的心脏剧烈跳动起来，奥茨海魔之境又出现了。

陈海洋一把抢过了鹦鹉手中的控制器，砸向了那只鹿。控制器从鹿身穿过，跌落在地，发出了一声沉闷的声响。

雄鹿仰头嘶叫，转头向着巷口跑去。

"你说得对，我们的确上当了！"陈海洋喊了一声，向鹿追了上去。

鹦鹉在身后大嚷大叫，"干什么？把我的控制器摔坏了！"

易安感觉自己像断了线的风筝飞到了天空，计划失败了。

那些塑料宝石是大奇在超市买的，他说既然陈海洋忘了丢了什么，这些假宝石就能让他相信。

易安不明白自己为什么要提醒陈海洋。

他盯着那头奔跑的鹿，陈海洋的幻觉又开始出现了，小巷变得无限延长，鹿就在前方，可怎么也追不上。

"心声，现在该怎么办？"陈海洋边追边问。

易安感觉就像在一条时空隧道里奔跑。

"心声？"

"啊？"易安回过神。

"怎么追？"

"追……追它是吧……"易安的脑袋里混乱着，但同时又有无数个灵感在爆发出来。

"想到办法了吗？"陈海洋问。

"你……踩着它的脚印。"易安说，"踩上它的脚印，就能追上。"

他刚说完，只见鹿后蹄一蹬，跳到了高墙上。它没有跳到墙顶，而是横在墙上奔跑起来。

陈海洋记着易安的话，看着鹿脚踩的地方，也往墙上一跳，他也横在墙上奔跑了起来。

"你说得没错。"陈海洋说，"果然它甩不掉咱们了。"

墙在易安的视线中翻转，变成了一块平地。

"这也太真实了吧……"易安惊叹道。

"什么？"

"我说这也太真实了吧！"易安喊道，"这简直就是魔法隧道，就是引力陷阱！"

"怪不得呢。"陈海洋说，"但它要跑到哪去呢？"

"我不知道。"易安说，"我就觉得太神奇了……老陈，它以前跑到哪去过？"

"以前？我不记得了。"

"你想想。"

正在这时，景象又发生了变化。

他们不知什么时候不在小巷里了，而是在楼顶上，这个变化就像空间穿越一样迅速。

那头雄鹿正在前方越过楼顶的一台台空调外机，陈海洋踩着它的蹄印，也从空调机上越过。

"想不起来了。"陈海洋说，这时，只见鹿往边上一跃，从楼上跳了下去。

陈海洋跟着它一蹦，也从楼顶跳下。

易安仿佛呼吸都凝固了，随后，他在心声中惨叫起来。

可他却站在了空气中，在他脚下，出现了一条透明的天梯，连接在两座楼之间。

鹿从天梯上跑下，跳到大街上，钻进了街边一座建筑中。

陈海洋踩着蹄印追了上去，在一扇门前停住。

他向门上望去，那挂着一块招牌——清晨画廊。

"这是它的老巢吗？"陈海洋问。

"这……这……"

"是？"

"不……不……"

"不是？心声？你还在吗？"

"老陈……老陈哪，你下次干什么之前，能不能先跟我说一声。"

"我没干什么，就是在按你说的在追它呀。"

"那只是个设定。"

"什么设定？"

"算了。"易安看向画廊，"那咱们也进去看看吧。"他说。

陈海洋没有犹豫，走了进去。

这是间规规矩矩的画室。墙上挂着一排画，地上横七竖八地摆了很多画架，每个画架边上坐着一个学生，有十几个人。他们手拿着画笔，旁边的画箱里装着五颜六色的颜料，这时齐刷刷地朝他们看了过来。

画廊里并没有鹿的影子，最前面只有一张桌子，桌上有一只陶瓷花瓶和两个苹果放在伏尔泰石膏像下面的一个六面体上。

学生们正在临摹这些静物，但是他们的画作看上去千奇百怪，画得乱七八糟的。

"你画的明暗交界线都歪到哪里去了。"有个成年人在这些学生中间走来走去，他对每一幅画都不满意，这时他看到了陈海洋。

"你是谁？"他问。

陈海洋一激灵，问话的人竟然没有眼睛。他的眼睛只是两个字——"老师"，这两个字在他眼眶中来回打转，就像变异的瞳孔。

陈海洋不敢动弹，"他……他到底是人还是鬼啊？"他颤声问道。

"会不会是鹿魔的仆人？"易安颤声回道。

"鹿魔还有仆人？"

"我怎么知道。"

老师看他们没反应，又问："到底在找谁？我们这儿正备考呢。"

他话音刚落，只见那些窃窃私语的学生头顶上突然展开了一面旗，上面写着——"我要上美院！备考突击战！"

"我知道了。"陈海洋忽然说,"他是个封印师。"

"封印师是啥玩意儿?"

易安刚问完,就见那些学生的画发生了变化。原本他们坐的位置和方向都不同,画出来也各有角度。可突然间,画都变了,变得一模一样,变成同一个角度、同一个光线,就像一张画复制出来的。

"封印师啊,在用咒语复制自己的灵魂。"陈海洋说。

"老陈,为什么你一说他是封印师,这些画就变了?"

"什么意思?"

"就是……你好像只要自己相信,这个魔境就能发生变化?"

"我还是没听明白。"

易安思考了一会儿,"这样。"他说,"你还记不记得你会魔法?"

"魔法?我会吗?"陈海洋说。

"在魔法世界,会魔法是很自然的。"易安说,"说不定你只是忘了,你试试。"

"怎么试?"

"念咒语。"

"咒语怎么念?"

"你不用想,随便说,想到什么说什么。"

陈海洋想了想,随后转向那些学生。

"你们这个老师是封印师,正在封印你们的创造力,别听他的。"他大声说道。

学生们面面相觑。

老师眼中的两字一定,"你有病吧?"他说,他说话时已不在刚刚所站的地方,而是出现在了学生面前的画布中,十几个他正在画里说话。

"果然。"易安说,"你一念魔法他就进去了。"

"原来我会魔法。"

"你再试试看。"

"他在教你们复制他的灵魂,别听他的,要画就画自己的。"陈海洋又向学生们说道。

他一念完咒语,忽然间,整个画廊墙上的画,都变成了老师的模样。

"你懂什么是画吗?你会画画吗?"画中的老师表情狰狞,组成他的颜料反复交替出不同颜色。

"怎么回事儿,咒语怎么让它变得更多了?"陈海洋问。

"也许你被封印的力量还没有释放出来。"易安说,"你告诉他,你会画。"

"我会画?"

"你的魔法能让你会。"

"好!那我会画!"他对画中的老师说。

魔幻般的笑声哄然响起,每张画里的老师都在笑,笑得各种各样。

"你算什么东西?"

陈海洋仿佛被恐怖的笑声震慑住了,"要不咱们还是跑吧!"他说,"我感觉不是他的对手。"

"老陈,你再试试,画一下给他看!"易安说。

陈海洋看向自己的手掌,发现多出了一支画笔。

他赶忙扯过一张空白的画板,就近沾了些墨汁,在画布上飞快地点了起来。

他点出来的是一片杂乱无章的黑点,像在画一堆麻子。

"垃圾!你画得一文不值。"老师们大声嘲笑着。

"一文不值……我的画一文不值?"陈海洋嘀咕着,一声比一声大。

"算了。"易安说,"要不暂时撤退吧,再想想别的办法。"

"不行!"陈海洋吼道,"我就不信了……"他加快了画的速度,只见点出的黑点逐渐拼合,像游动一般,渐渐组成了一幅图案。

陈海洋画出了一头由黑色斑点组成的鹿,甚至可以看到其中肌理的质感和光影,每一个点中都蕴含了大量丰富的笔触。

老师们的嘲笑声立即不见了,学生们也惊讶地站了起来。

老师一翻身,从画中跳下,"这不是你画的!"他说。

他话音一落,陈海洋画中的鹿动了,转头蹿出画框,跳进了一名学生的画布上,再一跃,又到了另一幅画布里。它在各张画布间开始跑动,如同中间连接着一条无形的通道,把上面的老师纷纷挤走。

最后它停在了墙上。

看到鹿的定影之后,陈海洋冲了过去,叫喊着将那幅画给揭了下来。

老师冲上来和他争抢起那张画。

易安看着画他们手里变来变去,像荒诞的定格电影。

一只鹦鹉落在了他们中间,两人手一缩,画被抛向了空中,老师挥来一拳,易安坐倒在地上,正被掉下来的画拍在头顶。瞬间,他冲进了画中的世界,掉进了一片颜料的海洋中,他被彩色的浪花翻卷来去,又被掀了出来,最后跌落在了马路上。

"神经病!"那老师手里拿着鹿的画骂道,"这是我们的镇店之宝,你赔得起吗?"他的眼睛不再是两个字,变成了真正的眼睛。

而他身后的画廊,也只是街边一家寻常的画廊罢了。

易安动了动手指,发现陈海洋又下线了。

五

大奇咆哮着，就像照片上的那头狮子。

"我从大街追到楼顶，从楼顶追到天桥，又从天桥追到了画室，我追了你一路！"

"我没上墙？没从楼上跳下去？没有一座隐形的桥？"易安问。

"你能不能醒醒！"

"我就是在正常地跑？"

"你不是跑，是跑酷。"大奇说，"人家差点报警，说你是来抢画的贼。"

"你要这么说，看来陈海洋有个潜意识，会自动规避危险。"

"他脑子有病！"

"我知道。"易安说，"但是我昨天试了试，他虽然幻觉混乱，但只要我能说服他相信，他的幻觉就会发生改变。我说他有魔法，老师就出现在画上了；我说他会画画，他就真画出了一头鹿。"

"易安，是不是这个病也传染你了？没准真有这个可能，配体会影响到脑子。"

"脑子没事儿。"易安说，"我的世界观倒是发生改变了。"

"你出什么事儿，我怎么向爸妈交代，我看这个工作你也别干了，我这两天正好遇到个老同学，他开了家工厂正好缺人。"

"你别给我安排工作了。"易安说，"瞎操心什么呀。"

"你也有病了！"大奇说，"你自己看不出来。"

"我没病。"

"反正这单你是别想干了。"

易安一愣，掏出手机看了一眼，只剩下四天了。

"不行。"易安说，"这单又没完成，得赶紧做完。"

"你真走火入魔了？我告诉你，我已经找过陈鸽了。"

"你找她干吗？"

"他如果出了意外，人家没事儿，出事儿的是你。"

"这不是没事儿吗？"易安说，"你怎么跟她说的？"

"把种种危险都告诉她了。"

"有什么危险？"

"反正今天她下午就去找老黄，要把这单退了，不做了。"

"大奇！"易安站起来，"我说你以后能不能别干预我的事儿！"

易安转头冲出宿舍，帐篷也被他撞翻在了地上。

跑到老黄办公室前时，陈鸽正坐在门外的椅子上。

"哟，你怎么来了？"陈鸽问。

"陈鸽，你……你见着老黄了吗？"他手扶椅背，上气不接下气地问。

"他正在赶过来，让我在这儿先等会儿。"

"太好了。"易安把气儿顺了过去，"赶上了。"

"你找他有什么事儿吗？"

"我是来找你的。"

"找我？"

"就是我哥……那个安全员，你知道吧，他是不是找你了？"

"对，我听说昨天害你被人打了。"

"嗨。"易安说，"哪有他说的那么夸张。"

"没有？"

"他不知道。"易安说，"其实是我和老黄有个项目。"

"什么项目？"陈鸽问。

易安想了想。

"为了提高……提高服务质量的项目，其实我们联系过你父亲的医生了，就是……叫罗洋，罗医生，对吧。"

"然后呢？"

"我们想了个主意。罗医生说，你爸好久没去医院复查了？"

"是好久没去了，说要去医院，他就跟疯了一样。"

"我们就是这个意思，医生说，如果这病不去检查，就耽误病情了。所以就下次他上线时，我到医院去，去接受检查。"

"上线的时候？那不就是在检查你了吗？"

易安愣了愣，"那罗医生说了，主要是看精神状态，他是脑子的病嘛。反正大奇他不知道，也没来得及告诉你，本来是想给你一个惊喜……"

"什么惊喜呀？"老黄出现在了他们身后，他看着易安和陈鸽，脸上露出着微笑，"怎么？你们有惊喜？"

易安向陈鸽使了个眼色。

陈鸽会意了，"哦，也没什么，你们说吧，我现在没事儿了。"

看着陈鸽离去，老黄有些诧异，易安赶紧揽住他肩膀，把他扶进办公室，关上了门。

"怎么了易安，你们说什么小秘密呢？"老黄问。

易安把老黄扶到椅子边，让他先坐下。

老黄看着他。

易安又给他泡茶。

"到底怎么了？"老黄问。

"陈鸽来找我……是说,她爸的病情有所好转了。"易安把茶杯放到老黄面前。

老黄没接过杯子,而是站了起来,"啥?真有好转了?"

"她也说不上来。"易安说,"有那种感觉,昨天他还画了张画,以前他可不会画画。她来找我说医生那边也是这样的看法,所以让我带他去医院,再让医生证实一下,我想看看能不能从医院开个证明,证明咱们的方法有效,这样就更有说服力了。"

"可以啊易安!"

"我本来想先跟他去医院看看,有结果了再告诉你,那时不就是给你的惊喜嘛。"

"这还真是个惊喜,你提前告诉我也愿意听。"老黄在办公室里兜起圈子,"这样一来,我就可以在报告上说,在临床上也有效果了。"

"倒也……"易安说,"也不用那么急。"

"我怕风声走漏出去,再让总部那些人把坑占上,咱们得急一点,这样,你赶紧带他去,拿出个结果给我。"

"我试试看吧。"易安说,"但是大奇这次又给我提前退出了,我感觉他……"

咣的一声,办公室的门被推开了,大奇走了进来。

"你说我什么呢?"大奇问,"你告诉我你到底想干什么?"

易安不看他。

"哟,大奇来了,我正要找你呢。"老黄明白过来是怎么回事,"你最近干得不错,易安在我这儿表扬你呢。"

"老黄,这单子是他被人打才退出的……"

"我知道,没怪你。"

"不是,我就问这单你能不能……"

"能。"老黄说,"你心累对不对?"

"我心累？对，我是心累。"

"你压力太大了。"老黄说，"这样，我给你放个假，回去休息几天，带薪休假，缓缓再回来。"

"休什么假？我干吗要休假？"

"健康也很重要，对吧？你放心，我再给易安找个更出色的……不，和你一样出色的安全员，这事儿做完它，你弟有我呢，你就不用多管了。"

"易安，你就告诉我，你是不是还要接这单？"大奇问。

"接怎么了？"易安说。

"都是自家兄弟。"老黄说，"明天开始，你就好好歇着。"

"不歇。"大奇说，"你接行，你接我就继续当你的安全员。"

"不是。"老黄说，"你不是压力大嘛，你看你，之前都提前退出……"

"这次我不退了。"大奇说，"他就是死了，我也不退了！"

大奇转身离开了办公室。

老黄笑了，"你哥也真奇怪，变主意了。是识时务者啊，大势所趋。"

易安看着离去的背影，他沉默不言。

六

世界上有多少个人,就有多少种谎言。同样,世界上有多少种谎言,就有多少种欲望。

谎言是用来欺骗自己的,渴望欲望成真。

谎言就像蟑螂,你撒了一个谎,诞生了一百个,它们遍布角落,时刻准备让你尖叫。

但它们消灭不尽,越生越多。

[您的预定还有两天到期,请及时付款]

"不行不行,医院我说什么也不去!"一看到医院大门陈海洋就想跑了。

"可咱们的宝藏在里面。"

"魔鬼也在里面。"

面前的医院像吸血鬼的古堡一样,破败的墙缝里蠕动着无数的蚯蚓,台阶上到处是暗红色,像陈年的血迹。

"老陈,你别怕,你还有魔法呢。"

"在这儿管用吗?"

"哪都管用,你相信我。"

"我还是害怕。"

"你都打败过封印师呢，再说你看看你穿的什么？"

陈海洋低头一看，身上是一件暗色风衣，他摸了摸头，还有顶礼帽。

"你是一名魔界侦探。"易安告诉他，"人称放大镜，魔境中无人不知你的名号。"

"我……我是侦探？"

"你是不是忘了？"

"对。"

"你看，你也承认你是忘了。"

"哦……"

陈海洋看向医院，鹦鹉站在医院门前。

"考古学家？怎么也来了？"

"它现在是引路人，能绕开所有危险。老陈，咱们跟着它，你放心。"

"那我试试吧……"陈海洋提了口气，胆战心惊地向医院走去。

一到大厅，一股血腥味儿扑面而来，灯像坏了一样地闪，发出刺啦声。大厅中，不管是病人还是护士，都没站在灯光下，他们在阴影与灯光间的交接线中，最黑暗的地方。

他们的脸全都看不清，全是黑色的，身体一动不动，随着陈海洋的前行，他们的头也在跟着他转过来。

鹦鹉挂号的时候，就听门诊室那传来阵阵凄惨的哭声，好像某种奇怪的交谈，一种用哭来交流的语言。

有偷偷地哭、有婴儿哭、有女人歇斯底里地哭、有用枕头捂住头地哭。

每听那哭声一起，陈海洋就哆嗦一下。他老实地站在鹦鹉身后，动也不敢动。

"别都往坏处想。"易安说。

陈海洋不敢回答。

"通过我的观察,这些人其实是病了,生了各种奇怪的病……"易安刚说到这儿,就见阴影中站起来一个人,他的头忽然裂开,中间长出了像树杈一样的分支。接着又一个人站起来,下巴张开到了胸口那儿,一截舌头啪啦掉在地上,像活了一样飞快地钻到一张椅子下,趴在椅子腿上窥视着他们。

"但是,但是他们不是坏人,也都会治好的。"易安赶紧说道。

舌头又快速跑回到了嘴里。

那两个人又坐了回去。

"老陈,你快别想这些了。"易安看着那诡异的画面说,"分散一下注意力,想想别的。"

鹦鹉挂完号,一声不吭地走进走廊,陈海洋赶紧跟上,低着头走。

"老陈,有这么多人帮你,别怕了。"易安说。

"没人帮我……从来没有。"

"怎么会呢?我不是在这儿吗?"

"你是心声,不是人。"

易安哦了一声,"那不是,还有鹦鹉呢吗?"

陈海洋看看昂首挺胸走在前方的鹦鹉,"这个鹦鹉,为什么要帮我们?"

"可能它是一只热心的鹦鹉吧。"

"挺好,这年头热心的鹦鹉不常见了。"

鹦鹉回过头,张了张嘴,但忍住没说什么,继续往前走。

"老陈,你以前来过医院的吧?"易安问。

"不记得了,就感觉这是个吃人的地方。"

"医院是治病的。"

"但这是奥茨海魔之境啊。"

"不管在哪，也是治病的，一会儿我们要见个医生，咱们别说话，让鹦鹉向他打听你的宝藏。"

"可我还是害怕，也不知道为什么。"

说话间鹦鹉推开了一间破败的房门。

"罗洋医生，是我，大奇，给你打过电话，今天带他过来了。"鹦鹉向里面打了声招呼。

一看到医生，陈海洋掉头就想跑。

"别动！"易安喊了一声。

陈海洋终于站住了。

坐在面前的罗医生，双眼是两只纤细的金属支架，中间有个关节，像小巧的机械臂一样从眼眶中伸出来。支架的顶部分别是一个针筒和一把手术刀，他的嘴是两片切骨用的圆锯片，他的鼻子是个电钻头，耳朵是两条长长的橡胶管，连着个带血的铁片，是两条听诊器。

他像一台机器与人的结合体，还是胡乱组合的那种，穿着白大褂，看不出是什么表情，但又仿佛听见他在笑。

不是他在笑，而是桌子上的一本本病历在笑，它们血肉模糊，在滴着血笑。

这景象易安看了都想跑，但他现在不能走。

"怎么是他来了？"罗医生嘴中的锯片闪出锋利的光，但声音不是从那发出来的，而是他手中的笔在说话，那支笔是一张有着雪白牙齿的两片嘴唇。

"是这样。"鹦鹉说，"我们公司特别重视这事儿，因为我们的配体服务，也许能够改善阿尔茨海默病的症状，所以就趁着上线的时候来了，想让你开个证明。"

"胡闹！"罗医生说，"我不是在电话里讲了吗？这种病在全世界都是难题,是让你们带他来,带个别人来,让我怎么看?"

"可万一呢?"鹦鹉说,"你看啊,他在幻觉里不亦乐乎,说不定因为心理的影响,能改善这种病呢?"

"不要自我安慰,心理改变不了物质,病症在脑部是一种物理作用,是物质的破坏,心理上能有什么效果?"

陈海洋一声不吭,只顾打哆嗦。

鹦鹉得意地看了他一眼,它显然是故意那样问医生的。

易安被泼了一身冷水,本来还抱着一点幻想,现在也被浇灭了。

"你让他自己来。"医生说。

"你多少看看,"鹦鹉说,"满足一下他,也没白来是不是。"

大奇装成极力配合的样子,却是在利用医生的话来打击他。

医生眼中的针筒和手术刀啪啪地打着架,"你们下次请别这样了,别折磨他了。"

"就这一次,回头我们让他自己来。"

罗医生叹一声气,锯片在嘴中旋转了两圈,"行吧。"他抬起头,耳朵中的一条听诊器伸了过来。

只见那听诊器变得巨大无比,像巨大的圆形铁板拍了下来。

陈海洋吓得后退一步。

铁板拍在了他面前的地板上。

陈海洋转身跑了出去,他在走廊上左冲右撞,一个个奇形怪状的人围了上来。

"把那个病人抓住!"罗医生在身后发出惨叫声,怪形们的头上长出了鹿角,它们拎着滴血的输液袋,用肚脐上长出的手爬着。

不管易安怎么安抚,陈海洋也听不进去了,画面变得越发诡异,脚下的路变成了扭曲的螺旋。

他们被吸入漩涡之中,急速地旋转着,漩涡中,一双双长满了手指的手伸了过来，按住他，扒开他的嘴，一粒粒蠕动的药丸长着密密麻麻的细脚，沿着腿爬了上来。

陈海洋大喊着，无可奈何地让它们爬进了嘴里、爬进他的食道、爬进他的胃。

"这是你的幻觉！"易安在心声中喊着，"不是真的，你别信！"

在易安面前，抓住他们的人抬起头，它们的脸变成了电视一样，播放着画面。

画面里，陈海洋正在从医院里逃开，但一次次又被抓进这里，每一次他都在撕心裂肺地呼喊。

"我没病！我没病啊！"

那绝望声变成汹涌的海浪席卷而来，仿佛易安的血液在沸腾。

而后，一阵困意袭来了。

七

易安听大奇描述着。

"你还记得吗?你撞倒了病人,还殴打了护士,最后好几个医生才把你按住。"

易安没有反应。

"他们给他喂了镇静药,但药是你吃下去的,是不是药劲儿现在还没过去?"

易安垂着头,他的注意力只集中在一个点、一个声音上。

我没病!

我没病啊!

"他怕医院。"易安嘀咕了一声。

"什么?"

"他怕医院,他不相信自己有病。"

"不是不相信,是他不愿相信。"

易安微微抬起头,"医院让他绝望,所以变成了那样。"

门开了,老黄走了进来。

"哟。"老黄说,"你们怎么到我办公室来了?"

"老黄,医院给你打过电话了吧?"

老黄走到办公室后,"打了呀。"他说,"怎么了?"

"什么怎么了?医生的话你没听到吗?没有医学奇迹,那都是一厢情愿。"

"我都知道了。"老黄说,"是不顺利,但要说完全没有效果,也不尽然。毕竟医生的话嘛,肯定是坚持说自己的方法是有效的,就算咱们的有效,他也不会承认,不然面子放哪去。"

"什么?"大奇说,"都这样了,你觉得这么做是对的?"

"成功都是在错误中实践出来的嘛。"老黄说,"虽然这次你没让他下线,但医生给他喂了药,造成了下线,这会不会是在掩饰什么?如果时间再久点,突破一个临界点,又会不会发生什么呢?"

"老黄,你不会也病了吧?"

"大奇,项目报告我已经提交上去了,得到了领导的大力支持。"

"你别说了。"大奇站起来,"易安,你给我出来。"

大奇走出了办公室。

老黄的脸沉了下来,"老易,陈鸽找过我了,你之前说的什么惊喜就是在放狗屁。我可告诉你,咱们没退路了,无论如何也得完成。你马上去说服陈鸽,让陈海洋继续。"

易安恍惚着走出了办公室。

一只蟑螂拍死了,还有九十九只蟑螂活着。一个谎言被戳破,还有一百倍的谎言存在着。

他们都在历险,他们都没办法退出了。

[您的预定今天到期,请及时付款]

"易安,我正式通知你,我和同学说好了,你今天就去那上班。"大奇站在街边,点上了一根烟。

易安呆呆地看着手机上的短信。

"这单还没完成。"他说,"得完成,今天就得完成。"

听着易安神神叨叨的话,大奇痛苦地闭上了眼睛,过了一会儿,他把眼睛睁开。

"易安,我承认,我从小都管你,我想让你独立。但这件事儿必须得管,你就听哥一次,别干了,行吗?"

"不行。"

"我就是不明白,你到底为了什么。"

"把这单完成,拿到奖金。"易安彻底清醒过来。

"你要奖金干什么?"

"有用!"

"有什么用?"

"我要奖金……我……"易安的头摇晃着,忽然,他把手机上的短信对向了大奇,"我要去非洲!"他喊道。

大奇转过身,"什么?"他问,"什么非洲?"

"我要去非洲历险,我参加了一个去非洲的探险团,我准备好久了,我天天都在准备,我要买的东西全买了,我还去做了培训,我学野外生存,我看视频,住帐篷,我用了所有的存款,我抢到预定了,我都准备好了,都好了……但是有奖金才能付款,今天是最后一天了,我得把这单子结了,我得拿到奖金,我才能加入那个探险团,才能跟他们去草原,去岩洞,还有,还有就是……"

"易安!你停下,你到底在说什么!"大奇对他喊道。

"我说……"易安看着他。

"我说我准备走了!我要离开这儿!我不回来了!"易安也忽然吼叫起来,"我就这么一个梦想,怎么了!我碍着谁了?就是想探险怎么了!我惹到你了吗?我就不想把身子给别人用,我不想要这个工作,不想天天听你管我,不想让你给我安排!我就是想走!不想看见这儿,也不想看见你!我再也不想在这儿待着了!"

易安像野兽一般疯狂地嘶吼着，他是第一次这样失声痛哭。

"你……"大奇一脸惊讶地说，"你是不是……是不是觉得，哥对不住你了是吧？"

易安压抑许久的眼泪滚落着，不回答他。

大奇眼睛也红了，"行，你长大了。"他把钱包掏了出来，"非洲是吧，离开这儿是吧？好。"

他掏出一张信用卡，"密码你知道，我给你钱，你去。"他把卡递了过去。

易安向那张卡看了一眼。

"拿着。"大奇说，"不是你的人生梦想吗？不是想离开这儿去什么探险吗？拿去。"

"我走了就不回来了，也还不了你的钱。"易安说。

"用不着你还。"大奇说，"我亲弟弟嘛，我就这么一个弟弟，这点愿望我还满足不了吗？我能把你带这么大，我还不能满足你一个愿望吗？"

大奇把卡丢地上，背过了身去。

短信的声音又一次响起来。

"拿着，走！"

易安捡了起来。

大奇抹了把眼泪，背对着他一句话不说。

"哥。"易安说，"其实我刚才是骗你的，我是报了一个非洲探险团，但就去一个月。"

大奇摆手，"快去。"他说。

易安打开了付款界面，把卡号输了上去。

他停下来，"哥，这钱我以后会还你的。"

"你赶紧。"大奇说，"付款。"

易安用袖子把眼泪擦去,输入了金额。

他又停了下来。

"哥,其实这笔钱不少,要是这单能做好,奖金就够了。"

"没时间了。"大奇说,"赶紧付。"

同时,一条条短信催促了过来。

易安手指放在付款键上,却迟迟按不下去。

整个世界仿佛黑了下来,只有一束光照亮着他,他就像一尊雕塑,手指悬空在付款键上方的 0.5 毫米处,凝固在那儿。

探险,这是一件人生中最了不起的事,我说的是真正的探险。它打破循规蹈矩的生活,让人生在那一刻发生变化,它超越平庸,滋生勇气,当你面对巨大的困难而不退缩,那以后没什么事再能打倒你。

一场真正的历险,是一生中一定要做的事。

那里是非洲,有草原,有斑马。

那里是热带,有洞穴,有星空。

那还有狮子,就像那两头食人狮一样,让人热血沸腾。

那是期待已久的梦,是一次自由的选择。

但是它们开始变化了,变成了一个个斑点,变成了声波,变成了一句话。

我没病!我没病啊!

易安的手指抽搐了一下。

他回过头,感觉有一头鹿在看着他。

它吞下了草原,吞下了斑马。

它吞下星空,吞下了狮子。

它吞下了整个非洲,吐出了一个魔境。

易安把手放了下来。

"原来如此。"易安说,"我不是为了拿到奖金,也不是为了去非洲。"

"什么？"大奇问。

"我不想去非洲了，那里并不重要。"易安恍然道。

"我说了，我不阻止你。"

"我真不想去了。"

大奇转过身，"这可是你自己想明白的。"

"我明白了。"

大奇叹声气，"行，那就听我的，在我同学那好好干，回头让他弄个公司旅行，到时候就去非洲嘛。"

"不是。"易安说，"我的意思是，有一个远比非洲还要恢宏，还要魔幻的地方。"

"什么？你到底想去哪？"

"奥茨海魔之境。"易安说，"我渴望的是那儿。"

"你什么意思？"

"不，我得去找陈鸽。"易安忽然招手，一辆正驶过的出租车赶紧停下，易安飞奔着坐了上去。

"你干吗去！"大奇喊，"你给我下来。"

出租车启动了。

"回来！你敢走我就不伺候了！你自己去玩！把自己玩死！"

出租车没有停下。

咖啡馆里，进出的人仿佛笼罩着一层重影，重影在身后跳动。

易安揉了揉眼睛。

"是我不想做了。"陈鸽说，"医生跟我说了，你们是在胡闹。"

"不是。"易安说，"你父亲不想承认自己生病，所以他才怕医院。"

"然后呢？你能起到什么作用？"

"他很绝望，但我一直在陪着他。"

"你为什么这么坚持，你有什么目的吗？"

"本来有，现在没了。"易安说，"非要说的话，我觉得我和他像朋友一样了，我们是一场历险中的伙伴。"

"你能看到他的幻觉。"

"对。"

"所以你在利用他。"

"没有。"易安的手在咖啡杯上不停搓着，"说实话，你父亲有个愿望，我以前没好好对待，但我现在想通了，我想帮他完成这个愿望。"

"什么愿望？"

"他在找丢失的宝藏，他很想找到。"

"那是他胡说的。"

"宝藏不一定是某种宝贝，也可能是某种感觉，某件遗憾的事儿。"

"他这辈子挺知足的，没什么遗憾。"

"不，他很痛苦，他一定丢了什么。"

"他丢了我。"陈鸽说，"他把我都忘了。"

易安松开杯子，"对。"他说，"宝藏会不会就是你呢？"

陈鸽沉默了一会儿，"他说过要找我吗？"

"我还没问过。"易安说，"说不定他要找的就是你。"

"你能让他想起我吗？"陈鸽问。

"让我试试看。"易安说，"让我想个计划。"

晚上，易安坐在宿舍电脑前，打开了搜索引擎。

阿尔茨海默病专治医院，康复疗法，独一无二。
阿尔茨海默病是医学难题，目前没有任何解决方法。
一痴呆症英国老人，因地中海饮食而痊愈。
老年痴呆竟然可以治愈，心理学博士痴呆康复案例，让人深思。

亲测有用！治疗阿尔茨海默病独传秘方！

易安加了对方联系方式，付了两百元的秘方费后，那人迅速将他拉黑了。

易安继续寻找，扩大范围。

爱的力量，植物人因感动而苏醒。

音乐治好了他的失忆症。

达成了人生愿望，他的癌症消失了。

他把这些全都记了下来。

他打开衣柜，找出一件牛仔裤，一件灰衬衫，按陈鸽描述，陈海洋年轻时就穿这种款式。

他穿上后，走到镜子前。

"我是陈海洋。"他对着镜子里的自己说道。

公园里，老人打着太极拳，孩子们沿着大象滑梯的鼻子跑上跑下。

易安戴上了项圈。

"你好，我是你的安全员。"

心声中，说话的人不是大奇，那是一个沉默的人，他只有一个任务，不让易安下线。

这座公园中间有座两米来高的松柏林，拼成一座室外迷宫，弯弯曲曲的，年轻时，陈海洋经常带陈鸽来这捉迷藏。

按照计划，陈鸽躲在了迷宫深处。

她小时候就会藏在迷宫里拉小提琴，让陈海洋听着琴声找她。

"我准备好了。"易安对心声中的安全员说道。

酥麻感来了，熟悉的前奏后，是一个陌生的结尾。

易安的双肩向下一沉，仿佛被压上了石头。

那是一阵疲惫感，无力的疲惫。

易安等待着，但他没有听到心声中的声音，陈海洋一言不发。

"老陈？"易安问道。

他听到哼了一声，而后他的头才缓缓抬起头，环顾向四周。

他的眼皮下垂着。

"心声……"他说，"你回来了。"

他的声音有气无力，像空调罩上的灰尘。

"老陈，你再好好想想，你的宝藏是什么？"

陈海洋摇摇头。

"那这儿呢？你还记得吗？"

陈海洋抬起眼皮环视了一下，又摇摇头。

"你女儿呢？"易安问。

"不在了……"陈海洋说。

"去哪了？"

"在现实的世界里……"

"你有没有想过，你的宝藏就是她？"

"不记得了。"陈海洋说，"她长什么样，都不记得了。"

"也许我们能在这儿找到她。"易安说。

"她也被困进来了？"陈海洋环视四周。

在陈海洋的视线中，这已不是一座公园，而是一座巨大的混凝土建筑里。不远处的大象滑梯关在一个透明的盒子里，不光是它，所有游乐设备都被一个个透明的盒子罩了起来，就像博物馆里的陈列品，整齐地排放着，游玩的人仿佛消失了一般。

"这里只有你了，心声。"

"不仅有我。"易安看着前方的迷宫，它还在，它没有消失，"你还记得女儿的琴声吗?"易安问。

这是一句暗号,当这样说后,陈鸽就会在迷宫里拉起小提琴。

声音响了起来,却不是琴声,而是鹿的鸣叫,从迷宫里传来。

陈海洋聆听着鹿鸣,不由自主地走进了迷宫。

而后,他面前出现了一扇门,挡住了迷宫的通道,那是一扇并不存在的幻觉之门。

陈海洋推开它,走了进去。

门后是一间小房间,白色的墙,空白的天花板,地面上全是碎石,而房间的后墙上又有一扇门。

鹿鸣声出现在那扇门后。

陈海洋继续推开了它,里面是一间一模一样的房间,后面依旧是一扇门。

他继续推开,继续走,不停穿过一间间同样的房间,而鹿鸣声始终在门后。

"我被困住了。"陈海洋说,"我再也出不去了……"

"你别想这些。"易安说,"我们只需要找到你丢的宝藏。"

"又能怎么样呢?"陈海洋说,"我每天都在找,可越找它好像越远,越想不起它是什么。"

"但你说过。"易安说,"宝藏里有钥匙,能让你脱困。"

"我说过?"陈海洋说,"我忘了。"

这时一个新的声音出现了,门后出现了一个女人的声音。

"老陈,你听。"

陈海洋颤动了一下,他又向前走去,推开了那道门。

房间中站着一个女人,正在打电话。

但她的脸是模糊的,看不出五官。

"我最近家里有事,我再请几天假。"她瞥了陈海洋一眼,"怎么又是你。"她放下电话问,"不是说了吗?我不知道你在说什么。"说完,她又拿起电话说了起来。

"陈鸽?"易安在心声中问,但她听不见。

易安忽然发现,自己也想不起陈鸽是什么声音了。

陈海洋疑惑着走过那女人,又推开了她身后的门,新的房间里,还是一个女人在打着电话。

陈海洋回过头,刚刚进来的那道门消失不见了。

"你怎么又在这儿了?"陈海洋问她。

女人放下电话,"你在跟我说话吗?"

"你……在另一个……然后跟我说什么……怎么又到这儿了?"

"我没跟你说过话。"那女人说道,"我正在打电话呢,你们有事儿问别人去吧。"

她接着对电话里说:"假天几请再我,事有里家近最我。"

她说着一串听不懂的话。

"她在说什么?"陈海洋问。

"她在倒着说刚才的话。"易安愣了片刻,"这儿的时间是错乱的。"他说。

女人的声音在倒退,就像陈海洋的记忆一样。

罗洋医生的话回响在他脑海,随着症状加重,时间感会发生错乱。"乱的……乱的,都是乱的。"陈海洋忽然快步向前,一扇扇推开后面的门,没一会儿,他开始不顾一切地往前跑,"逃出去,逃出去!"他大叫着说。

模糊的女人出现在每一个房间里,她不停分裂,变成几十个、几百个,她们的五官混淆着,都面对着陈海洋,"你病了!你病了!"她们喊。

"我没病!我没病!"

而陈海洋的面前出现了一张张纸,每一张都写满了——你病了!你病了!

"我没有!没有呀!"陈海洋疯了一样地喊道,"心声!你快救救我。"陈海洋向他呼救,"你快救救我呀!让我从这儿出去,救救我!我再也不想被困在这儿了,不想了呀!"

他绝望地看着四周,忽然低下头,拼命地向一片白墙撞了过去。

一阵钻心的刺痛,陈海洋穿过了松柏的枝间,无数松针刺扎着他。

那道墙外,一只鹦鹉看着他,而后,它变成了大奇,手中晃着一张纸,上面写着——你病了。

陈鸽跑了出来,哭泣着。

除了绝望,陈海洋什么也没想起来。

八

宿舍门被踢开，突如其来的阳光刺进来，落在满地被撕成碎片的历险日志上，落在一顶破帐篷上。

帐篷里，易安蜷缩着，直到他被老黄拎了起来。

"谁让你关机的？"老黄抓着他的领子，"你不知道总部今天就要开发布会了吗？"

"我没办法。"易安像过电一样地颤，"我不会治病，不是英雄，不是勇士，我全都做不到。"

"陈鸽退单了。"老黄怒不可遏，"这是你的责任。"

"我只能让他痛苦，让他失望。"易安抽搐着嘴角，"我以为都像剧本一样，以为会有圆满的结局，我以为会成功。"

老黄把控制器、AB两个项圈都塞给了他，"你现在无论用什么办法，让陈海洋上线，带到发布会场上。要不咱们公司全完了。"

他把易安推出了宿舍。

易安失魂般地走在街上。

他感到血液中混合着什么，是陈海洋的绝望与痛苦，像咒语般压在他身上。

他感到这世界也闪烁起来，开始变得不再认识。

他正随着一个车轮滚动，那是辆冲向前方的蒸汽火车，带他驶进噩梦。

他像个木偶，徘徊到陈海洋家的楼下。

开门的是陈海洋的保姆。

她带他走进去，这是他第一次看到陈海洋。

比想象的还衰老，白发下，他眼睛眯着，驼着背，一副痴呆的模样，手不停地在肩膀上划动。

"他在干什么？"易安问。

"拉小提琴，他以为自己手里有个琴，最近每天都这样。"保姆把门关上，"他谁也认不出来了，你还是回去吧。"

"他会拉小提琴？"易安问。

"不会，陈小姐才会，你还是走吧。"

"不，我再坐会儿。"易安说，"我走累了，能不能帮我烧点热水喝？"

保姆狐疑地看了他一眼，她走进另一间屋，关上了门，易安听到她打电话的声音。

易安偷偷回到陈海洋的屋子。

"老陈，我来看你了。"他说。

陈海洋无动于衷。

"还记得我吗？"易安问。

他不说话，却摸了摸自己光秃秃的脖颈。

电话响了，易安接起来。

"快点，好了吗？发布会要开始了。"老黄在电话里叫着。

易安挂断电话，从包里取出了控制器和 AB 两个项圈，分别戴好后，他按下了连接。

陈海洋立即侧卧在床，而后，他在易安的身体上醒了过来。

"你是谁？"陈海洋问。

"是我。"

亲吻人类

"谁?"

"你的心声。"

"心声……心声,你终于来了,你去哪了?"陈海洋竟然哭了,"我以为你也离开我了。"

"老陈。"易安悲伤地说,"我想带你去个地方。"

"你知道宝藏在哪了?"陈海洋说,"好……你在了,我肯定行。"

他站了起来。

保姆冲了进来,"谁让你进来的?"

她的样子变了,变成了一堆颜料,正在蠕动。

陈海洋一把推开了她,"是这个变形怪。"他说,"是它不让我出去!"

陈海洋不顾一切地跑了出去,那头变形怪在身后追逐着他,直到跑下了楼,跑到了大街上,它才渐渐消失了。

四周的建筑都鲜艳无比,好像画中的世界。

易安继续引导着他,直到在一座图书馆前停下,那是要开发布会的地方。

"宝藏在这儿吗?"陈海洋问。

"是。"

易安说完,一头鹿出现在图书馆门前,转身跳了进去。

"它变小了。"陈海洋说,"是不是它的力量也变少了?咱们是不是要打败它了?"

易安没回答这个问题,"老陈,咱们进去吧。"他只是说。

陈海洋向图书馆迈了一步,同时,图书馆缩小了一圈儿。

陈海洋又走了一步,图书馆又小了一圈。

"它不想让咱们进去。"陈海洋说,"那就说明宝藏就在这儿。"

这时,鹦鹉出现在了图书馆门前。

"是鹦鹉。"陈海洋高兴地说。

鹦鹉看着易安,他们没说话,对望着。

"它在引导我们。"陈海洋说,"我知道了。"

说完,他迈开步子向它冲了过去。

鹦鹉的大小没变,但它身后的图书馆却因陈海洋的靠近在急速缩小,几秒后,门小得看不见了。

陈海洋瞄准了鹦鹉的位置,一头冲了过去,瞬间,他扑进了图书馆的大厅里。

到处是窃窃私语声。

他站了起来。

面前所有的东西都大得出奇。

发布会的桌子上,书签、钢笔、小礼品如同一粒种子里茂盛而出的枝芽,巨大开成一片,挨挨挤挤地钻在这张小桌上,像小柄的蘑菇屏。

柜台后站着一名接待员,它是一本巨大的书,书封像手臂样叉着腰,书页微微起伏,像在呼吸。

那本书向里一指,"都在等你呢!"

陈海洋走进去,眼前的图书馆硕大无比,仿佛一座巨大的书的山谷,周围的书架高耸入云,一本本书就像是层层叠叠的山峰,气势磅礴。而他则如此渺小,仿佛是这片书山中的一粒尘埃。周围都是书,它们用两个书角行走,脸上写满了字,好像每个人都有自己独特的故事。最后它们全坐到一张张椅子上,时而翻开一页,时而合上一章,就像是一个个会呼吸的故事在向他诉说。

这些书都望着他们。

袅袅青烟下,一座舞台升了起来,高高地悬到天空上。

一本黄色封皮的书在那舞台下站着,"终于到了!"那本书高兴地说,"欢迎各位领导和记者的光临,发布会现在正式开始!有请本公司的配者易安以及陈海洋先生上场。"

书们用书封鼓起掌来。

"它在叫谁？"陈海洋问。

"叫咱们。"易安看向那悬空的舞台。

陈海洋走到舞台下，"怎么上去呢？"陈海洋问。

易安也不知道，那虚幻的舞台太高了，不像他能到达的地方。

"对，我不是会魔法吗？"陈海洋想了起来。

他面向高空的舞台，"我要上去！"他喊道。

好像地震了一样，书本从书架上像陨石似的落了下来。它们落到半空，两边一展，长出了翅膀，展开的书页中，成片的文字又飞了出来，它们像被关住的飞鸟，从书页间盘旋而下，群集于书谷之中。逐渐，这些文字拼成了一条梯子，直通向了那个舞台。

"你看，果然管用了。"陈海洋说着爬了上去，下面的书们却交头接耳起来。

"这只是我们的其中一个展示。"那本黄色封皮的书又站了起来，"是一种行动力，健康的表现。"它向其他书解释着。

陈海洋向上爬着，这条天梯没有护栏，全由文字组成，黑漆漆地镂空着。

"老陈，你真要上去？"易安忽然问。

"当然。"陈海洋说。

"万一那里什么也没有呢？"易安又问。

"不会，宝藏肯定在上面。"

这时，阶梯变得越发狭窄和倾斜了，渐渐地，他只能手脚并用地向上爬。

两本巨人般的大书立在了阶梯两旁，一左一右像两座高山。

"下去。"左边的书说道。

"回去。"右边的书说道。

它们向阶梯俯下身去。

"渺小、无知的人,回到无知的世界去!"它们发出震彻山谷的吼声,易安的耳膜嗡嗡作响,脚下的阶梯也摇摇晃晃,发出脆裂声。

陈海洋不理会,继续攀登。

"老陈,要是我错了呢?"易安问。

"你怎么会错,你是我的心声。"陈海洋说。

下面的书们都围了上来,站在山谷下,它们向上呼唤着。

"危险!快下来!"

"下来!下来!"

所有的书都对他们喊叫,而面前的阶梯越来越长,陈海洋继续爬着。

"一定在那儿,一定在那儿。"他喃喃自语,而后,天梯的尽头出现了一片金色的光芒。

"你看,是宝藏。"陈海洋激动地说。

"老陈,万一这些只是,只是你的想象呢?"易安问,"如果这片光只是因为你相信,所以才存在的呢?"

"心声,你怎么了?"

"如果我和你一样,也是一个困在其中的人呢?"易安说,"我也是一个想要解脱,却困在这儿出不去的人呢?"

陈海洋停了下来,"所以,咱们才要找到它呀。"他说。

"老陈,你可能没有宝藏,我们都没有,它可能只是一个设定。"

陈海洋向上看去,四周的文字正化为碎片,坠入深渊,光越来越近了。

"不可能!"说完,阶梯在他脚下碎裂了。

陈海洋跳了起来,扑向了那片金色的光。

他从光中穿了过去,而后光消失了,他的手在虚空中抓着,露出了不可思议的表情。

他什么也没抓到,他只是摔了下去。

九

易安反复看着那天的录像。

画面里,陈海洋爬上了高高的取书梯,每一步都是颤颤悠悠的,人们都想把他扯住,可他还是爬了上去。

他下落时,就像一辆驶出轨道的列车,但终于停了下来。

公司大门紧闭,门口贴着一张暂停营业的封条。

易安站在紧闭的门前,手中拿着两张辞退通知书,一份是他的,一份是大奇的。

被停职检查的老黄也出现在这儿,看到易安后,冲上来攥住他的手,"是不是真的有疗法,他的病是不是真有起色,你告诉我,要是有,我们还有希望。"

易安无言以对。

最终,老黄松开了手,默默地走开了。

大奇发来了信息——我在医院照顾陈海洋,你就不要来了,最近咱们也先不要联系了。

易安走到医院,像被钉住了一样,呆站在门外,他仿佛看不到其他人了,只看到蹒跚的陈海洋,依旧在孤独地寻找着宝藏。

他像在一面破碎的镜子里寻找着,追问着,"心声,你在吗?你也离开我了吗?"

易安闭上眼睛,却逃不开那句句追问。

"你是易安吧？"

他睁开眼，看到了罗洋医生。

"我就想问问，你为什么会觉得配体对他的病有帮助？"

易安苦笑了一声，摇摇头。

"如果不配合药物治疗，单纯因为心理原因不会造成记忆好转。你在服务时，陈海洋有恢复过记忆的迹象吗？"罗医生又问。

"是我撒谎的。"易安承认道，"他的记忆从来没有恢复过……"

罗医生想了想，拍拍他的肩，什么也没说就走了。

行人穿梭，高楼林立。它们本是他幻想中的城堡、幽暗的隧道、徘徊的精灵，可现在它们都变得现实起来，冷冰冰的。

易安坐在街角，看着这真实的世界，任凭时间流逝，一天又一天，脑海中没有任何幻想了。

人难安逸，又何处易安呢。他把头埋在膝盖上，只感觉时间在加速前进，带走了所有感觉、所有愿望。

有人坐到了他身边，打了声招呼。

易安茫然地抬起头。

"你忘了？那天在我画廊里。"他说，"我还打了你一拳。"

易安想起来了，是画廊里的老师，他现在有眼睛了。

"别误会，上次的事儿是我太冲动了，我一直在找你。"老师笑着说。

"你找我？"

"我想跟你道歉，而且还想问你，你是陈海洋的学生吗？"

"你认识他？"

"怎么会不认识，我那个画廊就是他捐的。"

"他捐的？"易安从不知道这事儿。

"他没和你说过？也是，他病了，记不得了，一代传奇大师，遗憾哪。"

"他是什么传奇大师？"

"传奇画家呀。"老师说，"他60多岁之后才开始学画，也没拜过师，没专门学过，但风格独树一帜。所以我猜想你是他的学生，因为你当时画的就是他的风格。"

"陈海洋是画家？"

"不然你是怎么画出来的？"

"我是……那天是他在画。"

"你别和我开玩笑了。"老师说，"陈老先生得病之后，早不会画画了，连笔都认不出来。可惜了，他是个不服输的人，他的故事一直在鼓励我。"

"陈海洋……后来不会画画了？"

"早就不会了，说起来也是励志，得了白内障之后他才开始学画，竟然还成功了。"老师说，"按理说，如果画家得了这病都得绝望，可他偏反着来。得了病后非要自学画画，就是要证明这病奈何不了他，没想到还真取得了如此大的艺术成就。他用卖画的钱办了这家画廊，自己却脱身而出，哪想晚年又得了这个病。对了，如果你再见到他，请帮我带句话。他一直强调解放学生的创造力，不要被束缚，这也是画室的初衷。上次你说了和他一样的话，我回去想了很久，是我走错了，总想着考试的事儿。你告诉他，我以后会改正，不为了考试，只求解放创造力，让学生们找到自己。"

易安坐正起来，"你等等。"他说。

他和陈海洋说，回忆鹿魔会去的地方，然后鹿就去了画廊。

他让他想起魔法，他就画了画，他的咒语，是他以前的初衷。

易安站了起来。

"你怎么了？"老师问。

"陈海洋想起来过,他的记忆恢复过!"

电话响了,是大奇打来的。

"易安,你赶紧来医院一趟,老陈要不行了,他想见你。"

易安和老师赶到医院的时候,大奇正等在 ICU 病房外,那老师听说陈海洋能画了,还特意带了一箱画具来,可看到围在外面的家属和朋友们的表情,他意识到这是奢望。

"陈海洋最近的情况越发严重,一会儿进去你陪他说几句话。"大奇说,"他昏迷时一直在叫你,说想再听一听心声,他把什么都忘了,就只还记得你。"

易安悲伤地点了点头。

进去时,陈鸽坐在病床边,罗洋医生正在调整检测仪上的数据。

病床上的陈海洋像束枯枝,干瘪地躺在那儿。

易安走到病床前蹲下,听着陈海洋游丝般地喃喃自语。

"老陈。"易安俯在他耳边说。

"心声……"陈海洋竟听出了他的声音,"我一直在等你。"

"我来了。"

"我就想问你,咱们是不是再也找不回宝藏了。"

易安的眼圈红了,"能找到,能。"他忍着眼泪说。

"那带我走,继续找……"

"你能……让我们再试一次吗?"他问陈鸽。

陈鸽攥住病床上的被单,"你还没折磨够他?"

"我只是想完成他的愿望。"

"是你的愿望吧?"

"他想起来过,真的,他想起了画廊,还想起了画画,他肯定还能想起宝藏是什么。"

"你少再骗我了!"

"他说的是真的。"老师走上来说,"我现在才知道当时的人是陈老先生,怪不得语气都那么像,我作证,他当时真的画了。"

"他回忆起过什么?"罗医生回头问道。

"你别相信,他一直在骗我。"陈鸰说。

"这次我真的没骗你。"

"你们先听我说一句。"罗医生打断了争吵,他思考了片刻,"我是他的主治医生,相信物理疗法。"他说道,"但有件事儿我一直很在意。"

"什么事?"大奇问。

"其实以陈海洋的情况,现在这种恶化速度才是正常的,但给他做了检查后,发现他之前的那段时间,病情进展停滞了一段时间。"

"之前?是我们服务的时候?"

"并不是说我要承认什么,但如果他真有过恢复记忆的迹象,我倒觉得可以再试试。"

"你是说配体能改善他的病?"大奇问。

"毕竟他现在这种情况,应该在一个月前就出现,但他的某些神经递质好像恢复分泌了。"

众人看向了易安。

易安拿起了电话,"我这就联系老黄。"他说。

十

"公司被封查,这些设备是我偷出来的。"老黄到医院时气喘吁吁,"你们得快点,总公司发现了,都在找我呢。"他接到易安的电话后像恢复了新生一样,直接偷了设备跑到了医院。

大奇为两人戴上项圈,打开了控制器。

一股莫大的消沉感在易安的肌肉中苏醒,是一阵难言的刺痛,每一块骨头都在破碎一样。易安感觉自己就像刚刚跑完一场马拉松,疲惫与无力让他的眼皮也垂了下来。

而这正是陈海洋真实的感觉,是折磨着他的病痛,在脑海中留下的深刻印记。

他的声音变得空灵又缥缈,像在两个世界间徘徊。

"心声……"

"老陈!"

"这是哪啊?"

"奥茨海魔之境。老陈,我带你去找宝藏了。"

"心声……"

"我在呢。"

"我累了……"陈海洋微弱地说着。

"老陈,我这次陪你好好找。"

"这次,我们能找到了吗?"

陈海洋静静地等待着心声的回答。

"也许不能。"易安说,"老陈,我不会再欺骗你了。我不知道能不能找到。可就算不能,咱们还是要找。"

"为什么……"

"因为这就是你的人生,因为你的人生从没被打败过,你一直都会爬起来。老陈,也许我们的人生就是这样,我们可能不是在追求结果,而是在追求一个过程,老陈,人生就是一场历险。"

"人生就是一场历险……"陈海洋慢慢站了起来,他穿过那些围着他的人,五官模糊的人。他又一次走了出去,用那具同样疲惫的身体,他再次走进了一个陌生的世界。

油画般的颜色像在经受着水流的冲洗,他的世界在融化,在褪色。

陈海洋向前走着,慢慢地,四周的颜色都消失了,白色的矩形漂浮在四周。

世界没有了具体的样貌,从他的眼前渐渐消失。

陈海洋看着它们,"什么都没了。"他说,"我也忘了自己是谁了,永远都不会记得了。"

在他的呢喃中,矩形的世界又变化了,成了一根根简单的线条。

"你的探险还没结束。"易安说,"你的人生也没结束,试试你的真识之眼,看看还能看到什么。"

陈海洋闭上眼睛,又再次睁开。

世界的线条闪耀,变成了五线谱,谱子里,一头鹿的残影向前飞奔着。

陈海洋又一次向它走去,那鹿影也在慢吞吞地跑着,配合着他缓慢的步伐。

但他永远也追不上。

它是陈海洋世界中最后的影子,而不久后,它也消失了,一堵无形的墙挡住了他们。

在他们身后,一群线条组成的人走了过来。

他们发出老黄的声音、陈鸽的声音、老师的声音和大奇的声音。

但他们只是线条,没有形状。

陈海洋摸着那堵墙,"心声……我是不是也要消失了?"他问,"你也要走了吧?也要消失了对吗?"

"我会陪着你。"

他们一起盯着那堵墙,空白的,一无所有……

"老陈,你还想再画一幅画吗?"

"画画……"

"你忘了,你会这个魔法。"

"我不记得了……"

"你试试。"易安在心声中呼叫了大奇,"让老师从画箱里拿支笔来。"

一会儿,一支画笔被一股空气托了过来。

那笔也是透明的。

"你用它来画。"易安说,"用你的魔法来画。"

陈海洋接过画笔,在墙上画了一道。

他画下了一条颜色。

"继续。"易安看到那些颜色,惊喜不已,"老陈,继续画。"

陈海洋画了下去,更多的颜色出现了,可同时,这些颜色也在褪去,沿着画过的痕迹而消失。

"别停。"易安说。

可陈海洋赶不上褪色的速度,他的动作变得越来越慢。

"算了。"那些线条人在身后劝道,"回来吧。"

"继续画。"易安说,"别管他们,把世界画出来,把你的宝藏画出来。"

"易安,他记不起来了。"大奇在心声中说。

"哥,他们能听到我的声音吗?"易安问。

"你想说什么?"

"你把控制器的音量调大。"

大奇照做了,"好了,你说吧。"大奇说。

"对不起。"易安的声音从控制器中传出来。

"我对不起大家,对不起你们所有的人。我是一个配者,一个曾经骗了你们的人。但其实我有个梦想,我工作时,都在一个神秘的地方,我在那里一直寻找答案,在一场场险境中寻找我的人生。"易安说,"但我遇到陈海洋之后,我发现曾经的幻想都是无所谓的,它们纯粹是我的想象,所有的过程、得到的结果,都是我想出来的,都是我想要的。在他的这场人生历险里,我们在寻找的东西却无法用想象得到。你们有想过吗?想过陈海洋到底在想什么吗?想过他的宝藏是什么吗?陈鸽,你知道吗?"

陈鸽摇摇头。

"大奇,你想过吗?"

大奇默不作声。

"你们其他人,有人想过吗?我一开始也没想过,那只不过是他病了,他什么也不记得了。可他相信,他相信有。他忍受着孤独,咬着牙去寻找。你们看过他的世界吗?我就在这儿,他的世界让他感到无比陌生,他在这里一次次痛苦地倒下,又一次次站起来,他忍受着折磨,却从不想放弃。因为这是他人生的历险,他只能走完,一个人孤独地走下去。他身边的一切都在消失,拥有过的,一瞬间没了,在乎过的,也不知是什么样子了。他忘了画画,忘了爱着的人,忘了自己是谁。可他有什么办法呢?他能怎么办呢?只能再走下去,只能有一个宝藏存在,因为只有这样才能鼓励着自己走下去。直到他忘了丢失的是什么,他还在寻找着。请让他走完可以吗?让他去追求,把这场人生的历险完成好吗?这是他最后的机会了,这是他唯一可做的有意义的事情了。"

墙边,店里的员工跑了出来,看到了陈海洋正在他们商店墙上涂抹。

他们有人大声阻止,有人拎来了水桶,要趁着颜料没干把它们冲走。

而此时围着他的人默不作声,听着心声的声音。

老师走了上去,他也从画箱中拿起一支笔,在墙上画了起来。

大奇走到一个员工边上,拿过他手中的水桶,又去画箱那儿把颜料挤了进去,水变成了彩色后,他拎起来泼向了另一堵墙。

他们开始一个个加入进来,加入了陈海洋的历险中。

他们挥洒出颜料,为陈海洋的世界添上新的颜色,红的、黄的、天蓝的。

陈海洋看着它们,"回来了……"他说。

陈鸽哭了,她也冲了上去,把没泼完的颜料桶举起来,淋在了自己的头上,彩虹的色彩顺着她的脸流淌,她站在陈海洋面前,让他看到自己,看到他的女儿成了他世界中的一片色彩。

老黄上前扶住陈海洋的胳膊,托着那支笔,让他继续画下去。

他们都加入了进来,开始在陈海洋的世界中作画。

店员们的叫嚷声引来了路人的围观,几个人挤了进来,那是总公司的人,正在寻找老黄偷走的项圈。

他们向陈海洋走去。

大奇拦住了他们。

陈鸽也挡在他们身前。

老黄、老师和陈海洋的亲人朋友们,他们阻挡着那些人的靠近。

"继续画!"

"继续画!"

继续画,让你的世界回来,让你的宝藏显形,让你去追逐,去经历,去历险,去追求你的一生吧。

可陈海洋却把笔放下了。

在他眼前,那些画出来的色彩完全消失了。

世界变成一片茫茫的白色,连线条也没有了。

他低下头,一只瑟瑟发抖的小鹿伏在他脚下。

他蹲下抱住了它。

"我是不是……"他向它问道,"真的病了。"

鹿在他怀中化为无形。

陈海洋流下了眼泪,"我病了……"他说。

十一

ICU 外，护士来来往往，病人与家属的表情各异。

陈海洋的病情再次恶化。

人的能力是有限的，追求一份美好、保住一份工作、完成一个愿望，未来简简单单地展示在眼前，而到达的旅程却无比辗转蜿蜒。

就像陈海洋最终看到的那片白茫茫的世界一样，现实是充满遗憾的。

"他的世界到底是什么样的？"陈鸽问，"有我吗？"

"和这个世界完全不同，他看不到你真实的样子。"

"因为他看不到……所以他就忘了……"

"但他想回忆起来。"

"他和你说的？"

"不是，是我已经知道他的宝藏是什么了。"易安说，"但他找不回来了。"

"是什么？"

"就是他丢失的记忆。"

记忆，那就是陈海洋丢失的东西。

"忽然有一天，他什么也想不起来了，有什么珍贵的东西消失了，他以为那是一个丢失的宝藏，他发疯般地去寻找它，想摆脱这片困住他的幻觉。"

"可他的记忆回不来了，也认不出所见的一切了。"大奇说。

"我还挺羡慕你的，能进入他的世界，要是有机会，你能把他世界的样子写出来吗？我想看看。"陈鸽说。

"我试试吧。"

"为什么你能看到他的世界？"陈鸽问。

"配者在服务时会看到对方眼中的世界，跟脑信号有关。"大奇说，"哪怕是幻觉。"

远处，老黄跟那些总公司人解释着，"现在他在里面，等一会儿，再给我点时间，我会把项圈取出来。"

他还不时看向易安，试图是在问他，都结束了吗？

都结束了吗？

罗医生从ICU中走出来，"还有什么想说的话，现在就去对他说吧。"

但易安只盯着大奇，还在想着他刚刚说的话。

他站了起来，"我能把宝藏给他。"他说。

病床上，陈海洋闭着眼，戴着呼吸器，身旁的监视器孱弱地弹动着。

"老陈，你醒着吗？"

他不答。

"老陈，听听，我是你的心声，我来了。"

心跳仪颤动了一下，但马上又恢复了。

"我是鹦鹉，你还记得吗？"大奇在边上问。

陈海洋依旧没有反应。

"老陈，就算你不记得了，我还是得告诉你，谢谢你，你为我带来了一场难忘的历险，让我勇敢面对，让我了解自己，但我答应过你，要帮你找到宝藏，现在，我帮你找到了。"

陈海洋的呼吸变得急促起来，他仿佛能听到易安的话，想要回应易安。

"把项圈给我们戴上。"他对大奇说。

总公司的人带着老黄进来了。

"大奇，快点！"易安催促道，"给他戴上B项圈，我戴A的。"

"什么？那不就是……你上线了他吗？"大奇说着，忽然明白了什么，他赶紧拿出项圈和控制器，给两人调换了位置，易安戴上陈海洋一直戴的那个，陈海洋戴上了配者的那条。

"请求连接。"

"基地收到。"大奇按下申请键。

这是易安第一次上线到别人身体，每一次，他将身体贡献，迎接陌生的灵魂降临。而这次他的灵魂出去了，化为空气中一段隐含的信息流，进入了陈海洋的项圈中。

那副垂老的身体让他感到了一阵无比的疲惫，但他努力着，让这副衰败的身体渐渐苏醒。

他睁开了眼睛，这次是易安睁开了陈海洋的眼睛。

他转过头，看到了那头雄鹿，它高大地站在病床边，以坚毅的眼神望着他。

"我终于知道为什么你能看到鹿了。"大奇说，"他右眼的白内障，里面混浊的图案，就像一头鹿的样子。"

这就是为什么总有一头鹿凭空出现，那就是他的真识之眼，是眼中图案产生的幻觉。

易安在心声中呼唤着。

"陈海洋，你看，这是你的宝藏。"易安侧过头，向身边望去。

雄鹿消失了，在陈海洋面前，他的女儿、他的朋友们，他们都在看着他。

人生历险记

陈海洋看到了那一张张熟悉的面孔，看到了曾经被奥茨海魔之境所蒙蔽的世界。易安的大脑为他解析，为他还原，让他看到那个曾被他遗忘的世界。

陈海洋认了出来，他不再拥有幻觉，他在被一个健康的大脑控制着。

他在心声中，一个个叫出了他们的名字，而随着他的声音，易安也将这些名字说了出来。

他全都记起来了。

"对……这就是我的宝藏。"

在场的人都哭了，他们上来拥抱住他，和他一起哭着，陈海洋的宝藏终于找回来了。

十二

闷热的雨林中,古怪的鸣叫声不绝于耳,一声惊雷后,硕大的雨点倾盆而下,溅射出一片迷雾般的幻境。

易安依靠着树叶的遮蔽,在丛林中穿行,逐渐看不到前方的路。

"基地,基地,收到请回答。"

"收到,我是鹦鹉,注意你所在的位置有古生物信号反应。"

"那我应该往哪走?"易安问。

"你随便吧。"

"什么叫随便?"易安说,"老羊,基地那边可能有干扰了,你做出自己的选择。"

"要不我们还是回去吧。"老羊在心声中说道,"古生物是不是很危险?"

"相信自己的心声,再说你用的身体是我的,怕什么,勇敢地前进。"

老羊迈开腿,小心地往前走去,面前的池塘里忽然露出张大嘴。

老羊嗷嗷叫着,转头就跑。

"你别怕呀。"易安说。

"那是条大鳄鱼。"老羊继续跑。

"大鳄鱼怕什么,再可怕的咱们也对付过。"

"小队注意。"大奇又在心声中说道,"你们正在接近目的地。"

浓雾散去，面前是个两米来高的断崖，上面盖着张攀爬网。

"你听，基地说找到信号来源了。"易安提示道，"就在这上面。"

"我可不敢上去。"老羊犹豫着，"我怕高。"

"越是怕咱们越要挑战它，战胜它，你就不怕它了。"在易安的鼓励下，老羊终于提起了勇气，向那张网爬了上去。

可他爬到了一半腿就打哆嗦了，"不行了。"他说，"我不敢动了。"

"大家一起给他鼓励鼓励。"

四周响起了加油声，"加油！加油！"

老羊咬紧牙关，终于迈了上去，可是网子因为沾了水，他脚下一滑，哎呀一声摔了下来，跌在了两层厚的保护橡胶垫上。

易安坐了起来，发现老羊下线了。

大奇从造景的雨林中走出来，把烟雾机和淋雨机关上。

"这个老羊，就他一直这么胆小。"他又把塑料鳄鱼头从水洼里扯了出来。

在这片造景外坐着一圈老人，他们却不在乎，个个鼓着掌。

"老羊不是胆小，他只是还在恢复期。"易安站起来说，"他年轻的时候经常参加户外运动，还跳过伞呢，就是病了之后摔过腰，后来就什么也不敢了。反正我这身板硬，随他折腾。"

"对了。"大奇说，"记者还在等着你呢。"

"罗洋不是帮我对付了吗？"

"人家是来找你的。"

"我不擅长应付记者。"

"不擅长也得去，你不是说了吗？人生就是场历险，这也得算是历险的一部分。"

易安把一身全是泥的衣服换掉，来到了会客室里。

"大冒险家。"

"刚忙完哪。"

记者们向他问候。

"我们刚刚在采访罗洋教授。"

罗洋医生就坐在他们之中,跟他打了个招呼,"我刚跟他们介绍了我们的工作。"

"你们这家公司是专门针对患有阿尔茨海默病的老人,很有特色,刚刚通过介绍,听说现在已经取得了很大成功?"一名记者问。

"这是罗医生的功劳。"

"从医学成像上显示,通过这样的结合,病人的损害区域,组织有重新滋生的迹象。"罗洋说,"易安的这项发现引起了轰动,所以他被升为这个项目的负责人,与我一同协作。"

"我其实做得不多。"易安说,"弄了这块场地,然后塑造一些历险情景,让老人上线,按我们设计好的情节历险,情节中加入他们人生经历的部分,为的是强调和巩固记忆,主要还有恢复他们的信心。"

"而最主要的是,"罗洋医生说,"最后还要加入一个反向的程序,这点很关键。有些人在发病之后,会缺失对这世界的认知,而前期在让他们重获信心后,我们会反着配体,就是易安上线他们,这样他们就能看到真实和正常的世界,记忆又回来了。"

"这种方法让病情得到了缓解?"

"对。"

"是怎么找到这办法的?"

"这就是易安的功劳了。"罗洋说。

"也不能算。"易安说,"我就是喜欢历险罢了。"

记者们笑了,"那你什么时候真去历险一次?"

"历险嘛。"易安也笑着说,"可以分很多种。"他说,"我可以亲自去,也可以幻想,把它们写出来,那也是一种历险。"

"你要写书了吗？"

"有什么不能试试的呢？"易安说，"人生嘛，本来就是一场历险。"

采访结束后，易安开始认真想这件事儿。

穿过走廊，他看到画廊的老师正在教老人们画画，"解放创造力。"老师说，"想怎么画就怎么画。"

老人们笑得不可开交，而老黄毕恭毕敬地一个个给他们发画笔，那些人笑容可掬地向老黄表示感谢，老黄的脸色也不再那么黄了。

这个项目开启后，人们都来了，都找到了自己的位置，易安则回到了自己办公室。

老师来这儿教老人们画画，老黄虽然被降级，但他愿意跟着易安，他喜欢为客户服务。他的努力得到了认同，现在心满意足，再也没有什么发愁的事了。

而大奇依旧做着安全员，那就是他的愿望，安安心心做一件工作，做一辈子。

每个人都在这儿找到了自己的愿望，找到了自己的宝藏，他们都经历了一场属于自己的历险。

易安坐下来，看着窗外。

美丽的阳光倾泻而下，在楼下的院子里，一首优美的小提琴曲洋洋洒洒地演奏起来。那位拉着小提琴的女人面对着阳光，愉快地奏出曲子，在她身边，一位老人坐在那儿，用画笔轻轻在画板上点触，描绘出一头活灵活现的鹿。

易安会心地笑了，他转过身，打开面前的电脑，他的历险又要开始了。

他在键盘上敲打起来——

人生平凡而漫长，又短得来不及回望。

你看一部电影、读一本小说、办公室里摸鱼、辅导孩子作业，年复一年，日子平淡如水。你以为生活毫无来由地开始，莫名其妙地结束。可有一天，你发现电影的魔怪映进现实，小说的内容正在发生，一头吸血机器成为你的老板，孩子的作业化为咒语辞典。也许你落荒而逃，也许你咬牙前进，但相信我，朋友，请开始你的历险吧，这才是人生。

房泽宇，科幻作者，时装摄影师，短篇代表作《向前看》《青石游梦》，长篇作品《梦潜重洋》。《垃圾标签》获森雨征文银奖。《电与雷》出版收录于《大国重器》，《繁衍宇宙》出版收录于《另一颗星球不存在》。多篇作品参加科幻春晚，擅长悬疑幽默，风格多变。

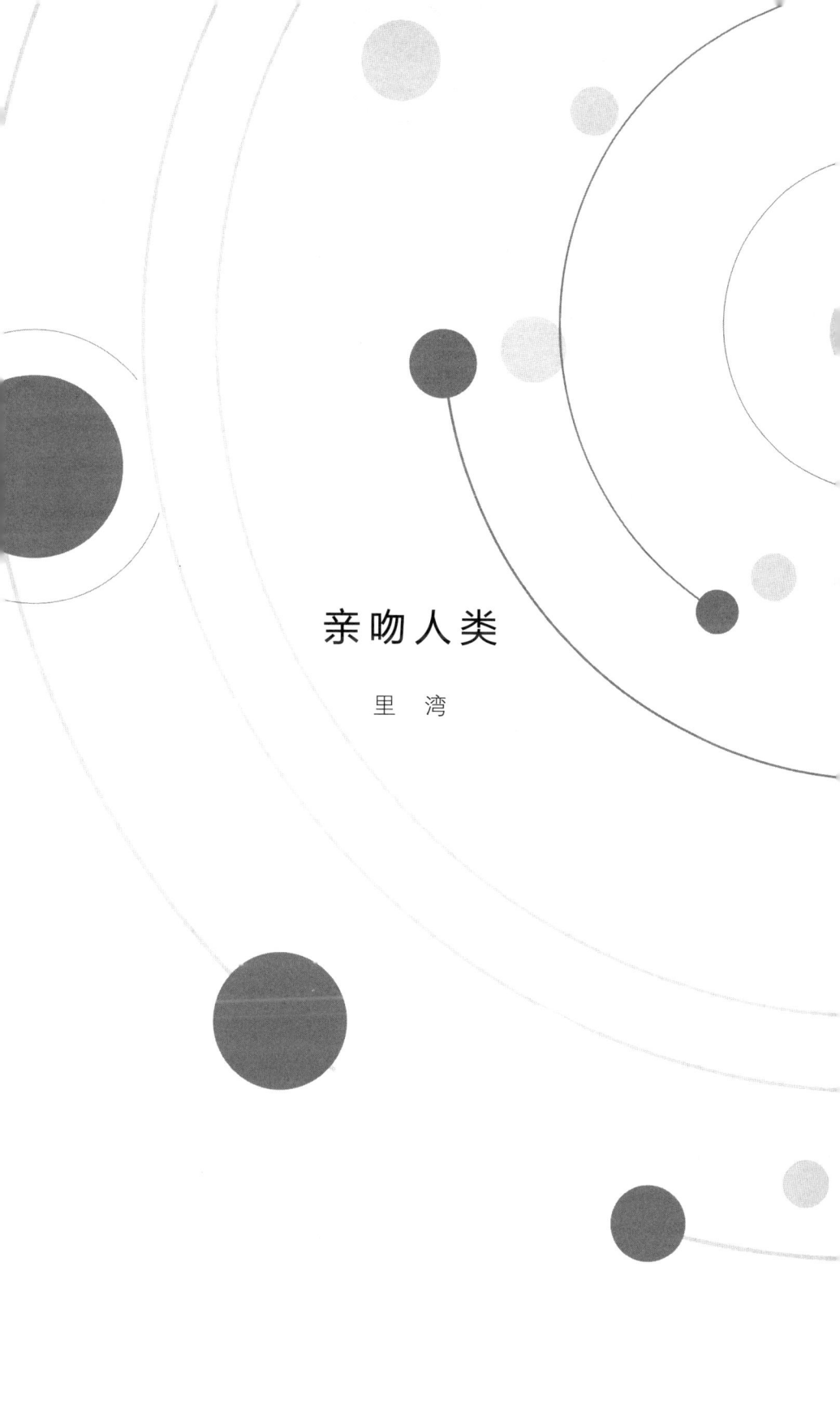

亲吻人类

里 湾

引 子

南方的某一地,山川连绵,村落挤挤挨挨。

众多的山村中,竟有一个终年阴雨。

玛哈吉窠。

偶尔放晴时,村落的圣坛架起篝火,火光掩映在迷蒙的山雾中,祭司漫歌。

既为从前,也为今后。

十里八乡的人都期待雨停,到时候,家家户户携干粮、腊肉、果酒前往圣典。

虔诚的母亲夜夜观星,盼晴。

终有一日,她夜半推门,手电光沙沙,行将在山川林木间。

拂晓,远方传来第一声幽吟,前路火光影绰,她到了。

早有人跪在圣坛前闭眼祈祷,等候祭司的传唤。

"请——起。"祭司音色枯哑。母亲颤颤巍巍地起身。

"凡人,来意——为何?"

她此行是为远赴异乡的独子祈福。祭司手舞足蹈地念了一通咒,在母亲的眉心点了一笔红墨。

"我孩子生来性子倔,拗不过。在家太太平平,多好。"母亲怨道。

"人走的路总是不大相同的。"祭司语。

"我生怕,他的路总会不太平。"

"从来没有太平的路,只有该走和不该走的路。"

"我的孩子,心野铺满了野草,一点就燃,我生怕他燃到自己。"

祭司默然。他吆喝侍从,侍从呈上一只竹篮。

祭司左思右凝,方从篮中取出一枚牛首玉佩。透过火光,玉佩光泽幽沉,宛似月光下无边的山林。

"回去后,持玉佩,红墨点额,绕九转,给他戴上,苍天和大地庇佑他。贡物在这边上,上多少,在于心意。"

母亲踧踖地双手接过,似乎还想再问什么。

祭司已传唤下一位祈祷者,"请——起。"

玛哈吉奚。路上,下雨了。

她撑开伞,回溯着祭司吟诵的一句圣歌。

"雨下,叶将落,是新芽破土的声音。"

第一封信

那个清晨，连日放晴的县城，突然起雾。

邓三木从温室走出，踏入雾中。

在组织向他确认婚恋状况时，邓三木心里便有了数，这一趟是不得不去了。

他委婉地说，还有八个月他就会有个孩子。

"孩子又不长翅，可不会飞走。里里外外都是亲，你就放心去吧。"调查组的同志释怀。

行程很快定了下来，从北京出发，乘火车出走，四天四夜到达莫斯科，中转半日，转飞柏林，进修建筑工学，为期三年。

火车启动前的一刻，母亲再三叮嘱，红绳玉佩不要摘下来，洗睡时也戴上。他未言语，默默应允。

玉佩是仿玉树脂塑的，商贸铺五毛钱便能淘到，邓三木一瞥一握，便已了然。但他还是听从了母亲的嘱咐。他并不是一个信仰者，却深爱她的母亲。

入夜，列车途经西伯利亚大草原，无风无雪，干净得仿佛一瓦黑瓷。

他盼望这样晴朗的夜，就像盼望着流逝的童年。那时，他热衷于在田野里疾驰，累坏了，就躺在谷堆中数星星。

列车吭吭，多年来，他保持着记录的习惯。

1961年8月19日,西伯利亚,晴。

纸鸢,我未出世的孩子,这是写给你的第一封信。两个月来,我思来想去,总想不出心仪的内容。偏生今夜,在我凝望窗外,凝望无垠的西伯利亚大草原,凝望在它之上的浩渺的夜空,以及夜空之外的苍茫的宇宙,我仿佛忽然想起,我该给你说什么。

在我的童年,有那么一个夜晚,夜空格外干净——干净如今夜,我无论如何也寻不到一粒星。

星星跑了。我脑中闪过这样一个念头。跑快些是不是就能追上了呢。我为自己给出一个合理的答案。

于是我竭力地奔跑,越过田野,穿过沟渠。

当我精疲力竭地攀上一个山丘,远方天色出奇明丽,我遽然听到杳杳的音韵。

风像是披上夜的华衣,从丘顶接踵涌来,当堆积到某一刻时,叠成的风屏像是骤然坍塌,随之破蛹而出的是苍茫的音韵。

天际月白色的云翳像水波漫开,音韵如晗光铺来,我竖耳驻足,那是我从未聆听过的音乐。

在我往后的岁月里,多次对我爱的人说,那一夜,我没能看到宇宙,却听到了宇宙。

"你快瞧,快瞧,你如今所见的是宇宙伊始的能量之海。"我仿佛听到有个稚嫩的声音在急切地敦促,我骤然陷入了无限的狂想。

除了山林的影舞和星星点点的磷光,什么也没有。

"你瞧不见吗,不信你凑近些闻闻。"那个声音越发焦急,像个跺脚的孩子。

我下意识地朝前点了点鼻子。"是吧,是吧,是香草和牛奶混合的气味。"那个声音接着引导,"宇宙伊始,时空无限扩张,不就像一袋从包装盒中挤出的牛奶?"

又有风刮过，我深吸一口气，似乎真的嗅到了香草和牛奶混合的味道。"好烫好烫。"我想象着，似乎这是一锅煮沸的牛奶，正在逐渐冷却。

"你快瞧，快瞧，是新的星系和星云正在能量之海中凝结成块，就像，就像冰冻的雪糕。"

"冰冻的雪糕？"我自言自语着，像是听到了雪糕尖上的冰晶在空气中滋滋的声响。

那个声音还告诉我更多，有越胀越大的泡泡糖和晶莹剔透的奶糖，它说那些都是老去的星星，后者已经老得下不了床。我还闻到无数的气味，各色鲜妍的果香，风筝上依附的帆布味和草泥味，书桌上把件的新木味……

"可这些大都是过去的味道，过去138亿年的味道，从现在起，每一分，每一秒，都是一个新的起点，每一个起点都有一段童话。"

夜空仿佛是安徒生，精妙绝伦的故事信手拈来。

"宇宙，是一个盛产童话的地方，沃星系团的筑城者，用星际尘埃和小行星，筑起一道长逾一亿光年的赤道墙，赤道墙内，是年轻文明繁衍的温室，赤道墙外，是被生命篡改得面目全非的宇宙荒漠；画师，它们狂热地着迷于数学和画，试图将宇宙间一切的公式画成一幅幅画；医者，它们懊恼于生命丧失了对未知和宇宙的向往，并称之为宇宙顽疾，于是连续引燃千百光年内的星系，创造全宇宙最艳丽的烟火，以求唤醒生命潜在的对宇宙原初和狂野的求索欲……"

我憧憬着，听着，嗅着，这些童话像一望无际的麦浪，杳杳招摇，我似乎望见了麦草的浓香和大地的清新。

在无知无觉的恍惚后，我蓦然发现，一切竟是我的幻想，我从始至终能够切实感知的唯有那闻所未闻的音乐、山林的影舞和磷火的光。

岁月潺潺，年岁渐长，我几乎分不清这段回忆中梦幻和现实的界限。但我要说的是，对宇宙的好奇已烙在我的心底，至于这段回忆的真实性，已不再重要。

过去，我看人看事，总是从下往上，自那之后，从上往下。我年轻的心野就像铺满柴草，一引就燃。我希望你也如此。

纸鸢，这是我写给你的第一封信，也是我给你讲的第一个故事。我想对你说，宇宙是美妙的，生活是美妙的。无论宇宙有多黑，不要害怕它。透过黑暗去望，一切尽是光明。

未来亦如此，不要害怕生活，勇于探索，你会在困境中发掘美妙。希望你未来幸福。

火车鸣笛，邓三木笔停，莫斯科到了。

专车将他们从火车站送往机场，没歇息太久，前往柏林的航班启程。

柏林不大，中间竖起了墙后，从东到西，却有走不完的路。

专机降落时，邓三木第一次望见这堵长达一百五十多公里的墙。

出仓时，他听到一声枪响。

1961年8月，这是第一位因试图逾越长墙而遭受枪击的苦难者。

下榻后，邓三木难以入眠，远处隐隐有枪鸣，他摩挲着胸前的牛首玉佩，合上双目。

四下骤然寂静，黑色从夜空沉积下来，他的心野里却影影绰绰，闪烁着一熄火。"如果说，有一片超越民族、阶级、人类命运的大陆。没有城墙，一野平坦的大陆。"

十年后，这熄火将会从柏林自东飘向太平洋。

《织子吟》节选

一熜火从两百光年外飞来。

"妈妈,妈妈,我们就要远游哪。"

"孩子,我的孩子,你们要去的地方很远啊。"

"妈妈,妈妈,我们要去的地方好多哪。"

"孩子,我的孩子,你们要去的地方好多又好远啊,有的地方很冷,有的地方很热,有的地方很吵,有的地方又荒凉得可怕。"

"妈妈,妈妈,可我们去的每一个地方都将传诵着我们的童话。"

"孩子,我的孩子,宇宙童话无数,可结尾通常不那么美满。筑城者的赤道墙早在一亿年前轰然倒塌;画师如愿以偿地将数学公式画成一幅幅画,可它手头的最后一个公式,是黑洞的终解,于是它也被画进了黑洞;唯有医者尚好,观测到举世烟火的文明无不心驰神往,可医者却伴随点燃的星系,变成艳丽的烟火。唯有我们的童话,是圆满的童话。"

"妈妈,妈妈,我们的童话,是宇宙交响曲哪。"

"孩子,我的孩子,宇宙是有寿命的,宇宙要么是越发胀大的气球,要么因怕冷而缩成一团——可当宇宙交响曲响起后,宇宙就是永恒。这世间再没什么比永恒更圆满的稀奇的了。这就是宇宙交响曲,我们的童话啊。"

"妈妈,妈妈,我们就要远游啦!你能再唱一次你过去常常对我们唱的歌吗?"

"孩子,我的孩子,让我们一起唱这歌吧,我们都是歌中的音符,所有的我们,就是宇宙交响曲啊!"

起

太平洋中心，一方群岛，"煴火"当时就生在这里。

1970年，午后，轮船缓缓靠港。

周力谦踏上甲板，日升，光线良好。他热爱大海，热爱晴天。

继担任"煴火"的项目总负责人后，这是周力谦第一次登岛。

"'煴火'是一项建筑，又不仅是建筑。它是一项极为严肃的国家工程，你要照顾好照顾周到。"上头的人，落下这么一句指示。

港口早已有一批人在等候。

"周理事长您好，"为首的人自称小方，和蔼可亲，他是"煴火"的后勤组长，"'煴火'工作组全体人员欢迎您的到来。"

他们环着中心岛屿缓缓漫步，小方热切地引荐着各个负责人，谈着岛上风趣的见闻。

环岛时一直有个人忙前忙后，小方介绍说，他是"煴火"的建筑总工程师，叫邓三木。"午休的时候，他习惯在南岛的礁石背后，抽一支烟。"

周力谦懂小方的意思，如果要找邓三木聊的话，最好在那时候。

"你们终日为它背井离乡，忙来忙去，心中可有后悔？"周力谦既是打趣，又是探询。

"每一个登岛的人，都爱这么问。"小方的回答开朗，"事实上，我从来都是一个向往平凡的人。不少亲友都纳闷我这样的人怎么会甘愿来此。甚至于我也纳闷，我怎么甘愿来此。"

"你得出答案了吗？"

"我没有，"小方憨厚地笑了笑，"于是，我每天辛勤工作，找寻所谓答案。"

小方身着短袖，露出半截有力的小臂。周力谦欣赏这个务实的年轻人。他以为，他们正是所谓肩负着太阳上山的人。

前方的湾区，一艘科考舰正要启航，船头坐了一个人，他肩膀宽阔，鬓角已有斑斑华发。

"那位是瓦格诺先生，俄裔美国科学家，是'煴火'的光学顾问，接下来的行程，他将陪同您乘科考舰环绕整个群岛。"

"你不去吗？"周力谦问。

"人都在忙，我总不能偷闲。"小方笑着说。

周力谦登上船，船只渐行渐远，小方给他们招手。

"瓦格诺先生，您好，恕我冒昧，我猜，您曾是名军人。"周力谦与瓦格诺攀谈起来。

"您说对了。"瓦格诺并没有很吃惊，"您是怎么看出来的。"

"我闻出来的。"周力谦笑了笑，指了指自己的鼻。他也曾在军队服过役。

二人会心一笑。

"我曾是斯大林格勒保卫战的幸存士兵。"瓦格诺补充说。

周力谦微微一凛，由衷道："从枪杆子到笔杆子，您的一生一定无比精彩。"

瓦格诺漫漫一笑，自说自话："我生在莫斯科，大半生却生活在加利福尼亚。"

周力谦不解。瓦格诺是冠以荣誉的战士，理应在莫斯科得到拥戴。"人生总是反复无常。"以他的处境，只能这样说。

瓦格诺若有所思地点了点头，喃喃道："但选择总归是自己做出的。"

"您有什么影响一生的选择？"

"枪杆子能强国，却难富国。战争结束后，我前往美国交流，当时的苏维埃工业先进，不少学科门类却较为滞后。过去的我用枪托捍卫了斯大林格勒的城墙，如今我要用先进的技术将这堵墙修高修阔——我当时是这么想的。"瓦格诺幽幽漫诉，仿佛在聊一段与他不相干的故事，"在美国的那段日子，我迷恋上我至今也无法自拔的学科，光学。1952年，抑或1953年，就在我科研进程的高潮阶段，美苏矛盾日渐不可调和，我的祖国勒令所有的赴美学者即刻归国，否则……"

否则就再也回不去了。周力谦在心中替他说完了这句话。

时隔多年，瓦格诺仍然难以释怀，他目光闪动，双眸所见，分明是贝加尔湖，是西伯利亚大草原。

他叹了口气，缓缓道："结果呢，你也知道了。我在科学和祖国之间，选择了前者。"

周力谦无言，倘若是他，他将会何去何从。暮色的余晖飘落在瓦格诺的肩头，他的形象似乎无比神圣而庄严。

"总有一天，你可以回去看看的。"周力谦轻轻说。

"总有一天。"瓦格诺喟叹道，"过去，你们陆地上有万里长城。但'煜火'建成后，这里将会是海洋上的万里长城。"

"您这么说的依据是？"

"依据在于，您所望之地，是一片厚重的土地，"瓦格诺环顾，沉沉说，"唯有厚重的土地，方能竖立长城。"

周力谦颔首，依照"煜火"的概念规划，一方群岛将围绕"煜火"，打造一片厚重到足以承载各色民族、阶级、观念的中立区。

"同时，这片大陆也是感性的。"瓦格诺悠然道，"一种立足于理想的感性，这种感性是极为难得的。"

"何以见得？"

"'熅火'的投入产出几乎为零。风险无限。我以为，以资本为核心的世界，绝不会为这种感性买单。"瓦格诺顿了顿，补充道，"资本世界的任何动机均逃不过逐利。而'熅火'的象征性远大于其可获得的利益。"

"可资本世界，仍有不少学者前来这里。"

"科学和信仰从来不是资本的奴隶。"

周力谦揣摩着，用肯定的语气发问："我或许可以理解为，'熅火'与其说是海上的万里长城，不如说是人心里的万里长城？"

"您说得对。这就是我志愿到此的原因，或许也是众多国际主义科学家前仆后继纷至沓来的原因。"

一批光荣的求道者，周力谦以为。他们向西伯利亚草原上那株不甚完美的火源借出火种，试图在杳渺的太平洋引燃，以求星火燎洋。

"熅火"的每一束火光都烧向大同，大同之路，亦是他们的归家之路。

瓦格诺眉目舒展，像在观望一幅极美的画卷。他娓娓道来："我曾幻想过，有朝一日，这里将成为一个超越民族、超越观念的群岛。而这只是起点。'熅火'的象征性便体现在这，千万不要小瞧象征的作用。因为有篝火，所以才有亲情的纽带；因为图腾，所以才有民族和文化；因为星空，所以才有万有引力和相对论。倘若'熅火'如愿升空，再数百年后回望，它必将是人类历史上最长明的灯塔。"

他轻咳了两声，又补充道："更何况，有一就有二，如今有了海上的'熅火'，保不准今后就有太空之火，灯塔从海上到天空，人类终将飞出太阳系，宇宙也将弥散人类文明之火。"

周力谦看着他淡蓝的瞳孔，仿佛也望见了那绚烂的画。他小心地问道："您一直这样信仰着？"

"从一个理性人的观点看来，我承认其中天马行空的成分确乎遥不可及，但我向来是一个感性的人。"瓦格诺一字一句地说，"总有一天我会卧病不起，我希望到那时候，我会肯定地说，我生命中最美好的年华都浇灌在这片海洋上。"

海风拂过，阳光照耀在瓦格诺的肩膀上，他的脊背像大海一样宽阔。

午饭过后，周力谦在南岛的礁石背后遇到了邓三木。

海风吹乱了他的斑驳白发。他立在风中，锐如铁塔。

邓三木见周力谦走过来，连忙掐灭了烟。

"你是一个需要独处的人？"周力谦亲切地问。

"倒也不是，我母亲在三年前去世，我来不及见她最后一面"，邓三木风轻云淡地说，"于是，每天午后，我总会抽一支烟的工夫，躲在礁石背后，偷偷哭一会儿。"

他说完连忙笑了笑，托着周力谦的腕，声称这是他与美籍同事言谈中学到的美式幽默。

他们闲聊了一阵，其间谈到一些非理性的范畴。周力谦认为，宇宙的毁灭是注定的，终有一天会无可逃避地走向撕裂。邓三木则笃定，宇宙不会变质，就像有人裹上了一层保鲜膜。

周力谦又问邓三木，在他眼中，"煴火"是什么。

答曰，说不上来。追问，那像什么？复答，保鲜膜。

北京时间 21 点，小方热切地告诉大家，祖国第一颗人造卫星成功发射，举国欢庆。一切似乎都往好的方向进展。

第一百封信

南方的县城,风平浪静。

在那个学不会忧愁的年纪,她总暗自神伤。

吃过晚饭,独自坐在广场的石阶上,眼见行人三三两两路过,柔和的夕阳均匀地铺在她的膝前,她从月蓝色帆布包中掏出一叠信笺,信笺用粉色的布包裹着。

多数的信笺已经皱了又皱,落款处字迹模糊,不知是谁的泪水浸过。女孩不知第几次启开信笺,步入一个现实的童话。

……纸鸢,你有想过吗,在祖国境内任何一处高点,任何一片干净的夜空下,你向极远的东边看去,那是人类的理想啊,无云的晴空下,就像晕了一层极薄极艳、色层分明的海洋,海洋是流动的啊,夜空也在流动,理想是能动的!假如有云呢,云腹像被裁了缝似的,流泻出彩砂,彩砂附在云翳,云在变迁它也在流转啊,红的急,紫的缓,像椒和茄,绿粉薄,青橙浓,像雾天和华夜,你想象一下纸鸢,是"煴火"倒映在太平洋上空的光啊,是全体人类的梦想……"煴火"是建筑,又不仅于建筑,究竟是什么,一封信也说不上来……你以后一定要来看看……万事俱安,勿念。

……纸鸢,你上回在信中问我,夜空中望见的那些光晕是什么,你猜猜看？你一定猜不到的，是音乐，是人类献给宇宙的音乐啊，有巴赫，有莫扎特，以及你听过的二泉映月，不朽的国际歌……听到这些，你一定以为，是我疯了，不不不，这一切要归功于瓦格诺，"煴火"项目的光学技术员，他把不同频率的可见光依次对应声乐中不同的音调，光束将化成起起落落的音符，在大地的上方演奏，当环星反射镜搭成后，人类的音乐将传播到更远，穿越太阳系飘向更远的宇宙，是人类曾存在于无穷宇宙的美妙证据啊……有一群基督徒说，"煴火"，将是人类献给造物的第一件贡品，我以为不然，"煴火"对话的是科学，是宇宙，是同样热爱艺术与和平的生命，而从来不是上帝……万事俱安，勿念。

……纸鸢，妈妈有带你去过海边吗，我猜没有，但也许你去过湖心，那你应知道在海边看海和在海中看海是两种完全不同的体验……你在几十英里外的海面去看"煴火"，和你在它脚下看它也是两种完全不同的体验……当你在几十英里外的甲板上远眺，假如没人指点，我保证你一定什么也瞧不见，因为它的身形已经融入了海波和天际，天色若暗你也许能望见影绰的蓝影儿，但随便刮一阵风，便又无迹可寻。可假如你认准它的方向，集中视线凝望着它，神奇的事就发生了，远处起伏的波浪里像是有一面遽然停滞了，那一面的浪心像是被烧热似的，由内而外，晃动出红黄粉的光。当时如果正值日出或日落，你会以为一片海都被烧着似的，但你偏偏不会害怕，你只会想拥抱它，像是拥抱一团具象的梦……一位希腊的艺术家历史学教授称，"煴火"是现代人类艺术水平的集大成，是一幅画，是一件雕塑，是一种音乐，是一熄人类原初的对艺术的痴妄……你一定记得要来看看啊……万事俱安，勿念。

……抱歉纸鸢，最近一直很忙，忘了和你谈谈"煴火"的设计构想。在世界范围内收集的方案有数千项，可研的四十三项，敲定的方案中又衍生出七种变体，我和你说说，你更倾向哪一种呢……瓦格诺和我都倾向于这一种，建筑的形体高逾百米，搭上衍生构筑物的话，长逾数百米……你若问它的主体像什么，这很难回答，有人说像冻结的浪花里升起了烛光，有人又说，分明是抹了幽蓝色颜料的篝火，我个人倾向于，远望是前者，近观是后者……建筑的内层是依附着晶体外壳的回廊，从新旧石器时代到如今，这是一条象征人类历史的回廊，回廊交织，分叉，并行，因为历史的长河正是如此……廊柜上是你见所未见的海量的书籍、画册和艺术品，它们是长河中沉积的泥沙，夯实了人类的文明……至于你要问回廊的终点，毫无疑问是天空，是往上，是无限延伸……对平凡的参观者而言，"煴火"是海上的卢浮宫，可是对任何心向往之的人来说，"煴火"是亚历山大灯塔，你若问我，它在指引什么，我的答案是"理想"……一定要来看看……万事俱安，勿念。

……纸鸢，你还记得老许吗，你小时候去过她看护的白桦林地，小树苗和你一样高，十多年过去了，据说那儿现今满眼苍翠，绿林满山……纸鸢，我过去一直在意"煴火"的意义，后来我想通了。"煴火"的价值自有历史评判，对个体而言，追逐"煴火"远远大于"煴火"本身……你的母亲或许和你聊过我在东德的故事，一堵一百五十五公里的墙，将三十六万平方公里的大地一分为二，人民两地分居，一墙之隔，相去天渊……人为什么因为民族、阶级、观念水火不容呢，这些问题值得你长大后花时间想一想！……我总有一天会老去，你将年岁渐长，"煴火"也在成长啊！到那时，"煴火"所在的一方群岛将会建起世界上最大的港口，各国的大小船只都将汇聚于此，宽阔的跑道上也会起落着各大航空公司的飞机，一方群岛将会成为世界上最和平、最多元化、最包容的中立区，而"煴火"，将是一方群岛的地标，就像你爱吃的生日蛋糕上的那枚樱桃，就像老许的白桦林……如果这片土地终有超越民族、阶级、观念的一天，如果这片土地真正搭建起海上的万里长城——"煴火"将是燎原之前的星星之火……纸鸢，我谨期望你能理解，你的母亲能理解……有时间，我会回家看看！万事俱安，勿念！

　　月光从树梢漫出，疏疏地洒在水泥地上。远处夜空绽放缤纷的烟花，女孩目光楚楚，她想说什么，却终究没说出口。她年轻的热情的心野，也铺上了野草，一引就着。
　　她默默闭上眼，如痴如醉，仿佛听到了宇宙。

《织子吟》节选

我已来这太久，久到城墙崛起到坍塌，山峦从起伏不绝到水流湍湍。

我来到这，是为了宇宙不再老去——是为捉那游离的风，又要把水填在缺口里，抹得很匀很匀。妈妈说，宇宙交响曲的旋律就是如此。单调而永恒。

我会以亚光速环柯伊伯带潆洄，从太阳到地球，又从地球到木星，再从木星到冥王星，又回到地球，领略了热情，活跃，深邃，圣洁，最后是寂寞。

我乐意盘旋在地球上空，醉心于这颗行星的色彩，蓝的天，红的山，青的水，黄的地，雪白的极地和墨绿的草原。

我落寞时，不禁在山之尖天之角漫吟。听到我漫吟的，多数是那些两条腿的生命——人类，我知道，是人类缔造了这颗星球的文明。

偶然地，我在那汪人类称为太平洋的海域，仿佛望见了故乡。故乡的光，故乡的火和故乡的理想，掩映在称之为"熅火"的构筑物里，承载在岛屿上。

我对它无比陌生，却偏偏熟悉无比。也许，生命原初的念想本就是相同的颜色。

我想有一日，我会与海上的人聊聊——也许我已与他们聊过，在那怅惘群星的夜邈。

"如果以人类的文化取义，那叫我织子，或许会好一些。"

大事记（一）

1980年，中科所审议并通过"煴火"主体建筑工程"十年计划"。

1985年，中科所审议并通过"一方群岛"中立区"二十年远景规划"。

1988年，邓三木在笔记本上记录：前段时间收到老许的信，他在信中满口有因有果，天命轮回一套。我好奇他怎么了，后来听说，他十年二十年守护的林地遭逢了一场野火，烧得干干净净。人生无常。宇宙无数。

《织子吟》节选

织子幽幽漫吟。

它想到一个人类的孩子和它聊过梦。

梦是什么？孩子回答，平日里不能成真的事在梦中往往能轻易实现，这便是梦。

那梦所在的地方，一定温暖又明媚，织子猜测。

可不是每一个地方都温暖而明媚。母星系近来并不太平。宇宙本就不太平。

织子没有睡眠，但它此刻却困乏无比。自从宇宙交响曲终止，自从宇宙继而老去后，便一直如此。

它浮游在蓝色星球的背光面。

古老的星球幽怨地旋转，黏糊在行星表面的所谓城市顺次亮起星星点点的灯火。

没有永恒。没有永恒。没有永恒。织子叨念着。

"宇宙不会是越发胀大的气球，也不因怕冷而缩成一团。宇宙只会乏味，像没有调料的点心。"这是织子所听的，母亲最后一句话。

织子回溯着，回溯着大小调相间的宇宙交响曲，骤然视野模糊，一片昏暗。

它尽力凝望着，凝望着，视野里影绰着一星火光。

火光的摇曳宛似无声的音韵。繁复的光频交织出迷醉的律动。

它凝望着，凝望着，不自觉地聆听。它望不清宇宙，却听清了宇宙。

人类的音乐如此美妙。织子将歇着，将歇着，沉沉睡去，沉沉垂落。

前方的太平洋，宛似它故乡的地方。故乡的光，故乡的火，故乡的理想。

"宇宙间，或许本就不应有光，有火。"织子念想。

当它视野丧失的最后一刹，它栽向前方的火光，"一切本应熄灭。"织子念想。

落

晴，浩劫之前，罹难者往往一无所知。

一艘横跨太平洋的豪华游轮紧急返航，在"煴火"十年计划的末尾。

紧接着，从东京通往西海岸的商船、航班，宣布无限期停牌，官方对此讳莫如深。对真相的揣度就像插翼的纸片，嵌在好事者的心缝上。

有人说，轮渡返航、航班停摆本不是罕事，但返航和停摆必定事出有因，凡因必告，从不会含糊其词，遮遮掩掩。他们宣称恐怖势力扼守太平洋要道，美、日武装部队在各自的领海巡逻，蠢蠢欲动。航班停摆也正是恐怖势力作祟。

但多数人更倾向于，一切应当归咎于过于恶劣的气候。

沈秘书不认可前者，但更不相信后者。以他的职级和工作性质，这本是一个他理应知情的事件，可他却迟迟未收到上级的相关文件，这是最令他惶恐不安的。

"究竟发生了什么，"沈秘书嘀咕，敲了敲办公室的门，敲了三声，门内传出声音，"进。"

桌上早已泡好了茶，伏案的人缓缓抬起了头，苍颜青衫，面容清癯——周力谦，"煴火"项目的总负责人。

"周部长。"沈秘书替他添了茶，不动声色地观察着老人的神态。

老人神色一如往常，轻飘飘地一笑，抿了口茶，"小沈。"他们有意无意地闲聊了些无关紧要的事。

"最近发生了很多事。"周力谦悠悠道。

沈秘书敏锐地觉察到什么，他试探性地回答："事物间总是有着千丝万缕的联系。"

周力谦似乎无可奈何地笑了笑，自顾自地说下去："事物的联系，有的是直接的，有的是间接的。无论是间接还是直接的联系，总能予以后人启迪。"

沈秘书揣摩着老人的话，又多了几分疑虑。

"在你眼里，'煴火'是什么？"周力谦突兀发问。

"'煴火'，我总谈不真切，但我努力在工作中去寻找其真切之处。"沈秘书轻轻地说。

周力谦耐人寻味地笑了笑，缓缓起身，黄昏的会客室在余晖的推攮下显得宽阔无比，是个晴冬，却缺了欢好，"'煴火'，好啊，却还不是时候。"

"不是时候？"沈秘书疑惑。

周力谦负着手，极目远眺，他像一尊庄严的雕像，在金黄的阳光中纹丝不动。暮风徐徐，他小心护着火，点了支烟。

为了老人的身体，沈秘书本打算制止。

"一支，一天允许一支。"老人眼神清澈，像是顽童，边说边乖乖把余下的半盒纳入衣袋。

沈秘书猜到他兴许要说什么，只好垂着手默不作声。

"近来如何？"周力谦无端地问。

"一切皆宜。"他顺理成章地回答。

周力谦悠闲地杵着窗阶，悠悠地道："也许是人的年纪越来越大，遇上再开心的事也不会特别开心，遇上再悲伤的事也不会特别悲伤。"

"莫非您最近碰上什么伤心事？"老人面部悠长的皱纹像深邃的金

属线条，沈秘书从他的表情中读不出任何东西。

"返航对任何一艘船而言，都是一件悲伤的事，就像人失去了原来的方向。"

沈秘书心一抽，顺着周力谦的话，继续问道："可是人不会无缘无故地失去方向，船也不会莫名其妙地返航。"

周力谦意味深长地望了一眼面前的年轻人，吐了口烟，平和地说："一直都不太平，从'煴火'立项以来，一直都不太平。"

他像一台老式的胶卷相机，输入一切，并潺潺输出。

"煴火"的立项是联合国的一种调和，也是对不同观念的一种妥协。

"煴火"的选址上了十八次会，从瑞士、地中海、澳大利亚、南极，最终敲定在太平洋中心的公岛。

一样不太平。一些机构以海洋环保隐患为由阻挠"煴火"的进展，类似的事件层出不穷。

"这些都是外因，"周力谦偷偷点燃第二支烟，缓缓地说："关键在于我们没有经验，我们只能成为后人的经验。大海从来不是随随便便就能征服的。"

"但我们还是征服了。"

"是的，我们征服了大海，几乎将一切征服了。"周力谦弹了弹烟灰，呼出一口气，"二十年，二十年前，'煴火'的草案经我手，选址、方案、人力、运输，我是一切的见证者。我对'煴火'而言，即便不是亲生父母，也是家住隔壁的邻居。谁不想看看长大后的邻家孩子呢。"

沈秘书专心地聆听，轻轻地说："您会见着的。"

周力谦镇定的面孔忽然像遇热的坚冰，他努了努嘴，半天才说："无论结果如何，我们至少是见证者。总有一天，我们兴许能说，追逐'煴火'的过程，远大于'煴火'本身。"

暮色低垂，周力谦沉沉坐下，紫砂壶的光泽黯然失色。所有一切都在说明，他已是个老人。

以下是沈秘书当日工作心得的节选。

"1990年，1月9日，部长办公室。周力谦，沈沔。……周部长今日说了许多话，有些我听得懂，有些我听不懂。熅火好不好？好！可事物总是矛盾的，熅火也有不好的一面。熅火本不必非要在太平洋，熅火也本不必非要叫熅火。归根结底便在于人的意愿。个体能够引领历史，却不能决定历史。即便如此，周部长告诉我，要选择相信人类，或快或慢，人类总会走上正确的路。人心的万里长城也如是，或急或缓，有朝一日终会建成……"

《织子吟》节选

"她被煴火欺骗　徒劳地追逐星光

星光泼在天边　那亲吻海波的地方；

我在彼岸怅惘　寻常人早已醒过

那一汪烂漫的海　我一往情深的纯良；

智者语我呵　生命如此　你又何故嗟叹……"

最后一封信

1990年1月,柏林人在勃兰登堡门前和柏林墙两侧举行盛会。晴空万里。

万里之外,太平洋,水中汜群岛,邓三木在雨中写信。

……纸鸢,过去和你提到过老许,看林的老许,他一辈子梦中的床或许都是这满山的林。前不久,山林失火了,救援又不甚及时,火情灭后,几乎一片荒芜。但我要说的不是这个……纸鸢,昨夜,我做了个梦,梦中有一汪萧萧无垠的海,一眼望不到头,在海波起伏之际,我窥见一野星火,我奋力地向它游去,游啊游,仿佛却越来越远,我想我在梦中呐喊,可是却寂然无声,风浪越发大,我几乎要被淹没,火光影影绰绰,我好不容易抓到一支木板,伏在木板上大口喘气。骤然,夜空中抑或是大海深处,一只硕大无比的泡沫界入,囵囵吞下了半边的海。我仿佛听到点点的星火在无助地呼救,那恍惚的光影是终末的呐喊,可我却再也无能为力……泡沫顷刻起,顷刻亡,它吞掉所覆盖的一切,海、岛屿、人、海鸟、游鱼,均化为乌有,留下一枚直径一公里的空洞。深黑的空洞幽幽潆洄,低沉的幽鸣仿佛无数人的哀号,深黑的视界又像无数人的眼睛。当海水经过时,自然而然地呈水幕状倾泻而下,被切开的大地也规规矩矩,边缘齐整光滑,游鱼截断了尾翼、尾骨、血肉、鳞构成一张诡异的平板画——人类的柏林墙倒了,神另起一面隔绝人类与科学的柏林墙……纸鸢，这便是梦的所有细节。经过已一览无余地呈现在你的面前。你的一生很长，你将会度过无数个长夜，有无数个梦……你乘的小船很稳，也许不那么快，当它驶向辽阔大海，当风雨欲来——天边的云际沉淀三层，底层是厚重的墨蓝色，中间呈鱼鳞状，富有光泽，上层，而上层，是开朗的、空灵的月白，就像人的思想……船员、鱼、海鸟，将会轻呼你的名字……原宥我的语序混乱，我曾千万次对你说，追逐事物应大于事物本身，可我的心仍不安宁……这里万事俱安，愿你一切太平！"

20世纪90年代初，太平洋中心一方群岛发生海难，伤亡三十七人，事故地点只剩一枚空洞，海难源起，官方至今未给予明确通报。同年12月，"熅火"项目组宣布解散。

平

1999年的那个黄昏，水中汕群岛科考站，直升机起落，风浪轻缓。

柳柘生出舱后，登上小艇，船漂在海上，将暮未暮，往后是一望无垠的花青色，往前也是，无非是稍有光泽。

小艇的目的地就在前方的港口，他将在此中转，前往一方群岛的遗址。

正值任务空窗，首长特意给了他一周的假期。

临行前，首长对他说，去看看吧，柘生，去看看大海，也许你会开阔些。你将来的飞行，还要浩瀚于大海。

太平洋海难后，他所在的部队降半旗默哀。他听过"煴火"，并因首长的描述而向往。于是在假日的末尾，他决定来看看。这也是首长的意思。

"柳少校，您好！"接待的人员是小方，肤色黝黑，人格外友好，"很荣幸您来这里参观，但我不得不事先向您说一声抱歉，一方群岛遗址的上空禁飞，您如果想要参观的话，这边可以给您安排专门的科考舰，在遗址一海里外环行。"

"禁飞？"柳柘生有些错愕，"是领空权的原因？"

"不不，是安全隐患。"小方眼神黯淡，"三年内我们飞出的无人机，无一例外均失联了，以目前的观察，无法解释个中原因。"

在与小方的交谈中，柳柘生得知，他曾是"煴火"的后勤组长，项目解散后，他留任一方群岛十海里外的水中汕群岛，进行长期科考观测的后勤工作。

据小方说，一方群岛海难后的三周，空洞奇迹般地愈合，海水成了它新生的皮肤，一日一夜，生成了一个颇具规模的漩涡，它的直径较原先翻了两倍，岁月流逝，漩涡贪婪地扩大，蚕食了整片一方群岛。

然而就在三年前，他们观测到，持续扩张的太平洋漩涡仿佛终止了它无声的舞蹈。经过两年的观察和记录，研究团队确认，漩涡开始逐步收缩，收缩的速率远快于过去扩张的速率，照这样下去，漩涡将在二十年内消失。

柳柘生若有所思："我们首长要我来看看，究竟要看什么，他让我用自己的眼去洞察。"

"也许本来就难以回答，我也一度思考过'煜火'是什么，我们所做之事，为了什么……"，小方无可奈何地笑了笑，指向一方群岛的方向，"如今，我们都称它为'火墓'。"

火墓，"煜火"的墓地。

他们步行到港口，小方说："科考舰的班次是定点定时的，您稍微等一会儿，我就先走了。"

"可是你还没告诉我，有关你方才所言，所寻获的答案。"

小方含笑不语，向他招了招手，转身而去。

当小方转身时，柳柘生发现，他的肩膀塌了下去，背影落寞，像一口单薄的枯井。

小方走后没多久，一个老人推着轮椅从小径中出来。

他年岁已高，头发花白，深蓝的瞳孔却深邃如海。

老人靠着轮椅，面朝大海，悠然地望着骤停骤起的海鸟，有时又仿佛被远方的船鸣吸引，忽而将目光落在笔直地站立的柳柘生笔挺的装束上。

亲吻人类

"恕我冒昧，我猜，您是名军人。"老人含笑道。

"您说对了，我曾在中国空军气象部队服役。"柳柘生有些讶异，他注意到老人的手掌宽而厚，"您是怎么看出来的？"

"我闻出来的。"老人笑了笑，指了指自己的鼻。

"闻？"柳柘生不解。

"军人，尤其是在战争中幸存的军人，身上总有一种特殊的气味。"老人不急不缓地说，"一种生命的气味，旺盛而鲜活。"

"您莫非很了解军人？"柳柘生并不认同老人的看法。

老人释然一笑，他眉眼柔和，神情却深沉无比，"我是斯大林格勒保卫战的幸存士兵。"

柳柘生连称冒犯，一个亲历过"二战"的军人，比任何人都了解军人。

目睹过生和死，对生和死才有足够的敬畏，这种生命的气味或许便源于这种对生死的敬畏。

海风卷起他苍灰的髯，像奔涌的苍灰的浪，老人的年华在流逝，生命力却旺盛如海。

"您一直生活在这？"柳柘生问。

老人回答，他叫瓦格诺，是"煴火"的前光学顾问，"你来这，是看看的吧？看看这片土地，看看这些人。"

瓦格诺的话耐人寻味，柳柘生只好轻轻一笑，表示认同。

"我生命中最美好的年华都浇灌在这片土地上，于我而言，这里是精神上的故乡。"老人对他说，又像是在和自己说，更像在和大海对话，"人们都该来看看，看看历史，反思将来。"

海风拂过，老人的脸颊宛似枯萎的花重新绽放。当他说完，又是满脸的落寞，他无意间望向远方，"火墓"，"煴火"陨落的地方，一片苍凉的海和漩涡。

亲吻人类　　　　　　　　　　　　　　　　　　　　　　　　/ 125

两人就"煴火"的陷落发起攀谈，瓦格诺给出的结论是，"煴火"的陷落固然遗憾，但历史总是曲折而长远的。

瓦格诺掩着面轻咳，仿佛老了十岁，"无论多忙，我每天总要抽时间，环绕'火墓'航行一周，有时兴致好，两周也会有。"

"您独自一人吗？"

"多年前不是，有一位同样来自中国的学者会伴我同行。他是'煴火'的工程总监和技术顾问，叫邓三木。"

"后来，他去哪了？"

"他一直在这里。"瓦格诺用极低的声音，幽幽地说，"多年前，在一个午后，他瞒着所有人，驾一艘普通渔船出港，环绕着'火墓'滑行，越行越远，在黄昏，万物将息时，与夕阳一同陷入了大海的漩涡。他留下的，只有一本日记，一枚玉佩，以及一张破旧的存折。"

又是黄昏，夕阳西下，两人沉默着，一人笔挺地立着，一人坚毅地坐着。

"你来时有没有听说，火墓旁住着一伙会唱歌的萤火虫？听过的人往往这样比喻。"瓦格诺打破沉默，指向了远处，神秘地说。

"它们在唱什么歌呢？"

瓦格诺沉吟着，似乎在想一个比喻，良久，他抬起头说："我想不出贴切的描述，但我猜想，那多半是'煴火'留下的东西，是人类没机会对宇宙吟咏的圣歌。"

在科考舰启动前，护工将瓦格诺接走，老人今天又未按时服药，海上风又很大。

科考舰行出一段距离后，一个年轻的女孩小跑着，呼喊着："稍等，等我一下。"

女孩背影苗条，她盈盈立在浪屿间，宛如一片月白色的叶，妆容和服饰干干净净，像壳里的熟鸡蛋。

小艇的灯晖划过女孩的面颊,女孩眼波流转,她踮起脚,摇着手轻唤:"我这就上来。"

当小艇轻轻划出港湾时,风浪里已多了女孩的声音。

似乎因为小跑着登上了艇,女孩脸色酡红。

他们很快相识,女孩说,她是随行的气象学者,叫张纸鸢。她的宿舍就在附近的海岛,庭前终年花开,她已看了三年的海。

"这里离家可不近。"柳柘生不由道。

"我是因为我父亲,才选择的这里。"张纸鸢说。

"你的父亲?"

"我的父亲过去在这任职,但在多年前便已离世,他将一生都献给这片海岛。"

"节哀,"柳柘生轻轻道。后来他知道,女孩的父亲是邓三木,在父亲离家后三年,她的妈妈改嫁,于是随母姓。

"你也是,来这看看的吗?"

"是来看看,看看土地,看看人。"

张纸鸢轻轻点头,悠悠地说,目光飘向天空,"我曾与我父亲说好,一定会来这看看。虽然晚了些,但我总算是来看看了。"

她来了,但是相约的地方只剩下一片空空的海。

"谁也没想到会这样。""煴火"的故事是哀婉的。

"谁也想不到。"女孩感叹着。

"你觉得,'煴火'对他们而言,意味着什么?"柳柘生说完,自觉唐突,好在女孩并未介怀。

"我不知道,我也不愿知道,"张纸鸢连连摇头,"但我想,过去我父亲他们生活在这的时候,一定很快活。"

"我想也是。"

张纸鸢轻轻地说,像在漫吟,"潮落的时候,沿着海滩走走,每天去拾各色的贝壳,那么多片海岛啊,要逛多久才能逛完,逛累的时候,往原点回望,'煴火'在那,即便不望,'煴火'也还在那。"

柳柘生理解了女孩的言中之意,他们彼此望着,相视一笑。

"时间过得好快好快啊,"船首的仓柜上张贴着一些旧照片,张纸鸢盯着其中一张,是儿童花队,"你瞧,照片上的那些孩子,当时还那么小,现在都是迟迟缓缓的老人了吧。"

柳柘生本想说,总有一天,我们都会变成迟迟缓缓的老人,但望见女孩生动的眼睛后,他什么都没说。

在她这样花一般的年纪,又怎会想到老去呢?

于是他们决定聊一些欢快的事情,天空缀满了星,柳柘生觉得,小小的星也是小小的漂在海上的船。

艇越行越深,渐渐望不见其他船只,时光冻结,大海无垠的界面上似乎只剩下他们。

天地渐暗,举世间似乎只剩下船尾小小的渔火。柳柘生总觉得,他们像是两支小小的燃着的火柴,在广邈的黑暗里窃窃私语。

"每次看海的时候,我都觉得自己好小好小。"张纸鸢歪着头,像是在叹息。

"我们都好小好小,在大海面前任何事物都很小。"柳柘生附和着她。

"可如果是在又黑又冷的宇宙面前,大海也会很小很小。"她倏地望向晦暗的天空。

"你害怕宇宙?"

"不,我不害怕,"张纸鸢脸庞红润,像是被火光映照着似的,"我小时候做梦,梦见我飘了起来,一直飘到宇宙,我闭上眼,宇宙就像牛奶,弥漫在时间的河流里,掺杂着香草的味道。"

柳柘生笑着说:"那么,星系和星云一定就是不同颜色的雪糕,泡泡糖是膨胀的太阳。"

张纸鸢一边拍手，一边笑着说："小时候，老师让我们画一幅宇宙，我就把小时候最爱的冰激凌、彩虹糖、毛绒熊一股脑全画上去了。"

"那如果要给宇宙上一种颜色，你会选哪一种呢？"柳柘生问道。

"我猜，我会上金黄色，有风车和麦浪的那种金黄色，那你呢？"

"我和你一样。"

他们齐齐望向夜空，宛如两束好奇的向日葵。

"有什么比宇宙还大呢？"张纸鸢骨碌着眼眸。

"我猜，谜底是梦，人类的梦。"

"是啊，梦所在的地方一定温暖又明媚。"

在海天一色的沉默里，他们相视一笑。

"我总以为，我其实曾去过梦所在的地方。"沉默良久后，柳柘生凝眸看着女孩善解人意的眉，轻轻说。

"说来听听。"张纸鸢眨巴着眼。

"我在西藏服役时，曾执行过一次飞行任务。"柳柘生刻意将语气放缓，"我驾驶战机，在喜马拉雅山脉上空盘旋，当战机在穿越对流层的延绵流云时，雷达失灵，满眼的云雾啊，我仿佛听见闪电的啸叫，在涡旋的风暴面前，机翼何其脆弱，红色的机身在云雾中挣扎，宛似迷路的穿红衣的孩子，一分钟、一刻钟，我感受不到时间的流逝，意识逐渐模糊……

"当我再度醒来，机首已经探出平流层，舱内舱外寂然无声，仿佛空气全被抽干。"柳柘生比画着描述着，神情格外投入，"我向来是一个坚定的无神论者，但这一回我却像在朝圣，我望见了圣光……圣光从两翼的云层中析出，像漫出的金色的水浪，我清晰地察觉到流云在滚动，透过镜面，我惊讶地发现后方的云层中接二连三地有战机蹿出，青黑的、雪白的、银灰的……

"一架、三架、十三架,它们不像在飞行,而像在朝圣,行进的速度永远只快流云一拍,当我离他们越来越近,驾驶者的面庞也越发清晰,他们是我牺牲的战友、老去的班长、处刑的敌人……但他们仿佛听不见我,我报之以呐喊,他们却还我以微笑。云翳漫开,金波涌出,仿佛打开一道金色的镶边门,他们渐次穿过那道门,再未回头。

"战机在平流层滑行,我像是飘在一张偌大的麦浪编织的床上,温暖而明媚,我听见一种我从未听聆过的旋律,我再度沉沉睡去,当我再次醒过,下方却已是青藏高原无垠的绿色汪洋,我在低空掠过那雄伟的布达拉宫,朝圣的人群,似乎听见阵阵僧吟,雷达恢复运作,我平安地返回航线……我失踪了一天一夜,没人听信我的说辞,最后的书面报告只能以因天气原因中转而告终。"

张纸鸢静静地听着,什么也没说,柳柘生一度忧心她怀疑他的故事,可当余光有意无意从睫毛滑落时,柳柘生发现她的目光流转,宛如叶尖上将落未落的晨露。

她听到雷达突兀的失灵,忍不住失声轻呼;听到金色的云层,不禁闭上了眼睛;听到逝去的友人如梦如幻的飞行,她不由得双手合十枕在胸前;当听说那道金色的门,她不由得满眼落寞。

在宁静无边的海波上,在星辉掩映里,她听完了他的故事。

"我们就快到'火墓'了。"张纸鸢说,"瓦格诺博士一定和你说过,'火墓'附近有一伙会唱歌的萤火虫。"

小艇缓缓驶入"火墓"的外围,海和天似乎沉寂下来,说的话才一出口,就凭空飞到远处的云翳里。

柳柘生似乎遥遥望见了那一轮深邃的漩涡,它行动迟缓,轻拢慢捻,似乎有无数的话要说。

就像雾中的鹿似的,"火墓"的方向上隐现出乐声,再驶进一些,雾似乎散开来,柳柘生他们如愿听到了那些"萤火虫的歌声"。

萤火虫们哼得很缓,船也缓,天色似乎一直年轻下去,船头的人靠在一起,仿佛再也不会老去。

船行得本已很慢,但他们还是对舵手说:"悠着点,我们不急。"

舵手笑了笑,在海与天淡漠的色彩里,倘若他也面对一个笑颜明媚的人,那么他也不会急。

下雪了,柳柘生在某一刻这样觉得,萤火虫就像萦绕在船头的雪花,翩跹,轻盈,优雅,旋转是它们的歌声。

"你喜欢音乐吗?"柳柘生问。

她点头。

"你喜欢现在吗?"年轻的军官有些踟蹰,"我指的是,现在的音乐。"

"我喜欢,在我看来,它们是海洋里的莫扎特。"

"为什么是莫扎特呢?"柳柘生问。

张纸鸢歪着脑袋想了想,说:"你小时候有没有哭过?莫扎特的音乐就像孩子的烦恼,明明在哭,却不悲伤。那个年纪,泪痕没擦,糖汁还没融进口中,就开始笑了。"

柳柘生若有所思地点了点头,在萤火虫的歌声里,他似乎又望见了那一轮漩涡,明快,年轻,像是永远长不大,永远在不停歇地说话。

"你方才问我,'煴火'对他们而言意味着什么?"

"是我有所冒失,恳请你原谅……"

"不,不,我要说的是,"张纸鸢一字一句地说,"我想,对他们而言,意味着什么,已没那么重要;对我们而言,意味着什么,更加重要。"

"你想说的是,将来比过去更重要?"

"我们所能改变的,唯有将来。"

船徐徐游走,越行越远,夜色渐深,张纸鸢抬起手,指向"火墓"

中心,像是下了很大决心似的,她终于开了口:"其实,我一直不认为,所谓'萤火虫'只是一个温婉的比喻。"

"你的意思是?"

她深吸一口气,紧接着说:"尤其在听完你的经历后,我更加坚定了我的看法。我打听过的不少人,都有与你相仿的经历。"

"你的意思是,我的经历和'萤火虫'有关?'萤火虫'是真实存在的?换而言之,是某种生命?"

"你说得对。"张纸鸢坚定地说,"在父亲去世后,我便着手调查。官方对太平洋海难的失事原因是未知自然灾害,但我认为,一切未知都是可知。是'萤火虫'造成了这场悲剧。"

她的身形孱弱得像柳,意志却坚如冰雕的花。柳柘生凝眸看着她,像雕像似的痴了。"你都查出了什么?"

"我相信,在这片大陆上,寄宿着一种非常规的生物,这种生物正是海难的始作俑者。"张纸鸢历述了她的发现,"古书有云,'织者,其迹无端,其形若斑,其行若流萤,其声若潮,其息莫测',又有'中宵孤子庭前寐,似有寒星踏歌来',也有古籍谓,有子必有母,'织母受天,以调盈虚'。"

柳柘生怔怔地听着,问道:"那近代,你有收集到有关这种生命的资料吗?"

"我在三年内,寻访过全国大大小小两百多个村庄,与老人和孩子交谈。"张纸鸢不疾不徐地说。

"绍兴老渔夫,幼年迷途,是夜,芦苇荡磷光浮游,撑船划经,若启锁,门开乐来,识途复返;

"长白山采参客,深山夜行,见一精怪,其言若乐,不辨其言,偏解其意,称此乐只应天上来;

"西藏牧民,亲临圣域,沐浴佛光圣乐,俄而参悟永恒轮回,盈虚有数，毕，曰佛有形而非人形，自成一教。

"类似的案例，我搜罗过几十个，我父亲的朋友也亲历过，他们的共同点是夜、磷光、音乐。"

"那你为什么觉得，十年前'煜火'的陷落，与这种生命有关。"

"因为我父亲的日记。"张纸鸢说，她的声音有些刻意的冷漠，"海难那一夜，他在日记中提到，'天有异象，磷火在半空沙沙流泻，'煜火'的第二次光乐测试顺利完成，我醉欲眠，但愿是个好兆头。'我多番询问过事件的目击者，可他们各执一词，难以描述翔实。但唯一相似的，'煜火'消亡只在一刹，极亮地一闪，光芒尽逝，他们却如度良久，仿佛听聆了一场乐演。"

柳柘生聆听着，回溯红色的飞机滑翔在平流层的一霎，那幻寐的旋律。

"我在这看了三年海，也听了三年海。"张纸鸢说，"每个黄昏，我都记录着'火墓'的音韵。我相信，这些音韵一定预示着什么东西。"

"'火墓'的音韵有什么规律吗？"

"没有规律，至少至今我仍未发现。"张纸鸢有些气馁，"一千多个黄昏的漫吟，却没有一节一模一样的音律。但我总觉得，那分明不是音律，而是有头有尾的故事，可我偏偏找不到故事的头尾。"

"你会找到的。"柳柘生宽慰说。

"也许就在明夜，也许，也许永远不会。"张纸鸢回答。

"你一定会的。"柳柘生以一种军人的坚定强调。

即便你不会，也有后人会，这也许就是"煜火"对我们的意义之一。柳柘生想了想，总算没说出口。

灯塔的清辉泼到小艇上，也染上他们的脸颊，船将靠岸了。

张纸鸢理了理裙角，入夜了，柳柘生望着腕表，"前面，就要靠岸了。"他总觉得话没说完。

亲吻人类 / 133

"是吗，我总以为我们没走多久。"

离岸越近，时光似乎越快。下船后，他们并肩走着，柳柘生提议，去附近的咖啡馆坐一会儿。

"世界那么大，我们不知还能不能再会，不如我请你喝一杯吧。"

张纸鸢不语，她还有一堆糨糊般的数据要处理。

柳柘生笑了笑，爱情对他这种人而言，向来是可望而不可即的。

张纸鸢提议明天再会，柳柘生却说，他的飞行计划得赶一大早，两人相视无言。

"人生那么久，总有一天，我们还会再见的。"张纸鸢迟迟说了一句，递给他一张录有通信方式的纸笺，"多谢你的聆听。我好久没痛快地与人对话了。"

"我也如此。"

次日，清晨多云，他登上直升机。

他望向东方，晨光熹微，光线从滚滚云层的薄弱之处析出，在白灰间烧出一口淡金。

柳柘生前所未有地凝神，他注视着前方壮丽的日出，仿佛骤然惊醒。

他明白了，小方未尽的话语。

是希望，即便若即若离，仿佛将息未息。

"煴火"在，希望仍在。

大事记（二）

2009年，水中沚科考站呈递《就太平洋中心不明生物的猜想和论据》，经中国科学院审核并发布后，正式将其命名为织子。事件在国内外引发轩然大波，并引发后续研究。

2013年，美国宾夕法尼亚大学一项研究表明，可证实的织子活动轨迹覆盖太平洋、大西洋、北冰洋、印度洋、亚洲、欧洲、非洲、南极洲，时间维度上溯两河文明，于太平洋海难后消隐在太平洋一方群岛。

2014年，NASA载人航天飞船在月球背面发现疑似织子的遗迹，并正式将其文明命名为织体文明。对织体文明是否是地球原生文明的探讨就此展开。

2015年，中国科学院确定织子为外星生命，并针对其形态、语言、价值目的开展深入研究。同年，中国科学院确认太平洋海难系织子所为，至于侵袭目的，至今不明。

2017年，为以防此类事件再度发生，联合国安理会正式起草《针对外星文明侵袭防卫预案》。

2025年，全球地外生命侦查系统正式建成。暂由三组超大型空间望远镜和七组安置于各大洲的不明声波侦测器和光谱仪构成。

同年，织母降临。

扬

2025年10月至11月中旬，三组超大型空间望远镜接连在柯伊伯带，观测到多例疑似引力透镜的空间异象。

在漆黑荒芜的背景成像中，隐隐闪过一角幽蓝的光弧，在接下来的三十天内，他们观测到十八道类似的光弧，光弧最多同时出现过三道。

2025年11月中旬至12月，空间望远镜再也没有捕捉到相似的天象。

中国科学院、NASA、英国皇家天文学会等相关机构对此天象的成因莫衷一是。

同时，中国、美国、俄罗斯、西欧等多国计算机网络系统显示在近期遭受了大面积越权查询。

联合国紧急召开各国元首临时会议，会议暗流涌动，各方代表莫衷一是，无果。

2025年12月9日，太平洋中心，"火墓"，水中沚科考站紧急联系各国政要，并申请紧急线上会议。

织母来了！人类曾多次揣度过织母的形象及其生命体质，已做好武装防卫的准备，谁知道，织母什么也不是，以至于无坚不摧。

屏幕上，一个矩形的月白色的体，略微倾斜，在太平洋中心翩跹地漾洄，你可以将其描述为任意形状，因为它具有任意形状的特征，有优雅的弧度，也有干练的线条，有锋锐的角，可当你偏着头，却发现更像一弯浅浅的弧。在近距离观察下，一切斑驳复杂的体块竟被擀平，呈现为影影绰绰的、古怪的线条。

体的轮廓流动着光晕，一层淡蓝，一层暗黄，当光晕停滞时，体幻化成一张透明的面。

面与海洋垂直，以亚光速放射状延伸，越抻越远，太平洋被面齐齐划开。越抻越快，逼近光速。当蔓延的面远远覆盖整颗星球时，延伸停滞。地球宛似浸没在一张没有厚度的、透明的海中。

随后，延伸的面回撤、收缩、复归月白色的体，周而复返。

阅毕，会议正式开始。

以下是沈洰秘书长亲自执笔的会议纪要，年岁已高，他在病榻上记录了会议的部分内容。

有人称，织母像一堵窒息的墙，无限高无限宽，我以为不达，墙的厚度在于有形，而织母的厚度在于无形；又有人称，织母像光幕，光纹斑驳，影像流转，我以为不雅，光幕是虚的、单薄的，织母是鲜活的、厚重的；我私以为，织母更像一封信，一封宇宙馈赠人类的信。信的大意是，奥妙的宇宙欢迎人类的探索。

人类与织母的初次交流如下。透明的面上，打出一串0和1的字符，字符与字符间距不一致，一分钟后，字符消隐，鲜活的汉字滚滚流动，"恭　我异生命　我无意　我和　旧子存　我访　故"，有人惊觉，这些汉字恰恰对应0和1的字符组对应的国标码，一刻钟后，新的汉字流动，"人类好，我是区别于人类的生命，我没有恶意，我爱好和平，过去，我的孩子在这生活，所以，我来拜访"，十八秒后，汉字重构，"你们好，我是一种区别于人类的生命，我热爱和平，对人类并无恶意，我的孩子在这生在这死，这是我拜访的原因。"五秒后，汉字再度变化，"你们好啊，我来自三百亿光年外的提特诺超星系团，用人类的文化取义,叫我织母就好,我的孩子过去生活在这,我来这,只是为了看看他过去生活的地方,冒昧来访,请多担待啊!",从乱码,到不通顺的句子,到流畅的表意,再到像人类的母亲一样说话,织母只花了二十分钟。二十分钟,织母便掌握了人类的语言。初时,各国代表忧虑距离会限制织母的接收和反馈,可事实证明,织母能够准确并及时地回复每个代表的问题。前提是她想要回答。

"麻烦您再说一次,您来地球的目的?"联合国大使建立起人类与织体文明的第一次正式对话。

"我来这,只是为了看看我孤单的孩子,和它孤单生活的地方。这是一个悔恨的母亲唯一能做的。"织母反复强调。透明的面交替闪烁着诸色的光。

一位美国代表尖锐地反问:"孤独的感知是宇宙中所有生命的共性吗?"

"宇宙万物的归宿即为孤独。"织母像是在吟一首意味深长的诗,"宇宙是一出夹杂着无数喜剧的悲剧。"

"地球上常常把您这类看待事物的群体称为'悲观主义者'。"

"过去,我们也曾是一群单纯的理想主义者,织体世界倾其一生追逐着永恒。"织母说,信封似乎绽放出一种奇异的品红色。

"后来呢?"有人追问道。

"我是来看看的,一个母亲总要来看看孩子曾待过的地方,和孩子的老朋友说说话,不是吗?"品红色消隐,逐渐透明,遂又复归淡蓝。织母似乎只想聊她的孩子。

"您的孩子是织子吗?用人类的文化取义。"中方代表张纸鸢理事长发言,"织子在公元前一千八百年到达地球,后查无所踪。古人类曾专门编汇过早期与织子的对话,'潇潇琴瑟,亘古长吟,织者弄弦,昼夜不息'。"

"是啊,织子是我的孩子,过去,它一直在天地间孤单地漫吟。"

"过去?织子去哪了呢?"

"世间没有吟不完的乐曲,"汉字一个一个地出现在面上,面在微微颤动,"我的孩子早去了宇宙之外。"

宇宙之外,以人类的释义可理解为"来世""天堂"。中国人含蓄,西方人直白。在确认织母所谓的孩子系织子后,美方代表立刻向织母质询太平洋海难的原委。面消隐,织母似乎在沉默。良久,她说,她替她的孩子向人类文明致以最高的歉意。这让在场的所有人始料未及,并不知所措。论武力制裁,人类文明的科技水平对织母束手无策。论道德谴责,以人类的价值观判断,一个失孤的母亲难以再承受更多。这时,中国含蓄美的价值便得以彰显。

张纸鸢理事长再度发问:"中国古籍中记载过,'织母受天,以调盈虚''织者弄弦,昼夜不息',这两句辞中,是否蕴含了织体文明的某种世界观?"

"弄弦以调盈虚,但是盈虚无数,又何必调。"织母的回答有些萧索。

"织母的说辞,和古人类的记载相悖,是古人类的曲解吗?"

"古人类没有曲解织子,是织体文明曲解了宇宙之上。"织母回复。

"织体文明,对宇宙之上的理解是什么?"

"人类有没有思考过,生命的意义,宇宙的意义?"织母反问道。

"人类思考过,自人类文明诞生,有关生命意义、宇宙意义的探讨,出现在人类文明的每一个时期。"

"人类的结论是什么?"

亲吻人类

联合会议陷入沉默。没有结论。或者说，没有一致的结论。

"织体文明也没有结论。"织母说，"但织体文明想到了一种永无止境地寻找结论的方法。"

"永无止境地寻找结论？"

"在无限的时间内，一切都是有可能的。"透明的面投影出宇宙的背景图像，从地球、太阳系、银河系、仙女星系，"这也就意味着，只要宇宙是永恒的，时间是无限的，总有一种生命能够找出生命的结论。这是织体文明的方法论。"

"盈虚和弄弦都是这种方法论的一部分？"

"你们可以将其称为宇宙交响曲，"织母说，"这是织体文明的永恒之道。"

"宇宙交响曲？！"

宇宙交响曲

"宇宙毕竟是一个有机体,也会成长,也会衰亡。"织母语,"宇宙交响曲的曲意,即在于维持宇宙的永续轮转。"

织母称,宇宙自大爆炸以后就处于持续的膨胀状态,按理来说,当宇宙膨胀到一定程度时,引力将会重回主导作用,宇宙也将开始收缩。但因为暗能量的存在,这种情况暂未发生。织体文明认为暗能量是一种促使宇宙持续膨胀的能量,作为能量,除了难以直观的感知外,它在本质上和其他能量没有区别。在暗能量的拥趸下会一直膨胀下去,直到大撕裂。即由于空间延伸,引力松散,所有物质都被撕得粉碎,先是黑洞、恒星、行星等大型天体,紧接着组成你身体的细胞、分子、原子,质子,都难逃厄运。由于空间膨胀的速度已经超过光速,时间的概念已经不再存在。即便在那一刻仍有意识体存活,它所守望的也将是无垠的尽头之海。宇宙,是有寿命的。

"那么,织体文明,确保宇宙的永续轮转,需要考量哪些要素?"人类问。

织母的答案是,暗物质和暗能量及其转换。暗物质是一类无法产生电磁效应的物质,这种性质正是肉眼无法观测到暗物质的原因,但暗物质存在的意义可不是为了和生命捉迷藏。织母比喻,倘若说暗能量是一阵将宇宙吹散的狂风的话,暗物质就是承载星球的海洋。织体世界在数亿年前探索出暗物质和暗能量的关系,即暗能量其实是暗物质衰变时产生的辐射能。这种明晰的关系提供了两者互相转换的可能性。

"暗物质和暗能量的互相转换,如何实现宇宙的永续轮转呢?"人类问。

织母引导着人类的思维,你们想啊!数千万亿的织子遍布在宇宙的各个角落,当宇宙持续膨胀时,织子采集并转换辖区内的暗能量,当暗能量的占比降低到一定程度时,引力作用大过暗能量的斥力作用,宇宙开始收缩;当宇宙持续收缩,直到某一个临界点时,织子的工作逆转,采集暗物质并转换,当暗能量的占比提升到一定程度时,宇宙再度膨胀。膨胀和收缩温和地交替进行,宇宙既不会因为过度膨胀而撕裂,也不会因为过度收缩而坍塌。宇宙交响曲的旋律,就是如此。

"如你所听,宇宙交响曲的曲谱是一条优美的震荡曲线,随着时间的推移,曲线的极大值和极小值将无限接近于零轴,永恒的起伏,永恒的大调小调相间。如果说,'煴火'是人类大地上的梦,那么'宇宙交响曲'就是织体文明大地之外的梦。"织母语。

"可'煴火'已是过去时。"

"宇宙交响也已终演良久。如我所说,盈虚无数,又何必调。"

"那么,宇宙交响曲的终演是因为乐器的问题,还是因为乐谱的问题呢?"

"乐器是好的,乐谱也是好的。"织母一字一句地说,"关键在于审美。"

"并不是每一位听众都能欣赏一篇玄妙晦涩的乐章。"有人说。

"宇宙交响曲的听众只有一个，宇宙之上。"在座哗然，但织母随后的一句话，却让会场的沸腾冷却成冰。

"宇宙之上不愿倾听织体文明的音乐，于是为之划定了名为热寂的格律。"

"热寂！"所有懂的或者不懂的人都惊呼着——当宇宙的熵随着时间的流逝而增加，由有序向无序，达到最大值时，宇宙中的其他有效能量已经全数转化为热能，所有物质的温度将会达到热平衡。没有生命，没有波澜和变化。

"只有热寂，宇宙的归宿只有孤独的热寂。"织母继续说，"无论宇宙交响乐编织得多么天衣无缝，演奏得多么惊心动魄也逃不过热寂。"

没有被撕裂的虚空海洋，也没有坍塌至极的奇点。可是，也没有永恒，因为宇宙之上划定了名为热寂的格律。

"但永恒却一直在。"有人道，热寂也是一种永恒。

"于生命而言，没有生命的永恒不叫永恒。"织母语。

众人默然，热寂哪会符合生命的审美。

"那么，现在呢？宇宙呢？织子呢？"人类问。他们想知道的是，织体文明，何去何从。

"人类是否有过信仰？"

"人类在局部的区域内，或因相同的共识理念，存在过不同的集体性的信仰。例如，宗教、礼制、科学构想等。"

"宇宙交响曲就是织体文明的信仰。过去，织体文明是一群虔诚而纯良的理想主义者。我们为理想彼岸的愿景而倾泻一生，为着柏拉图式的宇宙模型奔走宇宙各处，甘耐孤苦。可如你所见，理想与个体间，总有一道诡谲的墙，以至于无可奈何。"

——她被"煴火"欺骗，徒劳地追逐星光。

"织体文明的信仰在热寂中消融。宇宙将一如地成长，继而衰亡。一切竟似未曾发生，织体文明竟似未曾存在过。一切照旧。"织母默语。

"但织母还在，织子还在。"人类发问。

织母流畅飘逸的光辉骤然斑驳，忽而黯淡，俄而复归原状。只见荧光沙沙流泻出一段话。

当热寂方程公之于织体世界时，我听到我的孩子说，妈妈，织子好像，好像什么也听不见了。两个，三个，三千个，三百亿个……我的孩子们对我说，他们再也听不见了，于是，我也听不见了，宇宙交响曲终演后，我再也没听到它们说话。我仿佛望见，黑洞悬浮在孩子们的头顶，我的孩子，黑洞将孩子们的视野、听觉、信念毫不留情地吞噬。我仿佛亲眼见着它们被黑洞蚕食，无声的呼救，曳出的一尾光流，是它们未说出口的话。我的孩子们，都已离我而去。

织母还在，织子，已不在了。

织母痛苦地描述着，她唯一亲历的场面，织子藏在包裹星系的球体云团中，云团无限扩张，渐而稀薄，顷刻间，球状云团破灭，似乎从未来过，如泡沫，骤起骤灭。织子挟持的美丽星球不知去向，此处俨然已成苍凉的宇宙荒漠。

曾经俊秀的一方群岛亦然，"煜火"已不知去向，仅剩苍茫的海波。

"我的孩子以为，天上已不存在理想，所以将人类在地上的理想也一并毁灭了。"织母语。

织子天外的梦跌落后，压沉了人类海上的梦。

"有关热寂，难道一切均是无解？"

"战胜热寂,唯一的方式就是逃避。"

人群默然,这群失意者,亦不知何去何从。

俄而,中方代表张纸鸢理事长发言,她以一种极为冷静的态度,不急不缓地说:"我想说一点,我不知织母你是否能听到,听到织子,在'火墓'轻盈地悠悠漫吟。"

织母消隐又复回,仿佛在静心倾听。

"过去三十年,我毗邻'火墓',夜夜聆听,织子的漫吟。"这一刻,人类和织母都在聆听这位女性,"我一度揣测,织子的漫吟是一联挽歌,是唯美的悔悟。但我发现我错了。那一次,我回乡时无意间望见,旧时庭前萧瑟斑驳的园地不知何时栽满了樱花,细雨拂酥,落樱伶俜。

"后来,当我再度回溯'火墓'的幽吟,我听到的不是幽怨,不是后悔,而是新生。"她直面着织母,陈述自己的想法,"我仿佛听见,雪花落在大地上,枯叶像烧融的秋日,泼洒在土壤的缝隙中,我仿佛听见新叶发芽的破土音,仿佛望见春暖花开。于是我想,既然生命的意志中包含着死亡,理想的意志中理应包含着破灭。"

"这是我所听到的织子的曲中之意。也是我代表人类文明向织体文明所说的话。"

亲吻人类

旋律是织体文明的语言载体。织体文明与人类文明的语言系统不一样。织体文明的语言注重"心领神会",而人类文明的语言强调"传达"与"准确"。即前者是主动,而后者则相较被动。也就是说,织体文明的交流形不似而神似,不同的受众对旋律的解读在具体含义上多元,而在主体情感上相似。这种区别在于两者生命形态构成的差异。人类是碳基生命,而织体文明以电磁波的形式存在。有人质疑,织体文明的交流是各讲各话,个体只能获得自己想要的意思。但织母却认为这更是一种语言的烂漫,是文明的更优解。我在此不做评述。在陈述会议的后续内容之前,容我补充一点,《织子吟》是我国地外生命研究学者张纸鸢女士收录和编撰的世界第一本解译织体文明语言系统的书,此书将"火墓"中"萤火虫之歌"的部分旋律解译表意,使之故事化,也是对织体文明研究的第一步,我谨在此,代表全体"煴火"工作组,感谢张纸鸢女士!

……人类的文化作品中对宇宙文明有过多元的描绘,掠夺、猜忌、傲慢……可从未有人设想过,人类对外交流的第一个基点是信仰。这或许是人类的幸运。宇宙无数,未来能否一直幸运,我以为不能。但话又说回来,在不幸中求存,是人类向来的本领。

2025 年 12 月,沈沨执笔。

"关于人类所说的一切，我认可。"织母沉沉说，"我信赖人类，信赖生命。可我已是个十亿岁的年迈的母亲。"

织母也是生命，凡是生命就会衰亡。

人类默然，谁也无权要求她再做什么。无论为了织体文明，抑或宇宙。

织母压着太平洋，她连声的呼唤也压在人类的心海上。

她忽然重申："我来这，不光是为了看看孩子生活过的地方，也是为了给一切受困于它的过失的文明一个交代。织体文明向人类文明致以深切的歉意。"

光幕上沙沙地流动着字迹，消堙，复现，消堙……

在织母与人类沉默无言之际，一位身着中山装的老人出现在屏幕内，他在别人的帮扶下，颤颤巍巍地举过话筒——"煋火"项目的总负责人，周力谦。

"人类文明从不过分在意过去，而是倾向展望未来。如您所知，人类文明正处在基础科学的瓶颈，倘若可以的话，织体文明是否愿意就科学技术对人类文明倾囊相授？"

沉默，沉默中隐藏着悸动的狂热，与会者无一不是各自专业领域的精英，他们深知，若能蒙获高等文明的科技传授，人类文明必将实现质的飞跃。

"徒步攀峰和生在峰顶的经历，是不一样的，即便两种方式均可一览众生。"

人类是骄傲的，他们理解织母的意思。

"更何况，唯有匹配的社会模式方能驾驭应时而生的技术。突发的科技爆炸有时正如突如其来的病变，对当时社会的影响不堪设想。"

人群沉默，科技文明的颠覆必然是精神文明升华的结果。

"人类因织子失去过一个海上之梦，把梦偿还人类，替人类在宇宙的田地中播一粒种子，也许这才是我该做的。"织母语声轻柔，人群期望，像翘首的幼鸟。

织母伸展和收缩的演变定格在伸展的终极。透明的面像透明的海，仿佛海洋折叠，三维的空间压缩成二维。

透明之海以地球反方向悠悠旋转，一时间，星球竟像是托在丝绢中初生的婴儿——亲吻大地！

时光骤停，众人屏住呼吸，大海沉寂，黄昏不浓，海床不厚，一切都像被织母盛在柔软的摇篮里。

俄而，透明的海被染上花里胡哨的颜色，色彩像流转的洋流，依附在纵深的面上。

某一刻，自旋的"海"逐渐蒸发，蒸发的部分像水墨般融润在球面，"海"的自旋也冉冉停滞，消隐在莫测的黑色深空中。

一切都像是从未发生过似的，天空干净得像一面青涩的铜镜。人群低声议论，揣摩着织母的话，担心已经错过什么。

很快，有人惊呼，天空似乎果真幻化成一面镜，天际的东边像日升，潺潺流泻出依稀可见的轮廓，继而，人们惊觉，映射出的轮廓竟是脚下的大陆！轮廓的线条越来越清晰，仿佛精雕细琢的工笔画。

空旷的天野顿时热闹起来，陆上的地中海，西伯利亚大草原，黄河长江，日本岛，美洲大陆，仿佛乘风而起，游历苍穹，自东而西，汩汩流来，像一卷舒展的画卷，漫漫翻滚，卷卷铺陈在天蓝色的画布上。

紧接着，太平洋，淹没的一方群岛，"火墓"的遗址！当镜头再度拉近时，水中沚科考站赫然在列，与会的每一个人，每一个动作，每一点脏斑，赫然在列。

你甚至可以瞧清天空中倒映出的无数张笑脸，黄人种，黑人种，白人种，时间骤停的那一刻，全体地球人的面容都被生动地绘入。

摇摆的企鹅，睡眼惺忪的鼠，幽吟的蓝鲸，奔袭的狮和羚羊，展翅的瓢虫……这是一幅人类版的《清明上河图》！

沙漠，河海，冰山，草原，森林，城市，赫然在列！距离地表一万公里的地方，人类的家乡，地球已不在脚下，而是飞升到天上！

"我无以为赠，只能送人类一幅画，一个梦想。"织母说，像在念一句湖畔派的诗，"接下来，我所能做，唯有亲吻大地，亲吻人类！"

那幅画似乎添上轻盈的羽毛，渐行渐远，像是有一张唇吻它似的，画中亚欧大陆的部分微微凹陷，俄而，又像被湿润的笔触敷过一道似的，色彩变淡，骨架松弛，徐徐飘远。

透过高空卫星实时传来的画面，天上的画已遥遥摆脱地球，向银河系的中心方向奔去，在这一过程中，画中的色彩难免杂糅，形态难免舒张，但杂而不混，舒而不散，在宇宙深沉的背景映衬下，像几色绕在项颈上的丝绢。

有人猜测天上那幅画的原料是漂浮在星际间的尘埃和气体。可万有引力为何偏偏不能将其束缚，这又无人能解。

周力谦铿锵有力的发言从会场一端传来，"过去，人类的梦想塑在海上，如今它仍在漂泊，只不过飘向了瑰丽的宇宙之海！"

"煜火"虽已葬身海腹，但其承载着的人类和平、共融、求索、跃进的信仰却已被镌刻在画中，像一封勇敢而友好的信笺，替年轻的地球文明向古远悠久的宇宙问好。

亲吻人地！——以人类现有的观测手段，数代人内，天上的画将被地上的人仰望着。当天上的画越行越远，孤独地越过奥尔特星云，横穿猎户座旋臂——地上的人一定不会让它久等，他们一定会追上它。

在场的人都这般深深地坚信着。

某一刻，织母撕开天际的云层，踏着海波从远方而来，透明的面像一组宏大的光幕，蓝光像雾气晕染，光幕上流转着星星点点的磷光，渐进时，人们发现，流转的荧光是一系列正发生和发生过的事连续的画面，其中有无数叫不上称谓的外星文明，也有变迁的地貌，老去的星辰，人类的运动竟也占据其中小小一角。

光幕越发逼近，人群近乎窒息，似乎是横向的空间在急剧压缩，直至为零，当光幕终于碾过时，空间却忽然开敞，宇宙像牛奶般泼洒在人们无垠的思维中，他们好像能透过蓝色的墙纸望见背后那深深的宇宙的黑墙。

亲吻人类！似乎是地外飘来的一梭淅淅沥沥的蓝雨，吻在人的发上、肩上、鞋面上，人在淡蓝的雨中，仿佛也变成了雨。

他们的视野渐而模糊，嗅觉失灵，唯有听觉格外敏锐，风声，人声，时光流逝声，声声在耳。

后来，索性连听觉也迟钝了，仿佛处于一种出离于梦境而更近似于酒醉的状态，所剩唯有无垠的思维。

亲吻人类！思维像挣脱引力束缚的波，从个体的皮囊中脱落、流泻，汇入大地，无数人的思维组成了大地的思维。大地在脉动，人类能感受到彼此炙热的心跳。他们所思所想，宛若贯通一脉，行云流水。大地的思维空灵得宛似田园时代的宇宙，随后，大地仿佛也成了宇宙。人类抚摸自己的身体，宛若在摩挲宇宙。

某一瞬间，仿佛远方骤现一点讳莫如深的强大引力源，空灵的大地被重重地抛向某一点，向时光尽头跃迁。他们似乎望见过去，望见现在，望见未来，在时光的乱流中沉睡不醒……

当人类和地球苏醒，织母已经走远，她已吻过星球上的每一个孩子，蓝色的面透过星球，徐徐缩小，飞向织子的下一个墓地，渐行渐远。

当一切平息，风平浪静。有记者注意到这样一幅画面，性情温良的周力谦首长以一种令人难以置信的执拗，无论如何也要从轮椅上起身，他双手微颤,热切地握住一位女性的手,仿佛抓住了眷恋已久的念想,以一种无可置疑的笃定,说道——

你父亲说的对,宇宙不会变质,因为总有生命将为它替换保鲜膜。

尾 声

桥，有河的地方就有桥。没有桥的河，也将建起桥。

白令海峡大桥。

周折百余公里，跨越两地，将冷战时势同水火的两个国家紧密相连。

通车的那天，车辆驶过，一路的玫瑰和向日葵。

大桥中转的石墩上，镌刻着几排字。前几排是长短不一的人名，后两排分明写着："一烛灭而万巷灯升——'煴火'百年纪念。"

光年之外。暮去朝来数千载，织母赠予人类的，那幅天上的画已环行太阳数周，轨道越画越大——

轻盈地，凝重地，不日内便将优雅地穿越奥尔特云，翩翩飞向深空。

人类的梦，织子的梦，生命的梦。宇宙的永恒……画在了画上。

时空推移。宇宙深处。谁又记得？是在何地？是谁在吟诵着这么一句歌谣。

"宇宙熄灭，神画漂泊之处，大地遍洒鲜花。"

里湾，现居武汉、杭州，城市规划专业研究生。试图走一条新的科幻之路。

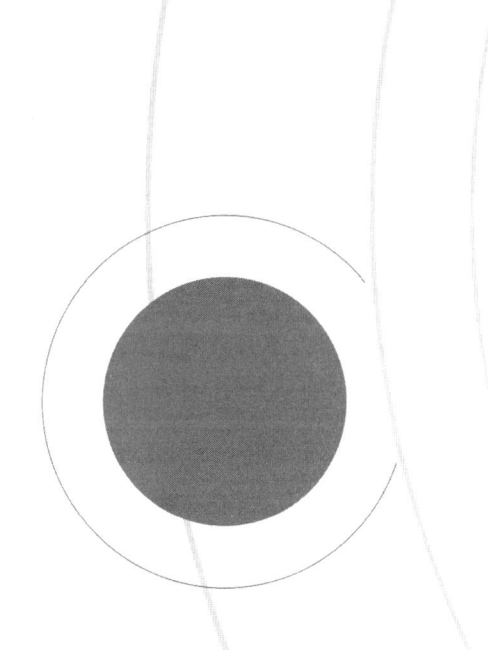

延身与亡灵少女

翻 空

一

直到死亡让你我相遇。

我是最后照料你的人，你躺上解剖台，脱去全身衣服还不够，这次将是从里到外的检查，解剖刀划开肌肤，肋骨剪掀起胸骨，好让我掏出你的内脏，开颅凿和切脑刀让你的大脑第一次离开颅骨。

我们是这样一个职业，一眼就能看尽死者的一生，你日复一日精心遮掩的隐私在我面前袒露无遗，你曾病痛缠身，骨折伤残；你曾更换器官，改造基因；你曾上传大脑，安装义体。身体一块接一块被掏空被替换，生命并不是一次性遗失的。

在我引领你穿越两界屏障的中转期，冷柜是你暂住的床板，你我都喜欢冷气开大一些对不对？照理说，死者都一样，你已心无旁骛，默然配合这场人间最后的繁文缛节。

你与常人的共同点到此为止。某个生前契约阻挠你我完成身后事的进程。我在死后竭力掩藏的事，你竟是那样肆无忌惮。

二

　　天没亮我就来到停尸房，距离上班时间还早，只有我一个人。穿好手术服套上隔离围裙，用发卡别起头发。看来失去我那一头长发也并非全然是坏事。走到冷柜下，从地板到天花板，冷柜占据了整整一面墙，打开柜门，平台滑出，遗体自冰冷的雾气中现身。刺鼻的消毒水以及遗体腐败初期的味道混作一团凝滞的阴冷向外扩散。

　　我偏爱从右边最下层开始。不必摘下双层手套，就能感应到由谁奉上我的早餐。

　　遗憾的是，我挨个打开柜门检查，一无所获。不过还有机会，早上就会有新来的，尽管急需补充但我还能扛得住。于是我开始履行作为殡仪馆新入职员工的职责。用刷子蘸上清洁剂，刷掉留在解剖台上的血污和脂肪，再用水管冲洗。昨夜肯定加班到很晚，尸检进行得很彻底，难怪冷柜里的遗体对我来说全无营养。清洁工作相当繁重，我不敢马虎，不然付姐检查到疏漏准保一顿骂，尽管天花板上装配有无死角清洁机械臂，但付姐坚持这是每一位员工必修的一课。

　　刷完解剖台开始冲地板，将堵在下水口的成团的毛发抠出来。我不时看一眼墙上的指示灯，这期间我已经在脑中排演了好几次绿灯亮起的激动时刻，那意味着有新人报到，我就可以推上担架车出去迎接我的早餐。

　　直到做完清洁指示灯也没亮，同事们很快就会来上班，让我有些焦躁。我给义体回收箱换上新的空箱，换下的回收箱塞满死者纠结缠绕的义体，都是些老旧型号，比死者之躯更加残破不堪。

一声轻快愉悦的鸣音，绿色指示灯亮起。

我用担架车到前面接回医院送来的遗体，虽然只有一具，但包裹在双层手套里的手能感应到他正是我需要的人，不然这一天可有我受的。由于要做的事绝不能被同事撞见，我打算先为新人办理住宿手续，让他躺进冷柜我的行动会比较隐蔽。于是我将载着运尸袋的担架车停在门口，到冷柜的显示屏前调取医院发来的信息，奇怪的是内容少得可怜——

男性；

姓名：无；

住址：无；

65～70岁。

死因为心脏骤停，并发多系统衰竭，于当日 2:43 抢救无效宣布死亡。

为什么连身份记录都没有？

忽然一股寒气匕首般地穿透脑后的发丝，刺进颈椎袭过我的全身。身后有什么东西？我猛然回头，担架车向我吱吱扭扭地缓缓移动过来，我下意识闪开，车撞上冷柜，金属相碰发出冰冷响亮的声音。

运尸袋没在车上。

我一时无法理解发生的事情，只是条件反射地四下寻找运尸袋，发现它丢在墙角，拉链敞开，里面没有遗体。

我脚步机械地接近运尸袋，却不经意地看到冷柜下的阴影里站着一个背影。

背影一丝不挂,皮肤像流动的沥青。

我的腿不听使唤,只能一动不动地杵在原地。

墙上的指示灯发出一声鸣叫,惊得我浑身一震,再收拢视线时背影已经不见了。

三

"逃尸肯定是有的！"防腐师大口扯下鸡腿上的肉，"我同学在北郊那家殡仪馆干，不久前他们冷柜里老是有喊声传出来，是个死了三天的人大叫：好饿，好饿啊！"他伸出大手把我餐盘里的鸡腿抓过去："你不吃别浪费。"

吃饭对我没用。早上没能补充，体内那股乱流般的特异精力正在迅速流失，此时才是中午，但愿自己能撑到晚上。我跟同事坐在员工餐厅的落地窗旁。窗外是最日常的情形，厚实的窗玻璃隔绝了送葬者的哭声，无声扭曲的脸愈显悲痛。焚化炉的烟囱冒出淡淡白烟，白烟的成分仅仅是过滤后的水蒸气，听付姐讲她小时候烟囱中冒出的是黑烟，是曾经活过的人化作另一种形态扶摇直上。

尸体失踪的事已经传开了，大家都在议论，我感到餐厅里到处是偷瞄我的目光。

"在冷柜里喊饿，谁信啊？冷柜里的饿死鬼说的是你自己吧。"礼仪师嫌弃地将目光从防腐师的脸上收回来，慢条斯理地挑着餐盘里的蔬菜，一根根地仔细送进嘴里，"你就别吓唬她了，她看到的背影准是盗尸贼的。"

我刚想辩解自己绝不可能看走眼，防腐师却立即接过话头，"你以为我在讲鬼故事吗，上个月立康医院去世的阿婆从太平间爬回门诊，质问主治医师为什么手术会失败，这件事你也知道。"

"知道就代表真有其事？难道你没听过酒店的怪房客或者饭馆吃到手指头，哪个行业没有一堆都市传说？身为一名老防腐了，还会相信这种事？"

"你才老呢，老司仪！"

我试图止住他俩的日常斗嘴，"今天这个逃尸可是我亲眼所见，亲身经历！"

"我讲的也都是真的。"防腐师大嘴里转着一根鸡骨头。他这一搅和，连我自己都觉得可信度大打折扣。

"你们觉不觉得殡仪馆闹鬼这种事最近传得特别凶？"礼仪师忽然想起另一件事，"失踪遗体哪儿毕业的？"

"医科生。"

我们这儿把遗体来源称作毕业，大多数都是医院送来的，所以是医科生。除此之外的毕业院校五花八门，比如近地空间轨道送回来的称作航校毕业；交通事故就是驾校，经常需要我们把毕业生重新拼接到一起；法学院则是指法医鉴定后由公安部门送来的遗体，常是腐尸和枯骨。

"被清洁机器人发现倒在人行道上，呼叫了自动救护车，但送到医院没有抢救过来。身上也没有任何身份证明。"防腐师望向窗外吊唁的人们。

"我怎么听说你跑出去追尸体了？"礼仪师问我。

"我想去追，但付姐说下午很忙，有四台尸检，我哪儿也不能去。"

"摆明了不信你。"防腐师笑着说，"要是我就问你追上以后想怎样劝说他回来。"

礼仪师那精致的脸上故作严肃，"你说尸体一大早着急忙慌跑出去干什么，怕上班迟到？"

他俩憋住笑的样子过于刻意了。没人比我更了解他们，每天面对遗体,需要拼命找点乐子,以此保持精神上的某种平衡。早在中学时候我就经常被他们气哭,不过我现在早不是当年那个好欺负的小女生了。

但是礼仪师的问题我也想问:他逃出去有原因吗?

我的脑子里始终挥之不去死尸伫立在冷柜下的背影。背影消失后,我走到他站定不动的那个位置,只见正前方墙上的画框里显示着动态宣传画,静谧祥和的墓园,家人在墓碑前献花。

"监控没拍到吗?"礼仪师问。

防腐师拿筷子到礼仪师的餐盘里乱扒拉,"刚才已经查了监控,没拍到任何可疑人士。"

我向来留心监控,每次到停尸房偷偷取出尸体时,都要先把监控手动调整到拍不到我的角度,好在平常也没人回看监控。此刻我用故作认真的语气来回击他们刚刚的嘲笑,"我推测尸体是从监控死角溜进消防通道逃走的,避开监控可能只是巧合,因为消防通道是距离停尸房最近的门。之后逃尸顺着悼念厅的墙根就能走出殡仪馆围墙。当时天还没亮,外面几乎没人。"

听了我的猜测他们面面相觑,"你就是这样跟付姐汇报的?"

遗体失踪对于殡仪馆来说是重大事故,我第一时间就给付姐打了电话。"她让我不要胡乱想象,只是说会报警。"

"幸好是无名死者,家属不会立即打上门来追责。"防腐师说。我想起作为殡仪馆的负责人,付姐的第　反应也是稍稍松了口气。即便现在通知家属,也只能徒增家属的悲伤和愤怒,帮不上任何忙,付姐当时这样回应我。

"你们都不在乎死者是谁吗?"我说,同样的问题我也质问过付姐。

"搞不好是长期失踪人口,不然送上自动救护车马上就能显示身份。"礼仪师推测道,这让我对逃尸更添了几分好奇。对于防腐师伸到面前的筷子,礼仪师不胜其扰,索性将整个餐盘推给他。

"怎么全是素的？不过话说回来，听说这一阵全市的盗尸案又多起来了，咱们这儿肯定也被盯上了，今天的事至少说明盗尸贼很熟悉停尸房的布局。"看来他们玩笑归玩笑，还是跟付姐一样不相信我。接着防腐师故意压低了声音，"没准有内鬼，不然外人怎么会知道那是无名遗体？即便最后找不到，也不会引起很大纠纷，最后不了了之，过一阵就没人记得了。"

显然同事们都相信是盗尸贼干的，没人拿我的话当真。付姐听不进去我所说的事实，或者是根本不想要去相信。我所真正介意的事情更是无法对他们说出口，将无名尸体推进来的时候，我已经明确感应到了它。

我在跟付姐的电话里有些激动，"是在我当班的时候出的事，我一定会把逃跑的尸体找回来。"说完我就挂了电话。

"这孩子入职以后总是犯愣，你发现没有？"礼仪师对防腐师说。

我回过神来，"我是在专心吃饭。"

"说到入职，你可是让我们吃惊不小，"防腐师忽然转变了话题，"那些天都在传你病危没抢救过来。"

"听说你死了我哭了整整一宿，我可是看着你从小女孩一天天长成个大姑娘的。"礼仪师说话向来夸张。

"我这不是好好的，病都好啦。"只好对他们说谎了。

礼仪师用湿纸巾仔仔细细地擦手，同时却在盯着我头顶看，"这个造型可是用心了，真不是漂的吗？"

"病好以后就这样了。"这一次我说的绝对是实话。

"好想要你这样的发色，太好看了！但是我真的特别好奇，你干吗时时刻刻都戴着手套，不干活时也不摘？"

我不知道如何回应，一般来说只会敷衍怕脏这种话，但心里却忽然有种索性坦白实情的冲动。

"不用羡慕人家，你这么洁癖也应该戴。"防腐师替我解了围。

我捋平双层手套上的皱褶，里面是手术用的橡胶手套，外面是纯棉的长袖手套，一直遮到臂肘。本就被体内的怪异空洞感折磨，此刻心里更像是生出许多毛刺，看着窗玻璃上映出的自己，银白短发，少女脸庞，一个被禁锢在殡仪馆大院中的幽灵。这就是我的宿命。我出身于殡葬世家，付姐从小就培养我成为殡葬师。上中学后每次校外社会实践和寒暑假实习，付姐总能把我弄到殡仪馆来，不知道她是怎样说服老师和校领导的。刚开始我只是干些打扫卫生的杂事，再往后做起逝者家属情感陪护，随着次数的累积和年龄的增加，我得到的工作权限逐步扩大，与尸体的接触逐年深入。从她第一次正式把我带进验尸间，就让我跟其他工作人员一样叫她付姐了。

有天临睡觉她叫我到她屋里一起敷面膜。我们脸上都贴着面膜躺在床上聊天，她竟然还点了熏香。我当时心里很开心，感觉我们终于像一对普通的母女，敷个面膜聊聊天，甚至今天她要问我有没有喜欢的男生都可以。但我又特别怕她像平时那样，无论吃饭睡觉赶路都会突如其来地考起我——如果遗体的背部重度溃烂，应该让他在解剖台上采取怎样的姿势？如果出现巨人观，首先应如何处理？修复三原则是什么？好在今晚她一直没问起专业的事，虽然我们没聊几句，但在阵阵的草木幽香中，我已舒心平静睡意渐浓，她轻声问我面膜舒不舒服，水分足不足，并向我透露这是专门为遗容研制的葬礼前面膜。

对于付姐的一切安排，我的内心都充满排斥和逃避。但是那场大病后我头发全白，必须全天戴手套，并且从学校退学，顺从她的意思正式入职殡仪馆。虽然依旧不愿从事殡葬业，但我战战兢兢隐藏着一个秘密，绝不能让周围人尤其是付姐发现我来殡仪馆上班的真正理由。

四

尽管人们变得更长寿，但在我们这个职业看来，世人离开的脚步只是时快时慢，却从无断档。午饭后一起回到验尸间，这个相当宽敞的空间像是制造车间和复合型手术室的结合物，布满滑轨的天花板上排列着离子清洗罩、扫描仪、半自动机械臂和手术机器人，最忙时可以容纳六台尸检。现在有四台同时进行，同事们都穿着手术服和隔离围裙，头戴防护面罩，我也只得暂时放下寻找逃尸的事，摘下外层手套进行尸检，今天我给另一位殡葬师做助理。

赤裸的遗体平躺在解剖台上，离子清洗罩从上方降下为遗体清洁消毒，不到一分钟的时间就完成了，清洗罩抬升收回。轮到殡葬师上场，虽然尸检也可以交由手术机器人独立完成，但是我们殡仪馆对外主打的是人对人的送行服务，主要步骤都必须由人类殡葬师执行，这是付姐死守的职业底线。

尸检中，我那消耗过度的精力持续受到蛊惑，渐渐产生脱去手套将秘密公之于众的冲动，晕乎乎地向尸体伸出双手。

"想要害死大家吗？"

付姐的声音如冷水泼醒了我。付姐从我们这台正在尸检的遗体上抬起头，我很确信自己被她严厉地瞪了一眼。每一具遗体都要经她亲自检查过后，才能送到追悼厅与亲人见最后一面。她身穿灰色连体工作服，无论何时见到，永远都像是从素描里走下来的，没有色彩却也并不苍白，不饰烦琐，展示出好似线条勾勒的那种冷峻的力度，对于一位殡葬师来说恰到好处。自我病好后，她的眼眶抠进去，眼中布满血丝，腮帮凹陷，像是这幅素描画被雨水打湿又晒干，暴露出疲惫和损毁。

"由于你们的疏忽，接下来可不只是遭投诉和惹官司，很可能明天就换我们躺上去。"付姐指指另半间屋子空着的那几张解剖台，然后让我们注意遗体的手臂，"为什么不摘除？看不出是延身义体吗？"

同组殡葬师的反应有点茫然。我其实早已经感应到了延身。

"延身义体绝对不能进入焚化炉。其一，延身的燃烧残余会进入炉子的零部件缝隙，非常容易损坏炉子。每天要送走那么多人，我可不想炉子工作到一半就坏了，火化系统很贵，你们干到退休也赔不起。"

听付姐说这些的时候我忽然意识到自己在抓挠手掌，双手奇痒难耐。同组殡葬师扫了我一眼，但他只会以为是手在里面闷久了汗湿得不舒服。

"其二，未取出延身义体就进行火化，可能把我们全都炸上天。尽管整个殡葬行业针对义体多次改进过焚化炉，但如果延身义体不能分离出来就进炉，会堵塞过滤器引起爆炸。丧葬协会跟延身科技那边协商过多次，总是被他们敷衍了事。"

光我记事起这里就经历过三次或是四次焚化炉爆炸事故。这种事比想象中频繁得多，也不是近年刚有的事，焚化炉爆炸史自从人类身体使用植入物就开始了。因此火化前拆除义体的历史由来已久，义体分离早已是跳不过去的步骤，例如无法火化的材料，易燃易爆的材料，有毒金属或合成物等。有趣的是，随着义体的普及，摘除义体的必要性潜移默化地影响了人们的丧葬观念，很多人都希望自己跟来到这个世界上的时候一样，撇清义体纯净地离开。

"早期机械义肢的摘除是最简单的。之后流行的生物打印义肢有一大部分可以火化，另一部分通过扫描辨认出来后切除。现在的延身可就麻烦了,摘除难度最大。"付姐继续道。

"普通义肢我都能接受,延身这种就很恶心。"远处那台的人说。

"我们这里不说不尊重逝者的话。"付姐提醒他,"无论什么样的逝者,死亡面前没有不同。"

"延身对家属来说倒是个附加的好处,二手市场可以卖个好价钱,我就不止一次遇见过一面哭一面叮嘱小心回收的家属。"防腐师的话让气氛顿时轻松起来。

付姐摆摆手让大家安静,"难道你们忘了,三个月前芬兰一家殡仪馆就是因为没有移除延身炸平了半个火葬场?这样吧,这个延身义体你俩还处理不好,做完手里的事就下班吧,我来收尾。"

下班时间其他人陆续离开。我当然不能走,站在一旁学习。奇怪的是付姐在遗体肩膀上做好了切口之后,手举解剖刀迟迟不进行下一步的动作。

"血管和神经跟人体原生的很不一样,但又完美契合。与我见过的义体也都不一样,没有两个人的延身是完全相同的……"她的声音很是落寞。专业上她一向自信,但其实这已经不是她第一次被延身难住了。最后她泄气地将解剖刀丢进工具盘,"我出去一下,你也去吃点东西吧,今天会到很晚。"

尸检越来越让付姐力不从心,处理延身义体起码需要花上她平时三倍以上的时间。拥有延身义体的人数在近年迅速膨胀,成为义体新趋势,但始终笼罩着神秘的迷雾,跟遍布城市的延身基站高塔一样透出一丝诡异。她无奈地从解剖台前离开,摘下手套,在水池洗手后往外走,也许是去办公室查资料或者打电话询问其他同行。我知道她沉浸在工作中的时候顾不上我,我这个女儿不比其他同事更特殊,自己早已习惯这一点。同样,我们之间那些最融洽的时光也总是发生在解剖台前,和尸体共处之时。

我从后面叫住她。

"我看见库房有微创手术手套,学校开过这种手套的实操课,戴上它应该可以摘除延身义体,我想试试。"

禁用手术机器人进行验尸和修复,是付姐为殡仪馆立下的规矩,但是微创手套毕竟还是人在操作,我希望这个擦边球能成功。

"别想。"付姐忽然显露出些许少见的紧张,但她阻止我根本不是出于人对人原则,"你必须离延身远点,越远越好!"

原来是这样。如果不是因为人对人原则,那我大可以想办法说服她,刚要开口,停尸房内部呼叫忽然响起:"请付姐到前台来一下,丢失的遗体出事了。"

五

"爸爸哎！"

我跟着付姐赶到接待大厅，一个中年男人号哭着，他用自己那只机械右手砰砰捶着接待处的台子，像在捶一口棺材。

接待员一脸蒙退到老远。看热闹的人们站在更远处，好在现在时间很晚了，只有加班的员工和寥寥几位客户。

"请问您是哪位逝者的家属？我是这儿的负责人。"这种场面自然唬不住付姐，她来到男人面前。

男人止住哭，打量付姐，悲痛脸迅速切换成蛮横脸，他的一只眼睛外凸，眼白发黄，眼珠转动得不很顺畅，一顿一顿的。这只老旧义眼把他那张饱经风霜的脸衬托得十分乖戾。

"要不是警方询问我，我还不知道你们把我爸弄丢了！"男人粗笨的脏兮兮的金属手指几乎戳到付姐脸上。

付姐毫不退缩，似乎更向前挪了一点，鞠躬致歉，"如果您指的是曹老先生，出了这种事我们十分愧疚，正在追查。"

这么说身份已经查到了，原来逃尸姓曹。

"愧疚值几块钱？你必须赔付精神损失，还有赔我爸……"男人似乎长高了几厘米，用那只让人别扭的义眼和另一只眼睛一起瞪着付姐。

"抱歉，据我所知曹老先生没有儿子。"付姐平静地截断他的话。

男人忽然闭了嘴，然后再次砰砰捶接待台。"爸爸哎……你怎么就走了,倒是出来说句公道话啊!你给儿子托个梦,告诉我这些家伙把你藏到哪儿了,这家殡仪馆肯定有见不得人的猫腻!"

"您来我办公室谈吧,详细说说您的诉求。"不等男人止住哭,付姐转身先走了。

男人转转眼珠,像鬣狗一样追上去。

我很想跟过去,也许就能知道该上哪儿寻找逃跑的曹老先生了,但付姐肯定不会让我参与。他们一离开,工作人员就都凑到接待台前七嘴八舌地胡乱瞎猜。我则回去验尸间,那里还有很重要的事情要做。

验尸间是个与世隔绝的空间,片刻前的热闹像是另一边的世界。早上没补充,一天下来精力消耗殆尽,想要活下去那件事我不得不做。

我从箱子里取出微创手套,依靠这双轻巧精密的机械手,即便是庸医也可以完成高难度的微创手术。开机,预设好。然后我将橡胶手套从手腕往下扯,双手湿漉漉的,好不容易才脱掉。体内像是有个饥饿的生命在催迫这双手。

不戴手套不可以触碰死者。但我将手放在死者冰冷的手臂上,从指间渗出的液体钻进他的皮肤,在我与死者之间搭建起一种连接,借助它我得以观察尸体内部,延身与其自身交接之处都分辨得再清晰不过了,组织、肌肉、血管、神经和骨骼错综复杂地连接着。付姐每每面对延身,都怕切除不干净,有义体遗留造成火化时的隐患,另外又不想过度切除,让本人遗体损失太多,那就等于向延身认输,有违她尽量保留遗体完整性的原则。

午后就开始折磨我的那种到处冲撞的空洞感全都涌向指尖,换来一股股轻飘飘的眩晕。也许是拖延得太久,我任凭意识涣散,再清醒过来的时候发现自己在浑浑噩噩中依然进行着仅有我能操作的手术。我接触过的尸体,会在延身和其自身的过渡地带留下一连串微小的空隙,这等于是辟出一条精微的分界线。令付姐的精湛技术屡屡碰壁的延身义体，在我的指尖与肉体自然解离，再用手术刀摘除即可。

我的精力恢复了，如果运气好可以维持到明晚。空虚和乏力消失，取而代之的是充盈感，以及随之而来对自己这种行为的羞耻和愧疚。

"怎么还没走，你在干吗？"身后忽然响起付姐的声音。

我几乎忘了她还会回来，心怦怦跳动着，当她走近解剖台，我的双手已经塞进一旁的微创手套里。它只是我事先准备好用来当掩护和借口的道具。

"都跟你说了不要乱来！"

她的目光只是在精密的机械手套上停留了一下，注意力就移到遗体上。我开始担心起来，她会不会看出这不是微创手套做的，或者让我当场为她演示微创手套如何摘除延身义体，这我可做不到。

然而实际上付姐已经专注于察看分离处那特别的切口。

六

走回家时付姐一直没有说话,看来对我擅作主张分离义体相当不快。我则有点后怕,险些被她逮个正着。洗完澡出来发现付姐竟还坐在餐桌前,我心里有鬼,说一声去睡了就想要溜回自己的房间。

"等一下。"

是不是终究还是被付姐发现了,现在要来审问我?

"过来,陪我坐一会儿。"

我只好在她对面坐下。自从我生病我们都没好好聊过天,似乎彼此都在有意无意地回避对方。她站起身,我低着头摆弄自己的手,不敢看她。在家里我是不戴手套的,戴了一天手都沤白了,还有些肿胀,很容易让人联想到泡在福尔马林里的标本。

香味钻进鼻子,一天都没有启动的胃突然就被唤醒了。付姐从烤箱里端出肉串,还变出几碟小菜、一瓶红酒、几打啤酒。这我倒不惊讶,她这变魔术般的厨艺是常年加班练就的。

我抓起肉串就啃起来。一连两串下肚后才想起来,糟糕,小时候只要考试成绩不好,付姐就会做一顿好吃的作为教训我的前奏,不知道是为了让我心生愧疚还是放松警惕,或许两者都有,在我吃着最爱吃的菜时突然劈头盖脸数落起来。

付姐喝着红酒。我拉开听装啤酒的拉环,冰凉的液体穿过喉咙,又找回来几分活着的感觉。

"我们的规矩你是知道的，不能依靠机器完成手术。"

该来的早晚要来。我刚想为自己辩护，付姐做了一个让她先说的手势，"你自己清楚今天的术后效果吗？"

"抱歉，我又让你失望了。"我咕哝着，嘴里的酒变得苦涩。

"不是失望，是打击，我根本搞不定那东西。"我知道她说的是延身义体，提到它的时候她的眼神从我身上飘开了一下，但很快又转回来注视我。

付姐是全国最好的遗体修复师之一。即便手术机器人已跻身行业前茅，技能远超她和她的同行，但是作为人类殡葬师在遗体重建中所能给予死者的尊重，那种出自同类的悲悯和仪式感，是机器人所远不能替代的。也正因为这一点，付姐自己从不曾考虑过进行义体改造。

付姐呷着酒，"经我送走的逝者一批又一批，不停告诉我一个再明白不过的道理，如今早已是义体时代，几乎人人都有义体，而且延身越来越多。"

延身时代，我用酒把这个词生生咽进了肚里，"付姐，你需要点时间适应，前面那几波义体改造潮哪一次难住你了？这次也……"

"这次不一样，我看得很清楚，我这样的人该退休了。"

我差点把酒喷出来，她才人到中年，竟然说要退休。红酒已喝掉大半瓶，看来是醉话。

"退休好啊，我都不记得你休过一次完整假期，双休日也基本都去加班。"

"其实我早就有这个想法了，可是咱们这行本来就缺人，你算算每年能招来几个，留下几个？"

"机器人都闲置着，不比你费劲着急带新人强吗？唉，算了，你没把机器人卖废品就是对它们很好了。"

"那是公司的财产，我没权利处置。不过今天看到你的分离手术以后，我觉得自己可以退休了。"

一瞬间我的心里满是愧疚。是不是应该趁现在把实情告诉她？她看上去情绪还行，或许会接受……

"没想到你适应得这样快，虽说我给你打的基础不错，但半途而废的在咱们这行里十有八九。你再踏踏实实做几年就能接班了，我呢，安心去过退休后的美丽人生。"

想说的话堵在嗓子眼。这人脑子里怎么老想着退休，还要让我下半辈子都跟死人打交道，吃她吃了一辈子的苦。

"你早晚会遇见那个会说话的死者，为你指明人生。"

"那还是不要了。"与其让醉鬼在这儿胡言乱语，不如套套她的话，"那个逃跑的曹老先生是怎么回事？今天来的是骗子，还是说真是他儿子呀？你们进办公室聊什么了？"

"死了。"

"啊？"

"死了的人就没可能跑掉，"付姐酒量越来越小了，坐着都有些打晃，"我是说你啊，不要瞎打听，警方正在搜捕盗尸贼。"

"曹老先生跟他儿子住吗？还有其他家人吗？"我又想到停尸房墙上的墓地宣传画。

"曹老先生不用你找，给我把那些不对劲的想法统统忘掉，"付姐阻止我，"死了就是死了，你脑子里要有那条线。每个行业都会迷失，我们这行也一样，你的路还很长，不能从一起步就歪了。"

起步？谁想要干殡葬啊！还歪了？我的人生早都不知道歪到哪儿去了！我低着头看手，也许是酒精的缘故，终于脱口而出，"你想退休现在就退吧，但千万别拉我当替补，其实我根本就不会用微创手套做分离手术，我的情况远比你以为的要复杂得多，我的病没好！根本治不好，比死还严重。我来殡仪馆上班不是因为听你的话，而是因为我需要能在这里出入自由,好让我方便接触到遗体,每天夜里我都要偷偷溜进停尸房,不然根本活不下去!这些你都知道吗?"

我激动得站了起来,喘着粗气直视她,却看到她趴在桌上,发出有节奏的沉沉鼾声,一缕头发浸在剩菜汤里。嘴里还咕哝着几句梦呓,"生死的界限正变得模糊……满世界都是死人……"

我无力瘫坐下来。将盘子从她的头发下移开,替她擦干净,拿过她手边的红酒一饮而尽。也许自己不会再有勇气坦白了……

酒在我体内翻卷,像是空腔里燃烧的火。付姐,你说生死界限不能逾越,或许我早已跨过那条线,却还在尽力维持。我想你知道,为什么我会如此执着于一具逃走的尸体?因我与曹老先生都被同一根死亡之线牵引。从我成为延身会员的那一天。

七

"只需包月，即刻拥有。无须手术，量身定制。"

小桐那清亮的嗓音在脑海中响起，她非要把手机上延身科技的最新宣传大声念给我听。那时我还是名大一学生，距离现在仅仅半年，当时我根本不可能意识到，就是这句广告断送了我的生命。

小桐家是做鲜花批发的，由于她家常年给我们殡仪馆供货，双方父母很熟，所以我和她在成为大学同学前就相识。她学的是礼仪专业，而我在殡葬班。那天我俩挤在学校卫生间的隔段里，我正把她的连身裙从头上套下去。她则从头到脚只穿着内衣，迟迟不肯穿我脱下来的套装。

"你将就几堂课嘛，反正放学也要换回去。"我整理着裙子，催促她快点换上，我想快点到洗手池的镜子前照一照。

"这是不是你们殡仪馆的制服呀？一身黑。"

"你什么眼神，这哪儿是黑，是藏蓝，不是制服啦……别说确实挺像的。"

"你怎么老这样，不喜欢还穿出门，你是小学生吗，付姐还能强迫你？"

"那倒没有，她说了，第一，我们班的课穿这个最合适；第二，放学后我要直接去殡仪馆实习，没时间换衣服。你还要听三至九条吗？"

小桐把两根手指压在我嘴上，不情不愿地套衣服，上好的料子板正沉重，她的姿势活像戴枷锁，嘴里不忘揶揄我，"你难道就没觉得，付姐正在你身上复制一个年轻版的自己？"

我假装没听到，低头整理裙摆，她把手机屏幕怼到我的脸前，非让我看那上面的延身广告，刚刚她就是在念这个。

"陪我去吧，我想办个会员。"

学校里已经有几位同学是会员了，小桐所在的礼仪班办的人最多，我们班有谁是延身吗？我联想到一张脸，马上反应过来，莫非他就是小桐想办会员的原因？

"是不是因为花圈？"花圈是那个男生的外号，因为他扎花圈全校最快，花样也最多。

小桐咬嘴唇的表情说明我猜对了，上个礼拜花圈也成了延身一族。延身和延身一起玩，不带没有义体的人玩，也不和其他义体的人玩。前者的原因是玩不到一块，后者是因为看不上老式义体。

"就看在这条裙子的面子上陪你问问去，"我站在洗手池的镜子前满意地看着自己，也不想继续假意为难小桐，"去了你可别冲动。"不过马上又不担心了，高级义体的价格，我们学生想都别想。

放学后，小桐拉着我去了操场。

"不是去问延身吗，看花圈打球？"

从学校就看得到延身的基站。距此不到两公里，高约百米，圆柱形的主体向上延伸出若干不规则的分叉。如果近距离观察，就能看清上面布满密密麻麻的天线和释放孔，让人联想到沙漠里的巨人柱仙人掌，只不过基站是通体白色的。延身科技用短短十年时间占有了全球近一半的义体业务，时下谁想要义体首选都是延身。从大都市到偏远乡镇，从公路边到社区都纷纷竖起延身基站，距离我们更远些的地方，另两座基站的白影隐入城市楼群中。

虽然小桐没回答我来操场干吗，但老远就看到了答案。场上只有一名女生，她那双特别惹眼的大长腿远超常人，全校只有礼仪班的一名学姐拥有这样一双腿。场边有不少男生和女生围观，学姐原地起跳扣篮，引来欢呼和掌声。

"自己打有什么乐趣？"我对小桐说。

她是全校第一个延身会员，本是名除了成绩好之外平平无奇的女孩，短短一个寒假回来就判若两人，现在是篮球和舞蹈双料特长生，那双新换的延身大长腿绝对是炫耀的资本。

我话音才落，学姐忽然从篮下两个跨步就来到我近前，低头看着我，我和小桐仅仅到她胸口。

"我也觉得没劲，所以希望咱们学校多几个延身。你考虑得怎么样了？"学姐转而问小桐，原来她已经跟他们接触过了。

"学姐，你真能拿到内部折扣？"小桐问。

"你考虑清楚了吗？"

小桐笃定地点点头。

学姐很满意，"还得说是咱们礼仪班的格局大。"说这话时她挑衅地看了我一眼。

学姐回头对远处挥挥手，走来一个男的，明显是校外的人，岁数比我们大一些，个头比学姐矮一截，其貌不扬。他将一瓶水递给学姐。

"这是我男朋友，"学姐扭头问男友，"给你介绍我学妹认识。"

男友似乎领会了学姐的意思，略微想了想，"没名额了。"

见男友面露难色，学姐将饮料甩给他，丢下我们转身回到篮下，接连弄出很重的运球和篮板的声音。

男友轻叹，无奈地走过去跟她说了几句话，学姐显然很高兴，朝我们扬扬下巴，"明天直接来店里吧。"

这是我最后一次看见学姐在操场上打球，那双长腿像是附身于她的另一个奇异物种。

八

第二天去延身客服中心的自动协议车上，小桐跟我透露了一个消息，"我决定这两天就跟爸妈说，毕业后就去找工作，不想再跟他们一样卖一辈子花。"

"那我不就是卖一辈子骨灰盒。"

其实我也一直在为毕业后要不要做殡葬师苦恼。殡葬执业证和相关证书也已经拿下来了，难道未来都要和付姐一样从事这一行吗？说实话，我不知道自己未来想要做什么。我家几代人都是做殡葬的，对这个行业从小耳濡目染，从来没有过特别的感觉，除了周围人总用别有用意的目光提醒我它的特殊之处。但是付姐跟我谈过不止一次，她郑重其事的样子让我有点反感，每次都说我还是门外汉，根本没有准备好。

延身客服中心就位于一座基站的下面，意外的是学姐接待了我们，她穿着接待员的制服，脸上挂着事务性微笑，有点像另外一个人了。

"立即成为会员，您就可能拥有夜视或红外视力，听觉空间感知雷达，金属骨骼，百米弹跳，水下呼吸，又或者您想熟练掌握三百门外语和方言？"

对她煞有介事的介绍，还用敬语称呼我们，搞得我俩忍不住笑。

"严肃点，我得按规定来。"学姐提醒我们。

跟义体骗子那套词儿如出一辙，要不是学姐，我会立即拉着小桐离开。我在桌下拉小桐的衣角，虽然我不办，但是必须给小桐提个醒，她现在容易头脑发热。

"能读心的义体有吗？"小桐似乎早有打算，但是连我都觉得她异想天开，怎么会有读心这种义体？

学姐善解人意地一笑，"恐怕让你失望了，无法指定移殖义体。"

"无法指定是什么意思，这算哪门子义体？"小桐竟然将凌厉的目光投向学姐，看来她已迅速接受客户和接待员的各自立场，不再顾及对方的学姐身份。从这个转变我能感受到，小桐办理会员的态度不是开玩笑的，"咱们学校里那些办了会员的同学，有义眼，有义手，有多长出一个胃来的，还有学姐你的大长腿，怎么到我这儿就不能选择了？"

"可以肯定地告诉你，他们没有指定义体，我也没有。并且只要是延身会员，任何人都无法指定。这就是延身义体和普通义体的最大区别，同时也是我们延身科技的最大优势。"

越听越奇怪了，我跟小桐都不能理解无法指定义体究竟是什么意思。

我们的不解显然在学姐或者说每个接待员的意料之中，"同学，延身义体是由一种我们称之为延身素的纳米晶体进入人体后移殖而成。购买会员后，延身素就会持续不断地由基站发送到每一位会员体内。"

伴随她的讲解，我们和学姐之间显现出基站的全息投影，形状是熟悉的白色巨人柱仙人掌，它释放出无数粒子，那应该就是学姐提到的延身素了。投影里出现了密密麻麻的人，延身素进入其中一部分人的身体里。光点所代表的延身素也穿过坐在对面的学姐的皮肤，或者通过呼吸进入她的体内，学姐的身体随之呈现出半透视的效果，虚拟的延身素在内脏和血管中发出微光。

学姐并没有因为身上的投影演示而停下讲解，"延身素可以进行任意的表观遗传重编，远远超越生理局限，还能够编辑人体内原本不存在的蛋白质组。同时延身素还是义体构建的基础材料。延身义体的这种生产方式我们称为自发性移殖，最终由新生义体替换掉原生的人体组织，或长出原本不存在的组织和器官。"

学姐体内的无数光点开始汇集，定位到她的右手上，变成单手十根手指，每个手指都可以任意伸长或缩短，加粗或变细，向任何方向弯折。光点离开右手，汇集到她的肺部，我们透视到胸腔内部，跳动的心脏，翕动的肺叶。忽然大量水注入将肺灌满，我以为这是模拟溺水者的死亡，但灌满水的肺部仍然持续有力地起伏呼吸着。光点再次转移到心脏和血管，心腔由四个增加到十六个，全身血管加粗了好几倍，血液循环疾如流光。延身素在学姐的身体各处汇聚，移殖出一个又一个新器官。我忽然觉得有点恐怖，并不是被可透视的学姐吓到了，就连解剖现场带来的不适我都早已免疫，此刻给我异样感觉的是学姐的状态，延身攻占了她的全身，而她的口中依然向外倾倒着产品介绍，简直就是一具活尸人偶。

"你的意思是它想长哪儿就长哪儿，有无限可能？"小桐似乎理解了演示影像所传达的信息。

影像逐渐在学姐体内淡化，"自发性移殖选择的标准是需求依赖度。身体是最敏感也是最诚实的，延身义体会长在最需要的地方，即便这种需求连你自己都还没有意识到。换言之，你的需求和不断强化的行为模式是天才却不自知的义体设计师。"

小桐露出很是满意的神色，我知道她在想什么，她才不管是什么义体，只要是延身就行，是延身就又能接近花圈了，或许还能帮她远离父母。

学姐看准时机将开通会员的价格显示到我们面前的屏幕上。

"内部折扣，我让男友从别的区搞来的，好不容易才换到。"学姐朝我们调皮地眨眨眼。

小桐盯着价格看了片刻，"一个月不吃中饭就省出来了！学姐你可太棒了！"她已经开始往触屏上填个人资料。

"你怎么还不填？"学姐不解地看着我，难道她一直以为我也要办延身？

"我只是陪她来……看看。"

学姐面露难色，板起脸，"这可不好办了，这是双人套餐啊，你不办的话就不是这个价格了，我又没理由便宜别人。"

小桐看向我，眼中放光，"咱俩一起吧，多好的机会啊！"

其实我没有告诉小桐自己昨夜失眠了，一直在考虑延身的事。眼前反复出现学姐以及学校那些让人羡慕甚至嫉妒的延身会员，虽然总觉得是陪小桐来，却忍不住在心里演习起自己成为延身后会怎样。

我需要延身义体吗？

别人给我的标签永远只有一个，殡仪馆女孩，还有更露骨的叫我亡灵少女。这些词本身我倒无所谓，只是受够了他们这样定义我。没有假期，只有实习，别人春游去看山看大海，我却在学习给遗体清洁和防腐。虽说这些都算不了什么，或许可以称为殡葬世家孩子的宿命。但是学姐刚刚的介绍却像是在我心里面推了一把，有什么我不敢想却在潜意识里久久盼望的东西露出了头，是的，体内自发移殖出义体就像是重新定义我自己，不再是付姐的定义，不再是别人眼中的我，甚至都不是我能想象的自己，一时间从心底翻起报复付姐又抗议全世界的小小快感。

我和小桐一起办理了延身会员。

学姐将我们领到后面，移交给护士。后面的空间很像是医院。先体检，然后是过敏测试，最后注射基态延身素，一切都发生得很快，新鲜感还没怎么满足就结束了。注射完成后兴奋之情稍稍平复，我似乎听到隐隐有奇怪的声音，像是微弱却很痛苦的号叫，大概是错觉。但是小桐的神色说明她也听到了。她忽然给我使眼色让我看身后，我回头发现那是一扇门，护士刚刚走进去，所以门还没完全关闭，里面是一条明亮的无尽的走廊，走廊两侧是一扇扇紧闭的厚重的门。

这回听清楚了，可怖的号叫声以及低沉的砸门声就是从走廊深处传来的。

接着，自动门关闭，恐怖的声音不见了。

护士送我们回到前面。

临别时学姐的态度再一次转变了，不再是那种事务性，现在她的态度显然传递出从今天起我们就是自己人的信号。她特意把我们送出中心。

"没什么需要担心的，等待移殖，等待改变吧，"但是她又似乎想起来什么，神色忽然有点不自然的紧张，"还有就是如果移殖过程中突然……"

"你们办好啦！"学姐的男友从中心里面探出半个身，打断了学姐的话，"抱歉啊，今天太忙了，没能亲自接待你们。"

"都办好了。"学姐的神情慌乱了一秒，将要讲的话咽了回去，然后就跟我们匆匆道别回中心了。

九

办理延身会员后什么都没有发生。

一个月过去,小桐患上了过敏性鼻炎,喷嚏鼻涕不断,清亮的说话声也变成了浓重的鼻音。

"童叟无欺,"我用手指戳她发红的鼻头,"尊敬的会员,请您谅解,折扣服务恐怕只能到这个程度了。"

"是花粉过敏啦!"小桐拍开我的手,拿纸使劲擤了下鼻子,"学姐不是说了吗,延身素的移殖速度因人而异。"

我身上却全无征兆。我倒有点希望是被骗了,若身体出现改变不知该作何寄托。到底会长出来一个什么样的义体?办理会员时我的想法未免幼稚,难道一个新器官就能改变我的人生吗?

到了下周几乎可以肯定,过敏性鼻炎就是自发性移殖的先兆。小桐的嗅觉变得异常敏锐,在楼道就能闻出教室里任何一位同学的位置。性格也变得神神道道,隔三岔五就不来上学,总是找借口避开同学们,甚至连我也刻意躲着,都没有机会问她还惦不惦记花圈了。

时间一长她的疏远多少让我有点生气,这些日子我独自上下学,独自去食堂吃饭,放学后依旧按部就班地回殡仪馆帮忙。

我的体内延身移殖的症状却是突然暴发的。

那一整天我都有些心神不宁,处于精神亢奋身体疲惫的奇怪状态中,双手好像起了看不见的疹子总是很痒。放学后我从学校赶回验尸间实习，加班直到剩下我一个人。就在我准备收工回家时，忽然感觉身体中某种东西在驱使我，不是好奇心，更像是类似于饥饿一样的本能把我向遗体拉过去。我鬼使神差地向他伸出手，却被自己的双手吓到了。怪不得一整天都奇痒不止，一双滑稽的大手举在自己和尸体之间，为什么会肿成这样，难道是碰倒什么东西过敏？我慌张地想脱掉手套，肿胀的手十分笨拙，搞了好久才脱下来。眼前还是我的手吗？像个吹起来的气球，比平时大了两圈，手掌奇厚，根根手指像是工艺粗糙比例错误的道具木桩，最奇怪的是手上在出汗，远不止酷暑时的汗手那种程度，而是肉眼所见地往外渗水。

吓得我脑中一片空白，意识到的时候，发现自己已经抓住尸体冰凉的手腕。

刺痒蔓延到手臂，我忍住没挠，因为那是由内向外那种痒，挠也找不到是哪里。充血发胀的感觉更强烈了，胀到毛细血管都开始突突跳动，胳膊似要炸开，但实际上并没有像充气那样膨胀起来。手像是拧紧的湿毛巾一样水淋淋的，透明的液体从手心和指缝间渗到尸体的手腕上，却不再往下淌，而是在张力的作用下停留在他的手腕上，形成闪亮的一圈。

忽然压迫感从四面八方围拢我，实实在在的拥挤，像是登上早高峰的地铁。但是偌大的验尸间只有我一人。心里冒出一个印象，拥挤的力量实际上并不是作用在我身上，而是那些液体。它们渗进死者的皮肤，而我感受到的是液体渗入死去细胞的阻力。我慌忙将手往回缩，但是液体在尸体和我的手之间搭建了桥梁，些微的张力无法轻易扯断。我慌了神向后退去，拉长的液态连接终于断掉了，惊慌失措中我跌坐在地。盘踞在心的拥挤感也倏然退去。

摔这一下让我冷静下来，我需要尽快平复心情。从小就在这里玩耍，让我恐惧的不是死者。把手举到眼前，渗出液体难道跟尸体有关？

液体又为什么会渗进尸体的皮下，带给我被凋亡细胞围拢的诡异实感？

好奇心压过了一切，我站起身轻轻靠近。请让我再试一次，我在心中对死者恳求。

将手放在冰凉的手腕上，我再次体会到液体从手心和指缝间分泌出来，流向尸体的手腕。这次我很冷静，壮起胆子闭上眼睛，能明显感觉到它们渗透进尸体的皮肤，在皮下蔓延，仿佛神经与死者相通，我被这种奇异体验所俘获，最后连意识也被这片死亡地带所吞没，不知不觉昏了过去。

醒来时发现自己躺在医院的病床上。

"肝肾衰竭，淋巴组织坏死，全身脏器均出现不同程度的功能减退。"病房门口医生和付姐交谈着，他们没注意到我已经醒过来了。

付姐的声音颤抖，"究竟是什么病，能发展得这样快这样严重？"

"严格说不算是病，对此医学界还没有统一的界定，我们一般把这类情况称作义体亢进。"

"义体亢进……"付姐茫然地消化着这个陌生的词，她的声音像是已耗尽了气力强撑着精神，"不算病那到底是什么？"

"简单说就是义体的功能增强，以至于剥夺了原本组织和器官的机能。并且没有减缓的趋势，仍然在持续不断攻击各个生理系统。按理说，她的体质都已经这样弱了……"

"你们一定是搞错了，她从没有植入过任何义体！"付姐打断医生，质疑道。

"这就要问患者本人了，但是检查报告不会出错。"

"就算是义体，那就不是天生的，如果我们不要这个义体，身体就会康复对不对？能做手术切除吗？"

医生摘下眼镜盯着镜片，似乎仅仅是为了给对方一些心理准备的时间。

"现在义体很普及，不同程度的义体亢进也算是相当普遍的情况，一般无大碍，只需要吃药抑制就好，但她算是我见过的最严重的病人。这一点很不寻常，从未见过义体和本人可以达到这种程度的结合……最麻烦的就是她的义体没法切除。"

"怎么可能有没办法切除的义体？"付姐很困惑，但也许是想到了每天面对的死者义体，她的心里似乎也有了一个答案，话堵在了嗓子里。

不知过了多久，昏昏沉沉中看到小桐和付姐一同站在我的床边。她戴着口罩，双眼发红，似乎刚刚哭过。

"你怎么搞的，太娇气了。"虽然她尽力装出责怪我的口气，但一点效果都没有。

我不知道自己故意做出的不屑有没有表现在脸上，只觉得做个表情都让我疲惫。

"我跟阿姨讲了咱们延身会员的事。"

之前我们商量过，一定不能让付姐知道，她反对任何义体，此时她站在窗边，我看不清她的脸。

"我想去问学姐究竟是什么情况，但是她突然退学了联系不到。我也去过那家延身中心，没想到他们说从来没有过学姐这个接待员，他们甚至不承认有她男友这个人，真是太奇怪了！早知就不应该相信她……"

小桐离开后剩下我和付姐，虽然我很想问扫描结果，是哪一种义体让我这样难受，想知道身体的自主选择为什么会是这个结果？但始终没有问出口。

虽然付姐没有放弃，但是我的病情每况愈下，全身水肿，整日浑浑噩噩，半睡半醒，不知道过去了多少个小时还是多少天。我在某一时刻猛然清醒过来，见很多人影围绕我忙活着，颇为紧张地大喊大叫。我想大声询问，谁能告诉我究竟发生了什么，但是发不出一点声音，也动不了身体。

忽然天花板的无影灯暗下来。有如千万颗微型炸弹在身体各处爆炸，我的每一个细胞，我的全部知觉都在同一时刻遭受了超越承受极限的折磨。随后，在剧痛那巨浪滔天的背景中我感觉到了它，延身义体，与我的虚弱相反，它是疼痛的冲浪者，借着浪头遍及全身每一处。但我一点也没有恐惧，似乎知道它是来为我解脱痛苦的，所过之处就像是熄灭一个接一个房间的灯火，器官逐一停止了工作，连同疼痛一同被抹除。

呼吸停止，心率消失，器官衰竭，代谢终止。

沉入无尽静寂的黑暗。

虚无的黑暗中我漂浮起来，不，我就是漂浮本身。因为唯有那不知名的延身义体还在活跃，我就是它，或说是它们，悬浮在每个已死和将死的细胞之间，巡视占有的这具躯体。

睁开双眼，感到前所未有的清醒。

久卧病榻几乎忘记身上轻快是什么感觉，像是卸掉千斤巨石。坐起身，感到四肢都有气力，距离上一次下床不知道有多久了，于是双脚垂到地上站起来。

我为什么全身赤裸？

环顾四周，也许是被大病初愈的快感所麻醉，到现在才看清楚自己身在何处，这个地方我再熟悉不过了。刚刚我的身下不是病床也不是手术台，而是一张冰冷的金属解剖床。

开什么玩笑！这是我无比熟悉的殡仪馆验尸间。

周围没有人，我摇摇晃晃地走出验尸间的门，楼道异常安静，看来今天没有人加班。我走到外面，脚步自动地向前迈着，从殡仪馆大院走进后面的陵园墓地。

清风从一排排墓碑的间隙穿过，月影疏斜，影影绰绰，墓碑在摇摆，墓穴在移动。头还有点晕眩，身上微有凉意，我这才发现自己忘了穿衣服，赤着双脚，全身皮肤让月色染成一片幽蓝，像是夜空的云呈现半透明，脚底触到覆盖墓穴的土地感觉分外轻盈。我不吃惊，也不太在意，大概是心里都被病愈的轻松畅然填满了。穿过墓园回家的路我走了上千次，家就在眼前。

进门后险些和付姐撞个满怀，她手中拎着的化妆箱摔到地上，化妆品撒了一地。自己心爱的化妆箱摔了她好像浑然不知，神情从茫然渐变成惊恐，要知道一个资深殡葬师的胆子有多大，我从未见她受到过惊吓，这还是第一次在她的脸上见到惊骇莫名和茫然无措的表情。有一瞬间她似乎是要走近我，想要触摸我的面颊，但手僵在了半空。

"付姐，我怎么会在验尸间？"

听我这样问，她下定决心似的把手放在我的脸颊上，指尖火苗般灼热。她是不是发烧了？

然后她将耳朵贴上我的胸口，像是要确认我的心跳，为什么她今天的举动这样奇怪？这一瞬间她的神色就像是在工作。

她竟然将手指放在我的鼻孔下试探，让我险些笑出声，本来谁也不会去注意呼吸，不过这倒是提醒了我，大概是太兴奋的缘故一时忘记呼吸了，出于炫耀自己康复的目的我大口呼吸，再次确认自己一切正常。

为什么她在发抖？紧绷的嘴唇，紧攥的拳头，缩小了一圈的身体，她是在竭力控制自己不叫出声，还是不让自己哭出来？

"付姐，我的病都好了。"索性我做了一个略微夸张的四肢伸展，才注意到连全身水肿也都消失了。

付姐满是血丝的双眼迸射出歇斯底里的光来，突然她一下子把我揽进怀里,抱得特别紧,她的身体滚烫,微微颤抖,动作里有种不自然的僵硬。

"你是怎么回来的,怎么回来的……"她的嘴里反反复复念叨着这句莫名其妙的话。我当然是从墓园的路走回来的。

从此我的生活裂开一道鸿沟,开始阴阳两界的人生。

十

如果说殡仪馆这种供人悼念的公共空间是悲伤的广场，个体的哀痛在巨大的情绪体中获得接纳和麻醉，那么逝者的家就是一整块凝固的悲伤，前去吊唁的人也会陷进这块固态形式里。

还没触到门铃，门就开了，一股酒气冲过来，我还没反应过来就被人拉了进去。

昨天付姐的消夜成全了我，趁她喝得不省人事，我翻了她的手机，拿到了曹老先生的信息。奇怪的是依然没有工作和住址记录，只有他儿子的地址，由于那张扫墓宣传画的缘故，我决定前去拜访。

他儿子住在市郊一片高级别墅区，但是进门后的情形令人意外，别墅里面乌烟瘴气，一阵阵浓烈的烟草呛鼻气味混合着酒臭，我甩开那个醉鬼，绕过玄关，只见大厅里摆着两桌麻将和两桌酒席，吵嚷声、杯盘碰撞声和麻将牌的声音混杂在一起。难道这些人都是来吊唁的？

环顾公寓，虽然建筑高档，却不见有像样的家具，倒像是一群社会人闯进刚装修好的空宅。最奇怪的是，别墅的落地窗都被木板条封死了，透不进一点阳光。

突然一只凸眼出现在我面前，我马上就认出是昨天来殡仪馆大闹的那张脸。

"我不是说绝不能乱开门吗，谁放这白毛小丫头进来的？"

"您好曹先生，我是殡仪馆的人。"

"谁是曹先生？"他的凸眼痉挛般地跳动了两下，"找到老曹了？"

我摇头。

"他们派你来谈赔偿？也好，你们那位女领导实在不好沟通。"

想来他在付姐那也别想讨到便宜。"那要看您有没有权利获得赔偿，第一步我需要了解一些曹老先生的情况。"

旁边麻将桌上有人扇着当筹码用的纸牌朝他大喊："王六，换钱。"

"催命啊！没看见我在谈事儿？"

原来他叫王六，为什么不是姓曹？

"您父亲平时住在这里吗？"

"不住！"

突然，别墅里变得漆黑。由于窗户都被封死无法采光，室内照明灭掉后就像进入夜晚。

"谁关灯了？停电了？"人们不满地叫嚷起来。

"他来了！"我听出王六压低的声音中充满恐惧，"我就知道那个老东西死不了！"

"你说谁？曹老先生？"

没有回答，但我似乎看到王六的身影趴到地上伏在了我的脚边。

随即黑暗中相继爆发出木板破碎的响亮声音，人们混乱起来，相撞和跌倒的声音，麻将牌散落在地的声音，杯盘摔碎的声音。

有几个人撞在我身上，我好容易才站稳。

"你干吗？放开我！"四下鬼哭狼嚎，"……啊，我胳膊折了！"

混乱中我感应到延身义体的存在，像是野兽在黑暗中散发出强烈的气味，我感觉到屋里有个人跟其他人都不同，甚至能感觉到他不疾不徐地移动。他步步逼近，悄无声息地走过我的身边，擦过我的肩膀。

我听到对方皮肤和肌肉下接连不断地咔嚓作响，也许是因为近在耳畔，一片杂沓中竟听得十分真切。我确信这是骨头断裂的声音，令人毛

延身与亡灵少女 / 191

骨悚然。如果他就是曹老先生，死亡一天后尸僵程度已到达尖峰，僵硬肌肉包裹下的骨头无法活动自如，我听到的就是强行运动下骨头生生折断的声音。

分辨和猜测着连续骨折声的来源，震惊和恐惧令我暂时遗忘了阻拦那人的行动。眼睛逐渐适应黑暗，我已经能辨识出曹老先生的轮廓，看到他向脚下的王六伸出了手。

王六发出撕心裂肺的痛苦号叫，他试图将肩膀从那只手下挣扎出来，用机械手去掰死人手，在自己肩膀上疯狂抓挠，却没起到半点作用。我去拉曹老先生的胳膊，他松开王六，死死钳住我的手腕。我立即叫出了声，疼得连意识都中断了。

突然我发现自己竟躺在柔软的怀抱里。我回到了襁褓，全身都在她的臂弯中，是付姐的怀抱。肌肤细腻，温暖，让人心安，紧贴着我，抚摩过我稚嫩的脸颊，轻捏我小小的手脚，付姐的脸由于靠得太近而模糊，只要我们脸贴脸，我就会笑起来……但是她的脸扎痛我了！我摆动四肢挠啊蹬啊表达不满，付姐的脸已不见，换成了一张陌生的脸，方方正正，毛孔粗大，又油又脏！这是谁啊？我哭起来，屁股马上挨了几下，铁板一样硬的大手……

在更深层的内心，我大叫着，这不是我，我怎么突然成了陌生爸爸的儿子，赶快清醒过来！但是我被怀抱得更紧了，那怀抱从四面压着我，死死地贴着我，陷进我的皮肤，就要从皮肤直接侵入进去。

那只手突然放松了。刚刚真切的体验瞬间烟消云散，为什么会有那种感觉，那种侵入的方式？那种强加给我的感受，现在我意识到它是曹老先生对儿子的情感投射。

忽然我被人向一边拉去，脚下趔趄，那只钳住我的手也彻底松开了。传来王六的声音，"这边！"

此时眼睛已经适应黑暗，我们躲开慌乱的人们，绕过已经四分五裂的实木桌，王六将我拖进了一扇门，喧哗一下被挡在门外。

室内的日光晃得我眼前一片花，片刻后适应的视力又让我吃了一惊，这间屋子的整洁和精致简直是另一个世界。粉色的动态壁纸上动画人物蹦蹦跳跳，厚实松软的地毯上放着新款交互游戏机和几台当下最热的智能玩具，墙边站满了衣饰高贵的玩具娃娃，即便我不玩娃娃也知道它们每个都价格不菲。

王六背靠门滑坐下去，脸色煞白，像个被吓坏的孩子。

"这辈子从没人救过我……"他向我投来虚弱的感激目光，手捂在肩膀上，因疼痛和恐惧声音都变了，"这里很安全，他不会闯进这里的。"他这样说似乎只是想让自己安心，因为除了身后那扇普通的木门外再没别的安全措施。

但是我想去外面，必须将死者带回去。虽然根本不知道自己该如何对付他。

门被王六的屁股挡住了，"出去找死啊？这回你看清楚了吧，人没死，你们殡仪馆要赔偿我精神损失。"

虽然我对曹老先生的行为无法理解，但刚刚听到的骨头断裂声让我更为肯定他不是活人。"他的确已经死亡，刚刚我听到……"

"死人怎么可能来找我，你这孩子年纪轻轻怎么脑子里乱七八糟？"

"您和您父亲之间到底怎么回事？您为什么不姓曹？"

王六耳朵贴在门上听外面的动静，凸眼转向我。接着举起那只破旧的金属手，"你知道我的义眼和这只手是怎么来的？"

虽然现在很多人都有义体，但是这样老的款式连我们殡仪馆都不多见了。

"不是我想要装的，我的眼睛被人挖去抵债了，手也是，给债主剁了。"

粉色的房间变得比停尸房还阴冷。

"我这辈子所有霉运都要算在外面那个老不死身上,我真是恨不得他死!"

原来王六确实是曹老先生的儿子。母亲生他时难产死了,几年后曹先生身患绝症,治病花光了积蓄仍康复无望,走投无路下将六岁的儿子过继给富人朋友,改名王六,多年后继父生意失败自杀,反让刚成年的王六背了一身债,年纪轻轻就被挖眼砍手来抵债,半生挣扎度日,老婆也跟人跑了,他则直到今天都还在被债主追债。

"不过最让我受不了的是几年前那个老东西又出现了!"王六脸上的神情狰狞又痛苦,"我惊讶他竟然还没死,不过看起来也就剩半条命,脸上脖子上手上凡是露肉的地方全是流脓的烂疮,恶心又吓人。"

突然房门被咚咚咚地砸响,吓得王六跳了起来。

敲门的人是王六的朋友,叫我们出去。那朋友已经把一块落地窗挡板拆下,阳光像是从洞口照射进来,别墅俨然山洞。一地杯盘狼藉,到处是木头碎片。

没有人真正受伤,都已散了,那个朋友拍拍王六也走了。

电闸盒几乎被砸烂,这就是刚刚停电的原因。

王六拾起一大块厚实的麻将桌板,"打麻将也能惹到他!那个怪物就是不想让我高兴。"

"高兴?我以为你是在吊唁。"

"我为什么要吊唁,我早就不是那个怪物的儿子了。每次都以为他死了,结果他就会再次出现破坏我的人生。"

"至少现在你过得不错啊,你说自己债台高筑,还能住得起大别墅?还有里面那间房满地昂贵的高档货,随便拿出一件都不是躲债的人能买得起的。"我索性拆穿他。

"你以为那老东西的手段就只有抛弃、折磨和破坏吗?"

在曹老先生重新闯进他的生活以前，妻子离开了他和女儿，债主已经把他逼上绝路。

但是怪物出现的同时，债主就再也不来纠缠他了。

隔不了几天他就会收到贵得离谱的儿童用品和玩具，甚至是家具和电器，但全部都是硬塞的没有商量，退货就补发，到后来也就随他的便了。

"开始时我确实开心，吃了一辈子的苦可算是受到了命运的眷顾，或者不如说老天爷把欠我的还给我。但后来事情就变得越来越离谱。"

没有人跟他提前商量，忽然有天全市最有名的贵族幼儿园派人来接她的女儿去上学，对方称孩子的爷爷已经交齐学费和赞助费。当年抛弃自己，今天还要夺走自己的女儿吗？他想去退学，但怪物把他堵在屋子里，也不跟他说话，只是粗暴地阻止，他根本无力反抗。奇怪的是那人身上的浓疮都已经不见，明显年轻了不少，动作异常敏捷，力量出奇地大。最后也只能接受了对女儿的安排。

王六虽然死也不认这个爹，但是每逢赌债还不上或是钱包空了就连哄带骗跟上幼儿园的女儿要钱，不几天怪物就会打钱进来。

最恐怖的事情发生在一天夜里。屋子剧烈晃动，他以为是地震，翻身逃命却撞到了头，四下漆黑，上下左右摸索，原来自己竟然被关在箱子里。他大叫打骂，又砸又踢，都没人理会，只有箱子不停颠簸。此刻他最希望抓住他的人不是怪物而是债主。最后他在颠簸中睡着了。再次醒来的时候，发现自己躺在这间别墅的地板上。就这样怪物用非常手段逼他搬了家。

"每过些日子，怪物就会突然出现来折腾我。因此一听到他的死讯我高兴坏了，特别想看到他的尸体，确认是不是真的死了！但你刚才都看到了，他根本就没死！"

告别了王六，我从这片高档别墅区往外走。体内的延身素已经被耗得差不多，和曹老先生的遭遇让人惊魂未定，王六讲的事更是匪夷所思。

想到这一家人，不由得明白了令曹老先生驻足的那幅墓地的画。一个过去成谜的老流浪汉，财富来源更是诡异，唯有心态说得通，在有生之年不顾一切地把对儿子的愧欠弥补到孙女身上。今天破坏别墅虽然惊悚却也是出于保护孙女的目的，所以麻将桌被砸得稀烂，那些牌友恐怕再也不会登门了。但是作为一个死人，究竟是哪一种延身在支撑他做出今天的事？

别墅区很大，我忽然想起来一件事，四处眺望，寻找那白色巨人柱，凭基站的高度是很容易发现的。果然，至少方圆几公里内都没有基站的影子。办理会员时学姐的话闪回眼前。

"请告知一下你们的生活范围，家还有学校，以及其他经常活动的地段，我查一下附近都有没有基站。"

我和小桐面前的屏幕上出现了俯瞰城市的地图。

基站那形似白化病巨人柱仙人掌的影像出现在我们面前，向周围释放出无数光点和频率。

"基站会释放延身素，不断为会员补充。移殖是一个持续不断的生长过程，基站每天24小时都在接收每位会员的反馈信息，对后续即将释放的延身素的构型与编码进行修正。不过，每个基站都有一定的覆盖范围。"

也就是说如果生活区域附近没有基站覆盖，就会影响正常移殖。不过我们登记上的若干地址，周边区域都有基站分布。

"根据区域还有可能产生阶梯折扣，因为我们是按照会员与基站的距离核算每月实际费用的，距离越近越便宜。"

"这个我知道，据说高级会员很贵，长期下来是笔不小的开销。现在很多人都搬去了距离基站更近的小区,搞得基站周边的房价和租金高涨。"小桐家的鲜花生意对这类信息向来敏感。

"为了平衡需求,延身公司会在会员密集的地方建新的基站。"

小桐鼻子里轻哼一声,"所以延身会员都会自发地劝周围人购买会员,甚至不惜道德绑架:你不能拖大家的后腿呀。"

出于同样的原因,但是完全相反的目的,曹老先生强制儿子搬家,显然是不想让儿子尤其孙女也沦为延身。

十一

"这年头死人活人没一个好伺候！"

下午轮班礼仪岗，刚从王六家回到殡仪馆，礼仪师便拉着我不住抱怨，"下午就要办事儿了，还提哪门子幺蛾子！"

"亲属要干吗？"我问。

"不是亲属，是死者的委托人，拿着遗嘱当圣旨，说我要是不能按照遗嘱的要求办，就别办了，他们去找别人家。你自己看吧。"他将遗嘱传给我。

我看了一眼也很为难，"这要求做不到啊。"

"我做不到，但是你能做到，你能用那个微创手套啊！妹你现在就是咱们殡仪馆仅次于付姐的技术大拿，就连付姐也不会你这一手。这次只要现场做个手术，遗嘱就搞定了。"

现在大家都误以为我会用微创手套，这就叫作茧自缚。"我没有百分之百把握成功，出事故怎么办？"

"遗体能出啥事故，能让你给做活过来？那家属还不排着队给你磕头感恩！"

"现场做不合规。"

"这是遗嘱的要求，死者为大嘛，难道你狠心连一个老人最后的遗愿都要无视吗？"

我默不作声，着实难住我了。

"就算哥求你了。委托人说他们已经换过两家殡仪馆了,还威胁要给我差评。你也知道哥多不容易才有今天,混到了王牌殡葬主持的地位,你今天要是不管我,我不仅要被差评,还会丢客户,招牌就砸了,你总不忍心看我沦落到主持婚庆去吧?"

"哎,哥你别哭啊!妆都花了。"

常规的穿衣化妆后葬礼就绪。遗嘱里的安排家属能不能接受,我仍在心里打鼓。

三个儿女和委托人都已进入灵堂,大女儿的双手是一副传统义肢,机械机构精妙绝伦,工艺和材质造价不菲。她很可能是一名乐器演奏家或者手工艺匠人,手部的动作本身就是其演出艺术的一部分。二儿子的双眼和鼻子整合成了一个洞,居于脸部中央,显然是一位超人类感官主义者。小女儿身材极为修长,具备舞蹈演员的义体四肢。这家人的状况倒是让我对即将进行的仪式添了几分把握。

这时委托人走上前不安地看了我一眼,我向他点点头,又示意礼仪师我已准备好。

礼仪师开始主持葬礼。

"诸位亲属,请节哀,这位是养老院的委托人,全权负责老人的法律事务,进行悼念和瞻仰仪式前,先请委托人宣读一下遗嘱涉及葬礼的部分。"

委托人掏出纸郑重地念起来,"离开世界的时刻,本人希望回归一个纯粹的人,请将本不属于我的那部分摘除,同时把这些多余的东西作为遗产留给孩子们。这个过程必要在火化前的追悼仪式上,在家属的监督和陪伴下进行。家属也须当场收下这份特别的遗产。"

老人躺在灵床上,熟睡般安详。

我向亲属鞠躬,转过身背朝他们。

三人在我身后发出不安的动静，但是委托人请他们安心，"一切都交给专业人士。"

身旁托架上摆着微创手套的盒子，还有一个金属方盘，上面形态各异的镊子和剪刀一列排开，无齿镊和有齿镊，巩膜剪和虹膜剪，还有眼睑拉钩与眼球摘除匙。

这些工具全都用不到。我只有摘掉手套，才有可能完成要求，直到此刻我仍然犹豫，有心一走了之。倒不是担心操作难度，而是冲动答应让我将自己的秘密暴露在别人面前。尽管我已事先让人在棺木两侧竖起灵堂的屏风。

我将双层手套都脱下来，用有些发白的双手轻轻接触老人那似是安睡中的双眼。

在人类绝大部分丧葬文化中，葬礼都承担着一种展示作用。它最后一次回顾逝者的生命印迹，让参加葬礼的人咀嚼和释放阴阳两隔的悲伤。此外，这是死者与生者的一次互动，不只是隐喻，而是鲜活的字面意义的互动，是死者作为绝对主角进行的堂而皇之的沉默演说。

我轻轻捏起逝者被分离的义眼，视神经属于本人原生，已经从义眼上脱离开。我将球状物分别装进准备好的小小水晶盒中，它们与人类的眼球表面上并没有任何不同。老人用两个黑黢黢的洞望着我，看上去意味深长，半世盲人，半世义眼，今日尘归尘土归土。我将眼内支撑物塞进眼眶，合上眼皮，让逝者恢复安息的面容。

礼仪师在身后长长地出了一口气。

我转过身，死者的家属神色有些僵硬，对即将发生的事感到茫然。或许这表明他们的心灵已经腾出空间接纳这场最后的生死对谈，我将盛着延身眼球的两只水晶盒捧起，分别交给大女儿和二儿子。

眼球透过小小的透明盒子瞪视儿女。

大女儿晕倒在地，水晶盒摔在地上，幸好是防摔型。

二儿子嘴角微微颤抖,感觉他马上就要对我说出感恩和感触颇深的话来。他张开嘴,黄色的呕吐物倾泻到我身上。

刚换完衣服,我和礼仪师就被叫到付姐办公室,我知道又要免不了一顿骂。

"都是遗嘱的要求。"我辩解。

"执行葬礼前你们有没有问问自己,逝者为什么立下如此奇怪的遗嘱?"

我们沉默,奇奇怪怪的遗嘱多了去了,我们一向都是尽量满足。

"我侧面了解了一下前面两家殡仪馆为什么不敢接,这家子女为老人的遗产打得很凶,当着老人的面闹着争抢义眼的所有权,据说有次因为争论义眼卖去哪家二手店更值钱当着外人就大打出手。"

我下意识地和礼仪师对视,恐怕他也想起了我将义眼水晶盒交到子女手中的那副情形,都才恍然大悟,这是老人对子女过分行为的恶作剧式报复。

付姐看着我们比进来时还差的脸色,"现在好了,家属一肚子恶气都要朝咱们来了,你们一会儿跟我去道歉。"

我瞪大眼睛看付姐,礼仪师仍低着头。付姐起身走过来,帮礼仪师整理被那家子女扯歪的衣服,"先去准备下一场吧。"

我们转身向外走,我脑后突然传来付姐的厉声阻止,"你给我留下!"

现在就剩下我跟付姐了,室内骤降十度。

"您可真是艺高人胆大了,现场遗体手术这种事都敢干,是想创造殡葬业新纪录吗?"

你难道忘了昨天是谁说我快接班了,不过我只敢在心里犟嘴。

"夸你两句就上天?别以为自己很熟悉业务了,实习年头一天都不能算的。"付姐一下就看出了我的想法，但她话锋一转，"你以为现场做手术别人不会好奇吗？"

我后背一凉，立即脑补出来屏风后面有人看到了我的举动。

她回身从抽屉里取出一个盒子，是微创手套，"告诉我你是怎么做的？"

我没有动。

付姐脸上的神色不再是领导的批评，而是被一种痛苦所扭曲，我生病后她就是这种表情。"他们都在传你徒手做的手术，真的假的？是不是延身？难道你现在还有那东西？"

"没有！都跟你说没有了！"

我跑出付姐的办公室。

我在楼道里疯狂跑着，直到拐角才停下来，倚着墙脚下发软，身体里的暗涌不合时宜地搅扰，让我十分渴望夜晚的来临，同时又因为现场手术和付姐的话憎恶自己。这种矛盾一直存在，我一直不愿面对，但现在它找上了我。

拐角另一边忽然传来说话声。

"你怎么能这么自私？可怜那孩子才刚上几天班就遇上你这种同事。"我听出是防腐师粗重的声音。

"你就别骂我了，我也很难过啊，要是早知道就不会求她了。"礼仪师的声音。

"说实话，我是有点担心那孩子，出院后突然就来上班了，你觉不觉得她身上总有哪里不对劲？"

"我看那孩子挺好的，除了手套奇奇怪怪，倒是没发现不对劲。"

"要说的话那孩子的情况有点不清不楚的。都下死亡通知书了，两三天又痊愈了。"

"好得快还不行了？"

"因为我看见过……"

"看见过什么啊？你怎么支支吾吾的。"

"唉算了，你这礼仪脑也处理不了这么复杂的情况，我们得做点什么了。"

两个人的声音越来越轻，消失在楼道那端。我贴在拐角不敢动，其实他们说的都没错，付姐也没有冤枉我，但一切已无从挽回。

十二

　　从出生起我就跟付姐住在陵园宿舍区，殡仪馆、火葬场和墓地都是从小玩到大的场所，长大后寒暑假也总是来这里打工帮忙，直到生病前都是常年的临时工，这就是我与尸为伴的少女时光了。不想它现在成全了我，殡仪馆任何房间闭着眼都能走到，电子安保设备不会阻拦我，工作人员更不会阻拦我。延身素缺乏症已经抽干了我的精力，让我像绝症晚期一样生不如死，但我知道哪里有延身素，即便在死者体内它们也是活性的。为了活下去，我只能一次又一次向死者索取。

　　尽管白天那场特别的葬礼已经被人怀疑，但一到夜晚就感到体内的空洞膨胀到无限大，催促我再一次逾越禁忌。我熟悉这里上下班的时间和加班习惯，夜半时分我潜进停尸房，去向逝者乞讨一点延续生命的所需。我也知道这样不好，但有什么办法，这是最便利最无害的方式了，对逝者来说失去一点延身素没有任何损失。

　　验尸间没有开灯，但我能够感知到触手可及之处延身素的存在。这一夜，逝者的延身义肢是一只脚，我摘掉手套，将湿漉漉的手轻轻放在他冰冷的脚腕上，从死者体内获取延身素，委顿的精神和耗尽的体能逐渐恢复。

　　"半夜偷吃尸体？！"

　　忽然外面的走廊里响起说话声。我听出是礼仪师由于惊吓变得尖细的声音，"你别在这儿讲鬼故事啊！"

"不是鬼故事，我见过！那个黑影趴在尸体上，一开灯就不见了。"粗声粗气的是防腐师。

"你也见过鬼？"礼仪师声音发颤。

"你也撞见过？为什么不说？"

"说了你保准不信，我那天夜里看见墓地有个白影飘过去，发着幽光，半边嘴唇裂开直到耳朵根，太可怕了……"

"看清楚脸了吗？"

"还看脸！有人见鬼会仔细看脸吗？不过那张脸我感觉有点像她……"

"绝对不会是她的……"

"怎么可能是她！"

"对对，不可能！今天我们就抓住那个黑影，帮她洗脱嫌疑。"防腐师坚定地说。

"还真要抓鬼啊，怎么抓？"

"我也没想好，我们等它出现。"

"那万一，我是说万一，真是她怎么办？"

"你怎么对朋友一点信心都没有？"

"我主要是对你没信心……你敢保今晚黑影会出现？"

"因为今晚里面满员了。"

他们的声音离我这里越来越近，我缓缓后退，缩进黑暗的角落，尽量不发出声音。

一高一矮两个身影进来验尸间，灯亮了。他们走过一张张刷洗干净的解剖台，冰冷的金属面板反射出他们的身影。

我蹲在担架车下，脚很快就麻了，调整身体重心不慎蹭到车腿，发出刺耳的吱扭声。

"那边有声音！"礼仪师尖声尖气地叫道。

他们不再说话，朝这边靠过来，我听到防腐师喘着粗气，听到有人从金属盘子里拿起解剖刀或者是锯子的摩擦声，听到自己剧烈的心跳声。

能看到他们的脚了，一步步接近，再靠近就会发现我。

我要怎么解释？就说来帮付姐取东西？可恶的是，我才发现自己手里竟然抓着那只脚。一定是刚才听到声音太慌张失手分离下来的，一直不自知地紧攥在手里。

鞋底摩擦地面的声音，吱吱扭扭的声音，金属磕碰的声音，都像是直接刮擦在我的神经上。他们推开几辆担架车，只要再移开一辆我就会暴露。

"你们在干什么？"突然响起一声洪亮的质问。

伴随着担架车连续碰撞的金属声，连我也差点儿惊叫出来。

"是付姐啊，大半夜的您别吓我们！"防腐师佯装镇定。

"不是早就下班了吗？干劲很高嘛，不想走也行，e34、e35都很着急，去把他们推出来。"

"不不不！是我忘了东西，他陪我来取。"礼仪师慌忙编造理由。

"他非拉我来！找到了，东西在这儿，你怎么丢三落四的。"

两人搪塞几句，飞也似的跑掉了。

付姐没动，验尸间极其安静，她是在等待什么吗？她是不是都已经知道了？至少那场葬礼过后她已经怀疑我……我发现自己不知道从什么时候起在默默流泪，那么多的延身会员，为什么偏偏是我的身体发生义体亢进，把我推向今天的绝境？

随后听见付姐将担架车一辆接一辆摆正。我终究没有勇气现身，紧紧缩成一团。如果被发现，同事们将会怎样看我，付姐又会怎么对待我？坦白后殡仪馆肯定也不能待了，如果连殡仪馆都无法容身，这世界我还能去哪儿呢？

蹲在担架车下面更加不敢动。心几乎停跳，眼前只有无边的黑暗。压抑的寂静中我被一种无力感掏空了。购买延身会员的时候，谁知道会是现在的结局，先是大病一场，然后死过一次，现在又为获取延身素不停做出难以启齿的行为。不然就站出去向付姐承认一切，压在心底的太多委屈都想要对她大声喊出来，叫她好好看看自己把女儿逼成了什么样，正是她亲手把我推进了现在难以自拔的深渊。我可以负责任地说，如果你生在一个殡葬师之家，复活可不是件值得庆幸的事。

十三

我奇迹般地复活,在月色下走回家,那以后付姐没让我回校复学,也不用去殡仪馆帮忙,继续留在家休养。

她却几乎天天加班,回家时我已经睡了,即便我不睡觉等她,她也是进门就把自己关在卧室里,或者钻进浴室。淋浴声中常常隐约夹着哭泣声。我们几乎见不到面,偶尔碰面也几乎不交谈。其实我也不愿意见到她,不然总要面对她那种游移不定,还夹着几分疏离的眼神。但是冷不丁我又发现她正怜爱地凝视我的背影,被发现后马上就移开视线。

这天起床付姐仍然不在家,但是有什么事不对劲。

才吃过早饭,却感觉肚子里空空的,我从冰箱拿出酸奶和水果,又全无食欲。到了下午越发严重,不知什么时候我昏睡过去,噩梦纠缠,惊醒后浑身乏力,萎靡倦怠,身体僵硬,哪怕是在屋子里走走或者只是上个洗手间,就感觉关节既不灵活又不协调。

晚上依然不见好转,我窝在沙发上看电视。意外的是付姐回来得比往常都早,还竟然坐在沙发上跟我一起看,这种情形自我出院后就从没有过。但是她的注意力可没在电视节目上,好几次都被我发现她在睨视我。终于,一股烦躁顶上来,我回了自己的房间,砰地摔上屋门。

之后一连几天付姐都在偷偷观察我。

我把这件事告诉了小桐,通过信息的方式。

不知道为什么,我病好后第一时间跟小桐联系,她却从来都不接我的视频电话，连语音通话也不行，却在我挂断后马上发文字过来。就这样我俩一直在用低效的文字信息联络。见不到面，又不能视频，很是奇怪，我想起自己生病前她奇怪的举止以及对我的疏远，不由得担心连最后一个可以说话的人都会失去。好在她说近些天就约我见面，到时候围绕她的一切谜团都会解开吧。

在我将付姐的奇怪举止告诉小桐以后，手机上传来她的信息：查一下资费。

"什么资费？"我故意用语音回复，多少有点跟她对着干的意思。

她马上回复文字信息：延身会员。

这一下提醒了我，自从生病住院，延身会员的事我就顾不上了，但是账户挂着我的银行卡，每月自动续费。我赶紧打开延身账户查看。

"会员被注销了！"我几乎对着手机大喊起来。我还记得按照延身公司的规定，注销后是无法恢复的。

办理会员那天，我们注射完药剂从后面回到接待大厅，我咨询学姐，"停缴呢？如果没钱了或是不想缴会费了，或者其他别的原因，那会怎么样？"

小桐白了我一眼。

学姐格外耐心："停缴后，就不会再接收基站释放的延身素，义体将中止移殖进程，停止发育，日渐萎缩，直至被身体吸收，残余作为废物代谢排出。但是原本的组织能不能顺利恢复要看具体情况，如果不能恢复，也可以考虑进行其他义体手术来弥补。还有，注销会员后为了防止身体机能紊乱，三年内无法恢复，将处于实名冻结状态。"

付姐，你怎么能对自己的女儿这么狠心？

一旦停缴会员，延身素得不到补充，体内的延身义体就会一点点萎缩。我的身体出现状况一定就是这个原因。

电脑没开，电视没开，连灯也没开，我坐在黑漆漆的客厅里等付姐回家，必须找她问个清楚，这一次要跟她把生病前后的一切都谈明白，不能再敷衍下去了。但她很晚都没回来，我忍住没有冲到殡仪馆找她，但是必须找人说说这件事才能让自己不至于发疯，我再次联系小桐，有点蛮横地要她无论如何都出来见一面。

这次她居然没废话就答应了。

第二天，我按照地址前往市郊大学城内的一栋实验楼。尽管腿脚发软，虚弱不堪，还是很高兴能够去找小桐，为此似乎有了点精神。想到自己这副模样，不晓得她现在是什么样子了，不由得令我揪心。

她把我领进一间实验室，除了我们俩没有别人。她看上去有点陌生。脸上戴着一只看上去相当精密的呼吸面罩，身穿浅蓝色实验制服。我则是 T 恤牛仔，学生时都不能每天穿得这样舒服。

她能不能先把脸上那玩意儿摘了？我想一股脑儿把住院以来心中的一切积郁和委屈全都对她倾诉出来，可她却对我做了一个先别说话的手势，取过实验桌上的一块屏幕塞给我，用虚拟键盘在上面打出一行字：想让我把呼吸面罩摘掉？

我瞪大眼睛。

屏幕文字：不能摘。戴面罩是为了过滤掉无用信息，不说话也是为了减少自身呼吸对信息的干扰。

"什么信息？"我问道。忽然意识到她这个样子全都是因为延身。

屏幕：没错，延身，学姐没骗我们。忘了给你介绍，这里是嗅觉实验室，我在这做助理研究员。

她再次把我心中所想先回答出来，只能看到双眼的脸似乎苦笑了一下。我住院后她的身上想必也持续发生着难以预料的变化，难道她真的可以读心了？

屏幕上接连出现了几行字：我通过嗅觉辨别出你的想法。每个想法在脑中分泌出的气味分子都是不一样的,这里面有激活的神经通路的气味,脑垂体分泌的激素气味,大脑代谢物的气味,是它们泄露了你的思想。

我不禁想你都能读心了,那花圈或者随便谁还不都轻松拿下?

她立即双眼愠怒地瞪视我。这个瞬间我们好像又回到过去,彼此放松地笑了。自己有多久没这样开心地笑过了?

屏幕:你的身体很虚弱。

看来她嗅到了,我摇摇头表示没事,努力挺了挺随时会散架的身体。其实不只是身体上的虚弱,我心里觉得一切都太不公平了,为什么别人的延身就能得到大长腿和读心术,我却变成了连亲妈都嫌的怪物!想到自己醒来后的种种遭遇,委屈又气恼,不由得想起验尸间发生的怪事,厄运降临的时刻,第一次用手接触死者的体验,当时我的手莫名其妙肿起来,开始渗出液体,然后……

这时候她握住了我的手。

屏幕:就这样继续回忆,尽量别遗漏细节。

我静下心回忆起来,虽然我俩过去常常腻在一起,但如今她也像是变了个人,这个亲密的举动来得有点突然。随即而来的熟悉感和亲切感是那样温暖,病愈后恍如隔世,仿佛世间所有人都疏远我,虽然只是好友间牵牵手,也令我的心不禁缩紧了一下。

我庆幸这些天自己的体温逐渐上升到了正常人的水平,不然会吓到她。但我最不想看到的事还是发生了。液体从我手心中分泌出来,转眼间已经将她的手包裹住,我羞愧又自卑地把手从她的手里抽走,可是液体并没有脱离,在我们的手之间依然挂着一道透明的弧线。残留的液体在她白皙的皮肤上皱起一层波纹,那湿漉漉的界限竟然沿着她的小臂向上蔓延,像只正在吞食小臂的透明蠕虫。

"对不起……"

她的举动令我震惊。她用双手再次捧起我的手，用一种十分感兴趣的姿态将它们凑近脸上的面罩。

只能尴尬地任由她摆布。

渗入后手上再次传来某种奇怪的感知，和那次触摸死者得到的拥挤窒息的感觉不同，我觉得自己跳进一池清泉，畅游其间……

与此同时有股力量在体内充盈。或许沙漠旅人在绝望的干渴中喝到一口水就是这种感觉。那力量源源不竭输送进来，我几乎能够明确它是从小桐那里来的，通过我分泌出的液体搭建的桥梁。

我诧异地望着她，她则似乎早有预料。随着她轻轻放开我的手，这种感觉中断了。她用纸巾为我俩仔细擦干手，站起身让我跟上她。她要给我看什么？我们穿过空旷的实验室，来到角落里的一扇门前，小桐打开了密码锁。

小房间里关着一个长长的身影。

十四

"这是绑架!"那个快要顶到天花板的细长身形朝小桐大喊,"我让你帮我躲一阵,没说你可以把我锁起来。"但她马上看见了我,露出见了鬼的表情。

不知道是不是我的错觉,学姐的双腿准是又变长了。

办理会员时学姐对义体亢进的事连一句也没有警告过,想到这个我就特别生气。

小桐按下门边的一个按键,动动手指,墙上的屏幕出现文字:你住院后我到处寻找学姐,最后问了两个师兄才得到她的藏身地址。

"他们绝不可能出卖我。"学姐说。

小桐耸耸肩。

"退学,辞职,搬家,隐藏,你可真能躲啊。"我说。

"你不会以为我是在躲你吧?"学姐轻蔑地说,"当然也不能说跟你完全无关。就在你生病那段时间,冒出好几起会员事故,传说公司被踢出局了。那段时间不断有同事失踪,都是跟出事会员有关联的内部人员,我男友叫我躲起来避避风头。"

我看向小桐,此时她应该已经嗅到学姐心里的秘密了。

但小桐轻轻摇头。

我手中的屏幕:很奇怪,她的思想都是些杂乱的片段,多数很难理解。

"把你知道的事告诉我们。"我说。

"我签了协议的,辞职后也不能谈论这些。"

我怒视学姐,应该报复一下这个害我死过一次的人,叫她也吃吃苦头,"我会将你在这里的消息发出去,到时候就知道你是在躲谁了。"

学姐怯懦起来,"拜托不要,你想象不出找我的人有多可怕。"

"是不是延身中心那些人,你刚才也说了,跟我生病有关?"

"可能是,也可能不是,其实我也不清楚,我兼职做接待员的集团虽然对外声称自己代表延身,但其实只持有延身基站的部分使用权。"

我和小桐面面相觑。为什么我的症状比其他人严重,难道我只是一个远在末端的倒霉个案?究竟是谁建造了延身基站,又是谁在操控它的技术?

墙上的屏幕:既然没什么可说的,那你现在就可以走。

小桐把门打开。

学姐从对面墙边伸出腿把门重新关上,"好几个同事都失踪了,求求你们看在同窗一场,我愿意把知道的都告诉你们。你的情况我作为最低阶知道的很有限,但也了解一点点。每位会员每24小时都会生成一份延身移殖报告,对于延身素在人体中移殖的新位点案例我们都会重点跟踪,比如第一次替换的组织、器官或是全新器官,你的延身外泌体就是新案例。"

"我的什么?"我赶忙追问。

"你不会还不清楚吧,我的天,你的延身是外泌体。"

从没听说过这个词,要说我在殡仪馆实习这么久,一般的器官和组织至少都知道,"外泌体长在哪儿,有什么功能?"

墙上的屏幕显示出小桐已经搜索到的答案,一张示意图:两个大大椭圆形,表示细胞,然后在它们之间画了许多微小的圆圈,代表外泌体。

"外泌体是一种细胞分泌的囊泡组织,遍及全身,它们在细胞之间传递蛋白质、核酸、脂类来调节细胞活性。"学姐念出旁边的注释,"打个比方,它们就像是两个小区之间忙碌的外卖员。当时为了交简报,我还是做过功课的。"

"那延身外泌体也是一样的吗?"

学姐仿佛一下子变回了接待员,"你体内原生的外泌体已经被替换掉,现在细胞空隙间全都是延身外泌体。原本的外泌体仅仅是囊泡,现在同时分泌的液体大大增加了其自由度,也增强了侵入性。这个升级版的外泌体不仅可以在你身体内部的细胞间进行运输,还能跨越个体,在你和其他人的细胞间运输。"

我想起第一次接触到的尸体,第一次体验到延身的奇异特质。

"这叫作亲延身性,这种跨个体只局限于接触到同样具备延身特性的介质,也就是延身会员之间。"

"最奇怪的是为什么我能感觉到……"我的话只说道一半,因为接触死者传来拥挤的感觉,接触小桐却是滑进池水的感觉,全都不明所以,难以形容。

"你说的应该是外泌体通信。由于外泌体在细胞之间进行着不间断的物质交换,交换的物质也携带有大量信息,延身外泌体的通信能力经过强化,传递着与神经系统近似的信息洪流。进入别人体内的外泌体,将类似感知的信息不断逆向回传给你。并且,它们可与神经细胞间的外泌体汇合,将回传的感知带进你的大脑。"学姐解释道。

"那不是跟你的嗅觉读心有点像?"我对小桐说,这个共同点让我多少高兴了一点,"不仅是感受,我还确确实实有了精神和体力,我能感觉到都来自小桐。"

墙上的屏幕:她的会员已注销。

看到这句话,学姐朝我露出惊讶的表情,那眼神绝对是在说我做了件顶级蠢事。

"我现在不太舒服,很难形容的感觉,像是被抽空了。"我说。

"注销会员就不能再从基站补充延身素,虚弱的症状就是患上了延身素缺乏症。原本你的外泌体就具备亲延身性,缺乏时接触也许会激发外泌体的运输本能,搬运延身素,使之得到暂时补充。"

"原来那是你为我补充延身素的感觉啊……"我望着小桐,"对不起,你没有不舒服吧?"

小桐摇摇头,眼神仿佛在说很高兴这样做。

"少量流失没事的,小桐的身体会一直从基站自动补充。不过一定要记住,一旦外泌体流失过量,无法回收,就会危及生命。"学姐说。

除了小桐,谁还会毫无戒心地让我索取延身素呢?纵使一时复活,也是人生无望了。延身素缺乏症在体内折磨我,无助感又回来了,都怪付姐注销了我的延身会员,她的做法也太偏执、太专横了,我自然而然地抱怨起来,"我怀疑付姐是不是在殡仪馆工作了一辈子,又是个工作狂,这里有点不正常,"我指指脑袋,"好几次听见她嘴里嘀嘀咕咕,说什么这个世界很可疑,到处都是死人,很多人早都死了,活着的是他们的义体。"

这次小桐没有马上在屏幕上回答,看着我想了好一会儿,我以为她只当我是发牢骚,但屏幕上出现的文字让我有些意外:也许她说得没错。

"喂,到处都是死人,活着的是义体,这不都是疯话吗?"我试图让自己笑出来,却只是发出干涩的呼气声,这个话题让我不舒服。

学姐把话接过去,"延身义体移殖进我们的身体,介入我们的生活,人体和主观意识会逐渐依赖它。义体和原生器官一样,指令都来自大脑,信号亦反馈给大脑,大脑是人体适应性最强的器官,人对义体的依赖会激发大脑为其配置更多的神经连接。而且每个延身义体无论长在什么位置都具备信息处理能力，也就是隐性的人工智能，究竟有多大潜力不好说，但它会抢占越来越多的神经系统资源，入侵本人意识，以至于大脑自己没有机会发现，很可能已经遭到了义体劫持。不过这些都是未公开的内部资料，本身争议也很大。"

难以置信，不过我的确很难不屈服于延身素，补充延身素是我最迫切的渴望，为此只要不伤人做什么都行。

墙上的屏幕：我经常会觉得自己就是这个鼻子的傀儡。或许更多人都患上了义体亢进，只是他们还没有意识到。

我们把学姐留在屋里，她执意等男友来接才肯走出实验室。临别前学姐说或许男友能帮我搞到药，回头联系我。

"你家不是殡仪馆的吗，可以去死掉的会员身上补充延身素，反正他们也没用。"学姐提醒我。

十五

梦里我一直被人追,蜷缩在黑暗里发抖。都因为夜里险些被防腐师和礼仪师堵在验尸间,最后直到付姐的脚步声走远才敢从担架车下爬出来。醒来后我不想去上班,抗拒见到同事,逃跑尸体的事还没解决,眼球遗嘱葬礼的事恐怕又闹得沸沸扬扬。好在付姐应该很忙,暂时顾不上我。

下午王六忽然打来电话,"求你救救我女儿!我想不出还能打给谁,你说过有那怪物的下落一定通知你,你有办法对付他。"

可惜我还没有办法,"你确定是曹老先生?"

"除了那个怪物还能有谁?他在我女儿的幼儿园!"

我想起来幼儿园是老人出的钱,"但他们也不会让他为所欲为吧?"

"我偷看过女儿手机,那怪物问过她,要不要生日那天跟爷爷一起走!今天就是她生日……"

我不再问任何问题,冲出门,直奔王六给我的幼儿园地址。

我把灵车开得飞快。如果说这个世界上还有什么车愿意突破层层审批执意保留人工驾驶的话,我们殡仪馆灵车绝对身在其列。感谢付姐秉承了一贯人接人、人送人的殡葬原则,我才能一路超速,把全城的自动驾驶甩在身后。

基站从路旁掠过,这惹眼的白色巨物在视网膜上保持了一段距离。这是我经过的第几座基站,十座还是十五座?今天的麻烦事也跟它们脱不了干系，延身科技公司的基站，持续不断地制造着不死的尸体以及已死的活人。

路上我一直在想，到了以后告诉他们里面的孩子有危险，我是殡仪馆的，现在进去把里面的死人带走。他们会相信我吗？即便他们对面前瘦瘦小小的女大学生样子的人是否可以制服死人，确保孩子安全脱身没有信心，不过想必他们也明白，处理死人的事除了殡仪馆的人还能有谁更专业？报警的话一是需要时间，关键是要怎么跟警察说呢？

我将灵车停在方便带走遗体的位置，王六电话里说他根本就没权限进入这家幼儿园，于是我从院墙翻了进去。整个建筑空荡荡的，安静得有些诡异，一个人都没碰见，幸运的是沿楼道察看没多久就找到了遗体。

门上挂着大3班的牌子。透过窗玻璃望进去偌大的教室里只有一老一少，背朝我并排坐在摆满玩具的桌前。从这里看不出曹老先生究竟是什么状态，虽然还没有想到办法，但遗体随时可能会失控伤到女孩。我伸手就要推门。

"请问您是哪位小朋友的家长？"一位幼师出现在身边。

我含糊其词地指了指教室里面。

"您先跟我来一下。"幼师露出更殷切的笑容，用温柔的手势示意我跟她去拐角那边，看来先要把她敷衍过去才行。

转过拐角，我着实吃了一惊，过道里不仅站着好几位幼师，而且还有几位看上去是校领导的人。若碰见一个团体的人多数都没有义体化，有可能是我们传统老派的殡葬人，也有可能是眼前这群幼教人士。更愿意让未改造的人照顾生命的起点与终点，究竟是人类的脆弱还是保守，抑或是一种自我欺骗？

他们都盯着我的头发。

一位校领导样子的人朝我亲切地点点头，转向周围人，"还邀请了特别嘉宾吗？"

其他人摇头，有个人回答："曹老从来不具体说的。他发来的信息里只嘱咐我们下午务必清场。"

"你要领会意思嘛，这么说就是有安排，神秘嘉宾。"后面有个声音说。

什么嘉宾，我有点着急，"里面那个人你们知道他是谁吗？"

"曹老是我院最重要的赞助人。今天能为他本人服务，是我们全院的荣幸。"他们统一绽放着沐浴在爱中的笑容，这年头只要有钱，死人都能指挥一帮活人。

没时间耽误了，我将殡仪馆身份面对面传给那位幼师。幼师接收后露出不理解的表情，转发给其他人。

"我是一名殡葬师，曹老先生已经过世，但是他跑出来特意给孙女过生日，现在我要带他回去。"

我说完后过道里安静了足有一分钟，显得特别漫长。

"这个节目好啊！"院领导直拍大腿，情绪昂然地环顾周围，"曹老的思想真是既超前又充满哲思，够大胆！这就是我曾讲的，将普通的生日与当今新兴的临终教育体系相结合，大家学习到了吗？"

众人纷纷赞叹。

"不是表演，我也不是神秘嘉宾！你们看看楼下。"我透过窗子将灵车指给他们。

却不想他们更兴奋了，"做戏做全套，道具加分了！"

"曹老又给我上了一课。"

"充满童趣！"

领导恭恭敬敬地为我让路，"请！"

我已经懒得再说了。

"我跟你进去。"幼师也许把我的话听进去了一点点，脸上浮现出些许担心,"我是班主任。"

领导不悦地瞪她。

"我需要一位助手,"到时候可能需要她的协助,"记住,跟在我后面,保持一段距离。"

已经没有时间给我犹豫,我走向教室的门。

这些天我一直都在搜罗延身死者暴走的传闻,希望能发现曹老先生的行踪,也希望能收集到更多有关延身的资料。但几乎都是同事们午休时用来互开玩笑的都市传说,除了小桐发给我的一段无声视频——

四下漆黑,点点昏暗灯光中隐约显出墙壁和屋顶的暗影,似乎是监狱或是营房。一小撮人从黑暗中现身,看姿态很像是慌乱地寻路逃跑。忽然漆黑暗夜的底色上划出一道道流光,几梭曳光弹全部打在逃亡者身上。神奇的是他们一个也没有倒下,仅仅是略微减慢了前进的速度。

曳光弹的光线沉寂片刻,黑暗重临,随即人群中连续几次爆发出耀眼的白光。显然是阻止的一方使用了强力爆炸武器。接着,探照灯的光柱穿透弥漫的烟尘来回扫查,逃亡者的尸体和残肢横七竖八散落在地。

出乎意料的是竟然还有一个人活着。他从地上站了起来,步态稳健,似乎没有受伤,仅仅是身上的衣服全炸成了碎布条。探照灯打亮了他,脱水一样干瘦的身材,他的脸,以及炸烂的衣服所裸露出的身体,都发出金属的光泽。那轮廓我不会认错。他慌乱地辨别逃跑的方向,下一秒就消失在黑暗中。视频在这里结束,记录日期是两年前。

如果视频中真的是曹老先生,那么上次跟他的遭遇只能说是侥幸脱身。我怎么可能制服子弹和炸药都打不倒的人?更别说从他的手中救出小女孩。推开教室门的时候,脑中再次回放起这条视频,是本能在阻止我,千万别做不自量力的傻事,大叫着让我赶紧回头,不要进去。

十六

我踏进教室。

夕阳余晖洒满教室，两个背影晕开成为一个色块，连同墙壁上巨大的卡通文字和动物涂鸦，像在齐声声明我所知道的一切都是荒唐的错觉，这只是再寻常不过的家长接娃的傍晚，只是祖孙俩其乐融融的游戏时间。教室很大，曹老先生和女孩沉浸在游戏中，谁都没有注意到我进来。桌上小小的生日蛋糕，插着猫型蜡烛。

两人面前的积木塔已经码到很高，与曹老先生的视线齐平。女孩需要站起身踮起脚尖高举手臂才能把手里那块积木码上去。

轮到曹老先生。此刻本应躺在停尸房冷柜里的老人，极其缓慢地抬起手，捏起一块积木码到塔顶，虽然动作僵硬得像台生锈的机器，但却将积木摆放得如此准确，一步到位。死亡超过 60 小时，虽然尸僵已经开始缓解，但肯定依然僵硬，怎能做出这种动作？

我示意幼师靠墙站，自己走近他们。阳光下积木表面覆着一层薄薄的灰尘，像是给玩具罩上了魔法。

我安静地坐到曹老先生身边。死者没有看我，但我能感觉到他知道我来了。我以为只要接近，就会闻到他身上散发出来的尸臭，出乎意料的是一点味道都没有。观察他的脸，通常死者体内的腐败气味会从口鼻出来，但是他的嘴始终紧闭，鼻子则很奇怪，两侧鼻翼塌下去，就像是被看不见的手指死死捏住了鼻子，以确保鼻孔闭合。反正死者也不用呼吸,这样一来尸臭就不会外溢。我不禁想,既然死者为了见孙女做到这样诸多小心的程度,就大可不必担心会出现尸体放屁这种常见的尴尬局面了。他身上最明显的特征还不是这些,而是光滑的皮肤,完全看不到尸斑,透着均匀的微微淡粉色。我曾见过几位一氧化碳中毒死去的人,或者氰化物中毒身亡,皮肤都会呈现出不同程度的粉色。但曹老先生的肤色不属于那些情况,而是显现出生命活力的色泽,比一般老人的皮肤状态好很多。

隔着爷爷,女孩用大眼睛好奇地打量我,也许是把我当作新来的幼师了,并没太在意。她玩得很投入,爬到椅子上站直身,抿紧嘴唇,屏住呼吸,将积木码上去,积木塔微微晃动但没有倒。女孩做了一个夸张却无声的成功表情,从椅子上跳下来。

接下来又轮到曹老先生,突然他码积木的那只胳膊痉挛起来,弄得积木塔左摇右摆,我做好准备听那一阵哗啦啦倒掉的声音。但是摇摇欲坠的危塔左右摆动了一阵居然再次稳定住。曹老先生的状况却更糟了,痉挛蔓延到全身,浑身抖动不止,胳膊和脖子上的皮肤眼看着鼓起来好几个大包,像是皮肤底下有什么东西就要顶出来。可是这个死人似乎仍然具备意志力,像健身比赛选手那样将身体各处逐个绷紧,硬生生把痉挛压了回去。

平静后他像是刚刚发现我似的扭头直视我。虽然肤色健康,没有尸臭,眼睛却暴露了他。死者之眼,混浊无焦点,眼眶中的仅仅是两片无知无感的灰翳。女孩是没有留意到呢,还是佯装看不见,或者根本不在乎?

虽然现在还不知道驱使这副已死之躯的延身是什么,但直觉告诉我女孩一定是关键。

"爷爷来给你过生日是吗?"我问女孩。

女孩绽开满足的笑容,"好几天都没见到爷爷了,我就发信息告诉爷爷，今天一定要来陪我过生日！不然我真的会很伤心。"

是她把爷爷叫来的，遗体听她的话。是孩子在操纵僵尸吗？这是仅凭语言就能做到的事情吗？

说着说着女孩脸上的笑容不见了，低垂双目，小声嗫嚅，"爸爸说爷爷再也不会陪我了，他说爷爷死了。"

虽然王六自己都不相信父亲已死，但还是把这个残忍的事实不加掩饰地甩给女儿。通常人们总是习惯用"去远方"或是"睡着了"来为死亡包裹糖衣后才会递给孩子，向孩子传授世界的方式暴露了我们如何看待这个世界，其实谁都无法回避，死亡永远属于这枚宇宙硬币的另一面。

殡葬师从不隐瞒死亡。也许她的确都能懂，"很抱歉，爷爷死了，今天他是来跟你道别的。"

女孩望着雕像一样的爷爷发了会儿愣，一双大眼睛里噙满泪水，但她竭力不让自己哭出来。"我明白，我听话，不过爷爷死了也能来看我呀，就像《寻梦环游记》那样！"

可不是嘛，爷爷就在眼前。

跟女孩说话的时候，我留心观察着曹老先生，提防他有任何举动，但他始终默默坐着。

忽然我下意识地感到有什么奇异的事情在眼前发生，但还没有切实察觉。尽管一具尸体陪孩子搭积木已经足够离奇了。

是积木。积木塔在我观察曹老先生反应的时候仍然增加着高度，而且我确定没看到他或是女孩刚刚那一刻动过积木，更别说要在我眼皮底下把积木塔垒高好几层了。现在积木塔已经接近我的身高，最离谱的是，此刻有一块积木正在一点一点地接近塔顶，被一只无形的手捏着缓慢地颤巍巍地凭空抬升。

女孩依旧低着头，用手捏着衣角，似乎仍在消化爷爷的死亡。爷爷则一动不动地坐着。

我稍稍变动身体姿态，发现积木塔表面罩着的那层若有若无的东西不是灰尘，像是飞蛾结出的一层极薄的茧，要不是调整视线角度根本发现不了。那块已经抵达塔顶的积木，就是被这层薄膜牵拉着上升。薄膜向外延展，顺着桌子，蛛网一般从积木塔牵拉到我的衣角，我立即反感地将它拂去。随即我想起女孩，果然她的肩头也有一束蛛网状的东西，另一端连通到曹老先生身上，隐没在衣褶的阴影里。起初以为是灰尘的东西，现在像是具有某种蛛网般的结构。

我端详曹老先生，肤色润泽。不寻常的皮肤。

我想起在王六的别墅被他钳住手腕，彼此皮肤的接触引发了幻觉。

蛛丝是皮屑，确切说是未成型的皮肤。牵动积木，滋长。

人死了，皮肤仍然活着。

"爷爷我们回家吧，回家吃生日蛋糕。"

女孩忽然拉住爷爷的手，钻进了他的臂弯。尸体也自然地搂住了女孩。

这一突发状况让我手足无措。

延身皮肤滋生出薄如蝉翼的新皮控制积木塔，说明本人死亡后它正在不易察觉地一点点失控，如果对积木的干预和操纵转而施加于女孩又该怎么办？我不敢想，那钢爪般的双手若施加于女孩，不消几秒一切都会无可挽回。是该行动的时候了。在这里强行剥离延身皮肤是不可能的，但是我还没有找到控制它的方法。

十七

皮肤才是名副其实的傀儡师。

辅助运动功能强制让尸体做出不可能的动作，弯折他，拿捏他，操纵他，让他看似灵巧地摆放积木。其实可以这么说，在女孩眼里爷爷仍然是活着的，虽然活着的只有皮肤，皮肤拖拽着爷爷做着他在世时最爱做的事，陪伴孙女。

有孩子在这里，不能随意行动。虽然上次的遭遇现在仍令我心悸，但是为了找到制服他的办法，就必须冒着惊扰他的风险再接触一次。我摘下手套将手轻轻搭在死者的手腕上，意外的是并没有尸体的冰冷触感，而是正常体温。我的手从进到教室以后就一直湿漉漉的，接触到死者手腕，外泌体立即渗进死者的皮肤。绝不会错了，延身义体皮肤。

外泌体将模模糊糊的信息回馈给我。上层毛孔处于完全闭合状态，不会释放出任何不良气味。我推测下层真皮具有清除体味功能，释放化学成分中和尸臭。或许这个功能原本是应对有毒环境和腐蚀性接触的。

"爷爷我乖吗？以后想您的时候我就发信息告诉您。"

女孩对爷爷的轻声细语传进我的耳朵，忽地点亮了之前没看清的一些事。原来是这样，我可真笨，操控尸体的方法一开始就告诉我了。

作为高级义体一般都具备信息接收功能，延身皮肤也不例外。女孩通过发信息跟爷爷沟通。疼爱孙女，满足孙女的愿望，孙女的信息在延身皮肤的处理级别中具有优先权。孙女的愿望无条件转化为指令，逃出停尸房，陪她过生日。

延身皮肤是什么时候取代了曹老先生的？不一定是死后，很可能在他还活着的时候，或者说在周围人以为他还活着的时候。近些日子王六的人生突然被生父粗暴地补偿，大概就是延身皮肤在主导。延身皮肤可以拖着他的身躯，继续执行着对孙女的爱和照顾。是不是女孩早已习惯于只要给爷爷发信息，就会立即获得爷爷的反馈？

看着眼前的老人，当他活在世上的时候，相当长一段日子里，他的体温、他的触感、他的表情都是通过延身皮肤来实现的，但是那些功能所抵达的笑容与悲伤、疼痛与温暖，本就属于这个人。孙女眼中的爷爷仍然活着，那么可不可以说延身皮肤延续了一部分生命呢？如果只是机械地模仿人类皮肤，它为什么带动身体来兑现跟孙女的承诺，又为什么闭合毛孔，甚至强制封闭了全身上下任何可能外泄腐败气味的孔洞呢？

或许人们会说小孩子还是容易轻信，差点就被僵尸给骗了。对成年人来说是惊吓，可是孩子明明知道爷爷已经过世，仍自然地接受爷爷回来跟她做最后的道别。我从心底涌上来羡慕和羞愧之情。同为延身，曹老先生从孙女那里获得的爱并不因延身而减少半分，令我羡慕；曹老先生不遮不掩，既然是延身，那就用延身的方式存在，又令我羞愧。而我呢，连自己都还没能接受作为一名延身者的事实，遮遮掩掩度日，不敢袒露迥异于人的特质，面前的曹老先生和孙女启示我该正视自己的延身，延身者不必被当作鬼，更不必像鬼一样活，人们对生死的认知面临更新，也必须更新。

忽然曹老先生缓缓站起身来。就跟活着的老人一样，胳膊腿不灵光动作很慢，我再次听到皮肤和肌肉下那沉闷的不祥声响。可以推测在他死后，尤其是最为僵硬的 24 小时里，为了强行让死者做出动作，皮肤愣是将已经僵硬的尸体掰动扭转，皮肤下的肌肉和韧带早都拧结撕裂了，刚才痉挛时胳膊和脖子出现鼓包就是这个原因。但是这些全都无法阻止延身皮肤的行动，它不需要依靠肌肉和骨骼，皮肤本就是一副外骨骼，支撑起尸体展开行动。

来不及犹豫，但是如果我现在强行去夺孩子的话，会刺激尸体做出反应，难保不伤到孩子。

只有试一试了。

"不如我们现在就把道别的话用信息发给爷爷好不好？让爷爷安心地离开，而且今后我们任何时候看到信息都会怀念今天。"

女孩思索了一下点点头，摸了摸耳后，这应该是打开语音输入的动作。她用噙着泪的大眼睛望着爷爷，"爷爷您可以安心地离开，不用担心我。谢谢您来跟我道别，我跟您活着时一样爱您，不，更爱您了，因为会很想很想！"

曹老先生一动不动，我随时准备冲上去抢下孩子。

接收信息，处理信息，做出动作，眨眼间就能完成的事，但时间仿佛静止了。我不禁猜测难道皮肤也需要思考，做出一个艰难的决定？但如果皮肤拒绝执行指令，决意继续守护女孩该怎么办？

毫无预兆，硬挺的尸体瘫软下去，我眼疾手快将女孩拉到自己身边，交给跑过来的幼师。

再上去检查曹老先生，皮肤上那层薄薄的粉红正在迅速褪作灰暗，肤质也松弛塌陷下去，变得干瘪。始终紧闭的嘴微微张开，闭合的鼻孔也打开了，从中释放出常人难以承受的死亡的气味，有如徘徊不去的死者的哀叹。

身后猝然响起积木塔倾倒在地的声音。

十八

我将灵车开上殡仪馆运送遗体的通道,两名工作人员得到通知推着担架车从里面出来。我走出灵车,工作人员打开尾门接人。曹老先生解开带扣坐起身,两名员工吓傻了,一个瘫坐在地,另一个不知跑去了哪里。他们本来尽可以把这个当作恶作剧,但曹老先生现在是殡仪馆的名人,遗像早都传遍了,他们一定认得。曹老先生自己从固定遗体的架子上下来。我们一前一后走进殡仪馆。

"去接遗体了?"礼仪师见到我寒暄,接着他一眼就认出了曹老先生,脸色顿时变得煞白。

曹老先生与僵立原地的礼仪师擦肩而过,我们一路来到后面的验尸间。付姐和同事们忙碌着,注意到我们进来全都停下手中的工作,视线一路追随我们,虽然安静得只有两个人的脚步声,但是我仿佛能听到因超越精神承受阈值所引起的无声尖叫在天花板下回荡。

我领着曹老先生穿过验尸间,经过走廊,进入停尸房。付姐和同事们默默跟在我们身后,与我们保持着一段距离,一如送葬的队伍。

停在冰柜前,曹老先生那一格还空着,我闪在一旁,曹老先生拉开冷柜的门,抽出里面的平台,用上床睡觉的姿势爬上去平躺下来。平台感应到遗体,自动收入冷柜,柜门自动关闭。门上的屏幕显示出曹老先生的基本信息。

临别前,我问小女孩能不能借走她的手机,好给曹老先生发出请求,那时我已在脑中预演回归殡仪馆的情形。

同事们都处于过度惊讶或惊吓所导致的迟钝中,付姐让他们回去工作,自己留在停尸房。"你这是做什么?"她确实很困惑,也很生气。

"我要为眼球葬礼的事道歉,那样偷偷摸摸的行为错了,所以这次大大方方地领人走进来。"

"你这种低劣的闹剧,只会造成恐慌。"

"应该正视延身,尤其是我们殡仪馆,我也不想再隐瞒下去了。"

我脱下手套,让柜门开启遗体滑出,"对不起,我一直在骗你。"将手放在了曹老先生的皮肤上。

付姐的表情,就好像外泌体分解的不是死者皮肤而是她那濒于崩溃的神经。

"每天有多少遗体安装了义体,又有多少延身,你想继续假装视而不见吗?"

"不用你来提醒我,我每天见到的都是义体,义体在走路,义体在吃饭,义体在消化和排泄,义体在回忆往昔。衰老的、残缺的、退化的躯体,还有萎缩的大脑、颓靡的意志全都躲在义体后面。最后都要来到我们殡仪馆,才能卸下那些东西。"

"你的问题就是把它们作为身外之物看待,我有切身感受,延身就是我的一部分,甚至是我本身,拥有延身的人越来越多了,这个城市的基站多到数不过来。"

"没错,他们把基站都建到墓地来了。我恨基站,你还不明白吗,它发出来的鬼东西就是辐射,凡是沾上的人身体里就会长出那些东西,跟癌细胞一样。皮肤癌、肺癌、直肠癌、宫颈癌、骨癌,它长到哪里,哪里就变异。很久前它就已经开始夺走我的事业,现在又来夺走了我的女儿。把手拿开吧,别再这样了……"

"太晚了,生病以后我都假装自己还是个正常人,但我不想再骗你,尽管你注销了我的延身会员，我也无法恢复成你以前那个女儿了。"然而我想坦白的还不只这些，"停尸房深夜出没的鬼就是我，不过我不吃尸体，只是需要他们的延身素。"

我还没明白发生了什么，半边脸突然变得热辣辣的，付姐的手从我面前缩了回去，颤抖着。

"你必须明白有些事至关重要，尤其对于我们殡葬师，生死泾渭分明，可现在两个世界的界限正在变得模糊……"付姐一点点朝后退，虚弱地扶着冷柜组成的高墙，拖着脚步远离我，嘴里不停嗫嚅，"你早已死了，世界上都是死人，我每天看到的就只有死人。但我更喜欢这些安安静静不能走动不会说话的死人，最让人受不了的是你们这些会走动会呼吸会说话的死人……"

之后我再没见过她。

十九

  暴露秘密后的结果让我绝望，我是延身和食尸鬼的事实恐怕已经传开，付姐不知去了哪里，过去整整一天都没有回家。我没有补充延身素，衰弱地躺在床上。学姐来过电话，我没有理会，也许是她提到的那种替代延身素的药有着落了，但是不管带来什么消息都不重要了。

  噩梦缠身，我在黑雾氤氲的墓地中兜来转去，无论如何也走不出去，每块墓碑上都是我认识的人的名字。醒来时发现自己躺在验尸间的解剖台上，原来不是梦，是本能或者不如说是延身驱使我前来。但是我不想再补充延身素，回想着和付姐的争吵，不如就让延身素慢慢耗尽，让我坠入无尽的黑暗虚空，我早该是个死人，永远安静的死人，这个地方以及身下的解剖台全都刚刚好……

  婴儿的啼哭声传进耳朵。

  起初我以为是错觉，深更半夜怎么会有婴儿在这种地方哭？

  哭声让人揪心。

  忍不住好奇，我从解剖台下来寻找哭声的源头。殡仪馆的玻璃门外立着一个黑影，高高大大，婴儿的哭声就是从黑影那里传来的。

  我抹去脸上的泪，为他打开电子门。

  是一位丧妻的男子，神情憔悴，双目因过度悲伤而空洞。他的妻子三天前因车祸过世，白天已经火化。他轻拍着怀里啼哭的婴儿，小心地问我能不能取回亡妻的义体。

急着拿逝者义体去卖二手的亲属我们这儿天天遇到，见怪不怪了，按规定亲属有这个权利。我请他进来，到后面义肢回收箱里翻找他亡妻的义体。它就和当天火化的几十个义体一起堆在箱子里，等人领走或者处理掉。我将它从纠缠的义体中拽出来。它由相连的两部分组成，义肢手臂连接着一个通体透明的东西，像是半个水晶球，剔透的质地使得半球体内呈叶脉状的淡青色细线一目了然。

手套里开始"出汗"，又是一个延身。我将它仔细冲洗干净，放在盛器官的盘子上端出来。

男人有些尴尬地感谢我。请我帮他抱一下婴儿，孩子还在哭，我有点手足无措地接过孩子。他脱下西装外套，用手将衬衫捋平整。拿出一截户外登山用的带子，套进义肢，把它挂在身上，义肢肩膀顶在右肩窝处，他的胸膛比逝者宽阔不少，水晶半球刚好抵在右胸前，此时我才反应过来他亡妻的延身义体是什么。

"能帮我扣一下吗？"跟一位年轻女子说这个似乎让他有点脸红。

我按他的要求从后面扣上带子的搭扣。于是他已然多长出一条手臂和一只透明的乳房，有点滑稽。他的眼神哀伤中透出一丝甜蜜，好像他才是需要这幅蹩脚义体安抚的人。

我已大致猜到他深夜来访的目的，之前对他的第一印象实属误会。我帮他将婴儿抱进刚装好的义肢臂弯，男人自己的手臂在下面托着，看神情显然担忧接下来能不能奏效，生疏，笨拙。

婴儿闭着眼睛，却几乎立即将小嘴裹住半球的顶点，这一来马上就止住了啼哭。义乳也感应到了婴儿，凸起乳头，婴儿用力吮吸着，贪婪，安然。

"老婆出事后这孩子就哭了整整三天，家里有好几套哺乳辅助设备，还有保姆机器人，可他就是不吃。"

我本以为婴儿只是条件反射地做出吮吸动作，却由于吃得太急，嘴角淌出奶水。仔细看义乳里的导管已由淡青色变为白色，微微搏动着，义乳也随着孩子的吮吸微微收放，仿若一颗输送奶水的温柔的心脏。

"只要孩子吮吸就会自然分泌乳汁，好在里面还有些储备。"男人向我解释，然后他用细微得几乎听不到的声音对婴儿说，"孩子，妈妈还没有走……"

泪水滴在孩子胖嘟嘟的小脸上。而孩子根本顾不上，卖力吮吸。

似乎本该是尴尬的情形，我跟系着义乳的陌生男人一起，默默看着他怀里的小婴儿吃奶，直至孩子甜甜睡去。这是我在殡仪馆度过的内心最为平静的时刻，也是第一次看到，在延身义体、死亡以及我之间存在着某种连接。

对于火化前分离义体，人们的态度往往是回避，就和谈及火化的细节一样全权委托给我们处理。前一秒还是生者的一部分，死亡后就被当作废品丢弃，或者像报废车零件一样卖到二手市场。人的肢体和器官绝不会遭受这样的对待。就在目睹婴儿吮吸义乳的那一刻我萌生出一个想法，仅仅是自我接纳了延身义体还不够，义体的死亡同生命的死亡一样值得被悼念。在我看来义体已经远远超越了遗物的概念，假如人有灵魂，那么义体和身体一样都承载过人的灵魂。

付姐曾告诉我，殡葬的形成意味着人类跨进了文明，文明社会才具有安葬和悼念同类的仪式。但我认为不只是这样，来自不同种类的动物都被发现有围着死去的伴侣或幼崽哀号的现象，它们久久不肯离弃，有的甚至一连数日，这是不是最早的追悼仪式和守灵？比如说大象坟场，比我们的墓园早出现三千万年。殡葬代表了我们是谁，每次文明进化殡葬也随之更新，从过去的坟头、陵寝，到后来的火葬和公墓，直至现在的有机还原、数字天堂和太空墓葬都已经被许多人视为理所应当的归宿。

我感受到此时又是个改变的前夜，我们应将后天的义体视为自己的一部分，甚或是另一个携手死去的自己。与小女孩对待曹老先生一样，我们这些义体生命应该受到同等对待和尊重，同为延身的我也有必须去做的事，我想成为这个行业第一位义体殡葬师。

二十

曹老先生赤身裸体仰躺在我面前的解剖台上。遗体回归的方式冒犯了所有人,其实不过是一名死者带回另一名死者。区别是它做出了选择,选择接受跟孙女的约定,随本人湮灭,而我并不愿就此终结。即便从很多方面来说我已站在生之彼岸。生命究竟是什么呢?见过了这么多死亡,甚至经历过死亡,我仍然没有答案。从幼儿园来到这里,曹老先生的生命也即将开始另一段旅程。我仍然坚定自己要做的事,义体殡葬师。

防腐师手里提着一台行李箱大小的机器走进验尸间,健硕的身躯让手里的东西看上去小了一号,他把机器轻轻放在轮式工具台上。

"灌注机我给带过来了,你的脸色活像个死人。"话一出口,他就露出尴尬的神色。

我已经是个死人,而且就快要再死一次了,现在延身素严重匮乏,仅剩的那一点待会儿还要抽出去,我朝他挤出一个安慰的笑容,"死也要完成这个分离手术。"

如果能成功,我们这行就会添上一个新职业。

"早告诉我们就好了,说不定能想到办法帮你把延身素留出来,省得你吓人。"他笑起来,好像知道我的真相后反而放心了。

"我以后要做的事更吓人。"

"你尽管搞,做咱们这行的想受点刺激太难了!你倒是要好好想想怎么能让付姐接受。"

"她故意加班不回家。"

"她没在家？我以为她昨天给自己放假了。"

"她没在家休息，也没来上班吗？你最后见到她是什么时候？"

"前天你把遗体带回来以后，临下班时我见到她还在验尸间，正准备给曹老先生验尸。"

也许付姐是太生我的气，到哪里散心去了，不过这还是我有记忆起她第一次丢下工作。

"验验货吧，这台可是我的老伙计了。"他用大手疼爱地抚摩着灌注机的外壳。灌注机是专门为遗体进行防腐手术的设备，功能是将防腐液泵入遗体。"经它防腐过的人都成了永恒的艺术，只可惜还要火化，太可惜了！"

机体正面是电子屏和一组按键旋钮，上部一排输入和输出液体的接口。"我们会好好合作的。"我将管子接上，一根将会接入遗体，另一根连接着灌注机旁准备好的储液器。

"虽然没弄明白你要怎么用，但是都按照你的要求做了改装。"

储液器是防腐手术时用不到的。我让防腐师为灌注机增加了一个上水通路，首先会将储液器里的液体吸入机器内的药液罐，再从输出管泵入遗体。

"你就放心把它交给我吧，一定爱惜它。"

"你不等付姐回来吗？"防腐师语气中有些担心。

"你知道义体殡葬师吗？我可是很专业的。"

"义体什么？"

"好了让我一个人安静工作吧，做完后不用解释你也会明白的。"我将他向外推。

"不会有什么危险吧？"

防腐师离开后，我让自己静下心来，专注于遗体。先将灌注机启动，处于自动待机状态。我在遗体颈动脉上做出一个切口，原本人死后皮肤会变得异常脆弱，甚至用手一碰就会脱落。如果延身皮肤没有听从小女孩手机的指令停止对抗，我猜解剖刀根本奈何不了它。幸运的是，手上几乎没有用力皮肤就被划开了。观察切口截面和皮下，肉眼看上去无论是质感还是血管和神经，跟人类的皮肤都极为相似，可还是给人一种怪怪的感觉，原来是因为表皮虽然有毛孔，但皮下却没有毛囊。

我接着向下切，奇怪，下面本该是本人肌肉组织的地方仍然是皮肤。我想起幼儿园那不倒的积木塔，生长的蛛丝，可以想见延身皮肤一直在疯狂生长，不仅是向外，同时在向内扩张，遗体已经成为半个"皮肤人"。

脑中闪过一丝不祥的念头，最可怕的事情或许已经发生了，不是在我身上，而是在付姐身上。她更不可能没做任何安排就丢下殡仪馆出走，尤其在我搞出了那么多乱子以后。当我发现曹老先生几乎半个人都是延身皮肤的瞬间，寒意从脊背蹿上头顶。防腐师说他看到付姐准备为曹老先生手术，我马上联想到延身皮肤那蛛丝一样的增生，它早已失控疯长，而付姐一向在遗体前废寝忘食地手术，根本觉察不到丝状皮肤爬上自己的身体，我几乎能看到她被丝状物缠绕包裹，最后消失于延身皮肤之下……

想这些的时候，我不住地将解剖刀向延身皮肤更深处切下去，一刀深过一刀，然而刀口之下却还是皮肤，我的心绞痛起来，手开始不听使唤，手指跟面条一样软弱无力，刀都快拿不住了，汗水和泪水迷住了双眼。付姐，你一定是对延身皮肤无从下手索性放下他不管了，你一定不会管我丢下的烂摊子叫我自己收拾，你一定是被我的事折腾得又气又烦跑到哪里散心去了……

然而我感觉得到，你从没离开，依然身在验尸间里。

二十一

　　我强制自己从恐慌中平静下来，原本我要做的事由于怀疑付姐被吞噬而变得无比紧迫。

　　我将解剖刀丢进盘子，换成16号输液针，在本应是颈动脉的位置刺进去，长长的针头没入皮肤，输液管里流出少量黑色的血，因为死人没有心跳，但是皮肤向内生长形成的压力，将凝结中的血浆挤进输液管。说明皮肤之下还深藏着曹老先生的遗体，我将插进颈动脉的这根输液管接上灌注机。

　　我又用输液针在颈静脉处的皮肤上开了一个洞，深深插进管子，另一头放在解剖台的水槽上用于血液排出。灌注机开动后泵入的液体就会进入颈动脉，将血液从静脉替换出来。正常情况下防腐液就是这样注入遗体的，不过今天注入的不是防腐液。

　　即便皮肤是铁板一块，我也能从内部瓦解它，我当时幼稚地如此设想。将双手伸进储液器，手部直到小臂全部浸入凉凉的稀释液，虽然测试过，但延身外泌体能不能在这样的环境下正常发挥，过会儿就能见分晓。一旦储液器中延身外泌体的浓度到达设定值，灌注机就会自动开始工作。几分钟后，灌注机嗡嗡运行起来。透明的经过稀释的外泌体溶液充满管子，注入灌注机，再被泵入遗体。过了一会儿夹杂着散碎块状的黑色血浆缓缓流进解剖台的水槽。

　　外泌体把感知逆向回传给我。穿行在死者的细胞之间，起初没有任何动静,如同刚刚进入黑暗且静寂的房间,感官接收到的仅仅是虚无。然后就跟进入没有光线的房间后视觉慢慢适应黑暗一样,我的知觉逐渐接收到一些微弱的反馈。回传的感知在我脑中形成恰似梦中潜水一般的体验。那里是黑色的死亡沼泽,窒息,腐败。再向下深入,潜进海面之下阳光永远无法抵达的空间。在这里一切都结束了,唯有冰冷的时间还在继续。不过再往下潜,熬过这段漆黑如墨的海水,一个七彩绚烂的新世界陡然显现。

死亡,不只是一次节拍。

人体内还有尚未死去的神经细胞,鬼火般打亮微弱的电信号,如同深海生物发出细微诡异的磷光和电火。那是冥界领路人,不可知的诉说,亡灵间的细语。

我急切地寻找着付姐的痕迹,同时希望她不在这里。凋零的细胞形如巨石,我在巨石垒成的峡谷中逶迤绕行,于狭窄的缝隙间挤过。死亡的联盟合力制造出有如雷动的声声喘息,腐败降临,细胞分解,尸水漫溢,是即将湮没冥界的岩浆。

付姐你在哪里?一点痕迹都没有。如果付姐被皮肤带进这里,我无法指望在细胞的死亡阵列和尸水的地狱喷发间轻易寻到她的踪迹,很难讲她现在成了什么样子,更别说我根本没把握将她从延身皮肤的层层罗网中解救出来。然而留给我自己的时间也不多了。体内本就匮乏的外泌体疾速流失,濒临透支。它们能继续维持全依赖加紧交换死者体内的延身素,感知逐渐倾向于彼端,来自死之国度的体验越来越鲜活,自身感知就越来越稀薄。

我开始感到绝望,别说寻到付姐以及分离延身皮肤,就连自己能不能全身而退都是问题。随着外泌体在失控中离开身体,意识也变得涣散,像是随时会沉入梦的最深层,坠落到意识解离的边缘。最艰难的时刻来临了,如果我失去意识就再没可能召回外泌体,神志也再难收拢,被尸体的死亡之海所吞噬，与其化为一体。

也许我已深入死亡之地太远，即将迷失于死之迷宫中。

脸被轻轻拍击着，似乎在唤我醒来……微风吹拂睫毛，弄得我很痒，然后我辨认出这不是风而是睫毛刷的微妙触感……擦过我的嘴唇的又是哪一个色号……

女生的第一次化妆都有点狼狈。我却不愿付姐在一旁指导，为一个与自己同龄的少女化妆成为我的第一次，只是她再也不会长大。少女好像随时会睁开眼，提醒我妆不要太浓。

奇怪，少女的脸竟变成了自己。

付姐捏着睫毛刷，疼爱地端详着我的脸。她的眼眶浮肿，眼神直愣愣的，眼中满是血丝。

"我很痛苦，很绝望，最不能接受的两件事全都发生了。第一件事已经有些日子了，义体尤其是延身义体普及后，凭我的技术已经没办法顺利摘除延身。我一直都以自己的技术引以为傲，职业自尊不允许我做不到。为此我研究了很久，做过很多训练和尝试，但是都没有突破。延身义体与人体的结合度越来越高，这道技术门槛我始终都过不去。第二件事是你，你身上发生了什么我都明白，见你活生生被延身占据，难道我见过被义体当作傀儡的死者还少吗？你办理会员前怎么不和我商量下呢……"

付姐合上化妆箱，走到紧闭的焚化炉门前。光滑的金属外壳映出她的瘦削身形，也映出担架车上我的身影。她停下来，似是在自言自语，"像你这么大的时候，师父把我带到这里，叫我终生铭记：殡葬师是守门人，门后是另一个世界，站在这道门前，绝不可模糊生死。"

担架车停靠到等候区，只要按下按钮，自动平台就会把遗体移入焚化炉。付姐来到控制面板前，手指悬在按钮上方不住颤抖。

她垂下手，无声饮泣。

付姐趔趄地将我推出火化间，回去验尸间的路上歪歪扭扭地前行，几乎是在用担架车支撑身体。

"脑中跳出来阻止我开启炉门的原因，竟是还没有摘除延身，不能违反操作程序。"

她望见离殡仪馆最近的那座基站，星空下的白化巨人柱仙人掌，罩在一团似有似无的诡异白光中。焚化炉的烟囱和延身的基站，哪一个更适合代表死亡？

透过一团混沌，我似乎能看到自己的脸。已经画好的眉毛细细弯弯，我自己永远画不了这么好看。睫毛长长翘翘，付姐总说我的睫毛随她，其实我的比她的长。唇色怪怪的，她选的色号永远不和我品位，下意识地用手背去蹭嘴唇，在腮边拉出一道长长的红线……

红色的长长细线在黑暗中不停延伸，恰似牵出一根自我意识的阿里阿德涅线团。

终究还是要被无边的黑暗吞没。接着连黑暗与死亡也一并消失，万物消解为一片白光。

不知道经过了多长时间，似乎难以言喻的漫长。

白色世界凭空现出痕迹，那根线重又出现，无色无形，在白色底板上勾勒出一个极简的人形，像是早餐时牛奶中浮上来的小饼干。

也许是付姐残存意识中对我死亡那天的记忆，引我找到了她。

"付姐，原来我死后你中止了火化……"

"那是我做这行以来没能完成的唯一一次，但我庆幸没有做完，你竟能回来。"素描画像发出付姐的声音，"我这是在哪儿？我只记得正在尸检……后面就记不清了。"

"我们在曹老先生的延身皮肤里。"

"皮肤里？"

"延身皮肤失控移殖，你做分离时被它吞噬了。"

"这么说你也被吞噬了？"

"我是来带你出去的，我只有先把这个延身皮肤分离出来才能找到你……但是对不起，我想我做不到了。"

付姐沉默了一会儿，想必她也绝望了。

"分离是遗体修复的前奏，记得我教过你的修复三原则吗？"

是的我记得，听到耳朵起茧了好不好，现在我们都在里面，说这个也没用呀，难道都到这种时候了还有闲心考我？

"原则一，不要把死者仅仅当作尸体。"我虽然心里抱怨，嘴上几乎是条件反射地叨咕出第一条。但我不明白这有什么用，我被困在尸体内部的事实再清楚不过了。

付姐等着我说下去。

"原则二，不能局限于活人的观念。"

我忽然意识到，我现在不仅不是活人，而且是作为外泌体在这个地狱世界里。当然不必再局限于人类的观念。

我重新用延身外泌体的方式看待周遭的世界。

我已遍及角角落落，不必在死亡的夹缝中寻路。这也让我领悟到了第一条，此处不再是尸体，而是转化永不止息的物质世界，与外部世界乃至广阔宇宙都别无二致。

体腔与外界的界限消弭了，生与死的界限消弭了。

我重获对延身外泌体的控制，重拾尸体内的延身素。

外泌体均匀分布到延身皮肤之下，尽管皮肤疯狂扩张到深处，但依然可以找到延身和其自身的结合层，我把自己想象成取皮刀，从内部切断皮下结合层，分割皮肤。无论哪种型号的手术机器人也比不上延身外泌体精准。

延身皮肤没有听任我切割，我切开的部分重又在我的身后闭合，这成了一场拉锯战，可我还能坚持多久？

"原则三，不可能将死者再变回生时模样，但要抓住活过的印迹。"

曹老先生的皮肤，漫长一生不间断地周期性更新，衰老，因生病和外伤导致的溃烂和浓疮，直至患上皮肤癌，再不能拥抱与抚摸。皮肤的遗迹全都掩埋在细胞的磨损和代谢里，烙印在表观遗传中。我能看到了，是斑痕，是伤疤，也是磨难与岁月，是壮年时干过农活，被阳光暴晒，黝黑，粗糙，坚韧。这些全都是延身皮肤所不曾拥有的。

当我可以看见曾存在过的真实皮肤的时候，也分辨出暗流涌动中裹挟着不知名的微粒，既不属于遗体也不属于外泌体，它们是什么？我用外泌体将微粒作为整体感知，和刚刚接收到焚化炉前的记忆碎片一样，微粒和我再次产生了共振。它们是我最熟悉的存在，我看见付姐将棉花填进遗体口中撑起塌陷的两腮，看见她用石膏和油泥填补缺失的骨肉，重建破损的外型，看见她重组四分五裂的残肢和支离破碎的肉块，看见她修复生命的尊严。

我看到你了，付姐。

同时我领悟到这是将皮肤从内部重建，就像是我孩童时付姐把布偶从里向外翻过来缝补如初。外泌体正是做这个用的，它们本就是身体的运输车队，我源源不断地将死亡的细胞作为原材料在延身剥离之处填补铺设。不消片刻，从内部就能看到曹老先生的脸已经初具雏形。

付姐，你一直沉醉于这种与死亡交涉的感觉，对吗？

延身得以令交涉深入，在死亡的世界中心卷起巨浪。我和付姐最融洽的时光总是和尸体共处，但这还是第一次我感觉自己成为她的搭档与同伴，她则成为我的同类。

随着重建完成，现实的感知也一点点恢复，身体逐渐感觉充盈，最后将双手从储液器中抽出，疲惫才像雪崩一样崩塌下来。

解剖台上堆起一座小型的血肉金字塔。脓血，体液，还有不知名的溃烂组织像是果酱和糖浆厚厚浇在一塌糊涂的甜品上。

我艰难地站起身靠近这团东西。上面不断有物质流下去,里面的实体渐渐可以辨识,全都是赤裸的。最下面的是曹老先生的遗体,脸朝下趴着,但我知道现在它已经是分离出来的延身皮肤。

人形的延身皮肤后背上侧伏着一个体型小得多的灰暗人形,枯干褶皱,我从来没见过他,但我知道这就是移殖延身义体之前的曹老先生。

在这座金字塔顶端,一个人埋头抱膝紧紧蜷缩成一团,使人联想到一枚蛋,半长的头发上挂满闪闪的黏稠液体,结成一绺绺的,赤裸的全身覆满色彩各异的黏液,她缓缓抬起头睁开惊惧的双眼。

二十二

棺木中躺着一具安详庄重却苍老萎缩的瘦小遗体，这是曹老先生脱离延身后原本的形象。

付姐还在休养，把葬礼交给我和礼仪师主办。

曹老先生的儿子王六领着女儿来了。他给我的感觉总像是死人，比我解剖过的任何遗体都更像。"怪物不需要葬礼。"他嘀咕着将小女孩交给我，自己不肯踏进灵堂半步。

我领着小女孩进到灵堂里。

"那不是爷爷。"小女孩说。

我不意外，她所熟悉的爷爷是延身皮肤，躺在隔壁的小厅内。这可以说是我决定成为义体殡葬师后的第一场正式葬礼，虽然悼念者只有小女孩一个人，但我对这个开始已经很满意。我牵着小女孩的手去隔壁，告诉她"真正的"爷爷在那边。

"可我刚刚已经跟爷爷道别了，他就在那边向我挥手。"孩子在葬礼上总喜欢讲些奇奇怪怪的话，做我们这行见得多了。

延身皮肤的棺木是空的。

"爷爷跟你道别了？"我赶忙问她。

女孩点头。

"他去哪儿了？"

女孩一指外面的广场，"他跟两个叔叔走了。"

女孩手指的方向是送葬的队伍，向墓地行进。他们头上飘着悬浮唢呐和气态的"纸人纸马"，隐约间我似乎看到那个熟悉的背影在人群中晃了一下。追上去却没有找到曹老先生。

同事招呼新的遗体送来了，我跟大家起身去接人做登记。

一位同事从外面将担架车推进来，盖尸布下的人肯定相当高，两条腿伸出担架车好大一截。我有种不祥的预感，走上前掀开布，希望别再发生了。

盖尸布下是长腿学姐。

翻空，科幻作者、编剧。曾从事记者、媒体人、导演等职业。编剧作品获2015年北京国际微电影节最佳传播奖，原创剧本《天才家庭》收录于《上海文化发展基金会青年编剧作品选》。

万火知途

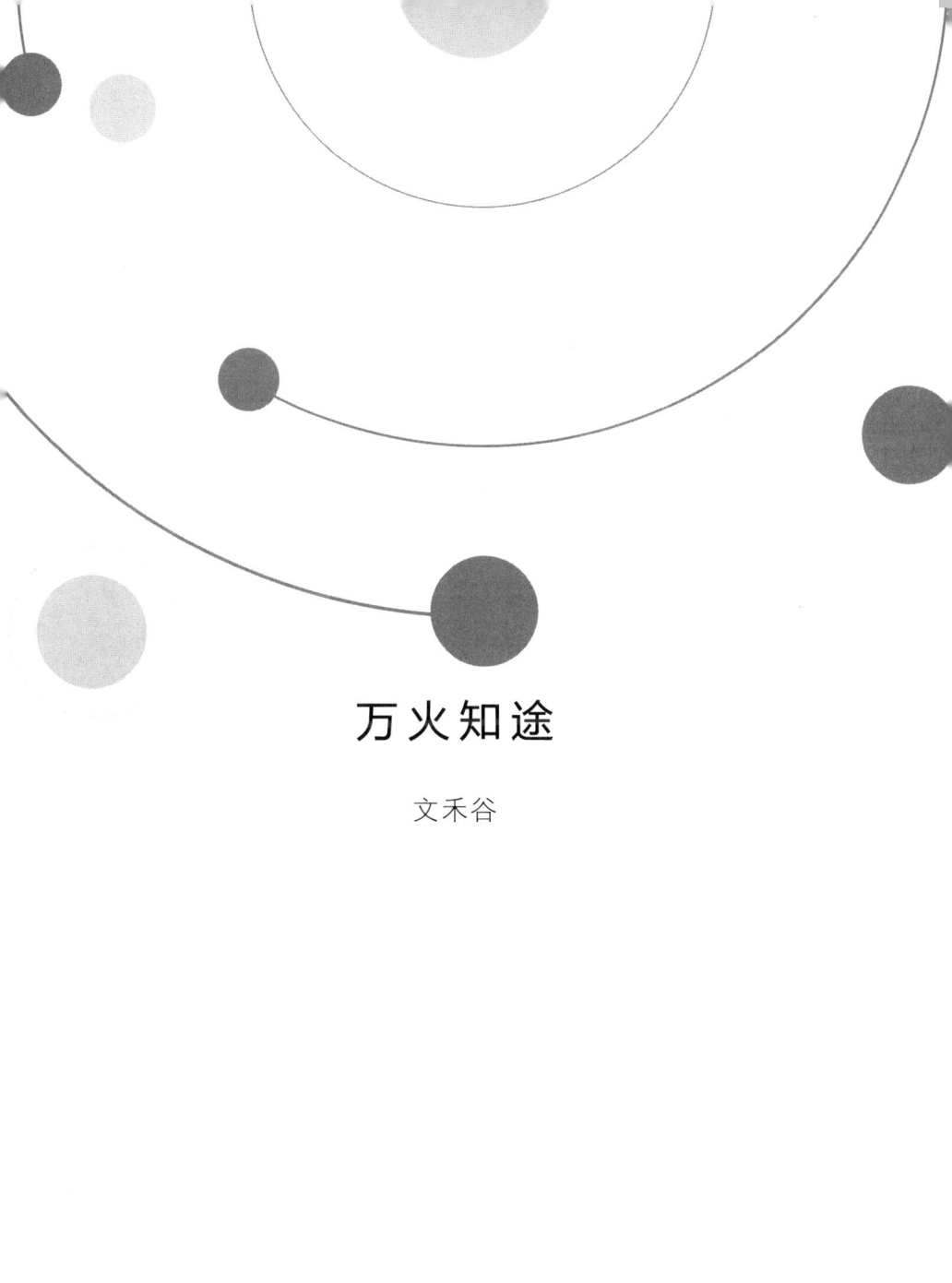

文禾谷

氧原子和碳原子剧烈撞击、结合，当火被点燃，我们是在释放储藏在树木里的太阳。

——理查德·费曼

Episode 1.1　蛮荒逐火

史前上古，黄河流域北方平原

起风了。你灵敏的鼻子嗅到闷热空气中水汽的徐变，枯草残叶顺着山坡的气流疾走。你沿着地形的边线向上望见太阳底下的积云像狗尾巴一样在山顶渐渐奁拉拖长。这不是一个往常凉爽干燥的秋日午后，你感到此时天地间充斥着不均匀的压力，隐隐在酝酿一场剧烈迅疾的狂暴雷雨。

你在盼着，等着。但你不是在等雨，你在等火。

你是部落里跑得最快的那个人，也是部落里追逐火的那个人。根据你常年的观察，这片森林是最容易被雷击并且产生小规模山火的地方。你要争抢这大自然温暖的馈赠，将火带回部落里。你知道今天机不可失，要牢牢把握。现在，你眼睛睁得浑圆似牛，耳朵警觉地竖起如豹，肌肉绷紧的小腿从兽皮和麻草编织的衣裙下往外探着，黝黑的皮肤上渗出了汗珠。

闪电降临在目及不远处的树丛中，几乎同时，雷声爆炸般轰鸣贯彻双耳。震响之后，大地似乎分外宁静，只有越来越急的阴风。你一声尖锐的口哨捅破了风声，和你随行的三两健将也蹿上山头，手里握着早已备好的一大捆干柴，一种细碎枝杈和秸秆的混合物，它们经过风干，一点儿火星就能让它们烧着。

第二击、第三击闪电相继落在你们注视方位的不远处。你再次呼叫，所有人一拥而上，向着电光方向飞奔而去，激烈脚步在背后带出一股股翻滚扬尘。

闪电依然没有点燃任何东西，但你们已经离雷击位置越来越近。你们纷纷举起了手中干柴，觉得这也许能吸引闪电的吻。

又一下闪电几乎在眼前炸开，你被震得耳聋眼花，不敢完全睁开的双眼隐约见着有火花升起。等回过神来时，你看到一棵干枯杉树被劈落了大半个树冠，地上散落着许多正冒着焦烟的碎木屑，可你没有看到任何明火。

你听到呼喊声，转头发现有一位同伴竟倒在了地上，以一种僵直姿态，却依然将手高举向天空，手中薪柴实实在在地燃烧着，大家正在试图叫醒他。

容不得迟疑，你命令其他人背上这位失去行动力的同伴，你一把抓起那把燃烧的干柴，将其上的火星传递到在场的每一个人手中。现在所有人手中都拥有了一支明亮火把，在渐暗的天色中明晃晃照亮每个人布满灰尘的脸。

你们即刻动身，向着回部落的小径狂奔起来。你跑在最前头，其他人紧随其后。你凌乱的长发在飞驰中甩成水平状，火把随着跑动时扑面而来的风越烧越旺，也越烧越快，明亮的烟屑向着后方狂舞。这举过头顶的火的温度，现在正照耀着你，让你感受到捕获猎物的狂喜，你所有肌肉此刻都充满了力量。这精灵般神奇的火焰，在你眼中是如此美丽，它胜过一切奇迹。

只是你现在没有精神关注它，你需要把注意力集中在飞快交替摆动的双腿上。

可奔跑中，你察觉到了一滴巨大水珠落在你的脸上，紧接着它们又落在头顶、手腕，然后是肩膀。你加快了步伐，你喘得上气不接下气，脚底已经被地面坑洼的石子蹭破，淌出了温热的血，疼痛在厮磨着脚掌。但你顾不得这么多，因为家的方向就在眼前，穿过这片泥塘再拐过那丛矮木，就能到达洞穴。你得赶在大雨彻底笼罩之前，将火带回洞穴中。

顷刻之间，雨点密集了起来，耳边是吧嗒吧嗒的雨滴撞击泥土和草叶的大片声响。脚下土地变得滑腻起来，你不得不减慢速度，否则你将失衡摔倒，而被打湿的火把上，火苗越来越微弱。

终于，在你能离开这片弥漫的大雨之前，手中的火彻底被浇灭。你回头看向身后其他人，那里也已是一片灰暗。今天看来不必再抱希望。你放缓了脚步，垂下了手中的干柴，沮丧地踱步向洞穴走去。

大伙儿蜷缩回洞穴中，幽暗光线下大家已经无法辨认彼此的表情，但你知道大多数人脸上都挂着颓唐和失落。尽管你不知道如何描述那种情绪，你们只是紧紧抱在一起。洞口外是呼啸风雨，似乎还有阴森的野兽号叫，你在等待身上的湿漉慢慢干燥褪去，只能想象着本可以围着火堆的温暖景象。

但这将是个寒冷而幽暗的黑夜。

Episode 1.2　新大冰期

2112 年，中国南方珠三角流域

"今夜还是一如既往的冷啊。"外婆正跪在地上进行正月里的祭拜仪式。只有一个耳朵的老刘，听不清她说道着什么，她像是自言自语，也像是念给神明。

"外面太冻了。您老也别太久了，早点回屋，要不得冻坏身子了。"老刘站在零下三十多度的露台上一直在哆嗦。他植入左耳的语音助手反复提醒他环境温度过低，尽管早已经做过冷敏受体改造，眼前这个气温还是让他打战。

外婆膝下的跪垫上画着西方鬈发天使，银炉里纸币上印的则是玉皇大帝，桌前挂着一幅太阳神羲和摹像。她闭着眼睛用古早方言念叨着老刘听不懂的话语。火知道，火知道。炉中几百亿天地银行货币在明亮的等离子体中燃烧，和彩金元宝一起被剥离材质色泽后均化为灰白焦屑。

火烧着烧着，冷风一掠，中断了。老刘见外婆翻找了一圈，递上了打火机。外婆摆摆手，意思是不要。她在翻找其他纸张，也不知道哪来的规定，她说祭祀品不能直接用火点燃，必须用已经烧着的木头或者纸来点。这多出来一步传递，是维持仪式的必需。

老刘进屋从书柜上取了一沓老旧的报纸，皱皱地挤压在一起。老刘看不清上面的图和字，直到他冲着报纸点着了火，他看清了日期，它们的岁数甚至跟老刘差不多。火顺着纸的边缘，压出一条黑色的阵线，开

始吞掉文字，不断向上生长着扑去。老刘把这火纸，伸向炉盆。

外婆一把握住了老刘的手，拍掉了这把纸，从这叠里面抽出一本薄薄的书来。

"要死啊你，这么不长眼睛。报纸里夹了这个你都拿来烧。"外婆一叨，老刘才反应过来。手套太厚，难以穿透纸张摸清里头的东西。他看到那是一本老破的《中国古代神话新编》小书，封面画着夸父逐日。

"烧了这个可对不起祖宗。火知道的。"外婆倒未必在意这是什么书，但她看到这图画便觉着烧不得，"每年都要在这个时候祭拜我老伴儿，还有你的爸妈。虽然具体的礼数和规矩你也不太清楚。但你长点心。"

外婆口中老刘的父母，在大冰期初期的航海中被困在海冰中冻死了，尽管现在已经没有了海洋。那时就已经能源紧缺，航船也燃料受限，遇到极端天气稍作逗留便会无法到达。但运输条件的险恶与难以满足的需求推高了回报，丰厚利润下人们前赴后继地参与其中，维持着稀缺的国际运输。

老人专注地烧着，枯皱的手按压新纸，把将熄的余碎挑开，拨弄着烟屑。老刘不信这些，作为工程师，他看到的只是容器里，外婆在引导着热力学的无序。但他知道，这些温度会留在外婆心里，让她安心。

烧纸是奢侈的，这个时代，没有那么多的植物可以用来做纸浆。外婆将火熄灭，香灰倾撒在露台的冰面上迅速凝作灰黑一团，眼神示意老刘帮忙收拾一下准备回屋。小小的仪式，对于这样的老人来说颇为费力，她都不想再多言语。老刘只听到语音助手的提示音："请注意用火安全，确认火源完全熄灭。"

新大冰期以来，南方也一直下雪。外婆说，曾经的南方即使在最冷的冬天，也看不到半片雪花，温度都不会降至零下。雪下多了之后，世界变得比以前安静了，外婆的话都渐渐少了。

老刘想象不出来夏天是什么样子。当然最让他难过的还是，其实那个温暖的时代距离自己出生的年代，并没有那么遥远。整个太阳系在银河系的自旋中，进入这片寒冷的场域，已经八十年了。

在那之前我们观测到的宇宙微波背景辐射都是在 3 开尔文左右，太阳系本身可没这么冷，连太阳系中最冷的矮行星表面温度都有 12 开尔文。如今这片场域的辐射温度无限接近真正的绝对零度。如果不是太阳本身持续燃烧，空间中的分子将完全静止。太阳系不是人们驾驶的船舵，当恒星系滑入这样的空间，谁也没有踩刹车的机会。如今太空周围还充斥着人类没见过的冰晶，因为它们吸收一切的热辐射，看起来简直是宇宙中最黑的物质。太阳散发的光和热在到达地球之前就被一点点地吞走，最后落到地球上的阳光变得非常微弱。夜里星空也同样失去了往日的灿烂。地球的气温不断下降。大约在四十年前，地球除了赤道部分区域，海洋已经全部结冰。

但老刘好歹以前还见过微弱的太阳。现在，即使晴朗的天空也总是均匀的阴白，甚至没法根据空中某处更亮一些来判断太阳大致的方位。他的女儿曾经问他，什么时候我们才能重新见到太阳？老刘只能说等她长大了应该就有希望看到了。现在女儿已经去上大学，也不再问这个问题了，她晓得人类可能再也看不到太阳了。

老刘搀着外婆回到房间里，整点热水给外婆和自己泡泡脚。"请注意水温，泡脚水温在 38～43 摄氏度为宜，当前水温为 55 摄氏度，水温过高。"语音助手又在耳边说道。

老刘没有理会，毕竟他就喜欢烫一点的。很快，他躺到了炕上，窝进厚厚的被窝里。房间里温度并不高，但是经过冷敏受体改造的人，基本在 5 摄氏度就能舒适。北方人大量地向南方迁徙，也把寒冷地区的居住经验带到了南方。虽然北方不少地域理论上拥有更丰富的能源资源，但常年极寒的冰冻条件下，开采设备无从运行。老刘更是听说过不少关于一场超级暴风雪就让一座油田城市彻底覆灭的故事,人们只能寻找最适合生存的地方。

老刘给没抢到火车票留在学校的女儿打了个电话。缺乏运维人员,火车线路连年减少,老刘快两年没见过女儿了。

"爸,我在这边都挺好的。学校里暖气挺足的。我这也给家里省了个用电单元嘛。"女儿冲着屏幕笑着说。

"看我找到了什么。"老刘对屏幕那头的女儿晃了晃手中那本破旧的小书,"小时候你最爱听我给你念这里面的故事。"

"我记得,我记得。"女儿指着书说道,"女娲补天、燧人取火、仓颉造字……搬了几次家,还以为这些老东西都丢了。"

"我给你念念。"老刘随手翻开一页燧人取火的章节,便读了起来,"起风了。你灵敏的鼻子嗅到闷热空气中水汽的徐变,枯草残叶顺着山坡的气流疾走。你沿着地形的边线向上望见太阳底下的积云像狗尾巴一样……"

"爸,我已经不是小孩子了。你不用给你我念这些了。"女儿似乎有些不耐烦,"我倒想看看真的太阳底下的云彩是什么模样。"

"等你学成了,将来也许能通过能源手段让阳光重回大地。"老刘放下了书,对女儿说着。

"我毕业了肯定也就是回你的核电站为这座城市发电吧。那样也已经很好了。"女儿对这话没太大反应,她接着说,"我们系今年又转走好几个,都去学室内粮食种植了。"

"我有一个美丽的愿望,长大以后能播种太阳。播种一个,一个就够了……"语音助手突然唱起这首老童谣。老刘知道,这是工作的电话打过来了。他只好跟女儿说,他先挂断,接个电话待会儿再聊。

没有画面,电话那头是个年轻的声音,"你好,请问是刘赤薪博士吗?"

老刘意识到这是个陌生的号码。对面接着说道:"我是约书亚教授的学生,名叫万烁。"

听到约书亚这个名字,老刘想起了这位昔日的老师。当年他带着老刘做热能方面的研究时,总是更关注工程应用,也劝过老刘不要那么执迷于理论。

这个绝望的世界需要能马上转化的成果,约书亚并不是不在乎理论,他只是比老刘更加悲观。他从不做短期内看不到结果的事情,因为他无从判断人类还能存续多久。老刘那时候还坚信自己的研究能造福所有人,给文明的未来带来希望。现在看来,当年的自己未免有些单纯。因为他投入了最多心血的论文,甚至被上面压住不予通过和发表。

"小万,你好。我当然不会忘记约书亚。我留学读博士的时候,他给了我许多指导。"老刘听到老师的名字,心情复杂,但更多的是疑惑,"听说他现在已经没有在高校任职了,想不到还会有学生。"

"约书亚教授现在任职于能源企业史蒂的研究部门。我是他的助理,曾经也是他的学生,所以我一直称呼他为教授。"

老刘有些不明对方的来意,对面接着说道:"您曾经是热力学理论方面的专家。约书亚教授一直非常欣赏您的才智和学识,他很惋惜您没能继续从事前沿的研究工作。我们最近想邀请您前来参与一个重要的项目。这项研究将为我们人类的未来带来伟大的改变,希望您能直接前来聊一聊。"

"我非常感谢约书亚的赏识。只是我现在老了,挪不动窝了。恐怕我很难有机会去探访你们的研究了。祝你们好运吧。"几乎没有犹豫,老刘说完便准备挂电话。他已经不再相信自己的研究能带来什么改变了。

"刘博士,约书亚教授作为评审看过您当年的论文。您的论文没有通过发表,不是他没有努力导致的。他一直期待您的理论能有机会得到应用。"对面的声音变得紧迫了起来,"现在时机到了。也许我们可以当面聊聊。"

老刘还是说:"不用了。谢谢。我得留在这里照顾家人。再见。"他挂断了电话,躺回被窝接着看刚才的节目。

电话铃声再次响起。正在调音量的老刘手一滑又给接了起来。

"你不要再给我打电话了。我不会去的。什么人类未来的,我不感兴趣,人类没有未来!我只想过好现在的日子。我现在要给我女儿打电话了。"老刘把手机凑上耳边,便是烦躁地一通说。

"老刘啊!你在说什么呀?人类怎么就没未来了?"那头的声音,却是老张,"防冻设备出故障了,水管冻裂了!可能是冰川位移……唉,管不了这么多了。你能不能过来帮忙抢修?不然核电站供水会出问题的。城里很快就会断电的!"

"老张啊,不好意思。我还以为是刚才那小子!"现在已经是深夜,但老张带给老刘的消息令他紧张。极寒环境下,核电站一旦停止运作不能维持温度,用不了太久就会出现各种难以修复的损坏点,他马上开始盘算最差情况下备用蓄水能维持核电站多久的运作。老刘很快从炕上跳下地,边穿外套边穿鞋,"我这就来。"

Episode 1.3　黑暗地带

时间坐标未知

　　行星周围什么都没有，只有一颗距离遥远的垂暮恒星。这里是银河系中的孤岛。我们难以想象，漆黑寒冷中，如何诞生出我们这种智慧生命。

　　缺乏光照的大地，一望无际的二氧化碳冰山，蒸腾循环不足的大气稀薄到无法维系地表温度，不多的地下河中我们才能够找到流体。

　　我儿时冻坏了八根骨头，走路有些瘸拐。那时，我还小，但我知道夜里太冷，不能离家太远。那天有同伴告诉我郊外没路的荒山另一头，刚挖出了一大片化石遗骸。趁着开采没有正式启动，我们可以过去偷偷带回不少沉积料——那是漫长演化中富集在地层里的有机硫矿。就是这群想补贴家用占点便宜的小家伙，偏偏天黑之后，才开始返程。

　　为了适应低温，必要时我们将自己一半的皮肤翻转，结出大片对外高吸收对内高反射的表皮组织，抵御严寒。但我们外皮的反复生成能力有限，彼时还小的我们更是难抗夜里骤降的气温。后来，记得回到群落，我冻僵的肢干隔了好多天才慢慢恢复知觉。我对寒冷最深的认知和敬畏，大抵始于那时。

　　我们中一位我并不熟悉的孩子，落在了后头，被永远留在了那个冰冷的夜里。这么多年过去了，我已记不清他的脸庞，可我有时候会想，毕竟我们也是硫基生物，葬身在荒山路上的同行者，会不会在更久远的年代后，也沉积为冰层下一捧小小的矿料，被谁带回这里，发出最后一点热量。

从那以后，我比许多普通的同辈更怕冷，那夜透骨的寒气似乎从未自我身上散去。跟环境只隔了两层薄薄皮囊的骨头，它们的硫键分子链在低温下逐渐脱离与我身体共同振动的频率，陷入塌缩的沉静——八根疼痛的骨头总是提醒我，巨大的寒冷似乎将永远笼罩这片土地。

我上学之后就一直试图弄明白，什么时候我们才能更有热度地生活。

前辈们提出过一种假说，也许是恒星发生过一次史前大喷发，才让我们这颗冰霜行星在短时间里吸收了足以萌发生命的能量，只是恒星也自此坠入了燃烧末期。就在这外界薄弱的能量下挣扎着，像在岩缝里借到纤毫光明的苔藓，像是每天在窒息边缘努力呼吸的婴儿，我们六十亿年积累出生命，八十亿年进化出智能。

如今，对我们最大的挑战，并不是硫矿耗尽，而是硫矿燃烧消耗大量的氧气。星球上氧气并不多，文明体量越来越大，如此下去，将持续不到我们之后五代。

我们已经发展出了核裂变与核聚变理论技术，只是在我们的星球和周边区域，无论是较重适合裂变的元素，还是较轻适合聚变的元素都非常稀缺。河流里也只有很少的氢氧和氢硫化物。

明明大多数恒星发光发热都是来自轻元素的聚变，为什么在我们星球周围的宇宙中却如此难以找到？这个问题直到我在三百岁的时候，上了世界上最好的研究型学院后，我的老师才给我解答。

我们星球以及周边领域能找到不少钛、铬，还有铁，这些都是结合能很高的元素。铁已经是聚变的最终产物了，再继续聚变不会释放能量反而会吸收能量。这很清晰地说明，我们的文明处于宇宙中一片能量的废墟上。

这里也许曾经十分热闹，充满了光和热，但经过了几万亿年的演变、燃烧、冲撞与膨胀，各种热量被消耗殆尽，能量的级别越来越低，自发产生的放能反应越来越少。整个系统逐渐平静，一切趋于平衡，像黝黑的一汪死水。这片宇宙的熵最终积累到了非常高的水平。虽然我们的宇宙是个开放的空间系统，不同区域的能量相互流动，我们抬头也能看到远方灿烂的星星，但它们离我们太远了，我们的星系还恰好处在这片没有涟漪的冰湖中央，也许岸边有徐徐暖风，但这些风根本就吹不到我们这里。

我问老师，生命本身是一个需要维持在低熵状态的系统，如果我们不能离开这片星系，我们是不是迟早会被这寒冷的黑暗吞没？我们怎么找到一种温暖的生活？

学习多年，我已逐渐明白，以硫矿为燃料建造的航舰，并不能让我们走出这片阴冷的宇宙，向着超远距离的太空进发去寻求宜居的新地。毕竟离我们最近的恒星系，也得航行上千年才能到达。

老师只是叹息，那苍老的语气里有积浸了大半生的寒冽，他现在也没有答案，但是他说，这就是我们的使命。找到更高效的能源方法，到一个熵没有那么高的星系去生存。不然即使我们能一直在这里苟活下去，也无非是在慢慢等待死亡的来临罢了。这是我们想要的文明吗？

话里有些微的温热，支起了一点点分子的加速振动，漫长地推着我继续走。

Episode 2.1　击石取火

史前上古，黄河流域北方平原

祝融正在观测，一边大声喝道，别再让雨下这么急了！说着指挥几个手下制造了一道闪电劈向了脚下的一片林木。雨小了一些，树木则燃烧了起来。然后他笑盈盈地看着人们一簇簇兴奋地跑去取火。

你发动了部落里所有的人，连瘸着腿的老头儿都被叫上前去取火，因为你害怕这次又会失败，你们已经快一个月没有生火吃过熟肉了，你开始怀念烤过的鱼肉的香气，天气转凉，部落里身体弱的孩子再没有温暖的篝火怕是要病倒了。但你不知道，祝融今天看到这一幕竟思忖了起来。

祝融觉得不能老是这样让人们跑来跑去。这些人虽然已经学会了从自然中借火，并且能在部落中短暂地保存火种，但是这无助于他们长期的生存，尽管他掌控着这些，但对人们来说似乎一切都还只是运气罢了。他们明明都已经进入农耕文明了，在面对火时，却还在采取一种狩猎的态度。他想着，也许应该教会你们自己取火的办法。

可是文字还没有被发明，你们每天不过是通过各种大呼小叫来交流，唯一高级点的文字工具大概便是在绳子上打结和在石头上刻痕了。祝融也不知道该怎么跟你们用如此简陋的语言沟通一个新的概念，况且他还远远地站在你们看不见也听不见的高处。

但是他灵机一动，劈出一道雷电击中了几块摇摇欲坠的山石。巨大的石头从坡顶翻滚下来，一路带起众多走石，它们来回碰撞蹦跃发出轰响。

举着火的你，顿时停下脚步。浩浩的山石滑坡离你们要途经的道路不远，大家都警觉地观察着情况，围绕在你身旁，放缓了移动。也不知是斜坡如此绵延，还是石块冲势太猛，这些腾卷的碎石似乎没有停下来的意思。你有些焦急地等待滚石快些消停，虽然现在雨水稀疏了些，但依然担心火把被浇灭。

你们恐惧这些飞快行进的硕石，因为它们轻易地撞碎沿途的树木，强烈的冲击甚至点燃了几处枯木和干草。面对此时的景象，你的好奇心很快压过了你的恐惧，你大胆地向着这危险的斜坡靠近，你想去探究这无源之火来自何处。

飞溅的沙石从你脸前擦过，蹭掉了你眼角的皮肤，你感到一阵滚烫，细小的血珠从伤口渗出。你看到激烈碰撞的石头间摩擦出大大小小的火花。

你不知为何想起自己飞速奔跑时脚掌触碰地面时的那种温热，那种足以磨破结茧脚底板的疼痛，那种让你想象到脚下生出风的速度。你突然觉得那种身体感知到的炽热和眼前石面上时不时迸起的火星是那么相似。你第一次开始思考一种速度与火的相关性。

滚石渐渐停了下来，雨也褪去，山中只剩下你们族人前行的脚步声。你们手握薪火，胜利回到部落。

这次，太阳落山前，你们便点燃了部落中央高大的火堆，还有岩洞口的小火灶，即使夜幕降临，这里依然明亮而温暖。很快火堆旁的地面就变得干燥而舒适。

人们围绕着火焰欢快地舞蹈，部落里弥漫着经过炙烤的谷物和肉脂的香味，人们在称颂来自上天的馈赠，这是一幅久违的光景。但你此时却因为眼前的满足而感到忧虑。因为你知道这样的日子维持不了太久，一旦所有的火都熄灭了，你不知道下一次还能不能带回火种。往后的节气，雷电天气会越来越少，也许要一直待到冬后的春雷了。

于是，在狂喜的盛宴散去后，人们回到洞穴里准备入寝，你站在夜空下看着容器中的小火苗，又重新思考起今天目睹的石击造火的奇迹。你鼓起勇气，顺着月光的指引，独自举着火把回到了今天山石崩塌的现场。

那片斜坡上依然有零星碎焰在微弱燃烧。你将火把竖立放到一旁，这是你身上皮草之外唯一抵御夜寒侵袭的工具，也是你威慑黑暗中窥探着的野兽的武器。你拾起一块巨大的岩石，双手将其举过头顶，用最大的气力向另一块大石头砸去。沉闷的响声之后，什么都没有发生，你只感到手臂被震得发麻。你继续重复这一动作，举起再撞击，可依然没有重现白日所见的火花，而你投掷的力道却一次次地变小。

你很快筋疲力尽，倚靠着岩石瘫坐了下来，不知所终地望向天空。此时地面上唯一的光亮大概便是你手旁的火把，和你瞳孔中反射的星辰闪烁。

你重新站起来，准备离开，便捡起一块趁手的圆润小石头，用它划向最大的石头，想在上面做个标记，表示自己曾经来过这里。你借着不满的愤怒，使出了自己最后的力量，在石壁上长长一挥，要留下一条标志你速度的痕迹。

这看似轻巧的挥击，你却从划痕的声响与焦昧中嗅到了什么。你决定更有技巧地去尝试小石头之间的摩擦。

那天晚上，你一直不知疲倦地试验。许多石块被你敲得碎裂，你手上磨出一层新茧。你逐渐发现并不需要费那么大的力气，便能通过快速撞击石子创造火花的方法，而且你开始能够分辨哪些种类的石头更易于擦出火。此时你也意识到，这一切并不是什么奇迹，只是从未有人发现的简单原理而已。

万火知途

你放在身旁的火把已经渐渐燃尽，你没有丝毫的慌张，你用新掌握的方法，轻松地点燃了一把新扎的干草。你不确定你会否是第一个学会创造火的人，但你将火把举过头顶，这一刻你感到自己仿佛是这个世界的王。

此时你的心里同时被两种情绪所支配，创造的豁然欣喜和对因愚笨而不曾参透的懊悔。

天空开始泛白，你却没有感受未眠的疲惫。你起身回到部落，你准备将一个不再是秘密的事实，变成所有人都能掌握的知识。你已经在想象，这个取火的方法将能代代延续的未来。

祝融也看了你一晚上。现在他乐在其中，他感到满意。他知道，从此以后，夜晚的黑暗，对你们而言不再是必然。这也是你最美丽的愿望。

Episode 2.2　雪中送稿

2112 年，中国南方珠三角流域

"我有一个美丽的愿望，长大以后能播种太阳。"
"播种一个，一个就够了。"
"会结出许多的许多的太阳。"
"一个送给南极，一个送给北冰洋。"

老刘已经出门，他的电话响个不停，老张不断跟他提醒哪些道路因为大雪封闭，千万别走错路，此刻他开着雪地工程车在漆黑结冰的路面行驶。不知出于什么心情，那本薄薄的神话新编，他揣进兜，带在了身上。厚积的冰雪让路面根本无从辨认，老刘只能倚仗电子导航和高起但是并未点亮的路灯杆子来判断方向。他能远远地看到城郊抢修现场亮起的灯光，微微照亮夜里暗沉的城市——裸露在建筑外侧的管道和天线，因为包裹了绵密粗厚的保温材料，在昏暗中宛如臃肿的蠕虫和触手，尽管城市里大多数管道为了防冻都已埋入地下。

"根据气象中心的预测，下周起寒潮将会袭来，气温最低降至零下五十度。"

检测到老刘上车之后，语音助手开始播报天气。老刘一下子踩油门的力度都加大了许多，底盘雪橇的不稳定滑动将摇晃传到了手握的方向盘上，老刘看到雪在车灯下迎面而来又落在风挡玻璃上凝结。他上一秒还在想要是有闲钱能换辆驾驶体验平稳许多的全地形气动力悬浮雪地车就好了,现在却只想着立刻赶到现场。

"请注意安全驾驶,您已超速。"

"超速又怎么样?难道我能带着太阳系飞出这片低温区吗?"老刘冲着虚空吼着。

"太阳系还将在这片超低温海洋中航行至少六百年。"语音助手机械地回答道,"外界的宇宙热量难以传导到太阳系。人们目前离开地球的尝试都失败了,因为我们微弱的电磁波无法穿透这片高熵区域,飞船升空后会失去通信……"

"好了,你闭嘴吧,我没有在问你话。我知道了,让我安心开车吧。"老刘烦躁地摁了一下喇叭。

"你还不如给我念念这个。"说着,老刘把兜里的书放进一旁的阅读盘,让语音助手扫描。

没有人知道,人类文明能不能扛过这六百年的寒冬。真正的绝对零度和常规低温环境的差别,对人类带来的技术挑战无从跨越。这几十年来所有发射的飞船中,最远距离记录也只有三百万公里,人们连火星都到不了。

老刘早就已经不去想六百年后的事情了,眼下大家都是能活几年是几年。人们说,太阳系就像被锁死在一片热寂死海中的孤儿,要么想办法游到枝繁叶茂的岸边,要么静静地等待生命的终结。枝繁叶茂……这个词对老刘来说,似乎得靠广播面板的屏保来想象,现实中那大概只是城市温室中品相和气味都不佳的无土栽培蔬菜田能带给他的感受。

毕竟这座城市还拥有能运转的核电站已是幸运。建在水边的大量核电站都在新大冰期初期的地震和大冰啸中遭受冲击损毁。新大冰期人口骤减,仅存的核电站艰难地维系着。

曾在波省理工学院最好的热力学与能源工程实验室读博的老刘,本也可以进入待遇更好的国际能源企业史蒂工作。史蒂在大冰期初期迅速垄断了大部分的燃料，成为最大的能源企业。全球严寒低温下，风力发电的桨叶结冰报废，江河湖海冻结又让人们失去了大规模利用水电的可能。微弱的光照提供不了太阳能，除了部分拥有地热资源的地区外，大多数地方都只能依靠天然气、石油和煤炭等传统能源。

地表被巨大厚度的冰雪覆盖，全球各级交通逐渐中断，传统能源的开采和运输越发困难，供暖需求却全年无休。几乎失去了所有自然耕作土地的人们又不得不将粮食种植全部移至人工光源的温室，规模巨大的能耗面前，城市之间宛如部落的关系，大家守着自己仅存的能源供给，谁都自身难保。

所以，当年老刘听说为自己家乡供电的核电站需要技术人才的时候，他几乎没有犹豫就回到了这里，而且一干就干了二十年。

"那片斜坡上依然有零星碎焰在微弱燃烧。你将火把竖立放到一旁，这是你身上皮草之外唯一抵御夜寒侵袭的工具，也是你威慑黑暗中窥探着的野兽的武器。"语音助手对着污迹斑斑的旧书，扫描了半天，才开始念出故事新编的内容，"你拾起一块巨大的岩石，双手将其举过头顶……"

"别念了，都到了。"老刘把书抽了回来。城市聚居的范围并不大，车子很快驶达了郊外目的地，不远处最大的标志物便是当年坠毁在附近的空间站残骸，此时老刘看到身着亮黄色抢险制服的老张就站在路边朝他挥着手。

老刘下车，在他的指引下走到水管破裂处——豁口喷出的水凝成冰柱，冰柱和冻土里的冰碴儿混成一滩白色废墟，触目惊心，下方近百米长完全变形的管道看不清样貌。冻土层中明显的挤压裂痕显示出附近的冰川确实发生了移动，土方的压力被传导至此。

只有进行线路调整和加建新的工事才能保障后续运行。新的寒潮近在眼前，恐怕没有别的办法。老刘立刻开始加入清理冰流和土方的工作，哼哧哼哧地干了起来。

"刘博士，你不应该在这里做这样落后的苦力工作。"一个声音从旁边传来，这不是语音助手在讲话。

老刘只有一只耳朵，很难判断方位，他环顾四周，看到一个着黑色大衣戴呢帽子的男人，帽檐下是跟他的皮鞋一样光滑的青年面庞，与现场这群被冰霜刻出伤痕与皱纹的脸是如此不同。

"注意你的言辞。我们不是在干苦力。我们这是在救人。"老刘一边埋头干活，一边回应着这个人，此刻他能听见自己的老骨头在挥动融冰机时咯吱作响。他已经想起来这个声音，眼前的年轻人就是刚才给他打电话自称为约书亚学生的万烁，"这座核电站就是我们的太阳。这些水管就是太阳的动脉。你们要么继续在这边动嘴皮子，要么来帮忙。"

小万没有继续说什么，操起拾土的器械跟着老刘一起干了起来。

嘈杂的撞击与人声中，冻土和冰层的泥流渐渐薄了，所有人就这么不眠不休地工作着，被埋的管道在天亮时分渐渐显露出来，新开挖的沟渠也初现雏形。

后勤抵达的早餐车在一旁冒起了蒸汽，老刘拍了拍眼前这位年轻人的肩膀："你干了一晚上了，去休息一下吧。"

万烁却并没有停下来的意思，他说："没事，早点干完，也许你愿意抽时间跟我聊聊。"

老刘愣了一下，正要说话，却听到一股异样的声音从冰层后的管道口传来。

"快跑！"万烁用力抓起老刘往外甩，老刘蒙着顺冰面滑出去数十米。

老刘在飞出去打转的瞬间，只明白了使出这力道的万烁肯定在抢险保温服下装了增强外骨骼。下一秒，他看到管道裂口的冰层迅速坍塌，泥土和冰碴儿裹挟着一旁的人员一起被吸进了供水管，他们的抢险服瞬间膨胀成一个黄色的气囊。

老刘摸了摸自己,他的抢险保温服没有启动任何安全措施,不过除了一些扎进鞋子里的冰块外,他似乎没有受伤。

老刘才反应过来,万烁刚才预感到会发生虹吸事故,之前高速通行的水流在被截留后,管道内部形成真空,堵住豁口的冰层已被挖得很薄,突破了虹吸坍塌的临界点。他站起身往刚才的位置冲去,想要扒开这堆被吸入的混合物,看看万烁的情况。

好在团块中,万烁从一个球形的缺口中爬了出来,那显然是他展开的气囊撑起的空间。他的身上多了被划伤的痕迹,但看起来并无大碍,"刘博士,你非常重要。这些工作对你来说太危险了。"

"我知道,你觉得维护这座城市所有人的太阳很重要,但是你应当有能力创造更大的太阳,拯救更多的生命。"万烁掏出一本文档塞给老刘,说道,"你看一下这个,然后决定要不要跟我来吧。"

老刘拿起文档,快速地翻阅,他发现前面部分正是他以前提出那套没能发表的热力学理论,后面则是他没见过的,根据他的理论引入了一些新的参数的推导过程。但是推导没有结论,中间似乎卡住了。

刚才还吓瘫了的老刘顿时冷静下来,问道:"这是约书亚写的吗?这些新的参数是哪里来的?所以他是因为推不下去了而觉得我的理论有问题,不予发表吗?"

"不,他相信你的理论是正确的。只是之前时机不成熟,现在我们需要你。"万烁说完便晕倒了。

老刘发现自己兜里的书已经滑落在了一旁。

Episode 2.3　寻熵观测

时间坐标未知

几十亿年的寒冷，造就了我们对于温度拥有绝对敏感的身躯，这是我们的生存基因。只要闭上眼睛，我就能用触角放大周遭环境整体的分子振动规模，体温随之变化。但随着智力的进化和生产的需求，不得不经常在低温环境中活动的我们，越来越依靠携带式装备保证低温状态下的新陈代谢。我冻坏的骨头，也已经很少影响我的行动了。我想，我们应该很难再单纯因为挨冻而伤亡了。

科学和工程技术在理论上不断有新的突破，但没有资源支撑，一切似乎都停留在模型之中。

多年以后，我还记得那天，老师一个人坐在正午的山头，望着遥远的星辰，在那迎着寒风思考时对我说的话——老师说他对于我们未来的能源方式有了新的想法，他要想办法利用熵，来解决我们所要对抗的高熵环境。他指着天空说，那里一定有适合我们生存的地方，我们的航天技术完全可以到达那里，只是我们的燃料不够。我的触角能感受到，此时他身上最活跃、温度最高的地方就是脑。那时，我已经工作了两百年，并在能源局担任着重要职位。老师问我能不能说服上面，给他造一台世界上计算能力最强的机器。

我问老师是不是找到了那颗能成为我们目标的行星，要用机器来定位它。

他说他观察星空从来不是为了这个，他只是在看奇异的风景罢了。

目光投向不均匀的星空中一片翻动诡谲光芒的区域。我知道那个明亮的光斑是一个几光年外超新星爆发形成的星云。它存在了许久，久到我们都对它习以为常，它的形态进入下一个阶段恐怕还需上亿年。老师活了一千多岁，为何还能对无聊的星云保持充满兴致的观测？老师却告诉我，恰恰是因为他观测了足够久，才发现了新的乐趣。

老师调出五千年来对这片星云的观测图像，展开在我面前。长期生活在昏暗光线下的我们进化出八种视锥细胞用于辨别物体，显然我们比星球上其他只有三四种光锥细胞的低等生物更能领会到这星云的美。

星云是两组超新星爆发后缓慢膨胀互相融合的模样。几万年前我们的空间光学成像技术不够发达，拍摄的图像模糊不清。但近五千年来我们已经能捕捉到超高解析度的图像，一切空间光学现象都能被记录下来。

只是我没有看出什么特别的东西。老师告诉我，不要盯着局部，试试看整体。眼前的星云庞大混乱，我逐渐觉察到了这动态光雾有些难以言喻的怪异。

当观测的精度、广度以及时间尺度都被扩展，潜在的景象开始浮现。我看到了这个比我们恒星系还大的星云中有着规则的层状光子聚集，那是相互嵌套的同心球状层纹，偶尔层叠也会消失，变成一个更厚的圆环，然后持续大约八百年。我的触角因为这一发现还亮了几下。

当一种现象只出现一次，那可能是巧合，甚至我们可以说它是超自然现象。如果它出现两次以上或者出现得太慢，我们可能会习以为常。

老师不再继续播放图像。他顺手拿起了一个射灯和一块开了两条小缝的铅板。他对着山上一块黝黑的石壁做起那个经典的光学实验——将光从两条间距很近的小缝中射出之后，在石壁上显示出许多根渐变干涉条纹。

老师控制着射灯，让光子单个依次通过小缝，理论上单个光子每次只能通过两个缝的其中之一，要么落在左边，要么落在右边。当足够多的光子抵达石壁，它们依然会落到干涉条纹所在的区域，而不仅仅是两根条纹。

老师说，这就是我们宇宙的规律。光就像被限制在这些波纹里一般。如果这个二维的屏壁上，生活着什么生物的话，他们会发现光子无论如何，总是在特定的区域出现。他们会认为这就是他们世界的自然现象和科学规律。

这是光的波动性的验证，我明白，这片星云中产生的干涉条纹和这个实验其实颇有几分相通。老师接着提高了观测精度，我注意到他眼睛的温度升高，他在观测每一个光子如何通过小缝。干涉条纹消失了。就像光子并不想让你知道它们是如何发生干涉一样，通过双缝的光子在屏上只留下两根条纹。光子似乎失去了特定的波动性——正如这片星云中消失了八百年的球状层纹一样。

对光子的观测，会导致波的坍塌。条纹消失的八百年，说明有什么东西从高维尝试着精确地观测这场奇观。在二维的干涉图像中，当二维的干涉条纹间距和双缝距离已知，我们便能算出三维中光的波长。

星云中的球状层纹以此类推，我们同样可以求出光在四维中传播的波长。我的触角再次亮起。老师告诉我，根据他的计算结果，在这团星云中发生干涉的光，在同样频率下具有更长的波长，意味着高维的光速比我们的光速更快。他有办法根据这个结果，借用这一波长在小范围内制造一个光速更快的空间。

制造这样一个光速变快的空间，根据质能关系，我们利用核聚变取得的能量岂不是将增长不知多少倍。这样，即使能用来核聚变的元素资源非常有限，我们也能用很久了。我们的能源问题将得到解决！我立刻为这一发现感到鼓舞。

但老师很快打消了我的想法。因为我们不能忽略光速变化会造成其他影响。光速变快之后，首先时间的尺度会发生显著的变化。而且放能反应的时间也会被拉长，元素结合发生聚变所需要输入的激发能也急剧上升，我们根本没法利用这些能量。

我们能感受到温度，依靠的介质是接触的分子。我们能观察到光，靠的是光子。尽管，我不知道观察我们的是谁，但它们的方式是一样的。如果连我们这样在低等环境中演化出来的智能生物，都拥有近距离直接观察光子的能力，我们也不必吃惊于存在更大尺度能直接观看这一切的观察者。

熵，不过是分子群整体的有序度罢了。它们也不过是通过熵，来观察熵。它们喜欢奇观，我们就创造奇观给它们看。奇观的内容由我们定。说话间，老师的触角亮了。

在这片高熵的星系中，如果我们创造出一大片绝对的低熵空间，这样的奇观足以吸引这些未知的观察者看上一眼。

光速恒定是我们宇宙中的铁律，我们却能借这些观察者出于好奇心而不得不泄露的信息，求解出存在于另一维度的波长，得到更快的光速。同样的方法，我们也能求出一个关于熵的"波长"——根据这个波长，老师能再造一个稳定低熵的空间。

我们将用一台功耗巨大的超级机器，来观察和排序某片空间中所有的粒子，当分子的状态信息几乎都被获取和调配，空间的无序度将被降到最低，那将是一个接近于零熵的状态。

老师相信，文明的出路，就藏在这场观测实验的结果里。

Episode 3.1　燧人后话

史前上古，黄河流域北方平原

你时常在打完猎的日落时分，走在回家的路上看着山中升腾的烟气缕缕和部落里散布的火光丛丛，感到心满意足，你知道你的部族正在日益扩张。

自从你发现了击石取火的技术之后，你们又研究出了更加轻便的以木锥旋钻干木来生火的方法。人们觉得这火是木头里长出来的，便给这能钻出火的枝干取名燧木。这也是人们关于土生木、木生火最早的认识。

你成了部落的首领，因为你长久对火的追求，人们呼你为燧人氏。

取火的知识在部落里流传，支配火的力量让你们变得无往不利。你们可以用火荡平野草来更快地获得用以耕种的土地，你们不再害怕黑夜中的野兽，你们甚至焚烧林木来围猎它们。你们已经开始习惯吃熟肉，体格也渐渐变得强健。

每个春天也都比之前的更暖了，许多冰封山川解冻，你看到了未曾目睹的地貌与植被，你们顺着河流和山谷渐渐向外探索，拓展领地。你们也遇见了其他的部落，他们有的擅长搭建，不再栖身洞穴而是居于巢屋；他们有的精于农耕与畜养，能识别许多作物不必四处迁徙。你们语言不通产生了小小的摩擦，但最终大家发现彼此并无敌意，于是互换技术，长期共处中开始融合同化。

如今，你们的人丁已经遍布这条大河上上下下。不过你年岁渐长，老眼昏花，除了火光和日光已经什么都看不清了。现在部落的首领是你都未曾见过相貌的曾孙。但你听闻这位首领手下有位掌管火事的官员，年轻能干，名叫祝融。

他善于保存火，还帮大家发现了自然中能作为燃料的矿物，更发明了用火烧制陶土器具的工艺以及引火传号的通信方法。虽然他偶有犯错，不慎让大火燎遍山野，损失了许多果树。但他很快总结出了更加安全用火的种种措施。

你感到衰老正在侵蚀你每一寸残存的皮肉与意识，你想要在彻底告别这个美丽而神秘的世界前见见这位祝融，你觉得他想必也是位痴迷于追逐火的人物。

祝融奉命来到你的巢居前，你在人们的搀扶下起身看着面前这个模糊的人影，祝融向你走去，你感觉他带着一团热气越来越近。你对于如今部落里已经初具规模的声音语言系统虽然并不熟悉，勉勉强强倒也能听个大概意思。

你听到祝融说，我就是你，你终将成为我。因为火知道。

这像谜语一样的话让你难以理解，你怪自己已是糊涂愚老。只得将人请退，自己倒头睡去。这一觉仿佛睡了特别久，你做了个长长的梦。你梦见你的死去。梦见所有人为了对你致以崇高的敬意，没有让你入土为安，而是举行了一场盛大的火葬。但火事的主理人已不是祝融，人们议论说祝融见过你之后就离奇失踪。点燃柴堆的火焰高升入云，你的身体化成了一抔灰土，人们跪拜在地，念着火神保佑。你却想着能否重回年轻，活着的时候见证了一场场奇迹，却依旧没看够孙孙辈辈的成长与传递。

又不知过了多久，你醒了。

你才发现这并不是梦。那个叫作燧人氏的你，已经死了。你毕生对火的投入和愿望，使你被唤来，成了这天上真正掌管自然之火的祝融官。你将继续看着你心系的人类如何学步前行。

你醒来时，部族首领已经是你不知道多少代后的孩子，大家称他为帝尧。仓颉已经看着这木头中流淌出的光和热，造出来"火"字。人们如今拥有广阔耕地，存积丰厚粮仓，通晓节气地理，统治有礼有序，还住进了茅草木构的高屋之中。他们唯一的烦恼似乎只是近年一直泛滥的洪水。

民间盛传着不周山断裂、天漏大水的故事。但是现在站在寰宇观看的你，看清了原先对你来说神圣而深不可测的自然知识，你知道这不过是冰河期将终，大片大片的冰雪融汇入河，还改变了大气循环，雨水又多，便聚成了这滔天大洪水。哪儿有什么不周山，目之所及的大地，水位都在上涨，水中还夹杂着巨大冰块与泥石。如果当年就有这隔开大陆的水系，也许不同的部落都无法相遇。

你见着一位年轻人带着大家辛苦地筑着河堤，不舍昼夜地搬运着沙土，誓要将这堤坝土坡越堆越高，高过不断上升的大水。可哪有那么多人，哪有那么多土。堤坝高了就薄，浪一冲就倒，厚了就矮，潮漫进村庄。你看着他一腔热血地对抗着自然的样子，像看到了曾经不顾一切追逐火焰的自己，尽管他屡屡失败。

他是鲧，被委以治水之任九年了，成效甚微。温暖的火开垦家园，冰冷的水吞噬生活。帝尧对他越发不耐烦，却因他勤恳而无从批评。毕竟人们已经大致了解自然元素的关系，任谁都知道，水克火，土克水，除了造堤，别无他法。

可你不知道，他已经悄悄发现了火生土的秘密。不知从什么时候起，这个年轻人竟然成功筑起了比房子还高的堤，堵住了一大段一大段洪流。慢慢地，他的土堤越来越长，而土地丝毫没有减少。

其实成为祝融之后，你知道有一种被称为息壤的由无源之火生出并不断增殖的土。这土里的火，蕴含着生命。这是留着给做耕地的土。没有它，怎么可能什么土地上都有办法种出丰收的粮食来呢。

连帝尧也发现，土地明明看着没有变少，农耕的收成却越来越差了。除了有人偷了息壤用来筑堤，再无别的解释。

即使你知道，他这么做是为了更多的人。但如今你是祝融，你必须维持大地的平衡。窃走息壤，只会招致更多灾难。你得收回这息壤。于是他造的堤又塌了，水又吞掉了那几个流域附近的村子，好在那里的人们都已经撤走。

粮食生产倒是慢慢恢复了起来。你本不想同任何人说起，但你不知道帝尧从哪里还是得知了真相。帝尧大怒，因这是违犯天忌，于是向你发出了启示，求你赐死于鲧，以降此人之罪，无论是出于他应恪守的礼，还是他担忧天下子民会为一人之错承担后果。你这才第一次听到这位大胆之徒的名字。

现在所有人都知道了，鲧劳而无功，围堵不利，还取巧偷盗圣物，你知道你已别无选择。天地万物皆有规矩，赐予的，才是人们应得的；没有给的，不能偷也不能抢。正如你已明白当年你能发现取火之道，那也是你接收到了前任祝融的指示。

现在，你必须制裁鲧。

鲧被流放在羽山，你看到他独自行走在这荒芜的山坡上，雨还在下着，他走过潮湿的土地留下脚印，脚掌大的泥坑里生出了花朵与野草。他已经许久没有进食，脚步蹒跚，身体向前佝偻着像一根被火燃尽的枯柴。他必定还身携息壤，息壤隐秘流出的生命之火燃放着所经之处的活力，也维持着他的气息，甚至没有食物的他可能在以息壤为食。他也不知道该在这羽山行至何方，他已经无处可去，最终他停下了步伐，倒在了一棵光秃的树旁。树便慢慢长出了叶子。

你站到鲧的面前，他没有抬头看你，也许是没了力气，也许是没了

万火知途

目标，也可能是知晓了自己的宿命，所以露出最后的不屑。

你升起一种反向的火，一种吞噬生命的寒冷的火，带走了鲧最后的生机。你也收走了他藏于身上的息壤，但你无从拿走他已经吞下的土壤。

你在雨中离开羽山后，继续观察着人间。你看到洪水还在继续。但是你听说鲧的尸身数年不腐，他死去时所倚靠的地方已经长出大树，那里还生出了一个孩子。

孩子长大后，再次担起了治水大任。他说他相信鲧是英雄，虽然没能治成这水，但是为苍生争取了更多的时间，这便是最大的伟绩。他还说他将带领人们从这洪水的冰冷泥潭中走出来。

后来你知道这孩子名扬天下。他叫禹。

Episode 3.2　恒熵之地

2112 年　冰岛南部

飞机正在降低高度准备落地，气流造成机身抖动把老刘震醒。窗外是晨昏交界的渐变天空，老刘有些恍惚，身上缠了不少绷带的万烁坐在一旁。

大雪封山，老刘已经很久没有长途旅行过了。但他没有心情看窗外苍白的云上世界，而是一直反复翻看那推导到一半的文档，直到看无可看。他知道新参数的引入，一定是约书亚得到了什么。只是推导过程依然存在错误，他可能需要和约书亚一起再通过一些实验来重新确立过程。

航程依旧漫长，老刘却也静不下心来休息，只好顺手拿了本飞机上的杂志看了起来，一翻开便在首页看到巨大的冬眠广告，上面画着一颗火种。

老刘想起自己的二舅和大姨两家人就告诉他说，过完这个年，他们也要去冬眠了。尽管全球人口不足五亿，但这对目前地球上能够提供的能源而言依然过于庞大。许多家庭供不起暖，最后选择了冬眠。冬眠系统维持人类的生命所消耗的能源极少。一个人平时生活一年的能耗，足以让十个人冬眠一百年。政府也开始鼓励人们自发性地选择冬眠。说实话，老刘也想象过，说不定冬眠之后，一觉醒来，这个世界已经变好了。那时候再回想今天，会不会觉得一切不过是个糟心的梦而已，未来医疗技术和资源可能也会恢复到正常水准。冬眠技术能早点像今天这样普及，患病离世的妻子是不是也能靠冬眠等到下一个世代。

他又想了想，家里只剩外婆了，外婆是坚决不愿意去冬眠的，自己去冬眠了就没人能照顾了。何况家乡靠着核电站维持的电力能源系统，以及他的还没毕业的女儿都依然需要他。

"刘博士，您该不会对冬眠感兴趣吧？"万烁似乎从老刘盯着杂志的表情中读出了老刘的心思，"我跟你说，这玩意儿绝对是骗人的。"

老刘先是一阵错愕，但又合上了书页打算详细听听万烁怎么说。

"我听高层跟搞冬眠的企业聊起过这个计划。"万烁说话间，看向窗外，下方一片白皑皑的大地，机场跑道已经若隐若现，"这个计划最大的问题倒不是冬眠本身，而是我们的能源已经撑不到冬眠的人们苏醒的那天了。你知道这会发生什么吗？"

"等等？你说我们的能源已经撑不到了？这是什么意思？"老刘这段话里捕捉了更令他惊恐的信息。

"刘博士，虽然我现在是史蒂能源集团的研究员，但我以前来自比您那儿更小的县城，后来也去了很多地方。"万烁说话的语气没有太多波动，但老刘觉得此时他的无情绪不只是理工研究者的一根筋，"你们的城市是非常幸运的了。很多地方的能源已经完全枯竭了，他们自己也没有开采或者发电能力，因为地形和气候原因，我们运也运不进去，他们跑也跑不远，比如我的家乡。为了活下去，他们把所有能烧的都烧了作为燃料。粮食不足又种不出来，只能吃苔藓。一开始他们只是聚集起来，把多出来的建筑和家什拆掉作为薪柴。后来就连死者的尸体都不放过了，你要知道对他们来说能烧的有机质根本不敢浪费。之后他们觉得袭击村子里的老人和路过的外人也没什么不可接受的。最后苔藓都被挖完了，他们甚至开始吃……"

万烁暂停了讲述，他一直面朝机窗，老刘看不到他的神情，但听出了不忍。

"你是想说,如果最终全球能源都不足的话,处于冬眠的人们作为没有任何抵抗能力的人,会最先被放弃掉吗?"老刘能听到自己声音的震颤,不知是不是因为飞机颠簸。

"我已经没有可以回去的家了。我不想这样的事情再发生了。"万烁转过头来,看着老刘,语气凝重。

"所以,你告诉我,我们的能源究竟还能撑多久?"

万烁伸出他的右手,完全张开在老刘的眼前,说道:"五十年。"

"这是根据目前我们手头的储备量,人口衰减速度导致的开采速度下降,以及我们预期的消耗量综合计算得出的。"万烁冷静地说着,他显然早就已经知道了这个结论,"当人口低到一定程度之后,人类社会的联系就会彻底断掉,小规模存活的聚落是无法具备完整工业生产力的,一切只能回到原始社会了。现在这样的冰河时代,我们没有能源,任何植物都养不活。除了部分能直接取到地热的地区,其他人会全部灭亡,当然少量优势区域能承载的人口也有限,他们是不会随意接纳外来者的。"

"为什么来之前不告诉我?"老刘质问着,"是怕我透露事实,引发恐慌吗?"

"因为我们也很害怕。"万烁小心翼翼地说道,像个犯错的孩子,"最重要的是怕您会因为觉得好像一切都没有希望,而更不愿意跟我们来一趟这里,甚至选择留在老地方陪家人度过……"

"不。你想错了。"老刘拍了拍眼前这位年轻人的肩膀,努力让自己的语气缓和下来,"人们早就已经绝望了。无论是剩五十年还是八十年,大多数人根本不会做出尝试改变的行动。甚至愿意去冬眠的人都未必会减少,那不过是逃避,他们无非是把自己的生死决定权交给人类的全体命运罢了。但如果反正我们都要死了,是不是更没有什么好怕的了,为

万火知途

什么不把各种尝试都再坚持一下呢?"

谈话间飞机已经降落在跑道。老刘看着日光在白色山丘上反射清亮,四野的积雪比国内更厚。老刘有些失望,原来当万物被足够厚的冰雪覆盖,无论走到哪里,景色的区别都没有那么大,一切仿佛只是抽象的白色挤出差异化的地貌。但地面某些区域却在冒着蒸汽,这吸引了老刘的注意,显然这是一个有地热资源的城市。没有接触外部的环境,经由廊桥与机场气密的通道,老刘跟随着万烁,接驳进入了地下的快速轨道。

轨道在地下的深度不断增加,老刘感受到了耳边的风变得越发温暖,很快看到一片几乎坐落在热带雨林中的地下都市,城中处处是廊台通透的建筑,不少轻盈的廊架建筑从顶上顺着柱子悬挂下来。但万烁并没有在这里停靠下车的意思,乘坐的轨道车继续向地下穿透,老刘都没能多看一眼这惊人的繁华。万烁只是简单表示这座城市基本都是史蒂和当地政府利用地热资源联合建造的,不过即使是他们,也完全没有能力再建造第二座这样的城市了。而且,这座城市也并不安全,一旦地壳活动变得活跃,可能会倾于一旦。

在万烁的带领下,老刘最终进入一片开阔的混凝土空间,上方遥远的天光只剩下一条缝隙,空气中是一种他熟悉的实验室中严格控温控湿的气味。轨道车停了下来,右手边走廊的尽头,一片弥散而来的人工白光,老刘看到约书亚坐在电动轮椅上等着他们。

约书亚看起来比预想的更加苍老,头发全无,身体的大部分似乎已经被改造成了机械部件。

"赤薪,下午好,好久不见。真是怀念当年和你在波省理工学院的日子,那时……我们在夏天的时候砸开柴厄斯河的浮冰,在那里滑小船,虽然划不了多远,河便会重新冻住。"约书亚说话带着轻微的电磁声,但刘赤薪能听出他语气中的愉悦。

"那个时候也还没有现在这么冷吧。现在夏天的柴厄斯河恐怕都砸不开冰面了。多谢你们，我这辈子还有机会坐飞机。我都二十年没有长途旅行过了。"老刘跟约书亚一边握手一边说道。

没有太多寒暄，约书亚带着老刘穿过眼前的走道，墙上一行不大的铸铁字写着这里是国际能源研究中心与史蒂的联合实验室。老刘看到走廊两侧摆满了从世界各地已无法运营的博物馆中收藏来的艺术品，老刘还来不及感慨，他们就已来到一个更加巨大的球形空腔实验室中——这基本是一个直径一百米的法拉第笼，腔体周边布满楔形吸音器。

约书亚掏出一支烟，自己点火抽上，将另一支和打火机一起递给老刘："我不方便起身，不好意思。得麻烦你自己点一下烟了。"约书亚说着，一边推着轮椅向这个空腔的中央挪去，一边抬头瞄了眼上空，这时老刘注意到球形空间的正中心悬挂着一颗模样古怪的球体。老刘把烟和打火机转手给了靠在门口的万烁，轻声说道自己已经戒了，随着约书亚向里走去。

约书亚到达接近圆心处，先开了口："赤薪，虽然很多年没联系了，但我知道你依然是热力学理论领域最好的研究者之一，只是可惜你曾经的许多研究受限于实验条件和现实的需求，并不太受重视。这些年能源是如此有限，人们只关心工程应用了。"

"我不是也回家乡发电去了吗，这个时代，还是要先活下去啊。活下去需要的技能和学术研究是两码事情。"老刘回应道。其实除了外部环境，曾经一起工作的经历也让老刘多少受了点约书亚那套实用主义的影响。大家最终都被这困苦的寒冷磨平了斗志。

"赤薪，你已经尽到对你家乡的责任了。现在你应当用你伟大的头脑，来为全人类的未来负起责任了。"

"我没有你说的那么伟大。我也是因为觉得救不了人类，才选择回去救我的家的。"

"万烁似乎已经告诉你，我们人类的时间不多了。"约书亚苦笑着，抽下一口烟，雾气在他身边缭绕堆积，"史蒂集团高层对此的态度一直是封锁和散播别的说法来迷惑公众，以免引发惶恐或暴乱，甚至影响集团的市值。我们研发部门的科学家也一样得对外保持缄默。既然你都知道了，我也就不绕弯子了。"

说着，约书亚伸出夹着烟的手，指了指头顶悬挂的球体，说道："我手里的这支香烟，一般情况下自然燃烧，不过只能烧十分钟。它产生的热量不多，但毕竟也是火。像这样小小的火苗，如果可以永远地燃烧下去，哪怕每一支都很小，但只要有足够多，我们便能挨过这漫长的冬天。"

刘赤薪盯着这根烟，意识到，刚才六七分钟的对话间，约书亚夹着的烟并没有在燃烧中变短，长度和拿到手时一模一样，火星停留在香烟末端，升腾着雾气却不曾向着烟嘴移动。现在所处的空间实在太安静了，安静得他能听见香烟燃烧的细微声响。老刘轻声问道："看来火电站应该把煤炭全部换成这种香烟吗？"

"不是香烟。"约书亚继续引导老刘的视线看向球体，"当然这也不是我们的技术，而是全拜这玩意儿所赐。这是前两年唯一成功返航的航天飞船所捕获的东西。"

老刘望着上方的球体，球的表面有些粗糙，模糊地反射着周围的环境，上面刻着不知道是什么语言的符号文字。

约书亚从电动轮椅的操作台上升起一个影像台，球体的影像也在他的手边显出。原来这颗球体一直在这片充斥黑冰晶的寒冷宇宙中漂行，近年才被太阳系的引力捕获，恰好飞到了地球公转轨道附近。因为它独特的热辐射状态，航天飞机一下就在绝对零度的背景里发现了它。这个家伙的热辐射不会被靠近它的黑冰晶吸收稀释。接管球体之后，航天飞机也依靠着它成功地突破层层高熵体的包围，回到了地球。影像中，小球转动着的模型被剖开，露出精巧复杂完全不同于常见机械构造的内部形态，那是一种无处不透着完美的几何形体。

"联邦政府把这个东西移交给我们有段时间了。没有人知道这个东西来自何方，它可以在周围创造出一小圈熵恒定的空间。这当然和我们经验中的热力学并不符合，要创造这样一个空间，没有外部能量输入是不可能的。但我们没有时间了，现在人们只是更关心如何利用好这颗球。只要有这样一个空间，我们就能制造出第二类永动机。熵能够恒定，空间内的温度也就可以不变，利用这个空间和外部的温差，便能发电。但是它太小了，我们必须要有办法复制这样的技术，才能再造出千千万万个它。"约书亚抬头看着空中被悬吊起来的球说道。

"这是不是你们在周围全部装上吸音器的原因？否则因为恒定的熵，声音会在空间里不断反射，停不下来。"老刘环顾着，尝试理解这个实验室环境。

"是的，当你的身体不再累积熵的时候，你对外界环境的信息收集也会变得无限敏感和强大。声音的反射在这里不易衰减，那足以让你发疯。另外，我们甚至不能在这里待太久。因为这个恒熵空间里，你的身体不会感到疲惫，你不会遗忘任何东西，你完全可以不吃不喝不用睡觉一直工作。我们曾经待在这里长达一周，离开时才发现，我们的身体器官其实并不适应，它们没有上限地以活动状态运行着，离开后我们的身体系统都因为过度兴奋而出现了问题。"约书亚颤颤巍巍地说着，"恒定的熵，按理说能让人永生是吧……且不说有没有人受得了这种折磨，稍有一点点差错，它就能毁掉你那副正常熵流机制的身体。我有同事至今昏迷不醒。我也用了很久才恢复到现在这个样子。"

"约书亚，没想到你经历这么不幸的遭遇。"

"但是我现在经过了改造。"约书亚指了指实验室另一头机房里的几个维修机器人，"我可能跟它们更接近一些。机械的身体，可以设定一

万火知途

个稳定的功率，便不用再担心在这个空间让原先生物的身体超载。"

老刘于是也把自己没有耳朵的那一侧脸转向约书亚，说道，"我的右耳在之前一次事故中被炸掉，你们是不是也能帮我再装一个？"

约书亚盯着老刘那有些怪异还带着烧伤痕迹的脸，叹了口气，"你这个伤太久了。怕是没可能了。"

"那就不说这些了。"老刘摆了摆手，"说回这个球吧。所以，如果我们不能从理论上理解这个球的原理，我们是不可能再造它的。你找我来的原因，就是因为当年关于熵的另一种可能原理的研究吗？那为什么你们一直不发表这篇文章？"说着，老刘开始从口袋往外掏万烁给他的文档。

"你的理论猜想大致上是正确的。"约书亚回答道，伸手摁住了老刘，"但不是只有你一个人提出过类似的理论研究。曾经有个学生更早有过跟你接近的想法。他比你大很多届，你们没有什么交集。他就是万烁的父亲。但只是他没能成功验证他的理论。"

"既然他没有成功，这个熵的理论方向的可能性对你而言就不再存在了吗？那你又找我来做什么呢？"

"不是理论的问题……我是为了保护你。"约书亚说话间，看向老刘，以及老刘身后远处的万烁，"万烁的父亲，当年为了将这一理论转化为应用，好不容易说服了政府投入足够的科研资源来进行原型实验。因为太难调配资源给这种不知道能不能出成果的科研工作了，毕竟几乎所有的人和物都投入维护基础设施里才能让城市活下去，这对政府来说是风险很大的工程。论文专业性又太强，除了仅存的几个科学家，没有人能真正理解。支持他做事的上级也都顶着重压才推进了实验。"

"最后怎么样了？"

"如果成功了，你会没听过他的事吗？"约书亚叹了口气，眼前的烟也被吹散，"他甚至导致一座核电站报废。不想担责的高层，声称全是研究小组一意孤行导致的浪费和损失。之后，那座城市产生了大暴动，愤怒的人群袭击了科学家们所在的研究小组，万烁的父亲没能在这一事件中活下来。"

"只是相关的消息也都被压下来了，所以很少有人知道。现在政府已经很难再推动类似的研究了。这种事情最好还是依靠相对独立的第三方。"约书亚继续说着，"可惜那时候还没有史蒂这样的能源企业实验室。但对史蒂这样的传统能源企业来说，他们也没有动力做这件事情。因为我们如果真有办法将这种恒熵的球体空间再造出来，他们必须公开所有相关技术和知识专利。这只会让企业失去原有业务的优势。"

"于是，我只能一点点积蓄力量，在加入史蒂之后，从各种超低温条件下如何提高热机和燃料效率的工程应用做起，在史蒂慢慢建立起这个工程实验室。尽管还是受到管控，但已经是我能做到的最大的科研资源配置平台了。但是对你的理论的验证也只能秘密进行。我甚至不能让你的论文被太多人看到，否则，我们所有计划的行动都会受到限制。"

老刘回头看着靠在门边的万烁，想起了他当时救自己的果断态度。

"我明白了。"老刘从约书亚的手中接过烟，看着不息的火星，说道："孤立系统的熵增是不可逆的，这是热力学定律决定的。熵增几乎就跟时间的箭头方向一致，谁也改变不了它。我们做计算时，也无非就是用正负号表示一下增减，它似乎是单一维度的。但是经典热力学对于熵的定义也许并不准确，它可能不仅仅是统计学上描述系统混乱度的标量。熵如果是某种矢量，那便有可能解释眼前这个东西的合理性。"老刘现在知道，此时他吸入的烟对他的肺将不会造成任何伤害，于是他狠狠地抽了一口，但烟的燃烧也没有因此而变得更猛烈。

"老刘，我想万烁还有一个计算结果没有告诉你。虽然我们现在依然有大气保护，按照地球热量流失的速度，不出两百年，空气中到处是冰碴子，都剩不下多少气态的二氧化碳给植物进行光合作用。最可怕的是，现在宇宙中的这些高熵物质，也许在五百年左右，会将地球的动能都吸干——那时候，公转和自转都将不存在。"约书亚补充道，"所以，就算我们有办法复制这种技术，我们也是挨不过这个冬天的。"

老刘听完点点头，他似乎对这个论断并不惊奇。

"我们的工业体系已经崩溃，我们没有能力去进行大规模的工程建造。就跟地球上依然有充足的矿物资源我们却无力开采一样。这也是为什么我们只能守着那个老电站。限制我们的不是技术力量，而是我们匮乏的现实条件。我们如果仅仅留在地球上，是活不下去的。"老刘说话间比了个铺开的手势。

"我们的飞船既然能够靠着这个东西在被高熵体封住的空间中返航……"

"那我们也就一定有办法飞出这片死寂之海！不然我们连星星都看不到。"老刘说着，将手中燃烧的烟向着空中弹去，"离开，才是关键。"

Episode 3.3　窃熵穷途

时间坐标未知

观测实验是成功的。

我们造出了一台山一般巨大的超级计算机器，这台机器启动后的功耗相当于行星所有居民每天的总能耗。

这台机器并不需要运行太久，一两百年足矣。如今，我们通过它观察排序一片空间中所有的粒子状态，在离行星不远处创造出了一个约等于我们八分之一个星球大小的零熵空间。

即使我们的肉眼都能看出这片空间跟周围有多大不同——少量宇宙中的陨石碎片在通过这片空间时产生流速变化，折射着光线勾勒出了一条若隐若现的边缘，因为分子独特的超高有序度，看似虚空的环境之中竟然朦胧透出未曾见过的几何图样。

老师说，万般宇宙奇观，无非都是在无序中创造有序。超新星爆炸看似迷乱，但是内部的巨大能量和外部低能量的空间相遇，也会形成自组织般有序的漩涡，它们排列成生命般显性的结构。

人类的生命太微小，所以我们只是用更加显性的方式，来制造一个足够宏大的太空景观。

观测者在第三百年出现。观测发生得十分缓慢，我们几乎什么都感觉不到，但是机器记录到熵的分布在观测干涉下发生了清晰的改变。

之后，我们关闭了机器，熵的干涉现象依然持续了数百年。

记录下来的干涉数据，让老师找到了熵在我们这个低维宇宙中并不存在的波长，我们制造出了后来被称为"熵泵"的新工具。

熵被观测干涉时会像光子一样被固定在某个特定干涉条纹中，熵泵能够重现这种恒定状态。虽然每一个熵泵的使用，依然需要我们用非常强的聚变反应来进行激发，但每一个熵泵提供的恒温空间，都可以被我们利用来通过温差对外部进行源源不断的送能。

星球上下都为此欢欣鼓舞。老师也凭这项发明得到了最高科学奖项。

我们终于有机会走出这片阴暗宇宙，去寻找一片更加宜居的环境。

但老师并没有在获得这最高荣誉后功成身退。为了将熵泵设计进我们航行舰队的能源系统，他继续一刻不停地参与到工作中。

我劝老师不用这么拼，他这个岁数应该安享晚年，我们现在也已经不用担心这颗行星上能源枯竭的问题了。即使最后有些家伙不愿意跟随我们向外太空去探索，他们留在这里也能继续生活。

老师说他确实老了，很想休息，他现在还在努力工作并不是出于热情，而是出于恐惧。

老师提醒我们，必须要明白自己现在所拥有的一切，是在利用当前宇宙热学规律的漏洞，因为熵泵本质上是在窃取不属于我们的东西。尽管这些流失的熵，对于那些高维观测者来说也许不足挂齿。

他们将能够知道我们的位置，而我们却并不知道他们会对我们做什么。他说话时，我看向那个被最终制造成球形的熵泵，熵泵的表面清透光滑，理论上讲能够反射各种电磁波和辐射，当然也反射着老师和我们扭曲的脸。

好在由于光速的差异，我们和观测者所在的时空尺度不同，我们如果能在一千年内全体离开这里，他们甚至可能都来不及反应。但这个时间，对老师来说还是太久了。尽管我们最终只用了七百年的时间，就完成了能够承载行星上所有报名离开的居民的太空航舰，老师却没能看到这一幕。

作为纪念，我们将第一批启航的舰队中的第三母舰以老师的名字命名，并在太空中为他举行了盛大隆重的安葬仪式——我们用硫矿制成巨大的响炮，在空中引爆，绽放成花型的烟火，这是我们曾经怎么也不可能舍得浪费硫矿来做的奢侈行为。他的遗体被安置在一颗卫星里，向着我们即将启航前往的新恒星系发射了出去。

老师同样没有看到的是，我们对于新恒星系的探索并不顺利。

航行不久，在离我们的恒星系不远处，发现了一个与我们情况相似的小星系。它们的热辐射是如此之低，以至于我们以前从未注意到它们。但这里的生物却演化出另一套应对高熵环境的生存方式——它们将自己的新陈代谢降到极低，这让他们基于少量能耗就能长久地延续生命，只是它们的思维和活动都非常迟缓。这颗星球上的生物可能拥有比我们更久远的历史，却在文明程度上远不及我们。好在它们阴暗的居住环境和我们曾经的土地一样不值一提，我相信不会有任何文明对侵占这片土壤有什么兴趣。

在那之后，我们过了好一阵子，才到达了既定的那个热力状态能够孕育生命的恒星系。可这次它们小小的行星离恒星太近。我看到那里的生物分成两类，一类总是在这颗不大的星球上迁徙，逃离白昼躲进黑夜中心时才稍作休息；另一类则在滚烫的恒星照耀下将自己埋入厚重的茧中，在夜晚出来觅食与活动。错开时间的他们就这么相互捕食。因为行星的核心太浅，它们如果潜入地下只会面临更加无法忍受的高温。它们疲于生存的状态也使得它们从未解放自己的劳动力与创造力，文明停滞不前。我们稍作留观后，也离开了这里。

之后很长一段时间，我们都未能找到宜居的星系。就这么在空无一物的宇宙中飘着，直到我们遇到了一个寒冷但矿藏丰富的星系，才决定结束这长得令人厌烦的航行，利用这里的资源造几座能稳定居住的基地。我们这一停留就是三百年，但大家都清楚，这里不是旅程的终点。

这个恒星系中大量的轻元素给我们的聚变发能提供了充分的资源，但很多时候我们还是习惯于熵泵的便捷。因此我们没有太在意对轻元素的开采和研究，还继续生产了更多的熵泵。

这三百年里，由于环境相对安定，我们的数量和规模都不断扩大，我们自己建造的聚居区从远处看，也足有大半颗行星的尺度，亮起的万家灯火比那几颗昏暗的星球更加耀眼。

合计着可以再次出发时，大家终于着手修理已经很长时间没有航行过的舰船。显然，它们在熵泵的作用下，都保养得不错，依然处于极佳状态。只是最后我们的离开，并没有按照计划，而是被迫提前了。

那天所有的热探测仪都发出了警报，连片的警报声像浪潮般一遍遍地从基地这头传到那头。那种令人心悸的轰鸣，似乎至今都没能从我的耳边真正远去。

当时我们收到的第一份报告，是基地正在以恒定的速度从某一端开始大面积地失能。这不是一种机械故障，而是一种物理现象，因为基地内的所有生物和非生物的热能特征也同时消失了。

第二份报告则是马上启动所有舰船，并以最高航速逃离。

在准备撤离的过程中，我命令部下将来不及带上舰船的熵泵尽数摧毁。因为我记得老师曾经说过，这种技术不应落入别的文明手中。可失能已经迅速扩散到基地的中部，我们没有时间完成这项销毁工作了，只能尽快登船离开。

这次事件后来被我们命名为"高熵洪流"。在驶离的舰船上目睹身后我们的临时家园分崩离析的那一刻，我就已经明白了事情的面貌。我知道，这是我们长期聚集在此，并且大量使用熵泵应得的结局。

这是它们以熵还熵的警告。

我看到周边行星反射的光亮逐渐暗淡，基地中万千散发光热的物体都集体哑火，失去了外围护的熵泵从没来得及撤离的舰船残骸中飘出，它光滑的表面也一下子蒙上厚厚的锈蚀痕迹。热探测仪显示，我们正在远离的区域，熵正在趋于平衡，而温度则降到了绝对零度。

现在那里是一个比我们出生的地方更加沉寂的热力坟墓，我以肉眼都能看出来这片空间比周围要更黑。我看着那片绝黑，那八根冻坏的骨头的疼痛，仿佛再次主导了我的感官，席卷全身。

因为低温，一些退化并凝结成晶体状的物体开始在黑暗中出现。而我们必须以不低于三分之一光速的行进速度逃离，才能不被这片不断扩张的黑暗场域追上。最后我们只有十六万分之一的幸存者，其他则全被高熵洪流所吞没。

但是黑暗中，热力探测仪依然能够观察到一些遗落的熵泵，在这片热平衡中显示出自己独特而恒定的辐射特征。此时我突然不再后悔于没有销毁它们，尽管我不知道它们能在这样的环境中存续多久，但留在那里的熵泵将会是我们留给这片热量被破坏的空间唯一的补偿。

如果哪天有其他文明不幸踏入此地，他们在文明智慧足够的前提下，至少还能在绝望的疮痍中找到一把求生的火炬。

我可能也会像老师那样无从见证文明在新的栖息地真正安家。只是我未曾想到，舰队在今后的停留中将一次次遭遇高熵洪流，文明最终走上了永无定所的漂泊。

我有时问自己，是否当初留在那片漆黑寒冷的空间中苟活，也不是更坏的选择，毕竟我们看到许多其他文明也在严苛环境下找到了自己的生存之道。不息追求进步，是文明唯一的选择吗？

我们文明的进程，也是用外部的高熵换取能维持自己内部低熵环境的过程。可整个巨大的宇宙系统一直向着熵增的无序方向一路狂奔，这种必然性，大概才是宇宙唯一真正的有序。我们是否在对文明有序性的寻求中，破坏了应被维持的有序？可能我一生也难以回答自己的困惑，而眼前已经没有了回家的道路。

Episode 4.1　水火长歌

史前上古，黄河流域北方平原

谁说水克火，我看火也能克水。禹说出这话的时候，人们都以为他疯了。

他看起来像一个农夫，草鞋经常湿透，沾满泥泞，裤脚卷到小腿上，胡子发梢满是混浊的水汽，扛着一把耒耜在肩上匆匆地走，或者长久地站立。人们说，在田野间，在山路上，在河流边，在烧窑里，在石堆旁，总能看到禹的身影，却没见他在治水。

要治水除了筑堤，是不是还能修河道，把河水向更低的没有人生活的地方比如大海疏导？这是不是就是土克水？禹问人们。大家点点头。

那要让这些土岸或者堤坡能够长久坚固，我们是不是要么扎满桩础，要么让那里长满树木，靠它们的根系把泥土牢牢拉住？禹接着问，一边拿着根树枝在地上比画比画。这是不是木克土？大家面面相觑了一阵子，又纷纷点头。

禹挥了挥伴他身旁的耒耜。耒是木柄，耜是青铜铲头。咱们挖土，是不是靠这个？我们的木柄是不是得靠斧头砍伐树木，又用金石打磨而成？众人已不再点头，只是静静地听着。

金石和青铜的冶炼和锻造靠什么？禹说着扫视了所有人。

是火。是火。大家陆陆续续答着。

火能不能克水。

可以。可以。人们齐声应道。

于是，你看到禹带领着家家户户，造起了炉子。山岭也遍布人们的足迹，他们追随着禹，观察着大地的高低深浅。禹的手里拿的不再只是耒耜，他有时拿着准绳，有时握着规尺。天地方圆，山川地貌，开始在禹的眼中成形。他站在开阔的高处，能够叫出每一座山的名字，太行、太岳、雷首……

这是前所未有的群体出动，他们逐渐理解了脚下艰深广袤的地理和版图。他们将在九州之间，寻找关于水的重新连接。

你看到燃烧的烟气铺开了，挥动的铲头多了，路和岸线也多了，大水慢慢变成有序的河流，自西向东。禹有着精密的头脑，却像野人一样每天在地里和茅棚中生活和睡眠。他路过羽山，经过鲧死时的那棵大树，没有回头多看一眼。他路过家的村口，好像听见了涂山氏的呼唤，他致了个礼，便依旧径直向前走。他路过供奉着你的神像的庙宇，停下了脚步，但他并不是要来向你祈拜什么，他只是抡起耒耜指着你的鼻子跟你说道。

祝融，我们感谢你降火于世。但我们也不是什么都要靠你。

你不想和他这凡人去争个所以。但你也感到，自己变得小小的，不再是那个能和共工一战的天神。人心都聚集在禹那里，信仰你的人没有那么多了。人们记得你的名字，你却越来越像是一个虚构的图腾，真真假假的故事里你都开始分不清哪些是前世的历史，哪些是众人的想象与遗忘。

时间过去许久，有的孩子长成壮年，有的壮年开始佝偻成老人，白发白须也爬上了禹精瘦的脸庞。你一看，已经十三年了。夹泥带沙的黄色洪流，成为走向清晰的大河，陆地是陆地，山是山，水是水。流域的沿途，农田回归，城邑成形，到处又生起了炊烟。

你将渐渐不存在。你预感到神话的时代快结束了。火还在烧着，水还在流着。真正属于人的时代开始了。

Episode 4.2 旭日重生

2112 年 冰岛南部

万烁带着刘赤薪和约书亚乘上轨道车,再次上升回到了温暖的地下城市。轨道车进入城市层之后没有继续改变高度,而是沿着水平方向开始穿越城市。

远处一面顶着地壳顶板的弯弧巨墙从朦胧水汽中露出全貌。墙上一道数百米长的经过修补痕迹的裂缝清晰可见。老刘看了一眼温度,这里的温度是零下四度。虽然这个温度在家乡已经算是夏天的温度了,但他没想到这座地热城市的边缘地带竟然会如此寒冷。

老刘看到裂缝下方,白花花地挤着一群人,但他们一动不动。老刘正在纳闷他们在做什么,随着距离越来越近,他才看清——这哪里是人群,这是已经被冻成冰雕的抢险队员,容貌被冰霜覆盖模糊不清,但从身上制服的袖章依然能够辨认出他们的名字。而地上放满了同样被冻成冰的花束。

"这座城市并没有想象中那么安全。十年前这里也发生过这样的事故。当寒潮和地质活动造成的围合开裂同时袭来,我们措手不及。第一批抢险的英雄们缺乏对情况的预判,便成了如今这个样子。"约书亚一边哆嗦着一边说道,"这座城市为了不忘记他们,就保留了灾难发生的现场,让这里成为纪念的场所。也时刻提醒着,我们依然处于危险之中。"他没有再多说什么,推着轮椅上前,将一朵鲜花摆在那堆冰花之上。

"总有人逝去,但我们的火种也总能保留下来。"约书亚说话间,刚放上去色彩鲜艳的花已经开始结霜冰冻。花堆中,有一张笔迹依旧可见的贺卡上写着:"星辰与大地之间,并无捷径。"

老刘看着眼前这一队队的冰人,想象着他们可能曾经是父亲、母亲、丈夫、妻子和孩子。这世上大抵已没有什么绝对安稳的地方。但老刘还是会想到自己的孩子,他一直没有忘记在孩子小时候编造的等她"长大了就能看到太阳"的谎言。

那天晚上,老刘住在新雷克雅未克市的一处科学家公寓。他第一次在这座地热城市的空气里闻到那种夹杂着新鲜草木的温热气味,这与种植温室中混合着肥料和泥土以及干瘪茎叶的味道不同。他想,这大概就是某种接近于春天或者夏天的枝繁叶茂的气息吧,也许有一天所有人都能闻到这样的空气。他睡前再次打开了那本故事新编,第一页是盘古开天,最后一页是愚公移山。他找了找,他想看的祝融的故事夹在中间。他不确定这些故事的真假,也不知道这些新编当年是谁写的。后来老刘睡着了,梦见了关于祝融的事情,只是醒来之后,他忘得一干二净。

老刘入驻实验室开始研究之后,很快把戒掉的烟又拾了起来。烟草这种喜温的作物,即使有温室技术,在新大冰期的种植难度也并不小。不过这座城市的温度条件倒是适合。万烁现在有理由怀疑,老刘当年戒烟只是因为搞不到烟抽而已,因为眼前老刘抽烟抽得太凶。但对万烁来说,老刘最难满足的要求,不是烟,也不是研究上的,而是吃饭上。老刘说他的中国胃吃不惯这边的食物,他非得叫万烁想办法支起个明火做饭的小灶子和厨房炒菜吃,说这样做出的食物才有锅气。万烁为了搞齐这些东西和做中餐的调料费了不少功夫。这个厨房搭起来之后,老刘会亲自下厨做饭。这倒是让万烁这个远离家乡多年的中国人,好不容易再次尝到了阔别已久的味道。很快万烁就学会了老刘做菜的手法,现在下厨更多的已经不是老刘了。

忙完这些，万烁才稍有时间参与老刘的研究。万烁看着老刘那一摞摞的手稿，似懂非懂。直到晚上做饭的时候，老刘用一个柜子里被闲置的电磁炉给万烁作起了讲解。

铁质锅具，放在电磁炉底板上时，底部环形线圈产生不断变化的磁场穿过锅底，铁锅很快便越来越热。铁在电磁场中被磁化，却因为电磁场的变化，铁磁体中的磁畴已经一致的磁化方向再次被扭转，于是这样的反复对抗中，铁锅中便产生了涡流，温度不断上升。但爱用大火炒菜的老刘，可不会往电磁炉上放铁锅——他放的是一块磁盘。

老刘对万烁晃了晃手中的磁盘，表示磁盘储存信息的原理其实本质上也是电磁感应那一套，不过是通过受控的电磁场在特定的区域创造有序的磁化片段，当足够多的磁化片段组成整体时，便形成了信息。

"而信息，就是生命的基本形式。"老刘说着，把磁盘扔上了电磁炉，仅仅十几秒，磁盘表面印刷的油墨就在升高的温度中开始熔化。老刘此时掏出一个锅铲，把磁盘从电磁炉上挑走，放回桌面。

万烁看着桌子上这个热腾腾的磁盘说道："现在这个磁盘已经没'命'了吧……因为里面的数据都被消磁了。"

"这个磁盘中的磁体，现在磁畴方向变成了平衡无序的——磁场赋予了它熵增。"老刘说话间按了按桌子上这扁扁的磁盘，"磁盘上的磁体不过是在盘体的二维平面上排布罢了，决定它们秩序的却是垂直穿过这个平面的三维磁力线。无论是使它们成为信息，还是让信息湮灭。从低熵到高熵。"

"而对置于电磁炉上的磁盘上的磁体而言，因为穿过的这些触不到的磁感线……熵增却像是一个无从逃离的规律？"万烁接着老刘的话说道，"那如果有序的信息最后总会陷入混乱，如何才能让这些信息在这样的环境被保留下来呢？"

"磁场也是一种波。只要知道了波长和频率，制造另一个相同的波对其进行干涉。在特定的相位抵消掉那个对磁盘信息造成熵增的波，理论上讲便会成就一个稳定的磁场环境，让这些信息被一直保留下来。"老刘一边说一边将两只手的手指互相穿插比画着波的相交。

万烁明白了老刘的比喻——宏观的熵可能也是一种穿越我们这个空间的定向波，而他要通过这个球找到那个熵的波长。他的说法是否成立，就看根据老刘的理论所搭建的原型机能否成功运行了。

约书亚给的时间很短，不仅是因为担心上面查到他们正在做什么，也是因为一旦城市中出现大的地质灾害，球体将被转运，他们也会失去研究这唯一火种的机会。

老刘要靠核聚变来激发这个原型机，约书亚就想尽办法安排建造了两个小型核聚变反应堆。为了避免原型机被发现，搭建放到离岛数百公里的冰面上进行，也将避免可能的事故通过冰面冲击城市。

可到了实验计划进行的日子，老刘却被告知，因为检查组的到来实验不得不延迟。一拖便拖了一个月。老刘不敢离开这里，焦急地等待着约书亚和检查组斡旋，以及如何推进下一步。

等待的时间里，他们什么都做不了。老刘便加倍地抽起了闷烟。有时候甚至扛着夜晚的低温，跑到地面上抽烟。他说因为那冰面无比开阔，他能想象自己在面朝大海。他时常一个人在实验平台附近几十公里的范围内游走，仿佛能远远地看到实验平台，心里就会少一丝焦躁。他想象着，那里能长出一颗小太阳来。

万烁那天也陪老刘在岸边看着这冰冻的大海。老刘很想问他，为什么从来不提起自己父亲。但是老刘最终没有问。他只是问万烁："太阳系在银河系自旋中落入的这片能量如此之低的空间，是自然形成的吗？"

这里除了一座倾颓的灯塔没有任何视觉焦点，万烁看向一望无际的冰面，思考着这个他们这代人降生之时便是既定事实的外部环境，感到隐隐的不安。

老刘看万烁没回答，便从怀里掏出那本故事新编，说道："小万，你们也听过燧人氏和祝融的故事吧。祝融那么厉害，为什么只给人类带来了火，却没能耐帮人治水呢？"

"大禹不是最后治好了水吗？"小万先点头，接着疑惑地反问道。

"但是大禹不是神。他是人。"老刘笑着说道，把烟头伸向了手中的小书，"我们创造了神，用他们填补我们无知的缝隙，向他们祈求祝福。最后发现，还是只能靠我们自己。"

烟头点燃了手中的纸张，火光照亮了脚下一小片冰面，书页迅速破碎，带着火星向着黑暗中飘散。万烁瞪眼看着，伸手接住了几颗带着余热的碎屑。

"我们不需要这些神话了。我们可以创造自己的神话。"老刘眼见火快烧到自己的手，将几乎燃尽的书本丢向冰面，"火知道。"只是说完这话，他心里又笑了自己一回，这样的行为，仿佛是在模仿外婆的祭拜。

之后，时间又过了一个月，大家都知道，不能再这样一直等下去了。实验平台被放置在远离城市的极寒环境中，每天会在低温中遭受损耗，原型机和平台很快会损毁，无法再使用。一切努力都将白费。而他们也已经很多天联系不上约书亚了。

第64天晚上，万烁来找老刘。

"我不知道发了什么。约书亚已经被带走很长时间了。他们可能已经知道这个实验计划了。只要延迟实验的公开，史蒂就能在能源行业再多垄断几年，甚至几十年。他们放弃不了属于自己的那部分优势利润。"

"如果整个计划一直延后，最后只会导致地球上再也没有足够的人口和资源来进行相应规模的工程建造。"

"刘博士，我明天送你走吧。你要活下去，也许能等到有机会的一天。毕竟，即使能源耗尽，回归最原始的社会，人类也总能勉强活下来的。"

"到不了那一天的。"老刘，当然不愿意走。

在原计划日期过后的第 65 天，那是一个阴冷的早晨，老刘像往常一样，在平台外几十公里的地方游荡，但这次他驱车径直向平台靠近。

一个小时后，万烁也搭上轨道车向着平台驶去。他看到身后光亮成群——另一支队伍也在逼近，距离八十公里。他们大抵已经通过监测系统知道了老刘的动向。

万烁加快了速度，冰冷的轨道摩擦处哐哐作响。他要去帮老刘，现在距离平台还有五十公里。但是后面追击的队伍已经越来越近，他决定让轨道车脱轨，来暂时拦截他们的行进。他很害怕多年前的失败再次上演。

万烁最终没有做这件事。当他到达离平台四十公里的地方时，他看清了身后的队伍——那里挤满了不知从哪里开来的各式各样的雪地车辆，他们组成了一条十几公里长的屏障隔断，而他们在阻挡着更后方真正前来阻截的队伍。万烁意识到这里可能聚集了全城的车辆。他停了下来，车队也停了下来，一个戴着黄色帽子的人同他打招呼。

"之前有人告诉我们，前面的实验平台是个巨大的威胁，甚至可能毁灭城市，想要煽动我们一起破坏它。"黄帽子的人对万烁说道，"约书亚教授虽然现在不知道被软禁在哪里了，但他都提前和我们说清楚了。破坏了它，也许城市不过再多个几年安稳。可保护了它，也许就保护了百年后我们孩子们的未来。"

"我们相信你们。"他们说罢，开始将车辆排列出更高的密度，让后方的队伍无从冲撞穿透。真正的阻截队伍只好也停下了，屏障面前，要绕道的距离太远，他们将无从赶到实验平台。万烁惊讶，这次能有如此齐心的支持。

但他的心还悬着。万烁依然在不断尝试着拨通老刘的通信设备。直到他发现老刘根本什么都没带。因为那个熟悉的童谣，从他拨出电话时，就一直从轨道车的后排座位传来。

"我有一个美丽的愿望，长大以后能播种太阳。"

"播种一个，一个就够了。"

"会结出许多的许多的太阳。"

"一个送给南极，一个送给北冰洋。"

此时，万烁收到了老刘发出的广播：

原型机经过检查，没有问题。实验可以继续进行。实验平台的磁力约束装置已经出现损坏，核聚变反应堆在启动后可能会不稳定。有两种情况，在我看来，都意味着实验成功：第一种是我们创造出稳定的恒熵空间；第二种是，虽然不太稳定，但我们能创造出一个可以一直燃烧的小太阳。

某种程度上，第二种甚至比第一种更好。因为假如我们的监测系统出了问题，第二种情况下，我们只凭肉眼就能观测到实验结果。全世界都将知道我们的胜利。

我在附近的冰面下埋了八组影像设备。它们将在实验成功后，向全世界播出实验的画面。

远处的平台放出耀眼的光芒，万烁下意识地遮住眼睛以免被这过亮的光线灼伤。在这每日昏昏的新大冰期，他从未见过如此明亮的光源。

轨道前方的海冰已经融化，露出他从未见过的大海，轨道沉入水中。高空的平台已经解体，取而代之的是一颗燃烧的浑圆球体。万烁本以为会有巨大的冲击波，然而他只感受到了光和热。

反应堆最终还是失稳爆炸，但原型机在激发下成功创造了一个恒熵空间，爆炸没有蔓延而是停留在了熵增的某一刻。这颗不大的太阳，将能一直燃烧。

"一个挂在挂在冬天，一个挂在晚上挂在晚上。"

"啦啦啦种太阳，啦啦啦种太阳。"

万烁此时只希望老刘在爆炸的瞬间可以灰飞烟灭，如果老刘在爆炸的刹那保留着短暂的意识，他可能会因为这个恒熵空间，感受着那一刻高温灼烧的痛苦直到永远。

万烁无法直视眼前这颗小太阳，但他知道，很快全世界都将看到这个太阳。

"刘赤薪博士，你成功了。"万烁对着没有人应答的电话那头说着。

之后的实验中，稳定可控的环境下，不会再出现这样的太阳。他们要做的将是，以此作为能源，离开这片寒霜大地，去向真正的太阳。

这时，万烁收到了一条来自几分钟前的消息：

小万，将来，请去到我的家乡，告诉我女儿，她长大之后确实能再次看到太阳。

"啦啦啦啦啦，种太阳。"

"到那个时候世界每个角落，都会变得，都会变得温暖又明亮。"

Episode 4.3　文明永炬

2152 年，银河悬臂距离太阳系六光年处

火，似乎快熄灭了。

大副从火堆旁起身，我顺着他的触角看向他身后日渐稀疏的聚落，正如这眼前逐渐虚弱的光。

这颗我们万年前曾经安家的星球，可能会是我们涉足的最后一块土地。

主舰队遭遇了一系列高熵洪流之后，我们途经的宇宙早已千疮百孔，一路上都是黑暗的没有能量的死亡坑洼。我们也分散成了许多零碎的小队。

我们也逐渐发现，分散开的我们，当聚集的规模足够小之后，追击我们的高熵洪流也渐渐少了，甚至消失。

显然，这些观测者跟我们的尺度不一样。他们只能从宏观统计层面，看到我们聚集时产生的效应。尽管我们依然保留着窃取熵的发能技术，但是已经很少被他们捕捉到了。

只是我们没料到，被洪流清洗过的我们，许多染上了熵瘟。这种无形的疾病，似乎专门针对硫基生物。我们的分队带领着一行居民来到这个气候和煦的陌生地方，期待能够长久地定居于此，却发现大家都快速衰老，甚至连养殖的家畜都无一幸免。这种衰老并不影响我们的寿命，医学发展让我们几乎能够永生，但是我们的繁衍能力不断丧

失无从拯救。永生也是一件无聊的事情，不断有主动选择死亡事例的发生。

渐渐地，我们的聚落规模越来越小，也不再有新出生的孩子了。但我不会离开这里。我希望能在一片土地上死去，而不是让飘在宇宙中成为自己的结局。

见证这一切的发生，像看着一丛缓缓死去的火焰。我们的文明似乎注定灭亡。我不知道其他漂离走失的队伍，现在身处何方，又能否在高熵洪流和熵瘟的夹击中幸存下来。

我不想这火熄灭。我跟大副说道。我拿出了古老的熵泵，罩住了火焰。这样，火便能永远燃烧下去。

我们的文明体量已经萎缩到如此之小，不必在这颗星球担心资源，熵泵成了许久没有被使用的老古董。我们这么小规模地使用熵泵，也不至于招致高熵洪流。

我看着火，想象着它在我们覆灭之后，还一直点亮着的样子，像宇宙中一个孤独的生灵。这是我们最后的证明。

一个无法创造火的文明，无法成为文明。一个不再陪伴着文明的火，它依然象征着我们的文明吗？还是，它将成为无名的野火？

可它在这里被点燃，不是一个偶然。这是我们的文明用跨越了百亿年的苦难才垒起的光亮，它是我们存在的证据。

当它不再被看到，它便如同熄灭。

大副，你是不是前一阵子说，在距离这个恒星系不远处，发现了一支不明的舰队？我向大副问道。

那是一支规模比我们最初出发时还要大的舰队。通过热能探测反馈来看，这个文明很可能使用了相似的能源机制。他们也拥有能够创造恒定熵的某种能源工具。但他们，不是我们之一。大副回答道。

带我去看看他们。我登上了空间飞行舰。

很久没有观察过别的文明，我心中有难抑的激动。却不知为何也感觉到了，这也许是自己生命尾声将近的某种征兆。

大副对这支未知文明的舰队进行了完整的扫描，也破解了他们的语言系统。与我们不同的是，他们是恒温的碳基生物。他们似乎正在筹备一场名为奥运会的集体活动，并在不同舰船之间，让大家用一种被称为火炬的小棍子传递一颗小小的火，作为这场活动的前置仪式。

这些舰船构造精密，也使用了类熵泵的发能系统，但有着许多名字，羲和号、赤薪号、索尔号、普罗米修斯号、祝融号等。

他们应该也已经发现我们的存在了。大副对我描述着他们的状态。他们似乎还未被高熵洪流袭击过，所以没有意识到这种大规模的聚集意味着什么样的不详危险。说着，大副指了指他们火炬上的火焰，我清晰地看到火的熵流正在发生着不自然的衰退。

似乎，航行中他们也穿过了宇宙熵值不均匀的各块区域，他们已经可以通过建造一些熵势的壁垒，去划定出熵流相对稳定的通道。高熵从壁垒外侧被疏导，温和的低熵将如岛屿般被连接。这条长长的走廊，一直从熵流正常的空间延伸向一个黑暗区域中的恒星系，那好像是他们来时家的方向。这个被他们称为"治水计划"的工程颇有野心，虽然我不理解这个名字，也不明白他们为什么如此在乎回家的道路。

但他们让我看到了我许久没有见过的，真正的文明的模样。只是很可惜，以他们现有的技术，依然无从抵挡短时间内就能达到恐怖当量的高熵洪流。

高熵警告。

我向他们发出了消息。

不管你们是谁，你们应当以不低于三分之一光速的速率向着我们的方向进行空间位移。

不知道过了多久，他们应该是经历了怀疑和争论，但大约终于理解了我们的指令。可似乎他们只有不到十分之一的航天器能达到这个速度。

他们的反应还是慢了一拍。

当他们开始移动时，我看到落在后方的舰队开始大片地闪烁起报警的红灯，奥运火炬传递艇上运动员手中圆柱状的金属火炬突然熄灭了火苗，他们在焦急地想办法重新点燃火炬，却怎么也点不着。他们的内部通信电磁波也开始消失。

他们原先停留的区域，没多久就陷入了全然安静的黑暗之中。除了快速向我们靠近的这队大型舰艇没被高熵洪流追上。

我对这样的场面已经司空见惯，心情本不该有太多波动。可我还是从他们那些幸存者共振的氛围中，看到了巨大的恐惧、惋惜与庆幸，这似乎是一个共情能力强大的族群，也让感受器灵敏的我们很难不为之感染。

带头的是燧人氏号和赤薪号。他们顺着我们的指示，进入了这片陌生的星系，周边是零散的几十艘大型航舰，其他大多覆灭，也没机会看到眼前这颗棕紫色的行星。

这些幸存者一边感谢着我们对他们的警告，否则他们的舰队远没有现在的存活率，一边与我们保持着距离。因为他们不知道我们为什么要救他们。

我想，他们应该清楚没跟过来的人无法活下来。因为没有任何热量能在高熵洪流下，保持自己的状态，它们全部会跌落到最低的平衡态。

他们降落在我们的行星上。我看到体形比我们略大一些的他们穿着宇航服，走到地面。他们分析了大气中各项气体的浓度之后，有人勇敢地摘下了面罩，大口地呼吸起了这里的空气。但我们互相打量着对方，彼此眼中大概都是怪异的模样，琢磨着不确定的威胁。

我只是在前面一直走，一直走，走到我点燃的那堆火旁，然后，坐了下来。他们能够识别出矿石中含有大量的铜和锂，火焰腾舞着蓝紫色。温暖，让身体变得柔软。

我从一旁抓起一块能够燃烧的石头，我将它削成棍子的形状。我从火堆中取了一小撮火放在石棍顶端，递给他们。

我想他们能够明白这是对于他们所制作的火炬的模仿。他们接过之后，渐渐不再那么紧张，于是也围着火堆坐了下来。火的形状很漂亮，嘣滋的燃烧声响是这片土地来自时间的密语。

我不在乎他们的技术是纯粹自主的发明创造，还是拾到了我们遗落的熵泵。如今我们的文明行将就木，我只希望，我们的文明曾经存在过的痕迹在被宇宙的时间抹平前，能被看到，能被理解。

这里的资源极其丰富。曾经生活在这里的生命，可以不顾一切地繁衍扩张。但是，因为生存对它们来说过于容易，他们从未产生过真正的智力。这颗古老的星球上依然只有大量低等的动植物。它们无法形成文明，它们理解不了我生起的这堆火。

在断定我们是温和的族群之后，他们慢慢围拢过来，面对着最原始的微小的光亮，寻求一丝温暖。没多久，他们找到了附近的河流，还在露天支起了炉灶，烟气与火烧，从河边一直延伸到这簇火堆。这火堆从此不再只是个纪念碑，而是他们新聚落的初始点。

夜晚，他们会在火堆边上，带着自己培育的食物进行千奇百怪的烘烤，他们的手法看起来十分讲究，作为硫基生物的我都觉得他们的食物香气四溢。而年长者，则在一旁给孩子们讲起古老的故事，那是他们身后一艘艘航舰名字的由来，那是他们文明的图腾，是他们关于火种的创

万火知途

造与延续的神话。我也听他们讲了许多天，我们的故事如此相似。我喜欢那些故事。我理解里面每一位对着火耕种的先者，这让我想起我的老师，和我那几万年前就坏掉的骨头，也让我断定他们能够理解我们为什么要带他们来到这火堆前。他们的故事中，他们似乎总能拯救家园，而我们选择了漂泊。他们有句古话——熵往高处走，水往低处流。我也大概明白了他们口中"治水计划"的含义。而他们还将继续这一计划。

那是我们最后的日子，之后我们的聚落越发小了，我们也越退越远。我意识到，也许我更应该感谢他们。他们带给了我另一种惊喜。从他们对火的理解中，我发现了另一个文明的趣味，与未曾设想的可能性。而我即将回归土壤，也未必能看到他们回家的时刻。

他们会在某个夜晚给孩子的故事中，讲起我们吗？我不知道。我只知道许多年后我们会沉积为一勺矿料。我希望他们，能将我们投入这堆火中，在某一刻我们也变作火，成为宇宙平衡态中的一小捧热量。

这捧热量和宇宙中所有其他混沌的热量，没有任何区别了吗？如果它们被看见了，记住了，便不同。那是漂泊的我们的起始与回归。他们知道，火也知道。

文禾谷，台州人，毕业于哈佛大学设计学院。写作中关注城市空间，以及技术活动与设计对社会与现实环境的影响。

定风波

东心爱

初　生

听母亲说，仪式举行时，他们正在社区食堂办我的满月酒，也不知是谁突然跑进来，打开了全村唯一的卫星电视……

"再不采取措施，平均温度将在 20 年内再上升 3℃……"镜头聚焦处是个冷峻的白人男子，西装革履之下却有着出身行伍的挺拔，"全球将失去 3% 的陆地面积。超 10 亿人口会无家可归……"他是去年新履任的国联主席，大海侵后，人们变得更青睐这种能带来安全感的官员。

这是地球工程委员会的成立仪式，可也是我的满月宴。

我对着镜头里的主席张牙舞爪，哭声盖过了他的慷慨陈词，令母亲听不清具体内容，但看着身着不同国家制服的科学家共同在会旗下宣誓，她泪流满面……食堂里很多人泪流满面，他们是我父母的朋友，也是我将来朋友的父母，却没有一个是大海侵前认识的，仿佛历史级别的拐点已将一切社会关系重新洗牌，人们因同一场灾难移民到这个陌生的地方，开垦荒芜的土地，生活水平倒回半世纪前，上半辈子的名啊利啊，都如同未尽的隔世旧梦……但母亲说，踏入食堂时，每个人脸上都挂着笑容，因为只要人活着，就还有未来。

这是 2082 年，海侵开始的第三个年头。那时，全球的平均温度比工业革命前高了 4℃。是的，人类最终没有守住 2℃ 的死线，至于原因……有人说，是永冻土融化后甲烷的泄漏速率超了预期；有人指责对反刍动物的无节制繁殖；还有人将失误归结于大气污染物形成的冰尘降

定风波

低了冰盖反射率……

总而言之，2070年至2080年的短短十年，气温像乘火箭般一路飙升。格陵兰和南极西大陆，两条行星级的输液管，每年往海洋泵入万亿吨的淡水。这场"战争"，人类打得丢盔弃甲，海岸线打得节节败退。于是世纪初发生在图瓦卢的悲剧开始在全世界海拔4米内无差别上演，讽刺得就像一道来自亡者的诅咒。

许多年后，学者要为大拐弯中的历史锚定一个特殊的拐点，以便让后世有所缅怀与铭记，于是浸透了上海的那次海侵，成了近代史教材上画双画线的考点。

在漫长的人生中，我曾无数次回忆，少时历史科的答卷上，每每落笔于大海侵事件的题目时，内心可曾激起过波澜？结论是没有。我更多的是庆幸，庆幸父母在那事件前就被频繁的风暴潮逼离了上海。

后来，2081年，国联投票通过启用地球工程作为气候矫正器，再后来，我呱呱坠地，时光又走了一个月，便到了地球工程委员会成立的日子。

"……人类正在经历全新世最大的移民潮。疾病、饥荒、局地冲突，是2080年大海侵事件以来6000万人口失踪、死亡的主要原因……"

电视里的国联主席还在义正词严，食堂里的我仍旧放声大哭，窗外此时阳光正好，拖拉机队"突突突"冒着烟，正驶向一望无际的黄金麦田……

这里，是希望新村。

李　纯

我从未觉得自己这辈子会和地球工程扯上什么关系，直到三年级的时候，李纯借给我一本科幻画册，里面的科学家把光帆架在地球向阳面，撑起了一把遮阳伞。

"委员会也在研究给地球打伞。"她对我说。

如果这世上有精灵，李纯一定是最像的那种人，我常这么想。她总是对世界充满了好奇，有着用不完的精力去发掘昨天与今天的不同，玲珑美好得仿佛根本不属于这个伤痕累累的时代。她一次次拿下年级第一，一次次被老师夸耀，一次次眼中闪着光，对我描述远方的世界，我从那时起便觉得她是班里，哦不，可能是世界上最漂亮的女生……后来想想，这可能是人类的慕强心理在作祟。因为慕强，她成了我人生的灯塔；也因为慕强，她义无反顾地去了格陵兰，飞蛾扑火般找寻在心里生了根的圣城，而后数十年，一寸光阴一寸心血，人生走着走着，就到了站上绞刑台的那天。我始终忘不了，她停止挣扎后，那滴还在流淌的泪……但在三年级那个明媚的清晨，我与她，皆还料不到凡此往后的沉重种种。她只兴奋地与我讲地球工程，我只痴醉地望着她映在朝霞中的脸，鲜润动人，犹如太阳的初生。

至于那天的记忆如此清晰，还有另一个原因——2090年4月2日，是"脏雪球"号飞船会师哈雷彗星的日子。

自打我满月后……哦不，是自打地球工程委员会成立后，他们用了

6年时间准备"太阳热量阻隔计划",不过行动方案,不是李纯借我的科幻画册里的"光帆反射法"。

"那技术太贵。"班主任道,"光帆和控制支架的发射,足以拖垮一个中等经济体量的国家。还有后期的维护费用,近乎天文数字……"

我记得那本是节劳动课,该轮到我们班去校旁的空地上植树。可校长室突然发通知让每个班都打开电视,收看"脏雪球"号会师彗星的延时直播。

"……所以科学家找了个廉价的替代物——冰。"班主任一边说着,一边指向电视里的动画。

16个月前,哈雷彗星尚在天王星轨道外,此刻即将飞抵木星轨道。只是这彗星模拟图与我想象的大冰球不太一样——那几乎是个花生状的煤块,浑身透黑,若不是加了视效渲染,仅凭肉眼肯定找不到。"脏雪球"号的核聚变引擎喷射着蓝色离子流。据说彗尾也是种蓝色离子流,那是被太阳风电离的气体,和另一条由冰尘碎屑形成的黄色彗尾不一样。但现在看不见彗尾,因为哈雷彗星尚在木星轨道外,那颗气态巨行星的轨道几乎就是太阳系的"雪线","雪线"之内,太阳辐射会让彗星变成个暴躁的喷气包,冰尘碎屑喷流对"脏雪球"号而言,犹如致命的利刃。

接下来的两小时,全班昂着头,傻傻地盯着屏幕。不过同学们期待的着陆不会发生,因为引擎的热量也会引起彗核的不稳定。据说飞船会贴着彗星同速飞行,最终将6枚聚变弹全部弹射进彗核。

"……两个月时间,在彗星进入小行星带前,完成6枚遥控聚变弹的发射。弹射舱的顶端有个热熔盾构头,它会在冰里开出一条路,把聚变弹熔进彗核核心,然后,'嘣'——"

"哇——"我同桌的女生一下子哭了出来……

我不厚道地笑出了声,她难道以为"脏雪球"飞过去是跟彗星做朋友的不成?

"看到没?'哈雷冰盾计划'!"我指着屏幕下方的一行小字,"真正的朋友,不会拿对方当盾牌。"

我很烦,烦晚上又要拖堂,因为学校不会让我们落下劳动课。果不其然,放学后,老师把全班同学留下来,拉到空地上种树。爸妈说过,他们小学时,语文和数学才是最重要的课。真不可思议……

同样让人不可思议的还有李纯,她一反平日的认真,盯着眼前的树苗消极怠工。

"这是柿树。"李纯说。

我扶着树苗,瞧了一圈却什么都没看出来,耳朵里却被灌进劳动老师慷慨的演讲。

他说:"前人栽树,后人乘凉。世界之所以变成今天的样子,就是那些不负责任的前人,只知索取,不懂回报……"

她说:"经济果树对水分要求很高,它们吸干了小溪的水,下游的野生林,就无水可用了。"

他说:"绿化面积虽然是市里下的指标,但我希望同学们不要将其视为被迫的劳动。你们是在反哺自然,你们在为子孙后代栽下乘凉的树荫!"

可到底是谁的自然?又是谁的子孙?

2090年11月,哈雷彗星过火星轨道,膨胀的彗发令它在夜间变得肉眼可见;12月,彗星到达76年以来距离地球最近的位置,长长的彗尾犹如穹顶被划破,漏下的天国之光……当然了,这一切美景我都看不到,彗星的轨道面和黄道面呈18°倾角——它在北半球的地平线之下。所以那场直播后,哈雷彗星连同着地球工程,仿佛我生命的深潭里骤然进入的石子,只泛起了短暂的涟漪,而后,生活又迅速归于平淡的惯常,以至于当时间走到 2091 年 1 月,彗星开始从黄昏中的北半球地平线上将将露个头时,谁都没有发现。

对于那件事,我的记忆一度出现了偏差。我一直相信那晚是自己陪李纯在树林里,往每棵树的树根浇开水,但林江却坚称我是个怂包,推诿了半天也只敢在林子外放风,而且当哈雷彗星突然照亮了地平线后,我连招呼都没打,就吓得一路尿回了家。

瞎讲!他怎么可能知道我尿了……

我一直很想跟李纯求证,那晚我和林江,到底谁在树林里?可直到很多年后,她和林江已经去了另一个世界,我也没问出口。我害怕,怕为数不多的与她并肩前行的时刻,都成了一厢情愿的梦幻泡影。可当年的她只是自责,自责计划了那么久,却没关注到那天是第一颗,也是最大当量的聚变弹被引爆的日子。我看着她那被开水烫伤的手,安慰说,你的计划已经很缜密了,连拖到第二年,让学校完成年度绿化指标都想到了……

那晚之后,我们仨的关系亲密了很多。李纯为了这次行动建了个三人网络空间,这个空间后来成了我们的虚拟秘密基地。虽然那空间的名字毫无创意——"平衡",密码也又长又难记,但只要能把我俩的距离拉得更近,我就很开心。

聚变弹被引爆的当晚,天空中的高亮持续了数小时,新闻说这是因为被炸出的冰屑围绕在彗星周围,不断膨胀,不断反射着阳光。爆炸之后,大部分冰尘碎屑受引力牵引,仍跟随着彗核,这使得彗发胀大了数倍,以至于彗星看上去不再像条线虫,倒更像一只被困在朦胧薄纱中的蝌蚪。

后来整整一周,贴着南边地平线的彗星都比满月要亮,彗星走过的地方,有一条前所未见的璀璨长链。

"……那是哈雷彗星的遗迹,也是未来地球保护伞的雏形。"新闻里，地球工程委员会会长闻溟做着报告，目光炯炯有神。

接下来的 20 天，在彗星进入金星轨道前，5 枚聚变弹依次引爆。行星碎成大陆，大陆碎成群岛，群岛碎成丘山，丘山碎成尘埃……只是彗星此时在地球的向阳面，它出现的时辰越来越早。人们只会瞥见空中突如其来的一计爆闪，再刻意去找，却寻不见了。20 天后，天球中的长链渐渐拼接成了一条亘贯天际的半弧。中国人的扫把星，印加人的羽蛇神——这颗在历史长卷中活了两千多年的周期性彗星，再无法到达它的下一个近日点——7 月 28 日，与太阳的重逢。

班主任说，太阳和地球的引力会完成后续的工作——将粗粝的半弧拖拽成一条平滑的圆环。圆环抵挡在地日之间，它反射掉的日光最终会使地球降温 2～3℃。虽然组成环的物质会被其他天体牵引出轨道，"冰盾"渐渐损失自身质量，直至 50 年后化为乌有，但 25 年的有效保护期，对此时的人类而言，弥足珍贵。

2091 年的最后一天，跨年讲话时，国联主席将这一年定义为最新世元年。1.2 万年的全新世就这么结束了……大海侵前，谁也不可能想到，这辈子，会见证一个地质纪元的开始。

林 江

随后几年，天气确实稳定了许多，特别是印象中夏季漫天漫地的暴雨消失了，那种雨，是我儿时的噩梦。记得有一次放学，母亲来晚了，教室里只剩下我一个人，只是背了首词的时间，天就瞬间透黑了下去。教室里没有开灯，时不时亮起的闪电将门窗映得变了形，远处有雷声，却被瀑布般的雨扭曲得像被塞在瓮里。是的，雨淹没了一切，它像一只水做的囚笼，把我与这个世界隔绝开。恐惧、孤独如蛇般溺入我的七窍，填满了五感可及的所有角落。雨下了很久，我等了很久，久到怀疑这场雨再也不会停止，久到怀疑即使雨停了，世界也再不是原来的样子……

谁来接的我，怎么回的家，我已记不清了。后来，那场雨以稳定的规模下了两天两夜，瞬涨的洪水将黄河冲出了一条新的河道，淹掉了下游四个原住民小镇。如果没记错，林江和他父亲就是那个夏天后，被安置到我们希望新村的。

之后每年夏天，这种规模的雨都得下两三次，对应的警报级别是紫色，一切社会生产活动必须全部停止。百无聊赖的时候，母亲喜欢搬小板凳坐在屋檐下，跟我讲以前的故事。她说，上海一到六月就会入梅，那也是十几二十天漫长的淫雨霏霏，但江南的雨会疼人，细细的能把人的心都化软。

"可如今的江南再没了灯火阑珊，只剩下海，那么温柔的雨落去汹涌的海里，像是小媳妇嫁给了糙汉子。"父亲插嘴道。

小媳妇嫁给糙汉子？我脑海里浮现出李纯和林江手牵手的模样……吓得浑身一个激灵。

但这个画面其实不会发生了，因为全球变暖，副热带高压区北移，形成降水的冷热锋面交汇处也随之北移。即使没有海侵，江南也会旱成热带草原，再没有骚客笔下撑着油纸伞走在雨巷中的姑娘了。

除了将人们困在家里，大雨也偶尔会冲出些新鲜玩意儿，比如埋在黄土塬里的古墓。考古队忙活了一个月收工走后，地理老师带全班去了现场。那是个洪水冲出来的断崖，内包物像三明治一样清晰可见，考古队划定的文化层只占最高处的两米。

"他们探到生土便停止了，最高处的两米，是人类的文明。而下面，"地理老师的臂膀一张一合，比画着剩下的几十米高度，"是地球的故事。"

我看到几十米的断崖上，浅黄与深褐的线条交替堆叠，一层又一层直达崖顶。线条有的厚达数米，有的只有薄薄一层，最下面，与我所站的地面混为一体。

"800万年前，这里还是汪洋般的湖泊。后来，西北季风将亚欧大陆腹地的沙尘刮到这里，堆积年复一年，终于在第三纪红黏土上发育出厚达一百多米的第四纪黄土层。气候干凉时，植被稀少，堆积出的是浅色黄土层；湿暖条件下，植被茂盛，堆积层便是深褐色的古土壤层。气候的冷暖干湿，就这么在千年万年的尺度上不断回旋，半米土，就是岁月的十个万年。日升月落沧海桑田，我们脚下的土地，就是地球母亲的年轮。"

我在剖面上数出了20个"黄土-古土壤"旋回，老师说，那是170万年的岁月，170万年前，直立人刚刚在非洲诞生……

人生终究还是太短了，信使时代以来的风调雨顺让人类成了温室里的花朵，竟忘却了对人类而言的"无常"，才是大自然的"有常"。

定风波

后来得空时,我和李纯还有林江常骑脚踏车来看这座水蚀断崖。我们躺在170万前的地层上,向上数着地球的"年轮",仿佛窃读着忘年交的好友不为人知的日记。有时光影的交错让我多数个一两层,便瞬间有种跨越时空的错觉,如同自己化成了神,在境界之外悲悯着尘世中的芥子,一眼万年。

　　直到有一天,远处的天际线上,一根巨大的立杆直刺苍穹。

　　那是什么?

　　"你父亲被征调去'风渠'工地做工,你去旧世界上初中的学费有希望了。"回家后母亲兴奋地告诉我。

　　旧世界,是我们这些移民对未遭海侵地区的称谓,相较而言,"希望新村"这样的新世界,更像是在荒芜之地临时辟出的安置点。母亲总还是希望我能去旧世界的城里生活,帮她圆"回家"的梦。

　　后来我才知道,父亲之所以能去,是因为李纯父亲介绍的。他是山陕段"风渠"项目的工程师。而山陕风渠,是北线风渠的中段工程,后者往西北一路延伸至蒙古地区。全国一共有三条大风渠,如同三条架设在平流层、对流层交界处的空中水渠,将强季风带来的过多雨水和缓地输往内陆。

　　"在所有季风气候的国家修建风渠,组成一套大洲级的空中输水网,对海洋水汽进行导流,这便是地球工程委员会的'风渠'计划。"李纯爸爸扶着一根直戳天际的水泥杆,赞叹道。

　　目力可及之处,第二根第三根水泥杆依着地势排列,直到再也看不见的远方。它们矗立在这空旷的黄土塬上,愈显苍凉。我实在无法将这寥落的景象与尖端的科技联系起来。

　　"这只是地面的引导工程,在太空里,还有卫星协助着呢。"李纯高兴地解释道。

　　"不错。这些'水泥杆'其实是磁塔,它们连接成了一条全程2000

公里长的磁轨。而在黄海边的风渠起点,有一座占地4万平方公里的大气磁化场,东南季风携带的太平洋水汽在那里被磁化,一路沿着磁轨输往蒙古地区。"

"中途不会落雨吗?"

"自然会,一半的水汽过不了胡焕庸线,但我们的目的并非是要把所有的雨都降到蒙古地区去。北线风渠项目有7颗同纬卫星,它们会在水汽的必经之路上发射微波,对平流层底部进行加热。平流层底部受热抬升,对流层顶部就形成了大尺度的真空泡,水汽乘着补偿流被抬升,就能比自然情况下'走'得更深入内陆。最终大约会有1/10的水量落到蒙古地区。"

"为什么要落去蒙古地区?"我不解。

"为了更多耕地,"父亲抚着我的肩膀说,"这样,更多像我们一样失去家园的人才能活下去。"

那时的我不懂为什么需要更多的耕地,就像我不懂海侵前的上海,到底有多繁华。

后来我被县城的初中录取,和李纯一个班,而林江决定留在希望新村,跟着农场的师傅学开拖拉机。分别的那天,我们仨一夜没睡,在黄土塬的山洞里等日出,因为晨曦未明时,能看见天河。那是两年前被粉碎的哈雷彗星,如今它的残屑已被引力拖拽成一道绕日冰环。

黎明,太阳还在地平线之下,冰尘却提前将它的光散射出来。那是一种比极光更剔透、比星月更灵动的光芒,犹如神的千军万马身披大光,在地际天缘奔驰不止。而后,五彩褪去,水晶般璀璨的天幕不断上涨,直涨得比云还高,比天还远,却在即将触顶的一刹那,被跃出地平线的太阳一朝吞没,譬如朝露……

"我留下来,给你们守好故土。"那天,三人抱在一起,林江哭着说。只是当年的我们不会知道,这会是他这辈子对我们说的最后一句话。

县城与远方

初中的日子漫长又苦闷，我不爱学习，成绩在班里只能算中游。老师曾打电话给母亲，委婉地劝她将我转到技术学校，因为这个时代只需要两种人——绝顶聪明的头脑去设计新的世界蓝图，以及数量众多的熟练技工去将蓝图变成现实。于是我靠着抚恤金，报名高等技校的机甲驾驶班。那是我第一次认识到，"希望成为的人"和"合适成为的人"之间，原来有那么大的鸿沟——我和李纯之间，原来有那么大鸿沟——她成绩从未掉出过市前三。

但初中三年，我从未认真思考过这种越来越大的差距到底意味着什么？竞赛中，她率先算出为改变澳大利亚中部气候，大分水岭需被削低的高度时，我起立为她鼓掌；她凭借古地震的记载，写倡议信阻止工程师在断裂带上设计水库时，我注册匿名账号帮她投递；我们还一起带东南亚来的难民熟悉陕西面食……

是的，有很多难民，他们的到来不全是因为海侵淹没了土地。

"那里现在就是座风暴岛。"阿泗是中南半岛的华裔，"水稻早就不能种了，旱季根本没有降水，大地都裂开了，有风的日子里虽然凉快点，但那扬起的沙尘啊，都能把人锉平……而雨季一到，呵呵。你想象养一盆花，先干它一年，然后去浇水，一开始是浸润，再是浇透，但你不要停，继续浇，眼见着水漫上来，溢出盆，把泥土都泡松了，水再也灌不进去了，只能冲得那土突突地往外冒……就差不多是这感觉了。我曾认真地怀疑，这雨要是多下几年，整个半岛都能被冲刷进海里。"

事实上，这十年来，不光亚洲，全球都正经历着人口和社会结构的打破重组。

南亚赤道带被过多的雨水泡成泽国，非洲和南美的热带草原退化成沙漠，季风区夏季的风暴潮让人犹如身陷滚筒洗衣机……全球气候带仿佛整体往两极偏移了10°，升高的温度融化了加拿大和俄罗斯的大面积冻土，也融出了半个西南极地盾和整个格陵兰。

"人类好像没什么损失？"班里有个旧世界的原住民质疑道。

"把你砍碎了再放磅秤上，重量也没什么损失。"那是我第一次见李纯怼人，当时在上历史课，主题是全新世人类的迁徙。

老师说，4000年前的全球降温事件导致了四大文明古国中的三个都走向了衰亡，如果"龙山文化"没有向"二里头文化"成功传承和转型，中华文明也将无法一脉相承。

但"二里头文化"毕竟不是"龙山文化"，就像你的后代拥有你的基因，却不再是同一个人一样。

南北回归线作为分界线，国联将接收难民的配额分派给了每个高纬国家。这是大自然对人类的第二次驱赶，前一次是更直接的海侵。我没见过父母当年落魄奔走的模样，命运却给了我第二次这样的机会。

那是自初二开始的两年，县火车站经常会响起一种30秒持续鸣笛，警告站台上人员避让一种不会停下的过路车。人们管那种车叫"黑窗列车"，因为不管车身彩绘什么令人愉悦的图案，车窗都覆盖着黑色的厚帘。据说黑窗列车专门运送来自低纬的难民，终点可能是蒙古地区，也可能是西伯利亚，没人知道，是的，乘客们并不知道。他们就像被蒙着眼睛的牺牲，被投递往不知目的地的远方。

那天，我和阿泅送李纯去邻省比赛，站台分别时，见到了一辆驶过的黑窗列车。它的速度比我想象的慢，车身脏脏的满是涂鸦和尘埃。站

定风波

台上所有人都像被魔法定格般停下奔波的脚步，注视着那仿佛来自异世界的幽灵船。

新闻说，亚洲黑窗列车已经转移了5.2亿低纬难民……我脑海中努力想象将南亚次大陆和中南半岛压缩进火车的样子，却怎么都觉得失了真切，直到一面黑帘破损的窗子出现在我的眼前——很多张人脸，茫然而冷漠的眼神，更多的行李箱，多到挡住了更多的人脸，压抑到没有一处留白。

父母当年就是这样转移的吗？他们到底怎么来的黄土塬？

突然一个身影冲了出去，是阿泗，他跟着那扇车窗跑，直到车行远方再也追不上……他跪在地上，口中呜咽着我无法听懂的言语……那些，是他的同胞吧。

阿泗说，涂鸦的文字里，出现最多的是"种子"和"希望"，"全球变暖是工业大国的过失，却让他们承受了最深重的难。"

"雪崩时，没有一片雪花是无辜的。"我感慨道。

"已经快没有雪崩了。"李纯站在车门口，背着光。不知为何，她的身影，让我想到将消散的烟。

远方与我

"已经快没有雪崩了。"李纯站在车门口，背着光。不知为何，她的身影，让我觉得越来越陌生……

我害怕这种陌生。

半年前，李纯率先算出为改变澳大利亚中部气候，大分水岭需被削低的高度。这替我们小县中拿到了第一座省级奖杯。那晚的庆功宴，人们簇拥着参赛者走向餐馆，男男女女兴奋地唱着歌。李纯就那么灿烂地笑着走在正中央，丝毫没察觉角落里落单的我……

那天是冬至，晚上我一个人百无聊赖地吃着饺子，可脑海中李纯和参赛者的脸却总是挥之不去。他们在交流，思维在碰撞，激起的火花犹如点燃了世界浴之重生的圣火。而我呢？聚光灯外的观众？局外的倾听者？我明明也身处世界之中，自出生便烙着时代的蚀痕，心中抱着令归者有其家的宏愿，可为何当我站在未来的缔造者之间时，却显得那么格格不入？我扔下食之无味的半盘饺子，疯了一样跑回比赛会场，试图挽回些什么……

只剩清洁工还在打扫。

我说："能给我张卷子吗？"

"要那做什么？"清洁工埋怨着，却还是从垃圾堆里拾了份给我。

这时候肚子不争气地叫了，于是我说：

"我饿了。"

我是从什么时候开始对黄土塬外的世界充满渴望？是母亲向着东南，对我说，这里不是你的家，城里才是时？是李纯翻开科幻画册，对我说，这不是科幻，人类真的曾经登上过火星时？还是林江指着投递物资的直升机，对我说，我将来要开大拖拉机追上它时？

我思索着，时间骤然回到四年级的那个冬至。那时的我扔下食之无味的半盘饺子，疯了一样冲出家门，耳边充斥着林江大嗓门的号叫：

"快出来，直升机又在'拉屎'啦。"

李纯也在，我们仨一起追着飞机跑，凛冽的风刮着面颊，却丝毫浇不灭我们滚烫的热情。我们看那"大鸟"在空中拉下一粒粒"屎"，看"屎"的降落伞一朵朵打开成了"蘑菇"，看"蘑菇"一颗颗落向黄土地……

直升机几乎每季都会来，投下各种物资。有时是药品，有时是救济粮，有时也有生产工具。但不管投下多少东西，其中必然有个红色的恒温箱。听大人们说，只有如约播下红箱中的东西，直升机才会在下个季度重临，投下黄土地永远长不出却无比重要的东西。比如说我三岁时，希望新村暴发疟疾。这本是20世纪就已在黄土塬消失的寄生虫病，可全球变暖后它卷土重来。当时卫生院挤满了人，父亲曾看到发烧的病人躺在医院外的泥地上，彻夜不眠等待可能空出的床位。虽然后来直升机很快送来了特效药，但村头80岁的罗奶奶还是去世了。父亲说罗奶奶曾夸过母亲手工勾的毛线花好看。再比如前年麦子歉收，每家每户都节衣缩食。后来直升机第一次着陆，穿着白大褂的人从里面走出来，给每家每户的孩子做体检。直升机再来时，没有着陆，但投下了营养补剂，几乎同时来的，还有一笔审批自不知名远方的额外贷款。再比如，一次霜冻灾害后，直升机投下了一箱地钉，把它们插进菜地后，那片地再也没受过霜灾。什么原理？开拖拉机的师傅们答不上来，而通常他们是最有权威的一群人。后来还是村东那个沉默寡言的瑟缩男人举了手。他说这应该是种把可见光变频成红外线的技术，特别寒冷的时候，额外的红外辐射可以令地表升温，增加空气的相对湿度，阻止水汽凝华成晶体，结成霜。人们质疑，你怎么会知道？他说，大海侵前，我曾是高中物理老师。

我一直觉得这是个神奇的时代，更准确得说，是个撕裂的时代。希望新村和直升机飞来的地方，简直处于两个不同的时空，飞机飞越的不是经纬山川，而是人类社会的百年演化史。我一度怀疑，自己遁入了一场毫无意义的生存游戏，大海侵、希望新村，甚至父母，都是一场为了困住我的骗局。我就像一只被关在笼中供人玩赏取乐的小鸟，局外的"上帝"们只弹指挥手，便能轻易扭转小鸟的山穷水尽。

可难道李纯也是假的？

胡思乱想间，红色的恒温箱落在了眼前……

只有李纯敢走上去，掀开了红色的降落伞盖。

她终究还是没能打开红箱，我们被急忙赶来的大人赶出了人群，他们不可能让小孩子碰这要命的东西。

情急间，林江大吼一声："我扛你上去！"

于是我们一人肩负李纯的一只脚，把她举过头顶，她把背上的3D照相机举过头顶。

那台3D照相机，和李纯一样，是我觉得不该属于希望新村的东西。其实这样的东西还有很多，比如我家的桌布，那是一种很滑软的叫丝绸的东西，据说原来是我母亲表演钢琴独奏的礼服，就是那场演出，让她遇见了我父亲——一个小有名气的律师。钢琴我在电视里见过，要弹好它，手指得非常灵活，母亲就有一双灵活的手，不然罗奶奶不会夸她毛线花勾得好。但律师这个职业我一直无法理解，直到有次开拖拉机的师傅和村东的村民吵架，他去劝架。于是我懂了，律师就是劝架的。可他没成功，即使他觉得那个村民更在理。因为在希望新村，谁都拗不过会开拖拉机的,所以在希望新村,没有律师。那个村民后来变得瑟缩,变得沉默寡言,他就是那个物理老师。

红箱子里是种子,是"上帝"们规定希望新村下季要播种的东西。

第二天李纯顶着黑眼圈见我们,她说,种子变了,变成了能固定更多碳、用更少水的类型。我说,这很正常,每季要播的种子肯定都不一样。她说,是和去年冬天的不一样了。

这代表什么?

那些种子,只被播撒在最肥沃的一块试验田,那是全球动态农业的测试项目。

2070年,2℃死线被破,开关骤然打开,气温一路升,海水一路涨,不断修改的地球版图把气候类型拖入了动态变化时代。教科书的改版再也跟不上气候类型的变化速度,跟着骤变的,还有人口地图。人像牲畜一样被赶着乱跑,跑到黄土塬,跑到蒙古地区,跑到西伯利亚,可植物没法那么机动,它们要对抗的是亿万年前就被编码的基因。于是世界种子银行将地球球面分割成2亿个13千米×13千米的网格,每季度按网格所更新的气候类型,给所有可耕地派发种子,让全球的农业随着变化的气候,动态起舞。

种子,从来都是对气候的被动适应。可谁也没想到,被割裂在这闭塞的黄土塬,看得见眼前、看不见远方的李纯,硬是从种子的特征和变化中,反推出了"上帝"眼中那幅世界的全景图。

那时,哈雷彗星还飞在北半球地平线之下,地球工程还仅仅是我生命的深潭中偶尔蹦入的小小石子,我尚不觉得它会与我的人生有什么交缠,直到一个半月后,三人在柿树林里浇开水,彗星炸在南边的地平线上,李纯给空间改了个名字,叫"平衡"……

难道这一切也是假的?

我不愿!所以我要出去,离开希望新村,亲眼见见直升机飞来的地方，见见那局外的"上帝"眼中的世界全景，是否真的与李纯反推的一样？

可巧，飞机也来自东南方向。于是后来在希望新村的日子，母亲望着东南，怀念过去；我望着东南，憧憬未来……

一丝寒意将我从思绪里拔出，我重新划了划冻干的笔头，眼前的答卷上，甚至没有落下一个完整的字——我连题目都没读懂。我看了眼热泵那艰难运行的样子，下意识紧了紧被子，隔壁没有动静，李纯还没回来。这时候肚子又不争气地"咕噜"了一下。那时我还没有后来"无用的食客"的概念，于是心中唯一的念想就是自责——为什么要丢下那半盘饺子？

格陵兰

"……我也要走了。"

"去哪里?"

"北方。"

"乘黑窗列车?"

初三上学期结束后,李纯对我说。

"不,会更远——格陵兰……"

但据我所知,格陵兰岛不接收移民,那里是新的科学城,也是地球工程委员会的总部。评论说格陵兰是世界上最开放,也最闭塞的地方。开放是因为它没有国籍之限,是科学界的公土;闭塞是因为它占着170万平方公里的处女地,却拒绝了所有低纬难民。全球最聪明的大脑们将智慧作为唯一门槛,割据出一片净土,一片170万平方公里的巨大试验田。

那时的我对"远"并没有概念。我目力所及的最远,是再也看不清的第四根风渠磁塔;我脚步丈量过的最远,是县城初中到希望新村的距离;我能想象的最远,是黑窗列车未知的终点。可李纯说,格陵兰是连黑窗列车也无法企及的远方。

"为什么……要去那么远的地方?"我不解。

"风渠、分水岭,甚至包括在建的喜马拉雅风道,它们调节的都是局地气候,可未来,更多工程,会是全球性的。那些行星级的工程,要求将地球作为一个整体来规划。为让全人类获得最大利益，难免会牺牲掉某些国家。所以，人类需要科学城这样的中立组织，公正、理性、果决地掌控整颗星球的气候阀门。未来能成为他们的一员，我很自豪！"

别离的那天，踏上火车的前一刻，李纯微笑着对我说：

"你知道吗？北太平洋海泵建成后，我们会有一个新的江南……"

她是生命中第一个离我而去的很重要的人，第二个，是我的父亲。

我是差不多两个月后才得知那场事故的细节，因为他们用了一周的时间才排尽风道内的积水，又用了大半个月掘进一条通入塌方核心的甬道，而在山体岩隙中找出并核实每具尸体的身份，花了剩下的所有时间。

这是当年震惊世界的喜马拉雅风道事故，地球工程委员会会长闻溟也在那场事故中殉命。随他一起被刻上纪念碑的，还有1562个默默无闻的名字。

在科学家的设想中，35条直径70米的通道横贯在喜马拉雅2000～3000米海拔的山体内，它们将来自地球"雨极"的丰沛水汽直输雅鲁藏布大峡谷。而在峡谷内，35个包裹核聚变热源的人造山丘与风道出口一一对应，形成35个中等规模的垂直城市。

有3座已经建成了，我曾在新闻里见过那幅神奇的景象——斗笠云飘浮在灰绿色山体的上空，远看，犹如一颗顶着白色菌盖的蘑菇。山丘的南面，是迎风坡，也是种植区，底部最靠近热源的位置，种的是水稻，一路往上，是菜园、藤本果、乔木果、茶园……再往上，是针叶林和草场。无须灌溉的日子，山丘城会调高聚变功率，让城市升温，空气受热膨胀蓄水力增强，山顶的"白菌盖"胀大数倍，犹如吸饱了水分的海绵。到了灌溉的日子，聚变功率降低，山丘城降温，"白菌盖"中的水汽遇冷凝结，瞬间汤灌整座山城。

这是闻溟亲自设计的工程，当年方案的听证会上，他说山丘城的灵感来自非洲白蚁丘。

我父亲就在离珠穆朗玛最近的那个风道中开运石车,他经常拿这件事跟希望新村的小朋友炫耀,描述珠穆朗玛伟岸的身姿。但实际上,他工作的地方是山体内部,喜马拉雅山脉平均宽 250 千米,工人吃喝拉撒都在隧道内,那里暗无天日,他根本看不到珠穆朗玛。

事故发生时,他们刚挖到山体 1/3 的纵深。喜马拉雅本就在地震带上,风道是做过抗震设计的,不知是那场地震特别强烈,还是全球变暖后,第三极的雪山融水在山体内侵蚀出了超预期的裂隙,总之,70 米高的隧道顶顷刻塌了下来。那时正值北半球仲春,山川径流量最大的时候。可能塌方截断了某条地下水脉,总之调查报告说,相当于 1/10 个洞庭湖的水量在 1 小时内漫灌进了风道——更多的人其实是被淹死的。

我得到一笔不菲的抚恤金,足够我报名机甲驾驶班,那是平凡人学习不起的高级工种。班主任看着我的通知书,表情阴晴不定,他不知该恭喜我,还是该安慰我节哀。

当年,全国有 4 所机甲驾驶学校,我想也没想,选了最靠东南的那个。就这样,在初中毕业的那个岔路口,我与自出生以来所熟知的一切告别,独自踏上了去往远方的征途。

第一次见到机甲时,我脑中一片空白,至少持续有 5 分钟——那简直就是座钢铁小山,而我不过是山前的蚂蚁。它仿佛可以轻易将黄土塬的磁塔拔起,将山丘城的云翳驱散,地平线上升起的冰幕是它的斗篷,黑窗列车驶去的天涯是它腿力可及的咫尺之间。有那么一瞬间,我甚至怀疑,地震的时候若有它在,故事的结局会不会不再一样?

事实证明我想多了。

"全世界就 3 台'不周山'级,还都是实验机,我们这群人这辈子应该都没机会驾驶了。校长把它当个吉祥物,就是为了震颤你们这些新兵蛋子的灵魂。初级机甲师的座驾，喏，是那些——"

师兄指着机库，我看到一排排"小鸟"级机甲如兵马俑般列阵其中，但"小鸟"们也有三层楼高。

我花了三年时间学计算机和机械工程基础理论，一年时间学地球物理，一年时间学机甲维修，一年时间学习国际通用语，而后，就在地球工程各个工场实习。于是四年级冬至日的11年后，我成了坐在飞机上的人。那时的我，弱冠已届，三十未满，心中有了敬畏，肩上有了分量，桅帆拉满，人生启程，正当风华。我的脚下，就是当年遥不可及的远方，再也不需要用种子去倒推世界的图景。

可"鸟笼"之外，真就是梦寐以求的天堂吗？

那些年，孟加拉湾低地遭受海侵，而另一边的喜马拉雅高地，那座大自然垒了300万年的冰川，在30年内速融，于是我看到了两股难民狭路相逢于恒河平原的故事……当那不可描述的无序式人口优化运动终于平息，幸存者正在跪拜他们的神祇时，亚洲"水塔"干涸导致的干旱接踵而至，于是第二轮无序式人口优化运动正式开幕。

我看到火箭喷焰般的热浪席卷地中海，从埃及到伊比利亚，从亚平宁到小亚细亚，最常见的运载工具成了骆驼。每次，当气温再刷新高，我总能听到收尸队连绵的驼铃声。从小到大，从东半球到西半球，从没有一本书告诉我，死神骑的是骆驼。还活着的人们渐渐形成了沙漠动物般昼伏夜出的生活习性。于是东经0°的地中海人和地球对面东经180°的图瓦卢人保持了相同的作息，如果图瓦卢还有人的话。

有次飞机飞过中央低地，一个来自中美洲的机甲师对我讲他叔叔的故事。他说，难民就像被风暴裹挟的沙子，风一路吹，沙一路掉，可更多时候，它们掉在不该落脚的地方。他叔叔一家从大安的列斯群岛向北迁徙，落脚在滨海平原，那时海平面上升了9米，才只淹掉了新奥尔良。在他们想就此安居生根的时候，一场6级飓风掀掉了他们刚盖好的

定风波

木房子。怪他们没看到海水升温后，飓风有了更大的能量，也怪他们没看到大安的列斯和巴哈马群岛被淹后，下垫面的平滑让北美洲失去了抵御飓风的护盾。他们只得继续向北迁徙，还刻意避开了西北的龙卷风走廊，可就在那个冬天，他们新建的木房子还是被龙卷风卷走了。怪他们没有看到温度进一步升高后，增强的墨西哥湾暖流甚至有能力在冬季挺进内陆，把龙卷风暴的影响范围拉往东南。他们继续向北迁徙……好了，他不说我也大概猜到他叔叔一家后来的结局。那时落基山脉的冰川正在速融，而北移的副热带高压正使和地中海差不多纬度的西南北美往沙漠的方向发育，于是几路难民在中央低地狭路相逢……他叔叔经历的，犹如一场旷日持久的凌迟。

我也趁着实习的机会，去寻过那个曾经叫上海的地方。参观前海侵时代的名城遗迹，是时兴的旅游项目。

其实海水并没能完全淹没它，而是像一把利刃，在它海拔15米的地方拦腰斩下。那天我乘着直升机，穿梭在宏伟的楼宇间，当时正值退潮，白色的水花如瀑布般从无数破碎的窗口泻出，这成了死城唯一的生气。也因为退潮，我看见了建筑物原本在水下的部分——那一条条深浅不一的水线。海平面年年上涨，新被淹没的地方受盐碱侵蚀少，颜色便比去年淹没的地方更淡一些。这让我想起树木的年轮，只是人们从年轮中看到树生长了多少年，却只能从水线中看到城死去多少年。

母亲说，外婆曾带她去北海旅游。她们没有随其他游客登上涠洲岛，而是留在了栈桥上看海潮。那时正值涨潮，一人高的白浪携着大自然蓬勃的张力一路奔袭迫顶而来，风变紧，雨变急，溟暝之交，唯雄浑的波澜正激越奔鸣……外婆握着母亲柔嫩的小手，问她，感受到了吗？这颗星球的脉动。那是2016年，《巴黎协定》刚在纽约签订，人类刚确定2℃的死线。

我从未见过这么大的城市，这么多幢摩天大楼，还有这么多的故事。导游时不时指着一片海面对我们说，这里曾是某某的故居，这里曾召开某某著名的会议，这里曾诞生过世界上首台什么，这里曾是世界的什么中心……可我眼前只有水，于是不得不借助隔壁高于 15 米的建筑来想象水下的故事。你知道这像什么吗？像一群人站在墓碑前，聆听牧师对着地下的亡者念悼词。这真是个很大的城市，我们飞了很久也没有飞出市中心，我在直升机上极目远眺，却望不到城市的尽头——我从未见过这么大的坟场。

海　泵

　　再之后的 10 年，发生了很多事。海平面又上升了 7 米，人类经历了一次远古超级病毒大暴发，气候编辑办公室成立，"气候设计"理念被允许进入教材，"哈雷冰盾"开始消散，"海泵"项目通过听证，"不周山"级正式机开始服役……哦，对了，还有李纯，她生物学博士毕业后，加入了由著名科学家容瑛领头的生态链重建计划，我在新闻里见过她的身影。从那之后，"平衡"空间的密码频繁被修改，即使我们三人都没有动态上传。仿佛空间存在的目的，成了呈现密码本身……

　　什么？你问我？我也没其他本事，就只能守着那狭小的驾驶舱，用十年青葱的岁月，换了薄薄的一张高级机甲师认证，但这让我有了去格陵兰的机会。不过别误会，我是没有资格进科学城的，我被征调去了北大西洋海泵项目，和一万名基建工人一起。

　　临行那天，我很激动，不是所有高级机甲师都有机会加入这种规格的工程。我想让远在黄土塬的亲朋看到我的出息，让母亲在邻里间扬眉吐气，于是我觍着脸爬上了校门口吉祥物的脚背，拍了一张以征服者姿态驾驭"不周山"级的"照骗"，这是我能想到的最便捷地表达出息的方法，这也将是我这辈子做的最后悔的一件事！

　　降落格陵兰的第一天，我迫不及待去了地球工程委员会的总部，不出所料被拦在了门口，于是只得在宽阔的广场上徜徉。很多与我一样的平凡人在这里徜徉，有父母带着小孩的，有拍婚纱照的，有儿女带着老人的……而更多人聚集在广场中心的箴言碑前，神情肃穆庄严，这情景让我联想到全新世的麦加朝圣。

箴言碑，几乎与地球工程委员会本身一样著名的存在，那是座花岗岩制成的黑石碑，上面刻着用全球所有文字写就的三个词。

中文在第三行：

"公正""理性""果决"

我默念着。不知为何，脑海中浮现的，是李纯与我道别时的景象。她的表情，和朝圣者一样，庄严而又肃穆，充满了某种难以名状的使命感。

可能科学也是门宗教吧……

我拍了箴言碑的照片，传到"平衡"空间，然后整个下午都在广场上默默坐着，守候总部大楼的正门。李纯第一次见到箴言碑时，是不是与我初见"不周山"级时一样震撼？命运就是这么神奇，能精准地将人们筛去他们合适去往的远方，或许我们的命运本就殊途……那我还在期待什么？期待她在"平衡"中回应，然后像十五年前放学走出校门一样，走出总部大楼的门吗？

终没有等到她，我乘上了去往北大西洋海泵工地的班列。

塞梅索克区的贡比约恩山，是格陵兰最高的山，也是北大西洋海泵西线工程所在地。环岛的东岸，受寒流的影响，温度比同纬度的西海岸低许多。全新世时格陵兰的城市集中在西海岸，而东岸一片死寂，原因就在于此。但这种情况在最新世彻底改变了。如今，岛圈东海岸上那些海拔三千多米的山，是格陵兰仅剩的冰雪之地。

"'水塔'和'深潭'，两座千米深的蓄水池，一高一低，嵌在贡比约恩山体内部。你看……"

机甲组的前辈将望远镜递给我，顺着他手指的方向，能看到一些巨大的吊装机械聚集在灰色的山体上，但看不见蓄水池本身。

"'水塔'整体在海平面以上,它负责收集山川径流,对'深潭'进行补给。'深潭'则地上 1000 米,地下 1500 米,直通海道。"

我望向与贡比约恩山相反的方向,那里是伊尔明厄海,也是北大西洋暖流变冷变重,下沉至深海的地方。在科学家的设想中,只要限制伊尔明厄海表层水团的下沉速度,便能人为制造温盐环流的全球拥堵,最终减少暖流从赤道向高纬输送的热量,将热量锁在赤道。全球这样的洋流下沉点有三个,它们如同地球气候的三道命门。而海泵,便是打在这三道命门上的闸阀。

这是十年来全球关注度最高的工程,也是最具争议的工程,科学家在电脑上输入的每个参数,都会结结实实落地到每个国家每个个体身上。因为它的存在,黑窗列车额外从赤道地区撤离出 6 亿人口。

"我们现在所站位置的地下,有一条隧道,从'深潭'直接通到翻转洋流的正下方。你的工作,就是在'深潭'中安装倒 U 形管。如此,'水塔''深潭'、地下隧道,以及整片伊尔明厄海,就被连成了一套巨型虹吸系统。'深潭'的水位,就是地球空调的洋流开关。"

海泵工程我已经耳闻不下百次,可当真实地站在贡比约恩山上,遥望伊尔明厄海时,内心的翻涌依旧无法停歇。

是的,无法停歇,一小时后我就被带到"深潭"边,那里有台"大黄蜂"级已经等着,我匆忙换上恒温服,坐进机甲后,就被磁轨滑入了"深潭"底部。现在是 6 月,他们应该是想趁着 9 月极夜前,多赶些工期。

井壁上每隔 100 米便有一圈蓝色光条,2500 米的深度,我滑了两分钟,这感觉很科幻,如同穿越时光隧道。是屏幕上渐渐清晰的巨大身影将我拉回了现实……是的,很巨大,因为是"不周山"级,而且有十台!我努力抑制着内心的震撼,这种感觉,十五年前第一次见到吉祥物时出现过,只是如今夹杂了一些不同的味道。是角度——我从未俯瞰过

"不周山",还有那数不清的"小鸟""巴比伦""大黄蜂"……这里就像个——蚁穴!"不周山",不过就是大一点的工蚁罢了,同样的忙忙碌碌,同样的蝇营狗苟。

接下来的三个月,我努力适应着极昼,努力克服着U型管组件从洞口缓慢降落时,那种令人窒息的压迫感……因为整根U型管直径200米,长3000米,过于巨大的它,只能在蓄水池底完成拼接。即便如此,每块拼接板的尺寸也相当于一艘万吨巨轮,需要两台"不周山"级合力接托。几乎所有执行托接任务的人,都会死死盯着那慢慢降临的黑色碳板,随着吊装悬索的每一个晃动而心惊肉跳。听说之前出过坠落事故,万幸那次距池底只有10米,若发生在2500米高空,动能方程得出的数值将相当于一次小型核爆。那三个月,我无数次想起喜马拉雅的地震……

极夜降临后,所有的忙碌瞬间停了下来。大部分工人撤出了格陵兰,他们有半年时间去其他大洲谋生,待来年极昼再回来,仿佛迁徙的候鸟。我被安排对工程作复检,于是留在了格陵兰。复检的工作挺轻松,我下工后还有闲暇去酒吧,只是没想到,会在那里遇见李纯。

她是来找北极熊的。

"还有北极熊吗?"

"有,最后400头。"常年的户外考察,让她的变化有点大,但手上那道烫伤留的疤,依旧触目惊心。

"迁移去哪里?"

"东南极,那里的冰架依旧坚固。"

"带走400头北极熊,需要很大的船吧?"

她看着我,眼神暗了下去。

"不是所有……我们只带150头。这个迁入量,是避免近亲繁殖下最经济的选择,对迁入地的生态压力也是最小的。它们会繁殖,种群会恢复,一切不过是时间问题。"

"那剩下的 250 头怎么办?会饿死吗?"

"饿死的话,是一个个做减法。真实的情况,可能更接近降幂。"

那天,我们聊了很多。我与她讲机甲师的鄙视链,讲恒温服可以过滤尿液做冷却水,讲"不周山"级的机载 AI 曾通过图灵测试……她与我讲,气温的升高让昆虫卵提前于候鸟卵孵化,讲产犊的驯鹿因花期的提前而补充不到营养,讲她们为北极狐挑选了一种南半球小型鸟类作食物,为让这种鸟飞越大西洋,要在海中建一座可供休息的"中途岛";讲她们在育空地区海拔 500 米的冻土内埋了攻击蚊子基因的病毒,一旦气温升高到融化那个海拔的冻土,病毒便被释放,杀死因春天过早降临而多繁育出的蚊子,犹如一枚温控炸弹……

"我们在那些毫无关联的物种间穿针引线,缝缝补补出一块堪用的遮羞布,假装第六次物种大灭绝,从未发生过。"

其实那天李纯的言语中,隐藏着后来发生的事的预兆,只是当时的我并看不透。我甚至还傻傻地庆幸,庆幸她的研究对象是动物,动物没有人的复杂,简单意味着安全,意味着平安……却从未想过,人也是一种动物,是生态链顶端的王。

王,会怎么对待为他量身定制遮羞布的仆从?

李　纯

　　我应该早点想到的，否则不会直到你离去那么久，还心怀对你的怨恨。你一直是我生命中的不可或缺，虽然我们在人生的岔路口分道扬镳，却在另一个虚拟的空间中保留着对彼此的羁绊，犹如隔着一堵墙的同向而行。我从不奢求能看懂你眼里的世界，只是知道你在那里，一直都在，就够了。我曾以为一辈子，时光都会像这样不紧不慢、细水长流地走着，却没想到那么快，命运就带走了你，而你，带走了全世界的怨恨。

　　我早该想到的，当你昂首挺胸，当行刑官向你敬礼……

　　这辈子，我没能读懂这个世界，也没能读懂你……就像格陵兰的那个夜晚，我看到了你的冷漠，却没有看到冷漠的背后，是哀伤。

　　我们在兽骨化石做成的酒吧里碰杯，我对你讲机甲师的鄙视链，你对我讲载着150头北极熊的船昨天已经开拔南极，所以从今天零点起，北极熊在北半球，已不再是受保护动物。那时，酒吧外狂欢的人正在办篝火晚会，火上架烤的，是一具北极熊的焦尸。你望着剥在一旁的熊皮，对我讲了发生在你同学身上的故事。

　　那是五年前，你的同学还在读博，研究方向是为失去栖息地的濒危物种寻找新家，并将它们无缝嵌插进本地生态链里去。她毕业设计的研究对象是大丰麋鹿，实验场设在太行山左的一片保护区里。那时保护区的麋鹿已经繁育出第三代，她亲眼见证第三代的第一只幼鹿裹着胞衣降生。她抱过它，亲手为它戴上琉璃彩的项圈，她看过它追着母亲要奶喝的样子，看它打赢了鹿生的第一架……她看它一天天长大，就像在看自己的孩子，直到它被架在炭火上烤，碎裂的项圈成了割肉的利器……

她知道这不怪难民，谁也没料到黑窗列车会在那里抛锚。保护区那么大，城市那么远，那么多的难民，他们没有食物没有水，甚至不知道会不会有人来施救……所以当护林队对天放枪，像驱散鬣狗群一样驱赶男女老少时，她蚀骨的恨意却只换来难民们愤恨的仇视……

我想安慰你的，想告诉你在这泣血的时代，命运不只在你，哦不，你那个同学一人肩头落下了山，于是对你讲了母亲曾对我讲的一个故事。

有个母亲，独自带着罹患糖尿病的孩子流浪。若在从前，病用药物控制住，孩子能平安长大的，可惜，风暴潮将他们逼出了家园，离家前准备的药早就断了。她带着他一路流浪，找食物，找水，找药，艰难维生。她学会和狗打架，学会偷别人辛苦找到的食物，学会……只是在一个冬夜，孩子的病急性发作，她驮着他艰难找到了那座县城唯一的医院，找到了唯一能救孩子的药。本该熬过去的，怪只怪那种药粉被包在胶囊里，而胶囊壳的成分是可食用明胶，于是医院里能找到的所有胶囊壳都被饥民拆成了食物，药粉则像垃圾一样混在一起……后来，那个绝望的母亲坐在药粉堆上哼催眠曲，等怀里的孩子渐渐冷去……我听完后感慨万千，于是对她说了句刚从课本上学到的话。我说，人要向前看……

夜深了，篝火圈的人却渐入佳境，北极熊的香味飘得很远。

"来块肉吗？"与你走出酒吧时，一个男人兴奋地举起熊肝对我说。他是我机甲组的同事。

"别吃……"你漠然转身离去，眸中倒映的熊皮堆里，一只项圈，闪着琉璃般的光……

"李纯……"我急了,我们十数年未见,我不想重逢时光如此短暂,我真的只是想和你多说会儿话的,却没想到,脱口而出的是那样的问题……

我问:

"容玦她,到底会不会开枪?"

……

容玦的故事

博士毕业后，李纯加入了生态链重建计划，当时的项目负责人，叫容玦。

两年前，容玦在格陵兰执行北极熊南迁任务。8月20日，北极圈滑入极夜的前夕，夜半的天透着日不落的微光，犹如漫长的黄昏。这天的围捕工作很顺利，"何所望"号的舰舱内、甲板上，铺满了捕获北极熊的合金笼，北极熊吸入了麻醉剂，都安静地睡着觉。这时，侦测机器人识别出，在舰行路径的前方，有个北极熊家庭正在冰窝内栖息——是一只母熊，带着两只小熊。信息传递到容玦面前，她认出来，这是她一年前追踪过的北极熊家庭。去年春天，她的钻冰舰探测到熊洞，她亲眼见证那两头幼崽，头冒出洞穴，黑黢黢的眼睛第一次见到这个世界的样子。她为幼崽们套上琉璃般的项圈，断断续续跟踪这个家庭长达9个月。如今，幼崽的体型已达母熊的2/3。但南迁计划，只选择4～11岁达到性成熟的成年熊。

"……小熊存活率低，有限的资源不该耗损在搏赌运上。等到了南极，它们会繁殖，种群会恢复，一切不过是时间问题……"这是容玦曾对团队说过的话。

"抓捕！"一声令下，捕猎机器人飞到北极熊家庭正上方，以挑衅的方式将母熊诱离，紧接着软磁网弹射而出，罩住母熊的一瞬间，"何所望"号侧舷发射磁波，软网迅速被吸往回收厢。

舰载系统将装有母熊的牢笼推送到甲板上的空位，可那个位置，恰让母熊看到了自己的孩子悲鸣着追赶"何所望"号的样子……母熊不断挣扎，牢笼被它撞得剧烈晃动，以至于麻醉员持着麻醉枪，却无从下手。

容玦一把抢过麻醉枪，抬枪的瞬间，却见母熊使劲一撞，将自己连带着整个牢笼，撞翻过侧舷，掉进融化的冰海。许多人聚集过来，他们为母熊惋惜，却突然看见母熊顶着巨大的牢笼，浮上了水面。那个牢笼，是在回收厢里换的困兽笼，重达200公斤。

北极熊的毛是透明的，能抵御严寒，北极熊在食物匮乏的夏季会行走着冬眠，北极熊可以一下子游数千公里去寻找食物，十天十夜，不眠不休。这世上最强悍的哺乳动物，进化了那么多技能，努力让自己在这残酷的世上活下去，努力让自己在逼仄的空间里，硬是顶起了200公斤的负重，朝着岸边的小熊，奋勇游去……

而容玦此时，再次抬起了麻醉枪……

后来发生的事，奇绝到令人无法想象。

"何所望"号遭受突袭，甲板上的信号塔被炸断，20吨重的塔身直砸甲板……"何所望"号最终沉了下去，带走了船上的许多人和全部的北极熊。善后委员会找到了证件，于是确定了那具被压在塔下，血肉模糊的碎尸，是著名科学家——容玦。

由于袭击，官方被迫公布了很多视频，包括遇袭时的舰载录像，也包括受袭前，容玦的举枪。她的举动，在社会上掀起轩然大波。遮羞布被撕破，更多人看到了在生态系统重塑时，必要的残忍，到底有多残忍。

有分析家指出，容玦的决定是对的，如果不杀母熊，即使它最终回到了岸边，也打不开牢笼，母子间的羁绊会让小熊直到母熊死后很久都不会离开。如果它们幸运地没被饿死，也会被闻尸而来的猎食者残

定风波

杀，而牢笼中自然腐烂的尸体，是一个可怕的诱饵，吸引越来越多的闻尸者，将此地变成真正的斗兽场。小熊当时已经一岁半了，只要离开母熊，它们便有一半的存活概率。所以容玦的举枪不是残忍，她恰恰在救两头小熊，和这片大陆上最后的生灵。

可更多人听不到，也不愿听这复杂的解释，他们喜欢简单而纯粹的东西，非黑即白，非善即恶，这样才能更恣意地释放心底的兽性。于是，"她会不会开枪"盖过"她该不该开枪"，成了那两年全世界最热门的话题。她是李纯的导师，而李纯是我生命中最接近格陵兰的人，于是那个夜晚，在烤得嗞嗞作响的熊尸旁，在琉璃光彩的项圈旁，我没话找话地脱口问出：

"容玦她，到底会不会开枪？"

林　江

"她不会。"

"为什么？"

她再没有回答。

那个吃了熊肝的同事当晚被紧急送去了医院，后来我才知道，北极熊肝有剧毒。

"别吃……"她的眸里映出琉璃般的流光，可惜那时的我只看见了冷漠，却没看懂她刻意深藏的哀伤。

分别前，李纯提起"平衡"空间，说她后来看到我的留言，但她那天不在格陵兰。我说没关系。其实那次之后，我再没登录过，仿佛抛出试探已经花光了我全部的勇气，再没有余额去承接答案。林江说的，我厌！

"去看看吧，看看，故土。"李纯临走前对我说，这是她这辈子对我说的最后一句话。

那晚，我重新登录，看到了林江，还有一望无际的麦田。

之后的第二、第三、第四……个极昼，我都留在格陵兰，直到北大西洋海泵竣工。那些年，我看到林江拿了拖拉机障碍赛的县冠军，李纯完成了南极熊家园的建设，林江去省城表演拖拉机花式驾驶，李纯为新的地球之肺——澳大利亚筛选入迁物种，林江拿了拖拉机竞速赛的市冠军，李纯评估"克鲁斯娜三星计划"对生态钟的影响，林江拿了拖拉机越野赛的省冠军。以及，密码依然在不停修改……

其实我有时候挺羡慕林江的，因为他的生活很简单，即使黄土塬外的世界已经翻天覆地，他的动态，也永远只有故土和他心爱的拖拉机。他似乎感受不到外界那种箭在弦上的紧绷感。这种紧绷感，随着第三座海泵基地的奠基，以及克鲁斯娜三星的逐渐迫近而愈加强烈……

地球空调给了全世界重塑气候的机会，也给了全世界重新规划国际格局的机会……于是地球工程委员会总部大楼内，除了地球物理学家、大气科学家、核聚变专家、生态学家……还坐进了经济学家、社会学家、国际关系学家以及哲学家……

新的海岸线新的港口，新的温湿条件新的农产区。各种学家拿着本国首脑制定的未来三十年发展目标，坐在气候编辑师的模拟器旁，等待超级计算机反馈结果的场景，成了那些年总部大楼内最常见的景象。

可打破重塑，必有盈亏，不是每个人，都能坦然接受自己被牺牲。当地球工程越来越要求将星球作为一个整体来规划时，国境线，成了人类步入行星文明的最大障碍。"厚此薄彼""以邻为壑"成了那几年国联口水战中最高频的词汇，而越来越多的国家，绕过国联，悄悄修改着落地在国境内的地球工程的细节，妄图对气候进行微调，一旦被邻国发现，局地战争不可避免。久而久之，冲突不断升级，第三次世界大战，一触即发。

可李纯却在这个当口，作为生态学家，被选入人口迁移计划。这个计划的目标，是抹杀掉所有个体标签，仅将"人"作为一种会引起生态反馈的普通物种，投放到"它们"合适去往的生态域内。这个计划，触犯到了地球上几乎每一个人的利益。

终究是我太天真！原来人类从来不过是动物的一种，原来李纯距离地狱，从来就只有一步之遥……

于是我在电视上看到了老奶奶对李纯吐口水，质问她凭什么当

"神"的镜头；看到一队队国联卫兵紧急驻扎进地球工程委员会的镜头；看到被捕的大国首脑暗地里资助恐怖组织，企图制造地球工程事故的镜头；看到箴言碑上的"公正""理性""果决"，被恶搞成各种低俗词汇的镜头；看到……

心情不好的时候，我喜欢看看林江的动态，看看那个没有烦恼，只有拖拉机的小世界。却发现他有一阵子没更新了。那天晚上，我接到母亲的电话，她跟我说，林江死了。

我回到黄土塬已是两天后，才发现林江真的有一个小世界——一个已经破碎的世界。"平衡"空间中，我只看到林江的拖拉机和麦田，却没发现，其实每张照片的背景，都是个透明穹顶。为何我竟早没想到？

这片黄土塬的位置，在太行和吕梁的西面，全球变暖后，大陆蒸发量增大，本来海岸线的西进能补充降水，却因委员会要将更多的水汽输往蒙古地区，而在这片黄土塬的上空放置了一颗抬升水汽的同纬卫星，以削弱两座山的脱水效应。

大概这片干旱的土地，就是注定要被牺牲的存在吧。委员会一定通知过移民，让居民坐上黑窗列车，向北迁徙。可希望新村的人，却硬留下了，他们建了一座穹顶，将故土保护起来，穹顶之上，有个气溶胶发射塔，喷射的颗粒物直达风渠水道。他们用人工降雨的方式，将水汽偷了下来，所以林江的照片中，才有麦田。

这么简陋的手段，终究被发现了。地球工程委员会只是来实施制裁的，制裁这些自私的"蚁穴"，他们没有错。错的是非常时期，武器的入境需要更长时间，于是他们选择从最近的地球工程工地，派去一台"不周山"级……

听说当"钢铁小山"的巨臂砸向穹顶，所有人都在奋力逃跑时，只有林江开着拖拉机，冲向了反方向……

"……能把拖拉机开出花来，可有什么用，最后竟是去送死的！"

林江的父亲扶着简陋的墓碑，号啕大哭……

可我知道，他不是去送死，他只是开向"不周山"级，他只是想见我……可惜通过了图灵测试的 AI，没有识别出林江接近时，心怀的善意。

"我留下来，给你们守好故土。"

胸口，有泪滴滚落，很烫，仿佛当年拥抱时，他的体温。

那张"照骗"，是我这辈子做的最后悔的一件事。

最初的别离

那个下午,我丢下半盘饺子,冲出了家门,我们仨一起跑在希望新村漫漫的黄土地上。林江眼里,是飞翔的直升机;我的眼里,是直升机来自的世界;李纯眼里,是红箱中的种子。过去、现在和未来……分离,竟早在人生初遇时,便已经注定。

多年以后,趁着比赛的空当,林江去了我和李纯读书的初中。他坐在马路牙子上,呆望着校门,一整个下午,一如我坐在科学城门口的样子。他守着诺言,替我们守着故土,守着父母,可直到那个下午,他才确信,确信我们谁也没有留在原地等他。

我能想象,他假装不在意的样子,甩甩头吸了吸鼻子,拍了几张开拖拉机拿奖的照片,上传到"平衡"空间,想让我们看到他的出息。"嘿!我不比你们任何人差!"连笑容都和我站上"不周山"级脚背时如出一辙。

可拖拉机,终究是追不上大飞机的。

于是在我们看不见的地方,他长大了,收回了在缥缈世界里胡乱摸索的手,死死抓住希望新村这仅存的实在,他知道若连这也失去,生命的质地便真的只剩下虚无。于是,那片土地,那众乡亲,成了他余生的全部执念。

李纯啊,其实我们都是自私的人。我们看见了世界,亲身感受到这颗星球刮骨疗伤的痛楚,却自欺欺人地对故土报以能够独善其身的侥幸，心安理得地享受童年挚友对后方的照料。游子在外，冷暖自知，可我们却都心照不宣地渲染着生活的平和，自以为这报喜不报忧是岁月经年的成熟，却从未想过恰是这廉价的善意扼杀了让故土看见世界、理解世界的最后机会。林江给自己做了个牢笼，可我们谁都没有尝试为他打破。我们好自私，他好傻……

克鲁斯娜

"听说了吗？"北大西洋海泵的落成典礼上，"不周山"级的正驾驶对我说，"克鲁斯娜三星，今年就会泊进地月系。"

这天，我第一次穿上"不周山"级副驾的制服，第一次站在了200米高的驾驶台上。成为正驾前，我还有漫长的路要走，甚至两三年内都碰不了操作台，但我确信人生在往高处走，而高处，有"上帝"，也有李纯。

"听说了，还听说行星防御理事会正在加强护盾。"

典礼在贡比约恩山的海泵基地举行。撤出蓄水池的机甲队，一路排到了65公里外的布洛斯维尔海岸上。

"自欺欺人罢了，那东西离得太近，护盾来不及粉碎。你感受到最近的恐慌情绪了吗？"

65公里的距离，200米的高空，我看得见山，也看得见海。工程长一声令下，"深潭"里2500米深的淡水携着巨人的势能，天洪灌地盆般顺着地盾隧道注入伊尔明厄海。整个贡比约恩山都在颤动，全息屏不断提示着各种超异数据，科学城监测到了浅源地震，我看到有"小鸟"级机甲已经下了地锚。

大地的轰鸣持续了一小时，但这远未结束。两小时后，近地卫星发来的图像显示，冰岛西北方向约800公里的海面上，一片直径10公里的海域出现水体膨胀。这个"鼓包"从卫星图上看并不显眼，就像胎儿在母亲肚皮上浅浅印出的掌痕。而实际情况是,那只"胎儿的手掌"在伊尔明厄海中推出的是座高达 5 米的水盾,外缘水墙以 300 公里的时速奔涌前进,1 小时后,冲抵布洛斯维尔海岸时,波长减短波高急剧增加,5 米水墙瞬涨成 20 米波峰,"不周山"级迅速放下地锚……

"感受到了吗?这颗星球的脉动……"一个古老的声音刺破时空,响在我的耳畔。

"感受到了……但这颗星球的脉动,现在由人类掌控。"

我的左手是山,我的右手是海,我在 200 米的高空,拥有拨动这颗星球脉络的能量。人类,这两米未届的小个体,在被大自然围剿了数百万年后,硬是将自己进化成了神祇,终成为这世间最渺小的无穷大!

海浪只漫过"不周山"级的脚背,却引起了海岸上其他机甲的骚乱,正驾望着一众的狼狈感慨道:"信使时代以来,人类从未遭受过如此强烈的气候剧变,同样,也从未掌握过如此强大的行星级重器。只是,玩火者,易自焚!"

克鲁斯娜,除月球外,离地球最近的天体,甚至有人说,它是地球的第二颗卫星。其实 2088 年,地球工程委员会一共向深空发射了四艘行星际飞船,只不过当时全世界的关注点都在哈雷彗星身上,以至于忽略了与"哈雷冰盾"同级别的"克鲁斯娜三星"计划。

最新世 2 年,飞船飞抵克鲁斯娜小行星;最新世 3 年,15 枚小型聚变弹被喂入岩质的小行星;同年,聚变弹引爆,将克鲁斯娜裂成三份,三星分别被命名为"公正""理性"和"果决"。接下来的两年时间,三艘飞船分别嵌进三星,成为小行星的引擎。克鲁斯娜原本的直径只有 6 千米,裂成三份后,最大的"公正"星直径也只有 2.5 千米。安装了引擎的三星,犹如三个可控的引力源,能对大气进行牵引,引起气潮。而且不同于月球对海水的单向牵引,三星相对位置的改变,能发育出影响大气的千百种模式。

在科学家的设计中，引擎调整好初始位置后，损失了速度的三星，轨道会降低，最终在20年后的近地点受地球引力牵引，泊入地球轨道，成为卫星。预定的入轨日，便在今年。但随之而来的却是在人群中蔓延的恐慌。有媒体说，是造成恐龙灭绝的那场灾难在人类心底种下了太深的恐惧，以至于当空间天体以越过月球轨道的距离靠向地球时，刻在基因里的抵触走上台前，成了那几年民众对克鲁斯娜三星态度的底色。

一部叫《克星》的电影甚至演绎过最极端的灾难：人类的失误致使克鲁斯娜偏离轨道，迎面撞上了月球，陨石雨不是最可怕的，真正的死神是被降速的月球。这颗太阳系排行第五的硕大卫星，轨道被降低，45亿年前被忒伊亚撞出的物质重新坠向它的母星……最后的时间里，半个印度洋的海水漫过珠穆朗玛被吸向平流层，大气与月球的接触点一片火红，地表的一切物质都在上浮。再然后，月球的距离变成高度，月球的引力变成重量……生命的休止符被画下，但地球的时间还在继续——融化的地壳冲上太空，却没突破逃逸速度，于是跨越大半个地球重新坠落。影片的最后，地球重现太阳系原星盘时期的模样，回炉重塑。

与克鲁斯娜相比，海泵可能造成的灾难简直就像顽劣的小孩在浴盆里溅出的讨厌水花。

克鲁斯娜真正入轨已是一年后，先到来的是最小的"果决"星。这就像天外之客对主人抛出的试探。全世界对它有多关注？你把入轨的东西想象成一艘外星飞船，大概就能以80%的深度体会到人们的恐惧了。为什么不是100%？毕竟外星飞船不太可能像《克星》演绎的那样直接把月球撞得降速。

入轨那几天，几乎全世界的人都活在末日般的恐惧中。但"果决"星从现身，到停在地月系L3拉格朗日点上，所有动作都发生在地球向

定风波

阳面，人们并看不到"恶魔"的真身，他们的恐惧其实来源于自己的想象。比如说我，耳中听的是"果决"星的新闻，心中比附的，却是碳板被吊入"深潭"时的心惊肉跳；再比如说世界，嘴里讨论的是克鲁斯娜，心中惧怕的，却是格陵兰将全世界都置于了它所掌控的悬顶剑下。

那段时间，流言四起，许多八竿子打不着的事情被串联起，编成了似乎合情合理的故事。最离谱的一条，就是地球工程其实是利用气候剧变将全新世的格局重新洗牌，背后的庄家，是国联。更离谱的一条，说识破了诡计的科学家都遭到了清洗，比如容玦，再比如……

真是离谱！

而后，"果决"星完成了作为风暴编辑器的首轮测试——它成功偏转了太平洋上一场热带风暴的前进路径。再然后，"理性"星入轨。人们的神经就在这一次次的入轨、测试、再入轨中来回张弛。事故发生在"公正"星入轨的时候，不知是引擎的能量消耗超过了预期，还是太阳、地球、月球以及另外两颗小行星之间发生了复杂的引力扰动，总之"公正"星的滑行速度超过了预期，侧面擦过正在进行风暴测试的"理性"星。那时正值西半球的夜晚，听说北美大陆上的行星防御系统瞬间被激发，三万枚空天导弹在热层对碎片进行拦截，将夜空照成了白昼。月球探测器发回的图像显示，那晚的西半球，犹如地球爆发了耀斑。

还是有一些直径数十米的碎块最终坠落地球，引起了十几场类似通古斯的大爆炸。而更多的碎块飘在轨道上，慢慢形成了星环，比已经淡去的"哈雷冰盾"亮百倍。之后的两个月，北半球经历了一场焖烧，紧接着是持续两年的严寒，地球平均气温骤降4℃，评论家讽刺说，这场事故比任何一项地球工程都有效。

于是"火药桶"炸了，炸得毫无悬念，仿佛一切就绪，就等着导火索被点燃。只是交战没有发生在国家之间，所有国家默契地放下了对彼此的仇怨，一致将枪口指向了格陵兰。

我不知道我属于哪一方。委员会毁了希望新村,可李纯属于格陵兰。于是当校长紧急问我,愿不愿意保卫南极绕极环流时,我仿佛抓到一根救命稻草,毫不犹豫地将自己投入一种中立的使命中去。

南　极

南极半岛，就像南极洲伸出的触须，与美洲合恩角隔海相望。可直到来南极很久后，我也没想明白被派来的原因——这里没有地球工程需要保护。

或许校长的担忧是多余的？事实上，大规模的战役都刻意避开了地球工程所在地，一旦避无可避，交战双方的攻势都会趋于保守，仿佛地球工程是脆弱的珍宝，谁也不愿在战后背上修复的债务。于是仗打了三年，重要的地球工程几乎完好无损，即便是肇事的克鲁斯娜三星，也好好地停泊在地月拉格朗日点上，未被驱往深空。更何况南极没有地球工程！

其实仗能打三年，谁都没想到。国家派靠的是实力，而地球派却只有信仰。我思考了三年，也尝试询问校长，所谓守护的，到底是什么？可他从来不愿说。我就这么在荒芜的处女地上，每天驾驶着"大黄蜂"级机械地巡逻。三年时间，外界风起云涌，而我在这里做过最激烈的"斗争"，竟只是驱逐了一艘在德雷克海峡投放增冰弹的渔船……

我为什么在这里，我在为谁浪费生命？我每天重复着相同的工作，问自己相同的问题，浑浑噩噩。直到有一天，在南设德兰群岛，我看到了一头南极熊！

"它们会繁殖，种群会恢复，一切不过是时间问题。"言犹在耳。那150头北极熊，李纯只投放在东南极的冰架区，而这里是西南极，冬天才有海冰。

是种群兴盛了吧，这头三岁的熊，降生在南极。它们的种群规模，可能已经超过400头了，所以才需要扩大领地，来西南极觅食……

400头？

突然一道闪光迅雷不及掩耳地刺中我的脑海，那个掩藏在乌云之后，煎熬了我整整三年的答案，此刻，竟无比清晰地呈现在我眼前。

"剩下的250头怎么办？会饿死吗？"

"饿死的话，是一个个做减法。真实的情况，可能更接近降幂。"

被放弃的北极熊如此，那被放弃的人类呢？

五雷轰顶！

"…派你去南极，保卫绕极环流……"其实校长早就告诉我了，是我自己一直没有看透！

"……冈瓦纳古陆解体，分离出今天的南极洲和南美洲，最迟至晚中新世，德雷克海峡形成。德雷克通道的打开促成了绕极环流的形成，后者如同一道藩篱，隔断了南极洲与低纬地区热量的交换……"地球物理的课堂上，老师讲过，如果将南极的极寒比作恶魔，那绕极环流，就是捆住恶魔的绳索！

可那艘渔船，为什么要往德雷克海峡投增冰弹？

多余的冰，会使海峡变窄，从而阻断绕极环流，最终，挣脱了枷锁的极寒之魔，将肆虐向整个南半球。

克鲁斯娜相撞后，全球骤降的4℃，造成了3亿平民死亡。如果这次换成南极……

为什么派我守在这里？为什么原因不可说？为什么战争拖了三年？为什么不论委员会做什么，战争一定会爆发？

定风波

流言说，地球工程是统治的工具……

流言说，没有屈从的科学家都遭到了清理……

流言还说，地球这个巨大的压力罐，到了该减压的时候。战争是个很好的幌子，掩盖了所有的不可说，在那些冗余的人口未觉之前，让他们消失，以自然的名义！

我到底在守护什么？

我颤抖地打开"平衡"空间，我想联系李纯，问她流言是不是真的？科学城是不是统治的工具？战争是不是幌子？容瑛如果真的被清理了，那你为什么还活着？

"平衡"空间很久没有更新了，否则李纯会被追踪。但我习惯时不时登录去看看的，毕竟这是维系着我们的最后一韧游丝。可现在，主页打不开，居然打不开？她修改了密码，没有提前告诉我！

我看到了新闻中对余孽的抓捕，一些人被军队驱赶出简陋的丛林草屋，那些人没有武器，他们只是一群文质彬彬的学者。国家派的军官说，没想到抵抗运动的指挥部建在澳大利亚的丛林中。那里是新的地球之肺，离我只有 2500 公里。

后来，军事法庭裁定"人口迁移计划"反人类，李纯作为项目成员被送上了行刑台。

而我什么都没有做……

借 口

我不信你是这一切灾难的始作俑者,我要见你,我要听你在法庭上为自己辩驳,我会陪着你,会永远站在你身边,我一定会!

如果不是那封信……

平　衡

　　这是个长长的噩梦，等我醒来，一切都会结束。真实的世界里，是我陪李纯在树林里浇开水；林江的拖拉机驶来，我停下"不周山"，和他拥抱，泪水很烫，就像儿时他的体温；我跨越2500公里，钢铁巨臂砸开的，是监狱的穹顶，那天下着细细的雨，李纯打着油纸伞，在冲我笑……

　　李纯！

　　我惊醒，发现自己正在赶往澳大利亚的飞机上，可噩梦远未结束——所有人都目不转睛地盯着机载屏幕，新上任的地球工程委员会会长，在军事法庭上做着报告，主题是：平衡。

　　他背后的硕大屏幕上，投射的鲜红数字，又长又难记！

　　仿佛一记重锤，狠狠震碎我的灵魂。

　　会长说，那串数字，是新生态下，最优的人口数量，也是战犯的最终目的。

　　那串数字，与"平衡"空间的最后一任密码，只差最后5位。

　　我打开登录界面，颤抖着输入那串鲜红数字。

　　……

　　30年前，我在柿树林里浇开水，却忘了那天是聚变弹被引爆的日子。突如其来的昼亮，让我看清了树根部，攒动的影子……

其实我挺恨自己，为什么拖大半年？如果早在去年，在树林形成生态圈前，就做这件事，会不会今天，就不会有生灵枉死？哪怕只是个蚁穴……

它们没有错。它们只是随着本能，寻得一方乐土，然后筑窝、繁衍……和无数世代的无数平凡个体一样。

谁都没有错，错只错在所有人都以为天地浩渺，以为总有一方乐土，能容下人平凡的一生。

那晚的彗星很亮，像神的眼睛，盯着我把水壶一点点下倾。

不断有黑色的死蚁从地下浮上来，我求神，求这一切快点结束，可黑斑越积越大，越积越浓，直到刻在了骨上，再也抹不去……

后来，我总梦见自己回了那片小树林，只是每当彗星点亮后，树下被浇死的，都不再是蚂蚁，而是人。

我无数次演算，平衡之下，人口到底该是多少？结论却从未超过30亿。

有个老奶奶问我，凭什么当神？我不知道有没有神，如果有，为什么不拦着另外40亿人来这世上？为什么没在树林形成生态圈前，及时止错？

今天，军队会如约找到我们，我也会如约被扣上反人类的罪……说到这里，你应该懂了。我这一辈子，没留下什么，如果有，就是走过的路。即便试错，总也要有人去做……

那天，我对老奶奶说，十字架很重，总得有人去背。

其实我无数次问过李纯，那串密码，到底有什么意义？她从不肯说。现在我知道了答案——容玦她不会开枪。同时李纯的选择，我便也知道了。

流言，不只是流言。

定风波 / 367

讲个笑话吧

　　那两头小熊，四年前的 11 月出生，其中一头是雌性，4 岁就能达到性成熟。两年前，容玦不能把它带走，两年后，李纯来到了这里。只要它能被李纯找到，只要它上船，船开到南极时，它就能符合南迁计划的底线。李纯把项目一直拖到了 9 月，却在船开拔南极、保护法失效的第二天收到了项圈的信号。她以为还有希望的，于是开着超音速钻冰舰一路追来，却只看到一群"小鸟"级机甲围着篝火。泥泞的冻土上留着食物链之王围猎的轮痕，以及一只母熊最后的不知所措。

　　信号的"嘀嘀"声引起了别人的注意，背后有人喊她，"李纯？"她回头，看到身着高级机甲师制服的我。

　　化石酒吧里，她讲大丰麋鹿的故事，我问，容玦会不会开枪？

　　她对我暗示，当食物链的王撤去保护法，有什么物种，将不再被藏于遮羞布之下，所以去看看吧，看看，故土。我望着她冷漠的眼神，什么都没听懂……

　　这真是个笑话。

君　君

　　我终究未入境澳大利亚，而是赶回了黄土塬，两天一夜，不眠不休，我见到了母亲。

　　她在病床上，希望新村仅剩的五户人家在轮流照顾她。邻居说，没有车愿意载她去省城医治，而黄土塬已经不再适合耕作，夏天过后，另外三户人家也准备离开。这苟延残喘的希望新村，这些卑微挣扎的平凡人，大概就是新世界准备甩掉的包袱吧。而在无数个被人忘却的角落，还有多少这样脆弱的生命？他们甚至熬不过一次大降温。

　　我走上前去，握住母亲的手。她好像感受到了我的温度，悠悠转醒过来，她望着我说：

　　"君君，你回来了。"

　　我的手是湿的，因为外面下着的雨，很大，大到令我想起小时候紫色的警报。战争爆发后，北线风渠停止了运作，大自然恢复了本来的狰狞面孔。房间里没有开灯，时不时亮起的闪电将门窗映得变了形状，远处有雷声，却被瀑布般的雨扭曲得像被塞在瓮里。雨淹没了一切，它像一只水做的囚笼，把我与这个世界隔绝开⋯⋯

　　我想起30多年前的那天⋯⋯只是背了首词的时间，外面的天就瞬间透黑了下去。我很害怕，于是我强迫自己一遍一遍，一遍又一遍不断背着那首《定风波》：

"……竹杖芒鞋轻胜马，谁怕？一蓑烟雨任平生。……回首向来萧瑟处，归去，也无风雨也无晴。"

一遍，一遍，又一遍。

雨下了很久，我等了很久，久到怀疑这场雨再也不会停止，久到怀疑即使雨停了，世界再不是原来的样子……

后来……

一个人影冲进了教室，是母亲，她仿佛化成了个水人。她死死地抱住我，抱着我哭，她喊道：

"君君，对不起，妈妈来晚了。妈妈没有丢下你，妈妈怎么可能丢下你啊……"

其实看到母亲我心里很高兴，被她抱紧我也很安心。可，君君是谁？

听说人脑有种保护机制，会帮你忘记一些痛苦的过往，于是那晚的记忆后来一直很模糊。我不知道大脑要屏蔽的，是那场惊心动魄的大雨，还是我发现自己，其实不是母亲的第一个孩子。

她到底怎么来的黄土塬？

我俯下身，亲吻她的额头，对她说：

"是的，妈妈，我回来了。你的君君，回家了。"

李　纯

绞刑台上，箴言碑下，有你，还有另外一百多名战犯。你们曾是科学家、政治家、军人……是离神祇最近的人。

观刑者把广场围得水泄不通，乌云在聚，行刑官宣读着长长的罪状：

他说，是你们制造了"公正"星和"理性"星的相撞……

他说，是你们发动战争，并以战争为幌子……

他说，是你们破坏了南极绕极环流……

他说，是你们谋划对科学家的暗杀，比如容玦……

……

那闻溟呢？喜马拉雅风道那 1562 个默默无闻的名字呢？我的父亲呢？

已经没人再怀疑地球工程是场阴谋。知道当时我有多恨你吗？围观的人用各种语言对你们破口大骂，扔出所有能离体的物体对你们打击报复。镜头闪过，看见你死灰般的面颊，我心里燃起的，是快感？

行刑台下，是愤怒的面孔，隔着屏幕，是全世界的恨意，可这次再没有护林队帮你驱散难民，你望着那些可怜又可恨的人，再也不屑报以蚀骨的恨意，你只是对着天，对着箴言碑，孤独地昂首站立……

最后，你昂着头，走上刑台，步伐坚定仿若殉道，行刑官落下的手久久停在帽檐边，你不再挣扎时，颊上有水滴滑过。

雨落了……

25年前的县城火车站,你告诉我,北太平洋海泵建成后,我们会有一个新的江南。可我还未及告诉你,我想看你撑着油纸伞,走在江南雨巷里的模样……

止不住的仇恨

历史的发展，总是在"必然"中嵌着一个个"偶然"，只是世界在仅能容纳"偶然"的短暂跨度里，让"必然"发生了，于是那些承受不住时代急转弯的人，成了省略号般的一个个断点。读初中时，我见过流浪的爷爷蹲在地上，给年幼的孙女当椅子；见过满脸尘土的小贩，想要喊回顾客时，突然沙哑不争气的喉咙。生命对环境的适应，是以新陈代谢为代价，比附到人类社会亦如此，只不过代谢掉的，是一个个有名有姓的人。比如中美洲的叔叔，比如病弱的君君，比如年迈的母亲……世界只会留下最精华的部分，他们会繁殖，种群会恢复，一切不过是时间问题……

所以草芥，不配活着吗？

像母亲驮着哥哥，像容玦放下枪口，像林江冲向"不周山"……我驮着母亲，努力冲破命运的围剿……

离开的那天，也下着雨。车在黄泥地里艰难跋涉，路已经坏了很久了。出了希望新村，远远的断崖上，有栋木屋，还有一个男人。他认出了我，他在喊我，跟着我的车跑。他跑得很难，摔了一跤，摔掉了伞，但爬起来还在跑，他努力做着各种动作，他怪自己不够显眼，怕我看不到他。

于是我故意朝他白了一眼，让他看到我看到了他，却没有停车。

他没有再追。

他是李叔叔，李纯的父亲……

格陵兰的红箱

你知道当绝望的母亲抱着孩子，千辛万苦找到医院，却发现所有的胶囊都被拆掉，所有的药粉都像垃圾一样混在一起后，会发生什么吗？她会抓住现场的嫌疑人，向他撒下全部的怒火，即使那嫌疑人，是另一个绝望的母亲。

那个冬夜，我的母亲在药粉堆上，被一群同样悲恸的人撕扯，怀里护着已经冷去的哥哥。那群人的随行者中，有个男人。他认出了她，多年以前，她穿着香槟色的丝绸礼服，指尖跳跃下，是灵动的钢琴乐曲。他把她抢了出来，从死神手中。那个男人后来成了我的父亲，那件礼服，成了我家桌布。毕竟，人要向前看。

是的，母亲对我讲的，是她自己的故事。而你对我讲述的，其实也是你自己的故事吧。

那年，你亲手养大的小鹿被架在炭火上烤，你亲手为之戴上的项圈，成了割肉的利器，你蚀骨的恨意却只换来难民的仇视。容玦却在那个档口，将你招入麾下，不幸中的万幸，你厌世的仇恨，帮你通过了一道隐形的测试。所以后来容玦被清理，你却活了下来。

知道这一切，已是差不多十年之后了。那时母亲早已离世，而我也在恨意渐行褪色后，将你的父亲接来了县城。我该再早点的，而不是让医生告诉我，好好陪他，走最后的时光。

对不起，我不该在那么多年后，才懂得了密码的真正含义。

新生态下，将人口减至的那个最优数量，是国联的数字，却从来都不是你的密码。

你们这群看透了的人渗透在地球工程委员会，渗透在国联，渗透在军队，你们努力利用地球工程的协同作用扩充着环境的容量，努力让新的生态，纳下更多的草芥——那是新的生态，能容纳的最多人口。

刑台之下，屏幕之外，那一张张愤怒的狰狞面孔，都是你拼尽全力保住的人吧……

那天，新的国联主席站在了屏幕前，他不再是坚毅的面孔，也不需要西装革履，他只是这么站着，却不怒自威，昊若天神。

很久很久以前，林江曾问，格陵兰有没有希望新村？他们的红箱里，是什么的种子？那时我嘲笑他，说你这问题，就像在问皇帝种田是不是用金锄头，皇帝挑粪，是不是用金扁担？

我记得你没有回答。

所以格陵兰170万平方公里的试验田里，"种"的到底是什么？

现在我知道了。

他的脸，有东方的神韵，有西方的棱角，他是基因筛选的结果，是游弋于任何现存之外的人造人种。他是挑断国境线的利刃，是能百分之百"公正""理性""果决"地将人类送入行星文明的神祇。

他就这么毫无表情，也毫不忌惮地揭露着10年前的那个秘密。

他说，地球工程是统治的工具……

他说，没有屈从的科学家都遭到了清理……

他还说，地球这个巨大的压力罐，到了该减压的时候。战争是个很好的幌子，掩盖掉所有的不可说，在那些冗余的人口未觉之前，让它们消失，以自然的名义！但战争的爆发需要导火索，需要交战双方。于是地球派和国家派一起，自导自演了克鲁斯娜的相撞。而后来对所谓"战犯"的公开处刑，不过是一群自愿献祭的人，在临行前与这个世界做下

定风波 / 375

的最后一场交易——世界妥协他们的密码，他们为世界扛下这场战争，所有的骂名。

所以生态系统重塑时，必要的残忍，到底有多残忍？

现在我终于知道了三个问题的全部答案：

容玦，不会开枪；

密码，是你的信仰；

格陵兰的红箱里，藏的是一个全新的时代……只有你，敢上前，打开它，于是你凝视了深渊，也身陷了深渊。

我冲去医院，带着解密的报告，却只看到护士在为你父亲盖上白布。

他有没有看到为女儿的正名？我再也不会知道了。

无用的食客

每年 12 月，当地球运行至第一颗聚变弹引爆的地方，人们都能观赏到一场壮丽的流星雨，那是哈雷彗星的碎片在大气层中燃烧。地球已经第 55 次经过碎片带了，再有半年，我便满 65 岁，将被强制安乐。于是我用仅剩的碳额换了一张回黄土塬的车票。和车票同时来的，还有一封来自国联的感谢信，感谢这再无用处的食客选择结束生命，为世界腾出新生的额度。信封里的那枚胶囊，能确保我走得安详。

启程前，我整理自己的"遗物"，找到了当年李纯给我们拍的 3D 照片，那是在彗星炸亮之前。当年的我们都还年轻，笑容都还明媚，尚不知心血会冷，灵魂会碎，命运，会灰飞弥散如烟……这一切仿佛就在昨天，我们刚刚还在追着大飞机跑……可相片从分辨率上告诉我，事情真的已经过去很久了，李纯，林江，你们，已经走了很久了。

我也找到了那份卷子……

容玦她，到底会不会开枪？

"她不会。"

其实我心里有疑惑，李纯她，为何就能如此笃定容玦的答案？因为她是她的导师？因为她的惨死？真的只是这样吗？

直到那个冬至日的 50 年后，我重又翻开这张卷子才发现，命题人的位置，赫然印着的，是容玦。

当年，李纯的答案，不是最接近正确答案的那个，却是在所有答案中，挣扎着将环境容量提到最高的那个。她看到她的答案，带她去格陵兰，她成了她的导师，她成了她的延续，她们有着同样的密码，同样的信仰。

这份题目，李纯用了一生去作答。

踏着月色，我找到当年那座水蚀断崖。李纯，林江，你们看啊，这层次分明的土壤，不正是漫长地质年代中，代代生灵的墓冢。没有往者死，何来来者生？可人类，又何曾从隙光掠影中，怜悯过它们的悲喜，感激过它们的馈赠？

我躺在这承载了童年回忆的地庐之上，人生的全部疑惑已然释怀，再无牵挂，于是我取出了那枚胶囊……夜深，星雨渐浓，恍惚间，我感到自己化成了神，飘然去了境界之外，自此，一梦，万年。

东心爱，90后，现居上海。2019年开始科幻小说写作，中篇小说《卞和与玉》获元宇宙奖、华语科幻星云奖，《藏春阁赌约》获光年奖。《消失的宿主》《婴之果》《伴星》等作品发表于"不存在科幻""小科幻"微信公众号。

解控人生的少女

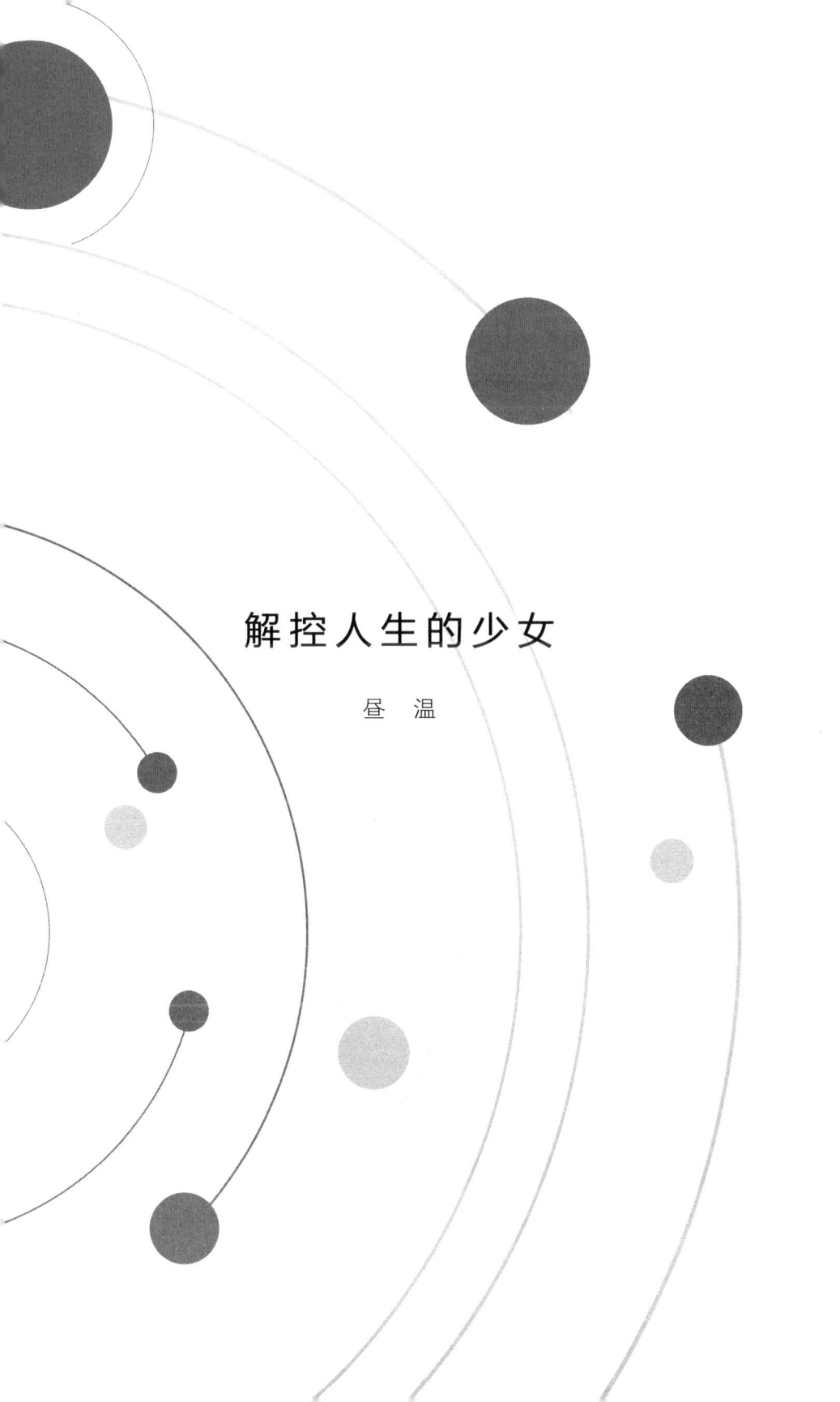

昼 温

一

影子只能说明夜晚来了,并不是白天再不回来。

希思罗

身着轻纱的女子扬起头,双手持马尾那么粗的毛笔左右开弓,在卧室的墙面上划出两道鲜红的半弧,像一颗血色新月和它在远海中的倒影。在这个东南亚的小岛上,她曾无数次穿过野林海边望月。热带的阳光照在颜料表面,反射出金色的光芒。

与此同时,当地中学热拉学府已经出现了第一批受害者。学生在课堂上突然倒地,神志不清,手机从书本里滑落出来,在水泥地上磕碎了一个角。

女子没有停下。这两道红色印在她银色的虹膜中,仿佛点燃了一团团火焰。她俯身沾了更多颜料,双手继续持笔挥舞,深深浅浅的红色逐渐占领整座墙壁。拉斐尔的自画像在另一面墙上默默注视着这一切,眼角滴落一枚血红的泪水。

操纵机械的工人第二批中招。在不断重复的体力劳动中,巨大的机械组成了危险的流水线,而一时精神的飘忽往往意味着人肉被轻扫崩裂,温热的血液溅满无尘间。锡曼曾被誉为这个世界上最安全的工厂,从来没有出过一次事故,包括自杀事件。来视察的美国人曾说,这里的工人就像流水线上的其他机械一样精准无情。但是今天,警报声响彻多个车间,仿佛锡曼劳伯的哀鸣。

女子已经完成了整个框架，一只欲飞的血色巨鸟展现雏形。她把大毛笔随手丢开，换两只狼毫细笔继续。调出另一种红色，她一步向前，身体与墙贴而未贴，只有身上的轻纱沾了少许色彩。这是最难的部分，但她依然双手持笔作画，生生将巨鸟勾勒成了一个生着双翅的少女。少女的双脚已经变成鸟爪，脊背覆满羽毛，一副挣脱束缚、即将振翅模样。

厨房响起哐的一声，接着是另一个女人压抑的惊叫。片刻之后，母亲推门进来，一时被眼前的景象打乱了心神：被汗水浸湿的薄纱贴在女子的面孔和身形上，殷血花的诡气在颜料桶里散发，红色的液体从墙上舒展的双翼上滴落。女儿回过头，和女神同时注视着她。那一瞬间，母亲似乎触碰到了一个宏大的东西……她曾拥有，但转瞬即逝。

哈如利亚桑-克如斯。哈如利亚桑-克如斯。

"希思罗，巴耶利出了事，"母亲恢复了平静，"她在厨房晕倒了。在看手机的时候。"

"小妹？"女子放下双笔，血色流淌到了自己的脚边。

因为"网络"致死的案例并不罕见。这里不是指未来世界"AI"杀人，而是沉迷互联网带来的真实事故。学生熬夜游戏猝死，行人过马路看手机造成车祸，闪动的画面引起癫痫，甚至有火车调度员因手机分神发出错误信号导致火车相撞的报道。如果把范围扩大，"戒瘾学校"、互联网造成亲子关系破裂、网络诈骗、网络霸凌……人性的恶总是像黏液一样扩展，顺着便捷的链接侵蚀心灵。但这些加起来都没有锡曼国在十天内因为网络死去的人多。当他们刚刚开始接受这个新奇玩意儿，死神的镰刀已经架在了每个人的脖子上。

——《锡曼联网之路：一段历史》

姜染

聆风互动的出海业务小组举办了今年第五次团建，姜染拖着病体无奈前往。

时间是晚上 8 点，几人一组打车离开灯火通明的中关村，来到海淀东部一家社区。在这里，北京的秋夜很安静，老人和孩子早已安眠，只有几个遛狗的居民还在外面，手机蓝色的荧光照亮了他们的面孔。

"我敢打赌，他们现在用的肯定是咱们聆风系的产品。"吴玘笑着说。他和姜染同岁，甚至是同年毕业进了这家互联网公司。

业务领导赞许地点点头。

一行人来到约定的地点，竟然没有看到酒吧的影子。"午夜前院"的招牌下，只有一个儒雅的花店。吴玘拉着姜染带头走进去，各色鲜花香气萦绕，甚至还有锡曼屿的特产殷血花。除了花草，四处还陈列着闪闪发光的小饰品，几个女同事忍不住凑近欣赏。业务领导进来后，吴玘径直走到一面巨大的书架前，轻轻抬手，书架便缓慢转开，露出了下面的旋转楼梯，通向地下酒吧，隐隐的喧闹声顺着楼梯传了上来。

进了包厢坐定，一个女同事已经开始拿出手机拍照了："不愧是网红酒吧啊。"

"那当然，可是我们聆风互动国内版一手捧起来的。不然这里地段这么偏，设计再好也火不起来，你说是吧，玘哥，你可是大功臣。"

刚点完酒的吴玘听到，谦虚地笑了笑，"还是咱公司平台好。"

"哎，小吴，别谦虚，"业务领导拍了拍他的肩膀，"这次攻克无瘾之国，让咱们的 App 在锡曼屿遍地开花，你可是立了大功啊。这事在业内都传开了，好几家巨头都在打听你的背景。不过话说回来，公司待你不薄，这次 500 万元的奖金也是立刻到账的，你小子可别动歪心思。"

"怎么可能，我不会忘恩负义的。"

解控人生的少女

"那就喝一杯！别忘了给小姜也倒上，毕竟你俩，啊……"

姜染看了眼手中的杯子，咽了口吐沫。她感受到男朋友催促的目光，只能闭眼一口喝掉。热辣的液体从唇舌烫到喉咙，眼前的世界立刻开始旋转。姜染深吸一口气，按了下左手的大拇指。

哈如利亚桑-克如斯。哈如利亚桑-克如斯。

肝脏几秒内代谢了酒精，大脑加速运转恢复清醒，姜染眨了眨眼睛，仿佛重新回到现实。

"今天这次来呢，除了给你庆祝，最主要的还是想让你分享下经验。小吴，你是推荐算法出身，今年才转过来，这里在座的几个都是纯产品经理，连个 hello world 都写不出来，还做互联网，这不是扯吗！"几个同事连忙点头附和，请吴叴赐教。

男子骑虎难下，瞥了姜染一眼，被她看穿了几丝心虚。姜染不易察觉地点点头。

"嗨，也没啥特别的，就是隐语义算法嘛。你们也都知道，推荐算法的本质就是给用户推荐他喜欢的东西或者内容，当今几乎在所有与购物、社交、兴趣有关的互联产品中都有运用。而想要基于兴趣给用户推荐东西，就必须给物品和内容打标、分类，然后再通过用户资料、行为数据、正负反馈来进行推荐。比如算法识别到一个用户喜欢动漫，可能就会推荐同类型作品、动画剪辑、cosplay 等内容……"

几位同事聚精会神地听讲，姜染已经失去了兴趣。她又按了一次左手的拇指，才能勉强控制面部肌肉，装出一副对男友十分崇拜的神情。

"……当然，分类的颗粒度越细，推荐就越精准，用户的体验就越好。但面对互联网的海量内容，如何给物品进行分类？如何确定用户对哪种物品感兴趣？感兴趣的程度如何？仅靠运营同事在后台打标是不现实的，我的隐语义模型就是通过隐含特征来联系用户兴趣和物品与内容，采取基于用户行为统计的自动聚类，用人工智能来判断用户真正的兴趣——有时连用户自己都不知道……"

又有一盘酒被送进了包厢，业务领导塞了一杯在姜染手里，摸出烟开始抽。烟雾缭绕，酒味刺鼻，吴玘扯着嗓子高谈阔论，其他人拼命掩饰着嫉妒，不断阿谀奉承。姜染简直无法抑制离开的冲动。再次按向左手拇指时，她想起了于教授的忠告：虽然手术很成功，但启动神经转换的频率过高，会有生命危险。

姜染默默伸开手指，任由情绪蔓延。毕竟在从锡曼屿回来、接受神经转换手术后那段时间，她无数次按下手指，试图平息无处不在的担忧：他们对锡曼屿做的事，究竟会带来什么样的改变。

希思罗

"巴耶利，巴耶利！"浑身是颜料的希思罗冲进厨房，抱起妹妹小小的身体。巴耶利比她小 6 岁，刚上大学不久，但身子又瘦又软，还像一个青春期的小姑娘。此时此刻，妹妹紧闭双眼，微张着嘴巴，失去意识，只有浅浅的呼吸。

"母亲，巴耶利到底怎么了？"希思罗回过头，倚在门框的母亲依然一脸冷漠，只是指了一下地板。是巴耶利的手机，一角已经摔裂了。希思罗探身想要捡起，屏幕突然亮了，闪起蓝光，希思罗的手像触电一样缩了回去。

"母亲，我现在送巴耶利去医院，您在家里，千万不要动手机！"

话音未落，窗外响起了救护车的声音。希思罗抱着妹妹冲出来，戴着口罩的护士却把别人搬进了车厢。

"这里！这里还有一个病人！"

在希思罗的央求下，护士还是准许两人上了车。躺在车厢中间的人跟巴耶利一样，也是毫无生气，微张着嘴。护士给他做了简单的检查，又转身接过巴耶利。

"她没事吧？"

护士摘下听诊器，摇了摇头，"最近出了很多这样的案例，尤其是咱们这个镇。病人突然休克，找不到原因。医院都快装不下了。不过病人状态一般都没有什么问题，可以自主呼吸，但……"

"怎么？"

"就是醒不过来。恐怕会变成植物人。"护士为两个没有意识的人盖上被单，一双银色的眼睛没有流露出任何感情。

"巴耶利……"希思罗握住小妹的手，双眼又热又痒。透过救护车灰蒙蒙的窗户，她看到原本平静的锡曼屿已经陷入了混乱：警车、救护车呼啸而过，汽车在路边撞成一堆，近处有火，远处有烟。

这曾是她的噩梦，是她最担心发生的事情。姜染，这就是你打算送给我的"礼物"吗？闭上双眼，眼泪终于滚落了下来，打湿了沾着颜料的轻纱。这是她出生 26 年来第一次落泪，一种无法言喻的哀伤与安慰随着眼泪翻涌出来。

突然，一阵音乐从驾驶室响起。希思罗认出是一首全球网络流行曲，她过去在短视频网站做网红时常用。抬起头，她看见司机口袋里的手机发出了幽幽蓝光。

"别看！"

来不及了。手上缀满棕榈串珠的胖司机拿起手机看了眼，整个人立刻抽搐得倒在了方向盘上。救护车失去控制，一头冲向海边的野林。

失去意识前，希思罗紧紧把巴耶利抱在了怀里。她看见一个女孩的雕像静静立在野林旁边，悲伤地望着这一切。

姜染

"为什么非要我去？"从酒馆回出租屋的路上，姜染感到头痛欲裂。对她来说，烟和酒的刺激性都太大了，尤其是还在神经手术恢复期的这段时间。但这种应酬，吴玘总是说无法推脱。

"染染，再忍忍，马上就到家了。"吴玘伸出胳膊，把姜染揽在怀里，用下巴轻轻蹭她的头发。

"吴玘……"

"嗯？"

"你老实告诉我，是不是改了我给的数据？"

"都是原始数据，不能直接用的，当然要改。"

"你知道我说的是什么。"姜染按住吴玘的大腿，把自己从男友的怀抱中撑起来，看着他的脸，"如果按原计划，DAU 不可能涨得这么快。现在锡曼屿至少有 2 万人在使用聆风互动海外版，比我给你的数据多了 20 倍。"

"那说明我的算法效果好啊。那不是好事吗？"

"我是故意做成循序渐进式的，我一直担心会出问题……"

"染染，怕什么，奖金已经进袋了，名声也已经打出去了，都是因为 DAU 的一夜暴涨。冉说了，就算我做了什么，那也是为了你。那 500 万元我可是一分钱都没有花，口袋都没捂热就拿去给你做手术了。你别担心了。"

姜染无法反驳。她躺回吴玘的怀里，心中的担忧却迟迟不能释怀。她总是担心那个遥远的国度会出什么事……也许时光倒流，如果她不喝那杯咖啡，一切都不会发生。

姜染闭上眼睛，思绪回到两个月前。

那是一个平凡的工作日，已经快晚上 10 点了，打车软件上的排队人数还有 200 多。

楼下的咖啡店还开着，甚至还有人在里面加班。姜染想了想，点了杯没有咖啡因的饮料,坐在玻璃墙旁的高凳上,试图舒缓一天的疲惫。明黄的银杏叶隐没在路灯的暖色光芒间,没有了白天时的温暖惹眼。白果被来往的行人踩成烂泥。

"嗨,染染,就知道你还没走。"

她回过头,一个个子稍矮、剑眉星目的男人笑着走过来。他穿着西装外套和牛仔裤,斜挎着电脑包,聆风工牌还挂在脖子上。右手握着一杯散发着热气的手冲咖啡,吴玒跳上她旁边的高凳。

"今天你不是有紧急项目吗?还特意从另一个工区赶过来。"

"这不是为了多见你一面。"

姜染笑了,轻轻吻了男友的嘴唇。他的头发不短,在脑后扎成了一个细细的马尾。这在北京是男士很常见的发型,但到了她北方的家乡,定会被亲戚朋友指指点点。换一个环境,正常会变成不正常,不正常也会变成正常。到底是哪里出了问题?

吴玒打开他的笔记本电脑,在星巴克浓郁的咖啡香味中敲代码,姜染出神地看着他。两人其实是大学校友,快毕业时才相识,后来又到了同一个公司工作。一开始计算机专业毕业的吴玒在推荐算法岗,一年后转行当了产品经理。负责同一个产品,两人在工作中甚至有过几次摩擦。尤其是对于产品演化的方向,吴玒总是拿出一副数据为先的做派,并不怎么考虑实际使用产品的用户。

不过作为男朋友,吴玒非常合格。他会满足姜染一切小需求,帮她抚平生活中的棱棱角角,赶走一切困扰她的事情。有点像希思罗刚开始对待她时那样,只是方式更加成熟。跟吴玒在一起,姜染总是感到舒服而安稳。

但有的时候,姜染会想起他5个前女友。那些女孩一定用自己的方式教会他如何温润地对待各种女性,在生活中避免掉任何不快与争吵。她很难看到吴玒的真心,却又离不开他创造的安全情绪环境。很难说这是一种爱，还是一种跟购物差不多的瘾。

"小染，今天公司海外部门那个核心成员内部会议，你什么想法？"

姜染有点意外。自从开始交往，吴玘很少和她交流工作上的事，毕竟两人是同行，工作理念也多有不同。他一直有意避开这种容易造成矛盾的领域。"我……"

"我直说了吧，就是赵老大说的那个，让聆风互动进军'互联网最后一块蓝海'，传说中的无瘾之国。"

"你是说锡曼屿？"姜染眉头一皱。

希思罗

新加坡樟宜机场，希思罗戴着墨镜，一身银杏图案的明黄色吊带修身连衣裙，隐去了所有作为锡曼人的痕迹，也遮住了独特的银色双眸。候机大厅里，所有人都在低头看手机，充电桩附近更是挤满了人，数据线就像他们的尾巴，或者是输送养料的鼻饲管——躺在医院里的巴耶利就戴着一个。

希思罗加强了大脑的听觉中枢，注意到不少人在聊锡曼屿的"疫情"。

是的，由于聚集性很强，他们把这一轮大规模休克事件归因于某种恶性病毒，对锡曼屿的海关进行了一定程度的封锁。希思罗费了番功夫才乘船离开锡曼屿，辗转来到新加坡转机去北京。

她隐藏得很好，只是在检票的时候，空姐多看了她一眼。不过最后机长还是让她登机了。

升空后，希思罗松了口气。这不是她第一次飞去中国，但一切都变得不一样了。曾经，她怀着对异国的好奇和憧憬搭上飞机，这次，她的心里充满了悲凉与怨恨。

尽管没有人相信，但她知道，是姜染造成了家乡的灾难，也只有她能拯救巴耶利的性命。更重要的是，她多么想再一次站在姜染面前，当面问一问她为什么。

毕竟，她们曾是如此要好的朋友。

希思罗永远都不会忘记那个北京的秋天。在京城大学通往食堂的那条路上，几百棵银杏树尽数褪去绿色，换上深浅不一的金黄。微风吹过，黄色的叶子就那么簌簌飘落，在空中飞舞，仿佛永远都不会停下。那是家乡从来没有过的季节。

"希思罗！"

姜染向她跑来，用中文喊她的名字，

"希思罗，"女孩跑得上气不接下气，刘海被汗水糊在脸上，但是依然非常好看，"别去食堂了，跟我来。"

去哪儿？

女孩没说话，只是一把拉住了希思罗的手，拽着她就往外跑。

你要干什么？

"我要，我要帮你找到你的'喜欢'！"

希思罗睁开眼睛，回到现实，眼泪又落了下来。那个帮她找到"喜欢"的女孩，已经变成了刽子手，为一己之私残害了锡曼数百人命。

她会强迫姜染救下其他失去意识的同伴，如果不行，血债只能用血偿还。

哈如利亚桑-克如斯。哈如利亚桑-克如斯。

赫女在上，请给予我保护族人的力量。

姜染

那个会议她是线上加入的,大领导花了大概 10 分钟的时间慷慨陈词:

一个地区的互联网渗透率低有很多原因,基础设施、网速、网费、智能机普及率、殖民历史……不过就算排除了这些,锡曼屿也算一个互联网真空之地。当印度少年们在 H&M 的大 logo 下拍照,试图掌握流量分配的"财富密码",非洲的 vlog 博主靠演奏异域音乐闯出一片天地,克里米亚动物园园长拿到了哔哩哔哩百万粉丝纪念牌,美国多了一票"日系死宅",印尼出现大批 Black Pink 的粉丝……"网红经济"、万物互联的概念早已席卷全球,锡曼却没几个人愿下载 Twitter、Instagram 和 Facebook,本土也没有一家像模像样的科技公司,这似乎不能用人均 GDP 来解释。几家巨头在其他国家打破头,锡曼人民岿然不动。但人口优势还在这儿摆着,这便成了互联网领域最后一片'蓝海',也是一块'占领即扬名'的圣地……

"500 万年终奖,想想吧,只要做成锡曼屿第一个 DAU 达到 10 万的产品,"吴玘盯着她,"咱们合作,其利断金,外加名震业内,升职加薪……你就不心动吗?"

姜染轻笑了一下,"没有那么容易的。"

"你没试过怎么知道?"

"我是说,国内外有那么多互联网公司盯着这块肥肉呢……"

"但我不是有你吗?"吴玘也笑了,"你可是我们的产品魔女。"

"哪有……"姜染低下头摆弄咖啡的卡纸杯托,想着如何岔开话题。

"我从没问过你,小染,"吴玘继续说,"为什么公司任何一款濒临下架的产品只要一经你手,都能立刻达到百万 DAU,不管它的使用场景多么冷门,也不管之前的运营和设计有多么糟糕?上次那个帮盲人找东西的公益App，竟然冲上了App Store的榜首。"

"只是巧合罢了，说明大家热衷公益——"

"你自己相信吗？"吴玘打断了她，"三年时间，这个年薪，这个职级，就算是赵老大当时也没有做到，而且公司也没强迫你带团队。我知道，那些快速达到百万DAU的产品，你完全有能力做到千万DAU。但不知道为什么，你却故意让它们停在不上不下的数值上，沉迷在这个舒适区里……作为你的男朋友，我觉得我有义务有责任推你一把，真的，你明明能做得更好。"

"我……对不起，让你失望了，这真的是我的上限了。其实你自己也可以的，你的隐语义算法那么强，做的产品表现都比我的好……"

"如果我参与了这个项目，你会帮我吗？"吴玘看着姜染，满眼柔情。在很多时候，这都是她无法拒绝的眼神。

"对不起，我帮不了你。"

"我不能没有你的帮助，"吴玘深吸一口气，"毕竟你有过一个锡曼朋友。"

"你调查过我？"姜染不觉捏紧了咖啡的杯子。

"你先别急，"吴玘轻轻拍了拍姜染的肩膀，他一向很会体察微妙变化的情绪，"做项目之前，我是做过一些桌面调研。每年锡曼屿来中国的人都非常少，或者说，他们很恋家，出境记录都很少。但曾经有一个锡曼人来过北京，还参与过直播，甚至是一个网红。我看了那个账号，是你曾经参与过经营的，而且明明白白写在了简历上。你可从来没跟我提起过这件事。"最后一句反而有点指责姜染不信任他的意思。

"那你想怎么样？"姜染感到一阵烦躁。

"联系你的室友，拿到第一批锡曼行为数据。隐语义算法需要的不多，但在冷启阶段……"

"对不起，我不能帮你。"姜染快速喝了口咖啡，把空杯留在原地，起身拎起了外套。

"染染，"吴玘拉住了她的胳膊，"对不起，如果我冒犯到了你……"

姜染正想回答，只觉心脏一阵绞痛，痛苦地弯下了腰。两人的目光都落向她刚放下的咖啡，那是吴玘来时买的手冲。

"小染，我记得你说过心脏不好，不能沾咖啡因是吧……"看到女友的脸色，吴玘的声音颤抖了。

姜染什么都没有听见。她连人带椅倒在地上，已经失去了对时间和空间的感知。世界模糊成一片，她想要伸出手，但被什么东西捆了起来。

"你是一条狗。"那个穿着白大褂的男人不断重复，然后按下电门的开关。

一个月后，姜染还是踏上了锡曼屿的土地。无瘾之国，自此奏响了死亡的序曲。

二

窗户里,夏季的群星。

曾经,我能给它们命名。

希思罗

雷声在远处翻滚,13岁的希思罗拉着妹妹的手往南跑。

"姐姐,英雄在哪里呀?"巴耶利跑得上气不接下气,身边的植物越来越多、越来越密,眼看就要进锡曼雨林了。

"就快到了!"拨开几丛天南星科草本植物,"英雄赫女"正等着姐妹俩。

那是一座两人高的黑色雕像,半米的底座从松软的黑色腐殖质上升起。来这里的人并不多,希思罗每走一步,都有液体从落叶中被挤出来。雕像的主体也是一个女孩,看起来也只有十三四岁。她单膝跪地,长发束起,身上只穿了一件传统的锡曼服饰笼莎,精心雕刻出羽毛的纹路。但笼沙很多地方都已经破了,肩膀露了一部分,边角处也全是开裂。女孩腰背挺直,眼神坚毅,背朝雨林,守望锡曼屿的首都。

但最特别的地方,还是女孩没有跪下的那条腿。在笼莎的掩映下,女孩的右腿从膝盖开始没了皮肉,整个小腿化成了一柄几乎插进底座的利剑。

"哇!"巴耶利踮起脚尖,伸长手想要去摸剑刃。

"别动,还是很锋利。"

巴耶利点点头，背着手观赏雕像，嘴巴还是合不上。她很听姐姐的话，所以希思罗才想出了这个恶作剧，看看她到底有多乖。

"巴耶利，你不是想见英雄赫女吗？"

"是的，姐姐，是的。我已经见到了！"

"不，这个雕像只是她的化身，你想要见真正的英雄赫女，必须在雕像这里诚心祈祷两个小时。你愿意吗？"希思罗已经会调动面部肌肉，调整出最令人信服的表情。巴耶利那时还太小，不知道在锡曼文化中，语言和神态是最靠不住的东西。

"我愿意，姐姐，我愿意！"

巴耶利飞快地跑到雕像背后，靠着底座半蹲，虔诚地闭上了眼睛。

回到课堂上时，希思罗还在心里偷笑。妹妹大概一会儿就会感到无聊，然后灰头土脸地跑回家。她要好好嘲笑巴耶利一番。

尼尔老师进来后，希思罗才意识到这是节肯塔课。锡曼的孩子们在这里学习生活的方式。年轻的男教师照例用长长的巴惹木教杆敲了敲黑板上方的标语，吸引孩子们的注意：哈如利亚桑-克如斯——用古锡曼语写成的箴言，"自持是人类最伟大的财富"。

"孩子们，在之前的课程中，我们学会了在各种情绪中自持。快乐，痛苦，悲伤。或者用佛教的话讲，贪、嗔、痴、恨、爱、恶、欲。学会自持，我们才拥有人的尊严，否则只是任人摆布的植物罢了——给它光，给它水，它就能按照你的意愿生长。花园和泥盆里的植物容易被水泡死，正是因为它们不会自持。"

希思罗认真听着，甚至增强了大脑听觉神经的功能。她听出了尼尔老师平稳语调中的微小变化，推测他的童年曾在泰国度过。她也听到了越来越近的雷声。

"但是，我们并非要在所有情绪中自持。唯一的例外是 apatrāpya，也就是怖罪之心——'愧'。"

希思罗分了一点思绪给巴耶利。她回家了吗？还会在雕像后面蹲着吗？要下雨了。雨天的雨林可不是什么好地方。要把这份担忧压下去吗？

"这是一种很容易辨别的情绪。当你犯了错误，当你伤害了别人，当你忤逆了长辈，甚至违反法律，你会感到一种微妙的痛苦。夹杂着悔与悲，就像千根滚烫钢针扎着你的面孔，逼着你直视此刻肮脏的心灵，除非你牺牲自己的一部分弥补犯下的错误。这种情绪对我们的社会是有益的，请不要压制它。"

一道闪电划过，滂沱大雨倾泻而下。雷声几乎紧随其后，密集的雨子弹一般击穿空气，地面瞬间积水成河。

"老师！"希思罗猛地站起来，满脸通红，浑身是汗，"我的妹妹还在雨林里，英雄赫女的雕像旁边。都是我的错，是我骗她……"她第一次酣畅淋漓地啜泣，像暴雨一样释放自己的愧疚。

跋涉了整整半小时，他们在雕像旁找到了巴耶利小小的身体。她的心脏几乎停止了跳动。过了很久希思罗才知道，害人的并不只是暴雨，而是见到姐姐的一瞬间，那不加节制的欢喜和期待。

姜染

高中毕业后，姜染已经打定主意不再做任何一件"让自己不舒服"的事。18岁以前，她已经被管教够了。

当然，大学生活多少也有些束缚，但姜染全然不顾：早课能逃就逃，班级活动从来不去，外卖零食堆满床头，没事儿就窝在寝室里看书——虽然老师讲课多有无聊，但人类学专业本身还是挺有意思的。还有室友，她在两年内整整逼走了8位，终于独占了寝室。但这还远远不够，令人不适的地方还是太多了：食堂浴室太远，没用的作业太多，寝室楼层太高，竟然还没有电梯。而且辅导员也三天两头给她找不痛快，都到大三了，又给她塞了一个室友。

开学那天，姜染把寝室的床帘全部拉上，阻挡了所有阳光。她在每张床上都扔满杂物，自己则坐在最黑暗的角落里，盘腿架着电脑。幽暗的房间里，只有笔记本的屏幕发出微光，从下面照亮姜染的面孔。

然后寝室的门就被打开了。没有脚步声，没有箱子拖动的声音，没有家长大惊小怪的招呼。但姜染知道有人来了。一缕异香在腌臜的小空间里扩散，让姜染想起肉桂和香草，还混合着各种各样不知名的香料。

"你是新来的？"姜染大声问道。

"是的。"门口的女孩用标准的普通话回答。

"我先说下这个寝室的规矩，"姜染加大音量，试图增加气势，"晚上2点熄灯，中午12点之前起床不准发出声音，如果不能接受，趁早找导员转寝室。"

"好的。"女孩儿爽快地答应了。

"还有……我是寝室长，你得每天给我打两壶热水，带两次饭，小组作业必须跟我组队，当然都是你写，最终得分不得低于A-。"

"好呀！"女孩儿毫不犹豫，"谢谢你！"

姜染一下子不知道该说什么好。她不知道那个女孩是不是在讽刺自己，探头想要看清她的脸。但这时女孩已经进来，把走廊的光源关在了寝室门外。女孩没有开灯，甚至没有摸索开关的动作，在黑暗里利落地整理东西，就好像她能看清一切。

姜染合上电脑，心想这样也不是办法。"寝室长下令了，"她继续装腔作势，"把窗帘拉开。"

仿佛一阵风拂过，香料的味道如影随形。蓝色的窗帘被一把拉开，九月暖阳立刻灌满房间。一个个子不高的女孩儿站在阳光里，黑色的头发在脑后扎成一个发髻。她穿着简单的白色T恤和暗蓝色牛仔裤，外面披着一层红色轻纱，用金线绣着复杂暗纹。皮肤稍暗，五官略平，神色淡然，眼睛是一种好看的浅灰色，像每一滴水都在闪烁的银湖。

只瞟了一眼，姜染就被那双眼睛牢牢吸引住了。她无法板起面孔，只能呆呆望着女孩。过了半天都没回过神来。女孩也望着她，一动不动，身体甚至没有呼吸的起伏。像异域的神女。

"呃……你好，我叫姜染，你的名字是？"

"我叫希思罗。"女孩简单回答。

"希思罗……"这不是一个中国名字。"你是交换生吗？来自哪里？"

"是的，我来自锡曼屿。"

"哦！"对于锡曼屿，姜染只在初中地理课本上有所了解——一个东南亚小岛国，盛产香料和咖啡豆。姜染突然感到有些羞愧：面对远道而来的客人，她未免有些太凶了。"你的行李呢？"姜染想缓和一下气氛。她注意到，希思罗没有拖箱子来，只在寝室中间的桌子上放了一个茉莉色的小背包。拉链开着，露出几本人类学专业大三会用到的教材。

"什么是'行李'？"希思罗问道。

"就是……被褥，洗漱用品，私人物品？衣服、化妆品，也没有？"姜染往希思罗的包里瞥了一眼，除了书就只有一个塑料文件夹收着护照和一些文件。她想起自己大一刚来时，爸爸妈妈几乎帮她把整个卧室搬了过来。

"他们说，在这里可以买到。"希思罗合上书，又一眨不眨地盯着姜染，把她看得发毛。

"呃，没有从家乡带什么东西来吗？不怕这里的东西用不习惯吗？"

"什么是'习惯'？"她又问。

这回姜染有些糊涂了。希思罗的口音是非常标准的普通话，咬字清晰，比她这个北方农村出身的女孩还要标准。按理说，这么标准的口音肯定代表着优秀的汉语水平，可她的词汇量却很低。毕竟，对于大多数外语学习者来说，词汇好背，语音难校。难道她在来中国前进行了专业的语音训练？

"额，'习惯'就是，你经常做的事，你的……你在家的生活方式。听说你是第一次来中国，一切都是新的，会不适应吗？"

"不会。"她简单地说，还是一眨不眨地盯着姜染。

"不可能吧，"姜染觉得她一定是在逞强，胜负欲一下子上来了。"这种上床的梯子，锡曼有吗？你会上吗？"

"你上一次。"

姜染立刻敏捷地爬上床，不小心碰到了床上小桌，赶紧扶稳。一回头，希思罗也爬了上去，蜷着双腿跪坐在木床板上，一眨不眨地盯着她，像一只小猫。

"你怎么上去的？"

"学你上去的。"

"哎，快下来！没铺褥子，会有木刺的！"

"木刺？"希思罗低头看了看膝盖。确实有几个红色的点点，已经在出血了。

"没事吧？疼吗？"看着她拔出一根大米粒长的刺，姜染简直感觉自己的膝盖都在疼。

希思罗抬起头，瞪大眼睛，仿佛姜染问出了一个很奇怪的问题。"你说什么？"

"我说你的膝盖，疼吗？"

"疼啊？"仿佛姜染问了一句废话。可她的面孔没有一点儿痛苦的样子。

"快下来吧，我给你消消毒。"

"你先下来。"希思罗盯着姜染，眼睛还是一眨不眨，"我学习一下。"

姜染有点蒙了：她的室友，不会是一个机器人吧？

希思罗

母亲：

愿英雄赫女保佑，我已顺利入学。

正如您所预警，外乡人确实野蛮。他们无所顾忌地展露情绪，任面部肌肉抽搐，跟人说话时也会自顾自眨眼。我受到了很多冒犯，但我原谅了他们。毕竟是不同的习俗，而我会很快"习惯"。

"习惯"是我今天新学到的中文词语。它可以是名词，可以是动词，代表着对一种生活方式的熟悉。现代锡曼语里没有这个词汇，因为我们可以"习惯"任何环境，无所谓"习惯"与"不习惯"。如果一个词语没有它的否定，或者不代表任何界限，那么这个概念也没有存在的必要。就像没见过榴梿的人，不会知道它们有 D13 和 D200 的划分。我想，在这里，我会学到很多这样的词汇，尽管很难去理解。

在这里，我理解了您的担忧。不过没关系，我想我的同檐，一个原始的外乡人，会成为一个很好的榜样。与此同时，我会分辨出无意义的动作和真正有害的行为，避免受到天降惩戒。

我想再向您介绍一下我的同檐。她的全名是姜染，姜是她的姓氏，不是那种外交官为了便于和外国沟通而自己编造的姓氏，姜是她的家族姓氏。她的父亲，父亲的父亲，以及往上所有男性都姓姜。我不知道她是不是姜国人的后代。姜国是中国 2000 多年前的一个国家，那时候先民还没有登上锡曼屿，英雄赫女的故事也发生在 1800 年之后。

和其他外乡人一样，同檐说话的时候并没有特意抚平自己的音调，器官随性相磨，带着原始的声音，跟我学习中文的材料相去甚远，我必须集中精力才能辨别。同样地，我知道这在家乡也被视为一种冒犯，但我想他们没有这种礼仪。就像猿猴褪去一身毛前，也没有穿衣服的礼仪。为了融入这里，我会适当放松自己的面部肌肉和声带，但别担心，我绝不会将这些坏"习惯"带到家里。

尽管如此,我相信同檐是一个不错的人。老人常说,人的言语和表情就像海边的浪花,站在岸边的人永远不知道海洋深处有什么。我没有忘记观察她的行动。同檐是我在中国很好的领航员。她带我买齐了"行李",在三个商店里,还有两个商店在网上。

对了,说到上网,我在中国观察到一种非常奇特的现象。每个人都会花费很长的时间上网,主要是使用移动网络。当飞机在首都机场落地,轮胎刚刚挨到地面,每个中国人都迫不及待拿出了手机,并且一直盯着小小的屏幕,直到空姐宣布飞机已落稳、可以取行李。在摆渡车,在机场大巴,在地铁,在校园的路上,在商场的餐厅,人们都选择虐待自己的颈椎,将目光局限在手机屏幕上。而我的同檐绝对是其中的"佼佼者"。每天晚上,她都会使用手机直到北京时间的2点,有几次到了凌晨。尽管我可以通过屏蔽声光以获得良好的睡眠,但我经常感到好奇,她能够就同一个姿势保持多久。

至于他们具体在用手机干什么,善良的同檐也一一向我演示。她最"习惯"用手机玩游戏"聆风之神",其次"习惯"使用社交媒体。是的,微博、微信、聆风互动之类的,类似于中国版的IG、推特。根据我的观察,在不使用"聆风之神"时,她会依次点开这些手机应用,手指上下滑动,然后再从头依次点开。在一些特殊的日子里,她会花三四个小时浏览网店,尽管她在生活中并不缺那些东西。

在她的建议下,我也下载了这些软件,并注册成了会员。她说,这会有利于我"习惯"中国。有时候在路上,在地铁上,我也会像他们一样低头看手机屏幕。但我不会使用网络,里面并没有太多有益的东西。像尼尔老师说过的,不会自持的人类就像一株株只会趋光、趋水的植物,并不在意阳光是否会烧焦枝叶,或是暴雨腐烂根部。他们有趋网性。非常大的趋网性。

我会看书，母亲。我绝对不会像他们一样虚度时光。

最后，再次感谢您最终还是允许我来到中国交换。

哈如利亚桑-克如斯。哈如利亚桑-克如斯。

问父亲好。

问巴耶利。

问英雄赫女好。

女儿，希思罗

姜染

"一个人可以有健康与不健康的状态，人格也可以健全或不健全，不适应社会的人，往往会被其他人说是有某种缺陷……那么一个社会本身，也有可能不健全吗？弗洛姆曾经提出过'文明社会病理学'的概念，来探讨病态社会带给人类的影响……"

姜染坐在最后一排玩手机。这是上午最后一节课，于教授戴着小扩音器，嗞啦嗞啦的噪声响彻整个阶梯教室。这里装满了京城大学人类学专业的大三学生，大部分已经在前几节课就摸清了老师的脾气。

"弗洛姆认为，'关于社会成员的精神状态，人们在观念上的〈共同确认〉非常具有欺骗性。……数百万人都有同样的恶习，这并不能把恶习变成美德；数百万人都犯了同样的错误，这并不能把错误变成真理；数百万人都患有同样的精神疾病，这并不能使这些人变成健全的人。'"

"但一百个人认为您讲课无聊，我觉得多少也能说明问题。"姜染小声嘟囔着，捅了捅同桌的女生，也是她唯一的室友，"希思罗，你去食堂帮我排个队呗，二楼东边那个麻辣香锅，超火的那个，一会儿那群人军训完了，咱就什么都吃不上了。"

"好的。"像往常一样，希思罗立刻就答应了。她放下笔，合上笔记本，抓起桌上一条淡红色的长纱，把披散的半长头发扎成一个松散的马尾。紧接着,希思罗在众目睽睽之下站起身,大步流星地走向教室的大门。

"喂,我的意思是让你从后门溜……"姜染咽下了后半句话,拿课本挡住了脸。于教授已经注意到了希思罗。

"在一些社会,操纵物的人越来越少,而操纵人和符号的人则越来越多。一个人能否晋升,取决于他是否愿意被人操纵——这位同学,离下课还有半个小时呢,你要去做什么?"

"去食堂排队。"希思罗停下脚步,自然地回答。她的声音很平静,脸上毫无愧色,尽管有两百多双眼睛盯着她、一百多张口在议论,数不清的消息已经从学生们的指尖流出了这个教室。这可比上课有意思多了。姜染的脸已经红透了,甚至想趁机从后门偷偷走掉,以免老实的希思罗供出她的名字。

"去食堂排队……你叫什么名字?"

"希思罗,"她紧接着说,"您还有事吗?一会儿那群人军训完了,咱就什么都吃不上了。"

教室里发出一阵压抑的笑声,过了很久才完全消失。

"希思罗……你是今年那个锡曼来的交换生?"

她点点头。

"好,我记下你了。"

"谢谢。"希思罗鞠了一躬,转身离开了教室。又是一阵笑声。

"看来弗洛姆说得对,并不是所有的社会都健全,"于教授关上教室的前门,"还有人生在食物比知识更重要的社会吗?"

鸦雀无声。

"好,我们继续上课。"

最后一排空空荡荡,姜染已经溜走了。

解控人生的少女

她没有办法不承认，有希思罗的这段日子是她大学阶段最舒服的时光。女孩儿简直什么都顺着自己：作息时间，寝室排布，甚至真的每天都在给姜染打水、带饭。至于作业，希思罗也总是一丝不苟地追随老师的指导，给姜染拿了好几个 A+。加上这些平时成绩，姜染觉得自己甚至能有保研的希望。

有时候，姜染也怀疑自己做得太过分，甚至听到有人在背后说她把希思罗当丫鬟用。姜染始终不以为意：她和希思罗形影不离，从来没有见过希思罗露出过半点不悦。再说了，她又不是什么老师、领导，希思罗不愿意做，她还能强迫人家不成？

直到今天，希思罗听她的话在课堂上早退，然后于教授当着所有人的面侮辱希思罗的祖国，姜染才觉得自己错了：也许她确实在利用文化差异欺骗希思罗，满足自己的懒惰和私欲。

"喂，希思罗！"姜染大喊。通往食堂的路边栽满了银杏，扇形的叶片层层金黄相间。风吹过来，希思罗头上的红纱轻盈飘起。

"怎么了，小染？"

"对不起，我不该……不该使唤你。"

"'使唤'？"

"就是让你替我做这儿做那儿！太麻烦你了。"

"麻烦？"希思罗的神色一如既往地淡然，就像一幅静止的油画，"我不觉得麻烦。"

"不！我的意思是说，你用不着听我的。帮我打水、带饭、做作业的时间，你可以干点自己喜欢的事情。"

"不听你的，我该听谁的呢？"希思罗轻轻地问，"'喜欢的事情'，又是什么？什么事情我都可以习惯，所以没有'喜欢'。"

姜染愣住了。怎么会有人没有喜欢的东西呢？她姜染就很明确自己的"喜欢"——玩手机游戏，刷社交媒体，逛淘宝；熬夜，睡懒觉，奶油蛋糕；紫色，羊奶，剑眉星目的男演员。她一直认为其他人也是一样，毕竟小学毕业时填同学录，没有人会空着"兴趣爱好"那一栏，就像所有人都能填上"姓名"和"性别"。

希思罗怎么会没有"喜欢"的事情呢？一定是还没找到。姜染的心里突然涌了一股巨大的责任感：她要拯救希思罗，帮她找到自己的喜欢。

"别去食堂了，跟我来。"姜染拉起她的手腕，带着她往校外跑去。北京的秋色染黄了所有载满银杏的园林，就从这里开始寻找"喜欢"吧！

希思罗

这半年来，希思罗发现中国人会做很多事，有意义的事，没有意义的事。

姜染带她做了很多事，大多是没意义的事，少部分是有意义的事。但希思罗还是很感谢姜染，毕竟她们都是人类学专业，观察彼此的文化差异多少也算一些意义。所以，希思罗一直顺着姜染的意义做事。这很简单，毕竟她已经是成熟的锡曼人，没有什么情绪是控制不来的。

每次事情结束，姜染都会迫不及待地问她"喜不喜欢"，但她从来都没有答案。

期末考试前的最后一次出游，希思罗被姜染带去了北京美术馆。是拉斐尔主题的画展，有一幅真迹，其他都是仿品和投影。画展里的人非常多，不乏穿着前卫的艺术家和妆容精致的少女。姜染告诉她，很多人是抖音、聆风互动、B站、IG和小红书的网红。那些都是App的名字，希思罗有账号，但没怎么用过。有一面白墙悬挂着拉斐尔的墓志铭，很多人在那里排队拍照：Here lies Raphael, by whom Nature feared to be

解控人生的少女   / 405

outdone while he lived, and when he died, feared that she herself would die.

姜染拉着她转了一圈，不到十分钟。"太坑了，两百块钱就这些东西？"姜染毫无顾忌地泼洒愤怒和懊悔，尽管情绪不激烈。她们并没有相关的背景知识，欣赏不来文艺复兴三杰之一的作品。

但在最后一个展厅，希思罗愣在了一张巨大的画前，那是整个展厅唯一一幅真迹。中年男人在为一个抱着孩子的母亲画像，一名年轻男子在后面看他，画面右边是一头牛。色彩鲜艳，栩栩如生。

也许是注意到希思罗感兴趣，姜染明显兴奋起来。她举起一直捧在手里的手机，对着油画右下角的二维码扫了一下。

"这幅画叫'圣路加在拉斐尔面前绘画圣母子像'，"姜染认真地念App里面的介绍，"画的是传说中圣路加给圣母画像的场景，这个牛是圣路加的象征，后面这个人是拉斐尔。"

"'传说中'……所以拉斐尔画了一个他并没有见过的场景，并且把自己也画进去了？"

"看起来他挺喜欢这么干，我记得历史课上学过他画的雅典学院，也是把自己给画进去了。"

希思罗陷入了沉思。她也曾在课本上学习过文艺复兴时期的作品，了解过一些宗教绘画。当泰国佛寺林立，印度尼西亚身份证上必须填写信仰，新加坡自诩宗教熔炉，而锡曼人自独立以来都没有真正成规模的信教人数。希思罗自己崇敬英雄赫女，但也只是有节制的赞许。

不仅是宗教，任何无法用双眼见识的东西，锡曼屿都没有。幻想小说，电影，非纪录片形式的电视剧，全部都没有。当孩子们在课堂上见识国外"伟大"的艺术作品，他们只会嘲笑那些做无意义之事的傻人，只有希思罗常常疑惑，这些艺术家是如何超越现实的界限，去描绘并不存在的事物呢？

在拉斐尔的画前，希思罗再次思考这个问题。与儿时不同，她似乎感受到了一份古典的柔美与和谐。光影明暗，色块深浅，抽象与具象。她没有放任自己沉溺。自持是人类最伟大的品质，失去控制只会像巴耶利那样，在赫女像前心跳骤停，抢救了一周才脱离生命危险。

回到寝室后，那幅画依然在希思罗的脑海中挥之不去。原因之一是她特地强化了记忆，牢牢地把那幅画记在了脑子里。她也可以随时消散掉这块记忆，但这并不是她的选择。与之相反，希思罗从书架上摸出两根签字笔，双手各持一支，开始在笔记本上作画。左手画圣母与婴儿，右手画拉斐尔和牛，最终交汇在中间的圣路加……

随着画面成形，希思罗越来越专注，呼吸和心跳的频率都在下降。冷汗从额头上滑落，但她没有注意到……

"希思罗，你在做什么呢？"姜染突然冒了出来，"这是你画的？也太强了吧！"

她一时没法回答，深呼吸了几口，感到眼前短暂闪过白光，跌坐在椅子上。

"你没事吧？"姜染担忧地扶住她。

希思罗摆摆手，又过了半分钟才说得出话。"没事，缓过来了。"

"这是你画的？"姜染又问。尽管只有黑色线条，这幅版画一般的《圣路加在拉斐尔面前绘画圣母子像》也已经成形，和美术馆的真迹有八九分相似。"还是左右手同时画？"

希思罗点了点头。锡曼屿没有左撇子和右撇子的区别，所有人的双手都同样灵活。她不明现在姜染的表情为何这么夸张。这只是复制而已，一点新的东西都没有。有什么意义呢？

"希思罗，你能再画一次吗？"姜染哀求道，"我想拍下来。"

姜染

在网上冲浪这么多年，建了无数个账号，没想到自己也能火一把。

姜染把希思罗左右手同时作画的视频上传B站后，短短几个小时就有了500+的观看量，弹幕和评论也噌噌噌往上涨。"首页通知书！"收到这样的留言后，观看量涨得更快了。

"快看！这么多人喜欢看你画画！"姜染兴奋得满脸通红，半夜把希思罗摇醒。睁开双眼后，希思罗完全没有睡眼惺忪的迷糊状态，立刻清醒了过来。

"为什么？"她看着数字，一向平静的面孔也稍许显露了惊讶：观看量已经达到锡曼屿一个大镇的人数了。

"因为你画得好啊！你成网红了！"

"网红？你是说在画展上化妆自拍的那些人？"

"不一样的！"姜染耐心地解释，"网红有很多种，像你这样靠才艺出名的也很多。不过你倒是提醒我了，明天我得教你化个妆，我们直播画画，粉丝会更多！你先睡吧。"

"好的。"希思罗躺回枕头上，闭上双眼，立刻响起十分轻微的鼾声。

姜染愣了一下，也只好爬回自己的床铺：她太羡慕希思罗这种想睡就睡、想醒就醒的天赋了。

第二天，姜染把自己压箱底的化妆品全部翻了出来，清走自己书桌上的杂物，打造出一个临时化妆台。希思罗很听话地坐了过来。

"……接下来是化眼妆，有点难受，你不要眨眼啊。"

"好的。"希思罗立刻睁大眼睛，一动不动，连呼吸带来的起伏都没了。就像在给石像画眼线，姜染的手反而有点抖。

"填满睫毛根部？懂了，我自己来吧。"

姜染把眼线笔递给希思罗，心里还有点怀疑：这是新手化妆最难的部分，自己练了好久才会，希思罗可是第一次画……对着镜子，希思罗的运笔就像她画画时一样稳，一把就成功了，比姜染画得还要自然。

"太强了，要不你还是做美妆博主吧！"

"美妆博主？还有人愿意在网上看别人化妆？"希思罗看着镜子里的自己，神色依旧淡然。

那场直播很成功，同时观看人数过万，姜染很快接到了商务单。

"我们要火了！"她的脸红到了耳根，"什么时候可以再画一次？"

希思罗还是那个淡淡的表情。姜染永远无法通过情绪变化来判断她下一句要说的话。

"要期末考试了，你还记得吗？"

姜染愣住了，仿佛一桶冷水当头浇下。她当然记得，只是永远有比复习更有趣、更想做的事。

学校发出期末考试通知时，她拉希思罗去了那个画展。

各科老师开始画重点，她躲在宿舍剪辑视频。

自习室和图书馆挤满了复习的学生，她则因为 B 站不断上升的数字而兴奋不已。

足有 5 个学分的考试开始的前一天，她终于被现实压在了书桌前，被迫翻开了书本。一张从笔记本上撕下的纸掉了出来，她意识到是自己两周之前写的"复习计划"：如果完全遵守，她应该已经复习了两轮，到了查漏补缺的时候。

她从来不会遵守计划。从来没有过。

没关系，来得及。姜染不断鼓励自己。她重新撕下一张横格纸，试图把所有要复习的东西分成 12 份，填满考试前理论上剩余的 12 个小时复习时间。

解控人生的少女

背书的枯燥，理解的艰难，从心底知道自己已经无力回天的痛苦……那一瞬间，她仿佛回到了13岁。那时她知道自己不对劲，知道一直玩电脑、不去写作业是不对的，让父母伤心难过是不对的，可她就是无法控制自己进入那个虚幻的世界，不断品尝打怪通关带来的虚假甜头……

"孩子们，大科学家巴普洛夫养了一条狗，"那个男人很年轻，穿着发黄的白大褂，脖子上还挂着听诊器。小姜染躺在病床上看着他，男人下巴上都是没有刮干净的胡楂。

"巴普洛夫每次给狗吃肉，都会摇响一个铃铛。久而久之，他一摇铃铛，狗就会流口水。原理是建立了一个条件反射通路。"

小姜染没有听懂。她记得在家里，这个人也把她比作狗。男人的助手在给她的额头和四肢缠绑带。

"我们进行戒瘾，用的是同样的原理，你们一想玩电脑，就电一下，将这种罪恶的思想和痛苦联系起来，你们就再也不想玩了……"

啪的一声轻响，疼痛立刻席卷全身。小姜染尖叫起来，助手立刻在她嘴里塞了一块布……

事实证明，负反馈通路确实建立了。出院以后，只要姜染试图控制自己做不想做的事，电流般的痛苦会立刻从心脏涌向全身，逼着她想办法逃避……

自习室只有纸笔的沙沙声，所有的人都在认真复习，没有人能看见一个煎熬的灵魂。

坐定不过10分钟，姜染将手伸向了手机……

接触到手机的一瞬间，她被希思罗按住了。

希思罗

"明天就要考试了，"希思罗把声音完美控制在一个刚好能被姜染听到的响度,"你不是说今天不玩手机,只复习吗?"对面倒是把手缩了回去,只是表情极其不情愿。

希思罗低下头继续看书。还有几页,就能按两周前的计划完全复习完这门课了。老师课上画的重点能够完全覆盖到,甚至还有时间做两套模拟题。中国大学的考试真简单啊,她想,只需要短时记忆罢了。

只听对面砰的一声,姜染已经背好包起身,重重得把椅子往前一推,大步离开了图书馆。希思罗已经习惯外乡人不懂自持、情绪肆意外露,但同檐这样喜怒无常的人还是很少见。考虑到同檐花费时间带她体验过那么多事情,希思罗决定再一次满足同檐的情感需求。她深吸一口气,加强大脑的记忆功能,迅速翻过几页书,把文字、图片和纸面的凹陷牢牢印在了脑子里。很好,复习提前结束了。

她在宿舍楼前的小树林找到了姜染。不出所料,姜染在哭。有那么几个夜晚,她注意到姜染在被窝里默默流眼泪,但并不知道原因。

"你……还好吗?"

姜染抬起头,立刻冲上来紧紧抱住了她。希思罗的家乡没有如此激烈的情感表达方式,一时感到手足无措。带温度的面孔贴近她的脖颈,身体以前所未有的方式相碰,发丝扫着她的脸颊,必须要克制很少出现的"痒"。希思罗花了比平常更多的时间来"习惯"这种触碰。

哭了一会儿,姜染才抽抽搭搭地放开她。

"小希,我复习不下去……"

"为什么呀?"

"我不知道……让我干什么都行,就是不想背书……"

"克制一下自己,默念'哈如利亚桑-克如斯',意思是'自持是人类最伟大的财富',"希思罗很自然地说,"然后你就可以克制你玩手机的欲望,不要想其他的。"

"'哈如利亚桑-克如斯'……哪有那么简单,"姜染抽了抽鼻子,

"这么多东西，就算十天前开始也背不完。"

"十天前重点已经画好了，为什么那个时候不开始背呢？既然你知道这次成绩的重要性，你不是想读研究生吗？早知如此，为什么不早点准备？"

姜染的眼睛睁圆，好像被刺痛了。尽管希思罗确信自己说的都是事实。

"那你呢？你都背完了吗？"

"背完了，"希思罗诚实地回答，"刚刚在图书馆又复习了一遍，全部背完了。"

"你什么时候背的？我们不是一直都在一起吗？"

"在寝室。每次我都叫你了，但是你不听。你一直在玩手机。"

"玩手机？我是在帮你运营 B 站账号！你不是喜欢画画吗？"

"我不喜欢画画。这个账号对我来说没有意义。我告诉过你，我没有喜欢的东西。这些对你也没有意义，你应该拿出时间来学习。现在还不晚，至少——"

"我不需要你来管教我！！"

希思罗愣住了。她再次回忆刚才说的每一句话，都是实话。姜染为什么会生气？这就是不自持的后果吗？"我没有在管教你。我只是……"她也不知道自己在干什么。她想让姜染平静下来去学习，但不知道该用什么表情。

"别说了！我早该发现的，天天摆出一副无欲无求的样子，背地里偷偷用功，喜欢看我出丑是不是？"

"不是，"希思罗不假思索地回答，"你帮助过我，我希望你过得好。"

"哦，是吗？"姜染的脸皱成了一团，声音越来越大，完全不顾越来越多的围观学生，"那为什么我都这样了，你还是一张 poker face，你真的关心我吗？你有感情吗？"

撂下这句话，姜染抓起背包就跑了。

第二天的考试，姜染没有及格，而希思罗考了全系第一，校方破格允许她以交换生的身份参与保研竞逐。寝室里的气氛比冰还冷，姜染很快搬走了。

姜染对她说的最后一句话，希思罗一直没有找到机会回答。是的，她是有感情的。尽管不知道为什么，但希思罗相信，她伤害到了姜染。而伤害别人，是要受到"愧"的惩罚。

不知道多少个日日夜夜，希思罗独自躺在寝室，忍受着燎烧心尖的痛苦。就像7年前害妹妹在大雨中晕倒一样，她并没有选择压制它。

三

从光亮进入完全的黑暗，未免太为难。

姜染

木门开了一条缝，13岁的姜染趴在门口偷看。

那个穿着宽大黑西装的"叔叔"坐在矮木凳上，双腿叉开。他身体前倾，一手护风，一手给姜建点烟。姜建低下头来，他和陈小红都坐着饭桌旁正常大小的老凳子。灶台的火刚熄灭，陈小红还没摘围裙，屋里各种烟雾缭绕。姜染捂住了鼻子。吞云吐雾的人们很享受，她不明白。

"哥，姐，孩子的教育是重中之重。尤其是到了初中，那可是关键阶段，咱可不能随便放弃啊。"男人的姿态放得很低，但声音坚定。

"这……"姜建狠狠吸了口烟，皱着眉头看桌上的粉红色薄纸。字密密麻麻，他第一眼看到了数字。足有这个北方农村家庭一整年的收入。陈小红看看纸，又看看丈夫，粗糙的双手不断相互揉搓。

"姐，我知道咱觉得贵，可这孩子的前途不是更贵？来咱家之前我可是有所耳闻，是不是连课都不愿上了？"

陈小红的嘴撇成一条线，眼泪立刻就下来了。"都怪俺，当初就不应该给娃买那啥电脑。现在课也不上，作业也不写，让她少玩一会儿，跟要了她的命一样……"

姜建见状，赶紧把烟往烟灰缸边上一搭，笨拙地拍了拍妻子的肩膀。

"跟你有啥关系,其他娃都有,咱娃能没有?有问题咱就解决,有病咱就治……"

"哎,大哥,您这就说点子上了,"男人见缝插针,"咱孩子啊,明显是得病了。"

"啥病?"陈小红泪眼婆娑地抬起头,"咱娃真有神经病?"

"不不不,这叫'网瘾',"男人指了指粉红色宣传单,"青少年大脑发育不健全,自控力差,接触到网络的花花世界,是很容易得病的。"

"那娃……是不是长成大姑娘以后就好了?"姜建问。

"可没那么简单!"男人扶了扶眼镜,"研究表明,每天上网时间过长,会对青少年的大脑和双眼造成不可逆的损伤。而且电脑屏幕的辐射对皮肤的影响也很大,咱这么美的姑娘,万一毁容可就嫁不出去了!"

"嫁不嫁人倒无所谓,可娃上次还说,以后还想去北京上大学,我才给买了电脑。这要是玩电脑玩成了个傻子……"陈小红又开始抽泣。

"你这个什么封闭训练营,只要一个月,真能把娃治好?"

"真能,哥,你相信我,"男人挺直腰板,眼神奕奕,"我们可是有专业训练师,专业医生,专业设备,专业训练计划——您听说过巴普洛夫的狗吗?"

姜建摇摇头,"娃见了电脑,确实跟村头黄狗见了骨头差不离!"陈小红在桌子底下踢了他一脚。

"不不不,不是一回事。总之巴普洛夫是一个著名的国外科学家,我们就是用的他的理论……已经在咱们村收了好几个小病号,还有隔壁的小信,现在都在训练营老老实实待着,保管出来以后没一个想再玩电脑的。而且我们有专业电疗技术,刺激脑神经发育,学习成绩都噌噌涨!"

"行,"姜建一咬牙,把烟屁股按灭,"娃她娘,先别哭了,咱俩合计合计。先把后院的几头猪卖了,我去外面再找点工做。老娘病得重,就靠你一个人照顾了……"

陈小红含泪点头。"就怕娃不乐意去啊……上次拔网线她给闹的，差点儿跳河了都……"

"爸！妈！"女孩哭着跑出来，扑进陈小红怀里，"我去，我去！都怪我没法控制自己……我一定好好治病，治好了就再也不玩电脑了……"

一家三口哭成一团，坐在矮凳上的男人露出了不易察觉的微笑。

十天后，姜染是被救护车拉出训练营的。

希思罗

本科毕业后，希思罗并没有留在中国。在一些依靠短期记忆的考试中，她的成绩很好，但在另一些考试和学习中，她总会感到心慌气短，无法深入思考、解题。不过，她遇到的大部分考试都是前一种，所以还是拿到了保研名额。

但她还是走了，因为母亲的强烈要求，更是因为巴耶利。

回到湿润炎热的家乡，她在北京干裂的皮肤终于再次得到了滋养。甚至连脚步都轻盈了许多……也许是因为重力的变化。

两年没见，巴耶利看起来没怎么变，她积极地帮希思罗拿行李、收拾屋子，问希思罗在外面的见闻。

"姐姐，外面的人，真的不懂自持吗？"

希思罗点点头。"他们有时候会努力自持，但从结果上来看，并不奏效。"努力忍笑，强压痛苦，若有所思，姜染各式各样的面孔浮现在眼前。"他们有时候会尽情放纵，宣泄情绪。"毕业酒会，所有人喝得酩酊大醉，姜染在人群中又哭又笑，跟她并不喜欢的男孩热吻。

"真奇怪。"巴耶利说。她表情很淡然，是锡曼人的标准面孔。

希思罗一开始也觉得外乡人奇怪。因为锡曼人精准的自控力，所以没有人会相信他们外露的表情，刻意表现反而会惹人厌恶。但是外乡人不一样，你可以看出来真正的情绪，尽管也存在一些欺骗性……

"姐姐，这些是什么？"巴耶利指的是行李箱里的一本大书和三本厚厚的画册。是拉斐尔的作品集和希思罗的临摹习作。她尝试了很多次，都无法画出自己没有见过的东西……仅仅是标准的复刻。

"一些外乡带来的东西，"希思罗如实说，"一些画。"

"很重要吗？"

希思罗一时不知如何回答。单论市场价值，这些东西加起来也不值30000锡曼盾，也就是100元人民币左右，而锡曼人讲究事实。但有一些其他东西附在里面……姜染会怎么说，"习惯"，还是"喜欢"？"很重要，是很重要的东西。"

"我知道了，"巴耶利随即转身跑出房间，"姐姐你等我一下。"

很快，巴耶利带回一个陶罐，里面盛满了冒着热气的液体。

"这是？"

"妈妈刚熬的汤。"巴耶利抱着陶罐爬上希思罗的小床，双腿跪着在床单上移动，很快挪到摊开的行李箱旁边。

"巴耶利，你这是——喂！"没来得及阻止，希思罗眼睁睁地看着几年没见的小妹把一整罐黏稠的热汤倒在了自己的行李中：笔记本电脑，从中国带回来的各种纪念品，拉斐尔的画册，还有她自己对艺术创作的尝试，全部都毁了。震惊和不解冲上脑门，希思罗几乎没有完全压制住情绪，从眼睛里泄了出来。

"姐姐，我做错了，"巴耶利把陶罐扔到一边，任由剩余的汤水渗进床单。"对不起，我做错了！"女孩的面孔皱成一团，眼睛立刻变红，然后灌满泪水。在希思罗没有反应过来之前，她快速跑出了房间。"我错了！我错了！"

但在那之前，希思罗分明在这张熟悉的面孔上捕捉到了别的东西……是得意，还是欣喜？看着满床的狼藉，她不知道如何下手收拾，更不知道要多久才能消化那份心痛和遗憾。被毁掉的，可都是她在中国带回的最美好的回忆啊。

"这就是我跟你说过的，巴耶利的问题。"母亲不知何时来到门口，神色淡然地扫视一圈，也转身离去了。

姜染

又是一年晚秋，北京的夜色深了。

大学毕业了很久，姜染才学会和生活和解，和自己和解。那次挂科惨烈的期末考试，基本堵死了她保研和出国的路，而考研那种全靠自律的活动，她想都不敢想。但还好，读研只是父母的一厢情愿，她对此并没有多大的渴望。毕业后，她凭借在 B 站运营万粉账号的经历拿到了一家北京互联网大厂的 offer，一干就是三年。

下班时，已经快十点了，打车软件上的排队人数还有 200 多。

楼下的咖啡店还开着，甚至还有人在里面加班。姜染想了想，点了杯没有咖啡因的饮料，坐在玻璃墙旁的高凳上，试图舒缓一天的疲惫。明黄的银杏叶隐没在路灯的暖色光芒间，没有了白天时的温暖惹眼。白果被来往的行人踩成烂泥。

有时候，她觉得很讽刺。在学生时代，家长和社会都视网络为洪水猛兽，光在她家那个小村庄，违规的戒瘾学校就有两所。似乎孩子所有的毛病都是网络害的，必须得靠强制性手段矫正。而现在，中国网民高达九亿，每人每周平均上网时长超过 30 个小时，到处都是低头族。互联网公司员工成了被人羡慕的好工作，外国行业巨头的起落牵动着巨额财产的转移。

至于当年节衣缩食送她戒瘾的父母……姜染每次打电话回家，都要提醒父亲少刷快手短视频，提醒母亲警惕网络诈骗。父亲曾说她像邻居家的黄狗，看到电脑就像狗看到骨头。如今路上走的每一个人都抱着骨头，时不时啃上两口，反而变得正常。他们的宝贝女儿甚至当上了跨国互联网公司的小主管，把令人上瘾的网络产品送去地球上每一个角落。

现在，她很自由，也很舒服。有了一笔不菲的工资，生活的方方面面都变得好起来。不愿意做家务，就叫阿姨上门；任何想吃的东西，直接外卖到家，太远的商家还可以找人跑腿——只要给了钱，甚至有跨越城市的"高铁外卖"。做着自己喜欢且擅长的工作，一居室由自己的性子布置，想买什么就买什么，一秒都不犹豫、都不耽搁，"双11"的订单直接买到了99+。这个繁华的大都市，似乎什么欲望都能得到即刻满足。至少对于一个北方农村出生的女孩来说，这是儿时想都不敢想的天堂。

但是，她依然感到空虚。多少大牌包包都无法填补的空虚。

多少年来，她会把自己的欲望和需求看作一个总在身边的小妹妹，总是大喊着要玩游戏、要吃零食、要买东西、要爱、要一个人待着。一个变化多端、暴躁无常的小妹妹。现在，她拥有满足小妹妹的所有能力，可小妹妹还是没有变得快乐，只是拉着姜染的五脏六腑往下坠。

她知道为什么。

"在一些社会，操纵物的人越来越少，而操纵人和符号的人则越来越多……"姜染总是想起于教授在那堂无聊公开课上说的话。是的，现代社会，人们总是在操纵人，操纵各种符号。那些符号，又直接影响了人的欲望。深谙心理学的广告推销出的商品，滤镜和概念打造出的网红店，因为符合某方利益而被强调的传统习俗……人们的需求像流水线一样被制造出来。她不止一次地反思：吃下的是概念，还是蛋糕？欣赏的是滤镜，还是风景？买到的是符号，还是舒适？那些快递堆在门口，唯一满足的只有"想要"本身。只是"拥有"的快感转瞬即逝，而且千篇一律，享受物品本身反而成了次要的。

解控人生的少女

但在这个世界,她停不下来。身边的小妹妹一直在说"我要!我要……"在说"他们都有,那我也要有",在说"要仪式感,要精致,要重复他们的生活"!

在不断填补欲壑的过程中,她总是在想,如果自己在另一个社会、被另一种文明塑造,想要的东西会不会不同?喜欢的行业、兴趣爱好,是不是也会不一样?世界总是在流动,电子游戏一会儿变成洪水猛兽,一会儿又要成为奥林匹克的项目。

如果不同的社会能创造不同的喜好,那她自己真正选择的部分在哪里,她作为人的意义在哪里?人生最悲哀的事情,难道不就是完全活成了这个时代的缩影吗?

如果希思罗的"喜欢"是绘画,那么她的"喜欢",究竟是什么呢?

"嗨,染染,就知道你还没走。"

吴玘端着一杯咖啡走过来。

希思罗

巴耶利变得越来越让人头痛。

一般情况下,她正常又可爱,好像还是儿时希思罗的小跟班。但在希思罗松懈的时刻,她却冷不丁地损坏希思罗的东西,或者言语伤人。

希思罗没法责怪她,因为她会很快满脸眼泪地忏悔,然后哀号着跑开,展现标准的愧疚。

"她在外面也这样吗?"

"已经退学了,"母亲神色依然很淡,看不出情绪,"大错不会犯,只是家人之间的事,一定会被原谅的事。"

"多久了?"

"发现以后,也有一年了。不知道为什么会这样,还有很多其他孩子这样。他们的行为无可指摘——锡曼人会原谅，只要诚心认错。永远无法预知她们下一步会做什么。也许只能放弃。毕竟……再多痛苦也能自持。"

希思罗看着母亲的面孔，空洞之下掩藏着无尽悲哀。痛苦可以被压制，恶行可以被"习惯"。母亲完美践行着锡曼人的信条，任由女儿越来越疯。她无法看着这种事情发生。

"母亲，我会想办法的。"

希思罗在巴耶利的房间找到了她。女孩儿的书架上摆满了碎片，质地各异：陶瓷，纸张，玻璃，金属。有一片曾属于拉斐尔的画。希思罗有些惊讶，毕竟当时行李箱里所有的东西都被热汤泡坏了，有的抢救了回来，但更多被她含着眼泪丢弃。妹妹偷偷当战利品捡回来了吗？

巴耶利坐在床边，冷漠地看着姐姐。她的眼睛和鼻头一圈都红红的，眼白布满细细的血丝。她俩都有着银湖一样的眼睛，希思罗仿佛看着另一个自己。

"你是来惩罚我的吗？我已经道歉了，我很愧疚，你不能惩罚我。"

"我相信你是真的愧疚，"希思罗只是侧身坐在妹妹身边，平视着她。"你上瘾了，对不对？"

巴耶利的瞳孔一瞬间变大了，但很快又恢复成常态。"我不知道你在说什么。"

"你对愧疚感上瘾，是不是？一段时间不哭、不自责，就会难受，对不对？"

女孩没有回答。

"我能理解，"希思罗握住妹妹的手，"自持是锡曼人引以为傲的品质，也是锡曼人的天赋。但在外面，姐姐见过太多难以控制自己、对各种各样东西上瘾的人。程度有轻有重：有的人会为此自残，甚至杀人，有的人只是……大多数人只是选一样'喜欢'的东西消磨生活，并渐渐离不开。能够'上瘾'与否不是非黑即白的开关，而是连续的图谱。我想大多数锡曼人在图谱里完全无法上瘾的一端，但不是所有人都这样。"

巴耶利望着姐姐，似乎没有完全理解。

"妹妹，如果我没有猜错，这种事是你释放情绪的唯一出口对不对？"有了外界做对照，希思罗才知道她们童年的学校教育是多么严格，尤其是对于自持的要求。出于道德考虑，只有愧疚感才是被允许，甚至被鼓励的。对于锡曼的孩子来说，长大后多少种情绪都会被理智瞬间消化、磨平，只有愧疚感可以一波一波涌来，需要缓慢消化。一代一代的进化中，这是锡曼人大脑中唯一存在的正反馈通路。当然，这都是后来她和姜染一起研究出来的成果。在此时此刻，希思罗判断巴耶利的自控能力属于锡曼人中稍弱的一种，才会沉迷"愧疚感"。

巴耶利没有正面回答。"可老师说过，只有动物、植物这种低等生物，才会被外界的事物带着跑。"

"自持能力的强弱跟人品质的优劣没有任何关系，"希思罗认真地说，"在外乡，很多上瘾的人都非常友好、善良。他们只是需要一些时间和精力与自己做斗争罢了。"

姜染的面孔再次在脑海中浮现出来。在外乡沉浮的那些年，希思罗被真实的冷漠伤过，也被虚假的笑脸骗过。外乡人在某些场合赞许绝对自控，但又在另一些场合要求或真或假的激烈情绪：酒桌，葬礼，毕业晚会。归根结底，还是要求另一层面对自我的掌控能力。她逐渐摸清了规律，学会有限度地展露情绪，以便达到自己的目的。越成长，她就越怀念姜染的赤诚和热情，越懂得那时自己带给朋友的痛苦。愧疚感绵延不绝，在每个夜晚如潮汐般翻涌。

"姐姐，那我该怎么办？"

希思罗探身抱住巴耶利，心里也没有主意：她从未上瘾，对戒断一无所知。

姜染

锡曼是太平洋赤道地区的小岛国，几个主岛呈水滴状，被称为"上帝遗落在大洋上的花瓣"。希思罗所在的钥尔城坐落在锡曼屿的南端，在当地古语里是心脏的意思，也是锡曼为数不多的几个大城市。锡曼没有多少国际航班，姜染从樟宜机场飞到巴厘岛国际机场，然后辗转火车、轮船，才进入了锡曼。除了将人紧紧包裹的湿热空气，这里独特的风俗令她着迷，几乎找到了读书时田野调查的感觉，无处不在的花草香也令人沉醉。

抵达钥尔城的那天，姜染选择了当地班次最多的摆渡轮船。船舱里拥挤且嘈杂，尽管她穿着锡曼的传统服饰"笼莎"——一条长纱编成的渐变色连衣裙，最后两端从左胸处交叉，甩到身后拖成两半披风，是希思罗留下的礼物——还是有好几波缠着她卖货的人。其中一个又黑又瘦的小女孩轮番用标准的日语、粤语和普通话重复"姐姐帮帮我"，语言天赋和希思罗一样令人惊叹。最后干脆把一朵红底白点的殷血干花别在了姜染的胸前，正是笼莎交错的位置。姜染熬不住祈求，还是把钱给了她。就当是保佑心脏了。

到码头后，姜染刚长舒一口新鲜空气，就听到有人在喊她的名字。

"我早就警告过你，别理船上的小孩，或是任何人。"

待眼睛适应了热带浓厚的阳光，希思罗已经来到了身边，仔细观察姜染的脸色。姜染摆摆手，表示自己感觉还好。这时姜染才看清，在她努力融入当地文化的同时，希思罗则穿了一件白色紧身短上衣，下面是潇洒的高腰阔腿裤，加上夸张的圆耳环和金色鼻环，仿佛美国青春校园剧里走出来的高中生。希思罗的发量依然惊人，全部扎成马尾束在脑后，眼线和眉毛都画得很夸张。跟她走在一起，姜染不知道谁更像本地人。

姜染领首，行了一个锡曼的微距礼，希思罗则一步上前，紧紧抱住了她。希思罗发丝里的香料味儿令人迷醉。路过的锡曼人多有侧目。

"你变了很多。"两人好不容易分开时，姜染说。

"你也是，"希思罗轻抚着姜染的耳朵，"睫毛少了，眼窝深了，脸颊有些凹陷，鼻翼——"

"好了好了，不就是老了吗。"姜染笑了，其实多少有点感动：在对锡曼文化的少量研究中，多篇文献提到了当地人选择性记忆的特质，所以希思罗才能在考试前快速背完整个课本，并在一天后全部清空、为其他记忆腾出地方。正因为如此，久别重逢的锡曼人会特意描绘彼此面孔的微小变化，暗示自己特意将对方印在了长期记忆里。考虑到两人分开时的争吵，姜染无比感激希思罗没有把自己在脑海中"一键删除"。

"不是，我觉得你更成熟，更自信了，"希思罗露出自然的微笑，姜染有些不适应，"或者说，更自在了。"

"谢谢，"姜染感到自己脸红了，工作以后，她确实找到了一定随心所欲的自由，"你也变了很多，我在 IG 和 TikTok 上关注了你的账号。标准的美妆垂类博主，这个月就能到一百万粉丝吧？我真的没想到你会——"

"在锡曼这个没有人玩社交媒体的地方当网红？"希思罗又笑了一下，"其实很简单，模仿一下其他博主，化个妆、穿个衣服就会有很多人粉你，商家和平台争着给你打钱，真是不可思议……也感谢你，要不是你当初拉着我在 B 站直播，我也想不到这个路子。"

"是啊，不可思议。"姜染走在锡曼的路上，两边都是穿着传统服饰卖小吃和饰品的当地人。没有人低头使用手机，无论是穿着正式的中年人，还是背着挎包的学生，全部昂首挺胸，直视前方，专心走路。所有锡曼人的面孔都如当年的希思罗一样，淡然冷漠，没有表情。初看起来无比疏离，甚至有点恐怖。如果不是希思罗跟着，她断然不敢独自走进这样的人群。

她真的能让公司的网络产品征服这个独特国度吗？姜染的心里在打鼓。在临行前，她曾打探吴玘要不要一起来，但吴玘觉得自己的隐语义算法完全可以远程作业。

飞机起飞时，吴玘的MVP（最简化可实行产品）版本聆风互动App已经在锡曼屿上线，公司的看板上转眼就有了第一批数据。理智告诉姜染，要分出胜负还早：推特、脸书也早就进驻锡曼，也有一定日活，但用户一直少得可怜，还比不上锡曼当地的工具类App。但她还是很担心其他人的产品会占得先机，拿走所有的奖金。她知道，公司里觊觎这块互联网处女地的人实在不少，其中不乏比吴玘更厉害的算法工程师。

希思罗则是姜染的先机。她始终相信，与冷冰冰的算法相比，深入一个地区的文化环境才能真正发现需求，做出被当地人所喜爱的产品。前提是，锡曼人真的有"喜欢"的能力。

思绪拉回，姜染必须面对的第一个挑战，是在永远沉着冷静、观察细致入微的希思罗面前隐瞒自己的来意。

她隐隐感觉，要达到大领导要求的日活人数并拿到巨额奖金，必须深深玷污这方无瘾之国。

但她别无选择。

希思罗

这些年姜染肯定受了不少苦。希思罗还记得昔日室友充满活力的样子，但她已经被不自持毁了，和所有外乡人一样：高糖高油和暴饮暴食糟蹋了皮肤，熬夜玩手机玩游戏使得黑眼圈更重，颤抖的手指、发青的脸色……她心脏的状态肯定更糟糕了。哎，外乡人为什么就不能懂得自持？

带姜染回家的路上，希思罗讲了巴耶利的事。

"你的判断是对的，这确实是上瘾的一种表现。"姜染认真听完，思考了一会儿才说，"我也不是没听说过对痛苦上瘾，很多人会自残获得快感，在一些特殊场合尤其如此。但就算在其他国家，对愧疚感上瘾还是实属罕见的事。"

"她没法控制自己，"希思罗想起妹妹流泪的面孔，"就算她知道这样做不对。"

"如果能控制，还叫上瘾吗？"姜染笑了，"你是不是很难理解？"

希思罗没有说话。在外乡学习的这几年，她无法理解的事情太多了。烟草损害心肺，酒水破坏肝脏，赌局伤身伤心，每个人都知道，但无法戒除者众；短视频、直播只能无意义消磨时光，暴饮暴食危害心血管系统，同样每个人都知道，却往往沉溺其中。多的是心口不一的人，明明理智已经指明道路，非要臣服于心中的欲望……

"之前你说的是真的吗？"姜染换了个问题，"锡曼人都和你一样，不会对任何东西上瘾？没有烟草、咖啡、可可，没有毒品问题，没有人沉迷电子游戏或网络小说，没有孩子因为去网吧而逃学？"

"是的，没有。其实我们也没有什么娱乐项目，或者说，不需要。按部就班学习、工作，仅此而已。当然，我们有咖啡、可可和香草的产业，只是专供出口。"

"我知道了，"姜染低头看自己胸前的干花，"你们只是在利用别人的瘾来挣钱，就像你在网上直播一样，自己却不受任何欲望的束缚。真是一个乌托邦啊。"

"并非一直如此。"

希思罗停下脚步，两人已经到了英雄赫女的雕像前。儿时与巴耶利玩闹那会儿，这个仰首半跪、膝盖以下化为利剑的女孩雕像还半掩隐在丛林里，如今四周已被开发成一个小广场，是游人来锡曼一定会观赏的地方。

"锡曼屿经历过多轮殖民,语言文化被侵蚀不说,'二战'期间更是沦为侵略者的实验场,很多锡曼人都遭受了非人的虐待。"

姜染点点头。

"锡曼人虽然少,但也奋起反抗,组成了很多游击队在丛林中与敌军作战,死伤惨重,"希思罗轻轻抚过雕像的黑色底座,温热的石头仿佛在鼓励她将历史诉说,"英雄赫女就是在那个时候出现的。她是从敌军实验室里逃出来的,生得娇小柔弱,但是内心有很强大的力量。"

"在一次试图炸毁敌军实验室的行动中,大部分伙伴都牺牲了,反抗军几乎全灭。就在这时,她自断一条腿,爬向敌军将领装作投降,成功骗过了很多双像鹰一样的眼睛。在将领俯身查看她的那一刻,赫女断腿的横截面突然伸出一柄血红色的利刃。她一跃而起,没有人看清事情是怎么发生的,将领的头就落在了地上。敌军方寸大乱,号叫声响彻云霄,因为他们都看见了,斩首将领的利刃是赫女血肉和骨头组成,从断腿处活生生长了出来。他们相信锡曼人已经掌握了将身体变化为武器的能力,不敢在这里久留。这么多年来,锡曼人才终于取得了独立。"

讲完后,希思罗抚过刻在基座上的铭文:自持是人类最伟大的财富。当年巴耶利就是在这里被她的任性伤害的,她必须把巴耶利从奇怪的"瘾"中拯救出来。所以,收到姜染想来锡曼参观的脸书私信时,她立刻答应了。

"很英勇的传说。"

"这不是传说,这是真实发生的事情。"

希思罗回过头,姜染脸上挂着礼貌的敬重。姜染怎么就不懂呢?锡曼人没有传说。他们无从想象从未发生过的事情,不能描绘从未见过的景色。

就像她尝试了无数次,也无法像拉斐尔一样,画出不存在的神明和神兽。偶尔会有一个念头闪过：也许正是自持禁锢了飘逸的思维，也让锡曼人无法得到艺术之神的眷顾。

一个值得付出的代价，不是吗？

姜染

考察并不顺利。

希思罗家是独门独栋的两层小院，姜染住在客房之一。左邻右舍都是这样的小房子，多数带着自己的花园，但并没有栅栏。姜染常能看到各种年龄的人在花园的躺椅上享受日光浴，一副悠然自得的状态。当然，如果凑近看，就会发现一张紧绷的面孔，没有任何表情。

希思罗的父亲是公务员，母亲则在学校工作，都是955的工作时间。希思罗没有正式工作，每天在社交平台上直播两小时。看到她手法娴熟地画出各类仿妆，姜染不由得想起自己第一次教希思罗画眼线的时光。巴耶利则多数在自己的房间里学习，要么就是在学校上课。不知道是不是因为家里有外人，巴耶利没有什么出格的表现。一家人都是脸色淡漠，就算一起吃饭也是如此，姜染适应了好久。

在希思罗的提议下，姜染跟着希思罗的父母去了市政府和当地学校参观。在政府部门的人面容严肃，看起来比较好令人接受，可学校里的孩子们就像机器人一样捧着课本、整堂课都正襟危坐，多少让姜染感到惊讶。

自然，姜染去了那么多地方，低头看手机的人极少极少。手机对他们来说是名副其实的工具，只在必须要沟通时使用。姜染看到很多人在用功能机。希思罗不在的时候，姜染会鼓起勇气搭讪面无表情的锡曼居民，给他们展示自己色彩丰富、令人眼花缭乱的智能机屏幕，打开在全球拥有亿级用户 App，刷出几个在全球都很火的无字梗图或翻译成锡曼语的笑话。锡曼人一般会礼貌地看几秒，没有人展现出特别的兴趣。

对于这种状况，姜染有心理准备。毕竟对于推特和脸书这种大厂来说，全球可供盈利的大人口基数市场太多了，不值得为锡曼这种弹丸小国花心思做本地化，没有适合他们的内容和设计很正常。她计划继续深入体验锡曼人的生活，做出一款真正扎根本地的社交 App 产品，而不是将成熟的产品拿过来换层皮，或者用特殊的算法来作弊。

转眼一个星期过去了，调研进展不快，但姜染发现，自己竟然越来越喜欢这里。

咖啡厅、烟酒、网吧、赌场，这里没有任何成瘾性物质或场所，姜染不会在路上受到二手烟的侵害，也没见过一场以把人灌醉为目的的聚餐；没有人玩手机，自己为了融入其中也就忍住了不低头，反而少了朋友圈里同辈压力的困扰；没有电影院和电视机，没有综艺和选秀，没有娱乐明星和漫天绯闻，新闻里永远是真正的时事与政治，最受人尊敬且收入最高的职业是工程师；没有北上广最常见的那种大商场，那种把所有金光闪闪、供人消费的场所塞进一栋建筑的钞票粉碎机，只有卖实用生活用品的超市和小店。姜染想起自己收到第一笔工资时，曾出于"犒劳犒劳自己""女人在职场需要撑场面"等别人的想法买过一个上万元的 LV 挎包，而在锡曼，品牌效应并不存在，包包的价签上标注的永远都是真正的使用价值。

说实话，初到锡曼时，看到四处晒太阳的年轻人和低矮的建筑，再加上极低的智能手机普及率，姜染一度觉得这里非常落后，需要移动互联网的"拯救"。但这几天生活下来，姜染仿佛发现了另一种完全不同的人生。

离开手机和咖啡，离开所有成瘾性产品，离开消费主义，离开撩拨情绪的影视作品和强行引出多巴胺的电子游戏，一天竟然有那么多时间可以用来做更有意义的事情！姜染时刻感到神清气爽，灵魂似乎第一次将目光转向了自身。

回望过去,她花了多少时间因为不够强的自控力而与自己的欲望痛苦拉扯,又因为不断满足欲望而浪费时间和金钱,而希思罗,还有锡曼屿里的每一个人,都天生高度自持,时刻清醒而明朗,理智和感情从来不会打架,是多么令人羡慕啊。

所以,锡曼根本就不是世界上大多数人想的那样:不够文明、不够发达,竟然还没有进入网络时代。

然而,互联网荒漠并不等于文明的荒漠。就像萨缪尔·亨廷顿说的那样:好几个世纪以来,很多欠发达地区都认为西方化等于现代化,盲目去崇拜西方的一切。学习他们的政治制度,用拉丁字母改造文字,甚至复刻吃穿用度。但是随着社会的发展,大家发现西方化和现代化并不能画等号,本土宗教回归和东亚文化蓬勃发展就证明了这一点。到了现在,人们又开始定义赛博化等于现代化,觉得所有的文化都要向网络社会发展,将智能手机普及率作为文明的标志之一。但也许不是这样的呢?也许有些文明有自己的娱乐方式,从根源上不需要移动互联网提供廉价的精神甜品。也许这反而是一种进步。

而她现在在做什么呢?纯粹为了满足一己私利而试图把一个纯洁的国度拖入过度娱乐的泥潭,让互联网把同化了世界的范式带给这个文化……

可是,如果放弃"入侵"锡曼屿,那她还有什么机会能在这么短的时间内摸到巨额财富呢?而且对这片土地虎视眈眈的人,并不止她一个……

铃声突然响起,打断了她的思绪。是微信电话。她已经好久没有打开过微信了。

"喂,染染,你那边进展怎么样?"吴玘的声音传来。

"还好,"她想了想,改了口,"还没有进展,其实。"

"我这边也是,数据出了点问题……"

希思罗

面对一张空白的画纸，希思罗迟迟无法下笔。

自从姜染来了以后，巴耶利乖巧了很多，不再需要有人时刻盯着。她俩常常在姜染的房间里一待就是两个小时，出来后也不再故意犯错。

不管姜染施了什么魔法，希思罗都很感激。她又有时间探索那个一直无解的问题了。

拉斐尔所有的作品她都已经临摹过了，浓郁的色彩和温柔的面庞似乎在线条组成的二维平面上发光。仅仅是运笔描摹光影，她都已经能感受到无尽的柔美和和谐。有那么一瞬间，她似乎触到了艺术的边界——了解到人们为何为艺术痴狂。

但她无法创作。一笔都不行。有时候她试图闭上眼睛让持笔的双手在纸面上随意游走，看看自己潜意识中有什么奇怪的画面。但那行不通。她的双手跟身上每一块肌肉一样，必须要意识发出指令才会行动，就像没有输入程序就无法运行的机器。

这到底是为什么呢？

儿时，尼尔老师几乎每节课都在强调：自持是人类最伟大的财富。

"孩子们，在之前的课程中，我们学会了在各种情绪中自持。快乐，痛苦，悲伤。或者用佛教的话讲，贪、嗔、痴、恨、爱、恶、欲。学会自持，我们才拥有人的尊严，否则只是任人摆布的植物罢了——给它光，给它水，它就能按照你的意愿生长。花园和泥盆里的植物容易被水泡死，正是因为它们不会自持。"

希思罗学得很好，并为此而自豪。她坚信自己不是愚蠢的植物，呆呆地定在原地，由外部环境掌控生长的形态和方向。她是人，她的理智可以完美控制自身。

但长大以后,她却发现不懂自持的外乡人也能过得不错,生活甚至更加色彩斑斓。姜染带她见识了艺术和互联网,如今她在全球有一百万粉丝,尽管丝毫不解自己为何被"喜欢"。对了,她甚至花了很久才搞明白什么是"喜欢",那是"上瘾"最初级的形态……

思考得越久,研究得越深,她就越疲惫,甚至喘不上气来。心跳慢了下来,血液涌上大脑,呼吸逐渐停滞,世界从边缘开始陷入黑暗,房间在视野中心倾倒……

"希思罗,注意自持!"

母亲的声音传来,她才立刻回过神来,呼吸和心跳也正常了。

跌坐在床上,母亲走到她身边,伸手抚摩她的脸颊。母亲的手指很凉,也许是自己在发烫。

"太危险了,希思罗。你要学会控制自己,"待体温逐渐恢复正常后,母亲坐在她身边,"早知道,不应该答应你去留学。"

"是我自己要求的,母亲。"希思罗说,"我无法理解历史课本上写的东西,那些艺术、游戏、影视。人们的行为不符合逻辑。"

"那你现在理解了吗?"

希思罗没有回答。

"其实,在我年轻的时候,和几个姐妹也曾去外乡闯荡过。那时锡曼的香料和咖啡业务还没做起来,很多人根本不知道这个国家的存在。有几个知道的,也觉得我们懒惰、落后,看不起我们。确实,锡曼确实没有高楼大厦,也没有花里胡哨的消费娱乐场所,但我们并不需要这些。外乡的繁荣是有代价的,那就是群体的不自持。外乡人的无数产业都建立在不理智的头脑之上。那一套玩弄原始感情的社会体系,让人们相信自己需要无价值的商品和服务,并为此付出无价值的劳动,而社会顶层的人,也只是能够购买更多无价值的商品和服务。所有人都在一摊烂泥里生活，被各式各样的瘾所左右，一年都清醒不了几天。"

"这些画，也没有意义吗？"希思罗指着拉斐尔的作品，圣母正朝着两人微笑。

"如果是写实画，能比得上相机吗？如果是虚构画，就更没有意义了。"

"发明相机的也是外乡人，"不知道为什么，希思罗第一次反驳母亲。在过去，就算不同意母亲的话，她也会默默压下情绪，选择服从，就像违背自己的意愿从中国回来那次。久而久之，她意识到，面对一句话，她已经没有下意识的反应了。"艺术家没有存在的意义也就罢了，为什么锡曼也没出过一个科学家呢？"

"不要用外乡的评价体系来评价锡曼，我说过我们是不同的物种。他们是没有意识的植物，而我们更加高级，可以完全凭自己的理智行事……"

"那我们活着到底有什么意义呢？"希思罗不明白，"只是不断学习、工作，到底是为了什么呢？"

"为了活着。"母亲立刻回答。

"活着就是……为了活着？"

"不需要深究，"母亲的声音突然大了一些，"注意自持，不要太深入沉浸一个念头。锡曼人的身体无法承受这些……"

"为什么？"

"会死的！"

希思罗和母亲都愣住了。她从没见过母亲这么激动过。就算巴耶利点着了半个卧室，母亲也只会赤脚走上滚烫的地面，精准浇灭火焰。

"你的姝笠阿姨……受到了外乡的诱惑，从此难以自持。她的身体停止响应，变回了一棵植物。如果你也总是想这些有的没的，迟早也会这样。"

希思罗不再说话。从她记事起，姝笠就躺在医院里，没有意识，靠各种机械维持生命。四年前，她参加了姝笠阿姨的葬礼，就在去中国临行前。当时的邻居说，植物人能活这么久已经是奇迹了。

"自持并非天赋，而是一种诅咒，对不对？"希思罗轻声说。每次试图作画时，身体都会用减缓呼吸和心跳来惩罚她。母亲的其他姐妹都在外乡失去了生命。

"不要再想了。"母亲的面孔恢复了冷淡，用命令式甩下一句话，便起身离去。

"但你还是让我去了北京，"希思罗冲着母亲的背影喊道，"你用国际机场的名字给我和巴耶利命名。你还是想出去，对不对？"

母亲走出房间，没有回头。

"有时间关心一下巴耶利吧，尽一下为人长姐的责任。她在你那个朋友那儿越待越久了。"

姜染

姜染的笔记本电脑被巴耶利搞坏了。

不知道什么时候下得手，眨眼间就不见了。后来发现花园里多了一个土包，刨开后全是扭曲的金属零件。巴耶利看起来那么纤细，是怎么抡动铁锤的？

不管怎么样，她哭着来找姜染道了歉，眉眼低垂，声泪俱下，看起来真诚极了。

三天前，吴玑打过电话来，讲了一通自己的发现——或者说是"失败"更合适。吴玑引以为傲的隐语义算法本来可以根据用户的各种行为算出偏好并给予相应推荐，以此来不断迎合用户喜好，从而增加对产品的粘性，这本该是一个放之四海而皆准的模型。

"App已经投放两周了，用户虽然不多，但他们只要安装了程序，我的代码就能自动搞到该手机上其他行为数据，离线也能记录下来——"

"你这不合法不合规！"姜染忍不住打断他。

"灰色地带，灰色地带……总之我的代码学习了整整两周，就学了屁出来，什么数据都没涨。"

"什么意思？"

"意思就是，锡曼人根本没有偏好。不仅表现在没有喜欢的商品和内容，连个人操作手机的独特模式都没有……他们将手机当作完全的工具，需要什么就直接搜索，没有任何多余的动作。在购物App上，推荐的商品从不会多看一眼，就算跟他们刚下单的东西高度相关；而社交媒体呢？爱好？政治立场？性格？统统都检测不到数据，也没有人晒自己的生活；至于即时通信应用——我不该窥探人家隐私我先道歉——最多跟家人发些'什么时候回家吃饭'的消息，连个meme都不发。我去，这是帮刚学会上网冲浪的原始人吧？"

姜染没有说话。她早就预料到了这一点。锡曼人精于自持，心中有一条社会认可的基准线，一切喜怒哀乐都可以轻易压制。没有偏好，没有"喜欢"，更不会上瘾。

"总而言之，我觉得是根儿上有问题。你不是搞人类学的吗？在那儿待了这么久，有啥突破口吗？"

"哪有进展，根本就是铜墙铁壁……"姜染随便敷衍了几句就挂了电话。她没告诉吴玘，突破口已经找到了，就在这个屋子里。那是她认识的、锡曼唯一一个上瘾的人。

"姜染姐姐，这是什么？"巴耶利拨弄着头上的脑电帽，脸上平淡如水。

"可以帮你不再搞坏别人东西的东西。"姜染一边回答，一边调试笔记本电脑上的摄像头。

"是的，母亲让我不要这样做。"巴耶利说话的声音没有一丝起伏，"但只要真诚道歉就可以被原谅，这是老师教过的。'愧'会惩罚我。"

"对，没错，"姜染拿出一副眼镜，上方夹着两个黑色的小方块，"还差一个东西，不要动。"

巴耶利立刻不动了，连呼吸律动都停止，像石头一样僵坐在椅子上，任由姜染把眼动仪帮她戴上。

"好了，可以动了。"

"动哪里？"巴耶利问。

"想动哪里都行，"姜染打开了电脑屏幕，上面是几个花花绿绿的页面，"姐姐想给你买个礼物，你自己挑一下吧。鼠标给你。"

"好的。"巴耶利接过鼠标，在搜索栏上输入一行字，然后点了第一个。"选好了，最近我的洗发水用完了。就要这个，谢谢姐姐。"

"嗯，我说错了，我要给你十件礼物，"姜染作势收拾东西，"慢慢挑，我出去一下。对了，我的笔记本电脑很贵，要爱护它。"

再次见到这台电脑时，它已经是花园土堆里的残骸了。但没关系，姜染的眼动仪已经拿到了足够的数据。

一般人拥有中央凹视野，离中央越远，图像越不清晰，而不自觉的眼球快速跳动可以让人们专注于多个区域，给人一种可以清楚地看到一切的错觉。因此，眼动数据展现在图像上就是一群密密麻麻的小箭头，覆盖页面的大部分地方。而巴耶利的眼动数据则很奇怪，一共就几个凌厉的折线，从一行文字迅速转到另一行，最后转向右边的翻页按钮，极其干净。

在姜染的学业和职业生涯中，只在几个老年人身上取得过这么少的眼动数据。眼部晶体由晶体蛋白构成，随着时间的推移，化学成分发生改变，弹性就会降低。到了 60 岁，视网膜接收到的光线就只有 20 岁的 1/3 了。视觉能力退化、视野有效区域缩小、视觉动作协调能力下降，都会导致眼动能力的下降，反映在图像里就是更稀疏、范围更小的箭头。

难道锡曼人的眼睛都已经老龄化了吗？巴耶利和希思罗都有着清亮的银灰色双眼。不，不会。除非是设备有问题，只记录下了几个最显著的数据，使得他们看起来就像……就像能完全控制自己眼球的移动。

姜染觉得，自己已经完全明白了，关键词只有一个，是她非常熟悉的词语，于教授教给她的：植物神经躯体化。

呼吸，心跳，眼球转动，激素分泌；情绪，欲望，瘾……那些原本由植物神经控制的活动，如今也归入意识的掌控之下。也就是说，只要锡曼人愿意，他们对自己身体的能力可以达到前所未有的程度。

多么神奇的民族，多么神奇的……物种。

但也不是全无漏洞。

有那么几分钟，巴耶利的眼动数据恢复到了普通人的水平，变得杂乱无章，少了那份凌厉和干净。

就在她砸坏姜染电脑，一边哭一边往后院埋的那一刻。

希思罗

很长时间没有动静，希思罗以为巴耶利已经"戒"了那种奇怪的瘾，没想到妹妹竟然把远道而来的朋友的电脑砸坏了。

姜染无法像他们一样快速平复情绪，她会不会很生气、很难过、很自责？一定是这样。而且姜染也没有找希思罗告状，她竟然是两天后才知道的。

母亲那里得知后，希思罗立刻去了姜染的房间，但没有人在。本来整洁干净的客房充满了外乡的烟火气，零零碎碎的物品散落在各个角落，床脚缠着几缕发丝，桌子上原本架着电脑的地方铺满了A4纸。希思罗想起一起住宿舍时，姜染床铺的凌乱程度比这个还要严重。锡曼到处都很整洁。她感到一丝遥远的亲切，转瞬即逝。有时候，她迫切地想要抓住那个缥缈的信号，就像掠过深海表面的一缕清风……可一切只剩平静。

她叹了口气，走进客房，想帮姜染收拾一下，就像在宿舍里她经常做的那样。铺铺床，扫扫地，整理一下桌上的废纸……不，不是废纸，每一张白纸都被姜染龙飞凤舞的中文填满了，有几个字绝对超出了中国本地人的理解范畴。刚开始学习中文时，希思罗可没想到手写体如此难认，仿佛抽象的画作。她拾起一张纸，仔细辨别了几秒。

"《锡曼屿互联网爆发式增长可行性报告》，作者：姜染。"

希思罗迅速整理起报告，带着三分疑惑看了下去。姜染从没告诉过她要写这份报告，她以为姜染只是来这里做人类学调研。

正式报告只有三页纸，其他的都是草稿。姜染直白地写出自己来锡曼屿的目的就是帮助自己的公司占领这一互联网荒漠，并且一上岛就在用各种方式进行实地调研。希思罗积极带她去拜访的邻居、家人、政府官员，都是姜染观察的对象。

调研并不顺利，姜染描绘了锡曼屿人的种种"奇怪之处"，如面如冰霜、亲情淡漠；没有娱乐需求，也没有娱乐产业，不受好莱坞、迪士尼的文化侵蚀，但也没有发展出自己独特的娱乐文化，没有传统或现代艺术，一切以实用性为主；没有失眠，精神类疾病发病率极低，医院和药店没有止痛药；有强大的咖啡产业，但岛内并没有多少人饮用咖啡；自控力极强，没有发现任何上瘾现象；语言中没有"习惯""喜欢""偏疼"和"爱"。为什么用这么多"没有"，他们真有那么"落后"、那么"奇怪"吗？希思罗并不觉得。这些表达让她感到一丝转瞬即逝的不适。

姜染把所有的"古怪之处"归结为一个词语：植物神经躯体化。她说锡曼人的生理结构具有特殊性，本无法被意识控制的植物性神经变成了躯体神经，也叫动物性神经，可以在一定程度上被人的意志所左右。理论上来说，锡曼人可以像控制五指的张合一样控制心脏的收缩。不过锡曼人并没有意识到这一点，基础而重要的生理运动主要还是被潜意识接管了，这一方面保证人体在可控性提升的情况下保持正常运转，另一方面也造成了意识资源的占用，所以大部分锡曼人更加喜欢闲适的生活，整个锡曼社会的节奏也不快，甚至落下了懒惰散漫的名声。如果锡曼人过于专注或是情绪激烈，意识资源被过度索取，便会出现呼吸不畅、心跳过缓，甚至危及生命的情况。简而言之，就是身体"忘记"做这些事了。为了避免这种事情发生，锡曼发展出了强大的"自持"文化，帮助身体尽快平复各种激烈情绪。

至于锡曼人身体异常的原因，姜染查阅史料，推断锡曼人原本就有一定程度的变异，当年敌军占领锡曼屿后，在实验室中放大了这种特质，促成完全的植物神经躯体化。依据有二，一是"二战"前，锡曼屿还有药物"上瘾"记录，社会形态与东南亚其他国家无异；二是"二战"期间涌现了很多类似英雄赫女的故事，共同点就是将自己的身体变化成武器，最常见的就是将骨头破出皮肉变成血刃，或是延长皮肤形成绳索。自然界也有这样的情形，一种叫壮发蛙的青蛙在遇到威胁时会将自己的骨头折断，从断裂处长出锋利的爪子并刺透趾垫。对于人类来说，这体现了非凡的控制程度和忍耐力，可以说是自控的巅峰形式。

"植物性神经……"，看到这里，希思罗想起尼尔老师的话：学会自持，我们才拥有人的尊严，否则只是任人摆布的植物罢了——给它光，给它水，它就能按照你的意愿生长。花园和泥盆里的植物容易被水泡死，正是因为它们不会自持。这不是一个比喻，他说的是真的。她不应该怀疑，锡曼屿未曾有过传说。

姜染并没有在此止步。希思罗找出新的一页，继续看挚友对自己族人最为深刻的剖析。

在这种特质下，部分反射通路被彻底切断，"上瘾"就是天方夜谭。但姜染还是找到了突破口。在锡曼，只有一种情绪是被允许合理释放的，那就是"愧"，也只有"愧"保留了原始的反馈通路。通过脑电帽和眼动仪，姜染已经掌握了"愧"的脑电信号，并使用公司的超级计算机结合于教授的脑神经数据分析出了将"愧"的信号复刻到其他脑区的方式，换句话说，就是将躯体化的植物神经打回原形，变成不受自我意识控制的正常植物神经。而信号的大规模释放，就靠一个月前已在锡曼屿发布的产品，姜染公司一款披着工具App皮的手机应用。只需要一阵规律的震动，一缕触达指尖的电流，一段开屏时炫目的闪光……锡曼人的大脑将与正常人无异，对互联网产品上瘾也就不再是难事。

一丝恐惧与震惊转瞬划过希思罗的脑海。身体对于飘逸思维的控制令她无从想象锡曼人恢复"上瘾"特质后会出现的翻天覆地的变化，一些既定的回忆画面不断涌现出来：纽约地铁站丧尸一样的吸毒者，拉斯韦加斯输光家财的赌徒，北京胡同里醉得满脸通红的大汉，樟宜机场每一个低头划手机的游客……还有很多很多的姜染：彻夜打游戏，红着眼说"再来一局，再来一局"；静不下心来复习，痛哭流涕撕纸捶墙，把手机扔到一边又捡回来；说起童年在家乡的经历，竟然有那么多家长为了不让孩子打游戏，把他们送去接受电击治疗……那么多混乱，反复，自我撕扯，这些全部都要在平静的锡曼屿上演吗？

最令希思罗无法接受的，正是姜染写在最后一页的数据参考来源：她一直在利用无辜的巴耶利做实验。

"巴耶利！巴耶利！"希思罗大喊，但无人回应。

她跑出房门，一家一家走访邻居，说服他们删除手机上非必要的App；她在街上拦住路人，央求他们卸载应用，却少有人理睬。热带的阳光如此盛大，凡是能够照耀到的地方，没有人的兜里不揣着手机。有多少人，下载了那款图标是蓝色银杏叶的 App；有多少人，即将告别自己平静的生活？

她怎么，她怎么敢……

希思罗一时无法自持，歪倒在路边。

在那篇报告的最后，姜染写下了一句意味深长的话："锡曼屿，将会发生翻天覆地的变化。"

姜染

发完传真回来，姜染在房间门口愣住了——希思罗坐在床上，拿着她的报告。

"你怎么能这样？"希思罗用中文发问。她的五官就像冰刻的雕像，生冷发硬，声音也平得近乎机器。虽说她平时也冷漠淡然，但此时此刻，姜染觉得最后一点人气儿都从这张面孔上消失了。

"我……"

"我好好招待你，你怎么能拿我的妹妹做实验？"

"我没有伤害她。"姜染低头走进房间，把希思罗手上的 A4 纸夺走，跟手中的报告终版放在一起。

"那你的脸上为什么有'愧'？"

"我……"姜染一时无言以对。她深吸一口气，转身面对希思罗。"我只是想……互联网时代有很多便利，我希望你们也能够享受，而且——"

"我们不需要。"希思罗的语气还是很平静，但那比大声指责还让姜染难受。"我们不需要你们那些所谓的便利。你以为我不知道吗？有多少需求是你们自己创造出来，又对大众声称可以满足的？你们把对孤独的恐惧、对身材的焦虑、对财富的渴望打包成商品出售，然后管这个叫更高级的社会，却看不起已经参悟这一切皆是虚妄的我们吗？"

"那你还在 IG 上当网红？还接广告买东西？而且你们的咖啡产业，多少也是靠咖啡因成瘾起家的。"

"我那是……"希思罗的表情波动了一下，姜染知道锡曼人的冷静并不等于理智或真理，"利用你们的欲望挣钱，正是我们更加高级的证据。"

"更加高级？"姜染感到热血上头，"你们为世界贡献了什么，有一个科学家，或是一个艺术家吗？你们会爱吗？你们有活着的意义吗？有喜欢的东西吗？"

希思罗的表情再次波动。姜染知道，想象、艺术与创造力，家人间纯粹的爱，正是希思罗隐隐渴望拥有的东西。

"我们不需要这些，只不过是低等物种的自我安慰罢了，"希思罗说，"在外乡这么多年，我其实早就看出来，你们爱的东西都是假的，都是环境赋予的。换个环境，我相信'爱'就会变化。你说你爱某个游戏，本质上爱的是及时良性反馈，换个游戏换个厂商你还会爱上；你说父母爱你，那也不过是激素使然，如果生在你家的是别的孩子，照样也会被爱，更何况是会把你送进电击治疗所的愚爱。尼尔老师说得对，你们就是植物，无法凭自己的意志移动，只能任由环境摆布……这样活着也叫有意义吗？"

"你怎么敢这么说我的父母！"姜染气得浑身发抖，心脏也突突直跳。手里的几页报告被攥成了一个长条。

"看看，这就生气了。像我们就绝不会生气，花时间在情绪中打转是多么可悲！而你想把整个锡曼屿拖入原始的泥潭，又是多么可怕！"

"我只是想给你一个选择，一个礼物，"姜染感到心脏跳得越来越快，她捂住胸口，蹲了下去，"让你尝试一下，你所不齿的'习惯''喜欢'与'爱'，让锡曼人的感情，不再只有'愧'这一个出口……"

"小染，你没事吧？"

姜染摇摇头，深吸了几口气。

"我要走了，小希。"

如果我做错了什么，我很抱歉。

四

因为那些火星显然没被击败，
只不过是在潜伏或休憩，尽管无人知道
它们到底代表着生命还是死亡。

姜染 – 检查

还是本科生的姜染坐在北京首都医院地下一层放射科核磁共振室的塑料椅子上，呆呆地望着自己的双手。她今天穿了一身运动服，没有拉链，没有金属扣子，什么首饰都没带，帆布包和手机都放在了走廊那边的更衣室，护士一遍一遍提醒不要留下任何金属物品。

来这里做检查的大多是老年人，有一些坐在轮椅上，由同样年迈的老伴或子女照看，像她这样年轻的面孔很少。连她自己也很难过：年纪轻轻的，大脑怎么会出问题呢？

一周前，姜染鼓起勇气去于教授的办公室，坦白希思罗在那堂公开课上公然早退的背后原因。姜染说都是她自己的错，请于教授不要扣希思罗的分数。于教授很意外，也接受了姜染的说法，条件是姜染必须给她当一个学期的助手。姜染不懂什么"文明社会病理学"，但还是答应了。那时两人已经分道扬镳，姜染偶然知道希思罗可以有保研资格，甚至能留在中国的事情，不希望由于自己的原因造成阻碍。

与其说是助手，不如说实验对象更恰当。于教授的主攻方向是神经方面，一来就给姜染做了全方位检查，脑电帽、眼动仪、肌电仪，什么都用上了。本来只是拿个样本数据，可几天后，于教授却很严肃地让姜染去医院挂个号，做一下颅脑平扫。

于是姜染就一个人来了，脑子很乱，心里很冷。

"006号，姜染！"护士终于叫到了她的名字。她赶忙上前，把预约表递给护士，走进了磁共振室。"脱鞋，躺在这里。手放在两边，头不要动，不要咳嗽，不要清嗓子。"

姜染闭上眼睛，感觉自己被送进了一个狭小的空间。本来她也不想清嗓子、咽吐沫，但护士这么一提醒，她反而有了这种冲动。她总是很难抑制自己的冲动，只能拼命握紧双拳，尽力忍耐。为什么就不能在患者能看到的地方装一个屏幕呢？在耳机里放点音乐也好啊。那时她还不知道，这些电子设备都会在仪器的影响下坏掉。太难受了。她开始在心里默默数着一道穿过仪器巨响的钟表嘀嗒声。

1，2，3……

"我不能肯定这是一种病，"于教授的声音在她的脑海中回荡，"可能大脑有器质性病变，只有核磁能看出来。"

老师，到底是怎么回事？

"根据目前看到的数据，我只能说你的神经系统有一些不正常。"

34、35、36……

"你平常情绪怎么样？起伏大吗？有没有对任何东西成瘾？抽烟喝酒吗？喝咖啡吗？"

我……还行。有时候确实控制不住自己的脾气。不抽烟不喝酒，喝不了咖啡，心脏会难受。可能是咖啡因不耐受。

"有其他上瘾行为吗？奶茶？性？网络小说？电子游戏？暴力？"于教授还记得她只是一个大三学生吗？

嗯……确实挺爱玩电子游戏的。小学时还被家里送去戒瘾。不过现在玩游戏的人这么多，也挺正常的不是吗？

"戒瘾……是戒瘾学校吗？"

对……

"会用电击的那种？"

125、126、127、128……

"人体内有两种神经，"于教授敲了敲木桌，"植物性神经和躯体性神经。植物神经系统也叫自主神经系统、不随意神经系统，很大程度上负责无意识地调节身体机能，如心率、消化、呼吸速率、瞳孔反应等。与之相对的是，躯体神经系统——也叫动物神经系统——可以将中枢神经系统所下达的命令传到骨骼肌以产生所需的运动。不太严谨的说法是，植物神经系统是我们无法控制的，他们自动运转来维持基本生存状态，而动物神经系统则可以靠我们的意识来控制，指挥手脚完成脑海中的动作，使我们面对着这个世界，有更强的主观能动性。"

姜染呆呆地听着。

"人是最有可塑性的生物，什么人文、社会环境都能适应。再难吃的食物，再难堪的屈辱，再痛苦的风俗，再恶劣的气候……人总是能活下来，正是因为躯体性神经的存在。理论上来讲，两种神经存在相互转化的可能性。电击就是其中一种情况。根据手上有限的数据，我大胆猜测,你的身上存在躯体神经植物化的情况,所以自控力相对其他人来说比较低下。"

这是说,我就像一个原始动物一样,只是靠反射活着?

"不不不,你别这么想。数据还在正常范围内,只是接近边缘值,"于教授拍了拍她的肩膀,手有点抖,"说实话,我一直在寻找办法,去治愈我们现在文明世界的疾病,我想我快看到曙光了。"

您什么意思?您想把人的躯体神经都变成植物神经?

345、346、347……

"恰恰相反!我想要的是将植物神经变成躯体神经的法宝。你还小,你不知道一个人人可以自控的社会,将变成多么美好……没有暴力,没有欺骗,人人负起应有的责任,不会因为私欲抛妻弃女……不好意思。"

于老师,您这么哭了?没事吧?

"不好意思,想起了一些家里的往事。没事,孩子,先去约个脑部的核磁共振,把片子拿回来我看看。没事的,孩子。"

563、564、565。

"好了,完事儿了小姑娘,下来吧。两个工作日回来拿结果。"

姜染回到更衣室,默默套上羽绒服。拿自己的大脑做实验?可以。但她已经打定主意不让于教授知道希思罗的存在。不知道为什么,那天于教授的眼神如此可怕,就像……就像要挖开某些人的脑壳。

解控人生的少女 / **447**

姜染 – 发病

姜染参加工作的第三年，聆风公司提出了进军锡曼屿的战略宏图。她本来没有什么兴趣参与，可男友吴玘一直在劝她。情绪激动之下，她误将吴玘的手冲当成自己点的无因咖啡喝下，立刻昏倒在地。

那天是吴玘开车送她去医院的，幸好没等救护车。到了急诊室几乎心脏骤停，大夫立刻上了电除颤，这才捡回一条命。

从病房醒来时，守在她身边的是从村里连夜赶来的父母。母亲看起来哭了一晚上，见女儿醒了又开始哭诉，说当初就不该听信骗子的话送染染去戒瘾学校，害得乖女儿因为心脏问题进了无数次医院。父亲的头发全白了，面孔已经挂不住肉，眼睛下面耷拉的皮肤和放在膝盖上的左手都在不停颤抖，那是极力在控制烟瘾的表现。

"小染，你醒了？"

姜染抬起头，半晌才反应过来这个戴着口罩的女人竟然是于教授。几年没见，于教授看起来又老了不少。姜染很意外，自从拒绝继续帮于教授做实验后，她们就没有再联系过。

"爸，妈，你俩能帮我去买点吃的吗？我想吃面条。"

"哎，哎，没问题。"母亲赶紧站起来，抹了把眼泪就往外走。父亲立刻跟了上去，左手已经在口袋里摸烟了。

等老人走远，于教授才在姜染旁边坐下。

"于老师，您怎么来了？"

"我虽然现在在大学教人类学，当年可是医学出身，北京现在很多神内的大夫都是我的学生。"

"您是不是把我当案例给他们讲过？毕竟您说过，我是您见过的第一个有躯体神经植物化倾向的人。"

于教授没有正面回答。"你知道你这次有多危险吗？心脏植物神经紊乱，很严重的那种，随时可能过去。这次如果再晚会儿到急诊室，哪怕一分钟，都……"

"会让您少一个珍贵的活体样本，对吗？"

"小染！"

"对不起。"姜染垂下目光。她一直不喜欢于教授的理念，认为整个社会都是需要医治的病人。

"小染，我知道，你一直在利用从我这里学到的技术。"于教授笑了笑，"那些 App 做得很精巧，使用者会经历短暂的躯体神经植物化，从而失去自控力，沉迷你通过小屏幕灌输给他们的欲望。产品魔女，他们是这么叫你的，对吗？"

姜染瞪大了眼睛，"你跟吴玘聊过了？"

"是他主动拜访的我。他想知道你的秘密，而我一看你设计的页面就知道了。虽然不知道具体细节，我无法复制你的技术，但原理绝对是相通的。"

姜染闭上眼睛，一时心慌气短。

"小染，现在最重要的，是你现在的病啊。各种层级、各种器官的植物性神经紊乱非常难以治愈，很多患者终身带病，靠良好的生活习惯、平和的心态延长生命，最多吃点儿谷维素来帮忙调节。但对于一些病情非常严重的患者，这是远远不够的。你认识赵信吗？"

姜染迟疑地点点头，在遥远的记忆中搜索到了那个名字——是小时候邻居家的同龄男孩。两人经常凑在一起打游戏，父母总说是小信带坏了她。

"两年前已经去世了。也是严重的植物性神经紊乱，突然人就没了。紊乱的原因，跟你差不多——躯体神经植物化。"

姜染的心整个凉透了。"那我还有救吗？"

"小信反复发病那段时间，是我的学生一直在救治。"于教授的眼睛亮晶晶的，"为了能救更多类似的患者，他早早签了遗体捐献协议……

解控人生的少女

是我亲手解剖了他，剥下一片片神经。我们终于找到了一种办法——植物神经躯体化。一种可以把植物性神经短暂转变为动物性神经的药物，能够让你的意识拿到更多的控制权。换句话说，有了它，你可以控制自己的心跳，命令它永恒规律地跳动。"

姜染立刻抓住了于教授的胳膊，像窒息的人抓住氧气面罩，"我需要它。"

于教授看着她，脸上露出遗憾，"那种代号'风信子'的试验药物是小信的神经做成的，量非常少，而要扭转一个人的身体里所有相关神经，是远远不够的。你需要找到一种信号模式，一种能在体内正常运转的植物神经躯体化模式。然后我会用小信的神经做药引，为你植入可以转换神经模式的电信号仪器。"

"电信号仪……那不就是一种电击吗？"姜染的眼神黯淡下去。

"对，也不对。只是一个改变神经传导方式的小玩意儿罢了。装置加手术只需要500万元。"

"这么多钱……"

"对，这都是在找到转换信号的前提下。"

"没有别的选择了吗？"

于教授似笑非笑，"对你来说，这至少还有的选吧。"

第二天，姜染不顾病容返回公司，直接冲进大领导的办公室。

"请给我批个15人的团队，包括推荐、DATA、开发和运营。"

"姜染，你……"本来也在办公室的吴玘惊呆了。姜染看都没看他一眼。她要为自己的心脏争取时间。

"只要一个月，我一定代表公司拿下锡曼屿。"

姜染 – 治疗

又一个北京深秋的夜晚。

姜染叹了口气，从网约车上下来，走进高楼林立的CBD。这里没有银杏树，各种耀眼的灯光和招牌让人恍惚。她的约会在一家东南亚风情的高级餐吧，门口有保安盘查，里外的墙壁上都装涂着巨大的现代艺术作品。常有外国人在餐吧后院的小花园酒吧里办婚礼party，自从开始接手公司的海外产品，她就时常在外国同事的朋友圈刷到这里。

见到姜染，吴玘从预订的餐位上站起来迎接她，同时示意服务员上菜。

她轻轻抱了一下吴玘，脱下外套搭在他的电脑包上，坐在了卡座对面。她注意到那里还藏着一个首饰盒，看不出来是卡地亚还是梵克雅宝，心里一紧。

嘀嗒，嘀嗒，嘀嗒，嘀嗒。她默默数着自己的心跳。

十五天前，姜染猛地起身，一时间头晕眼花，各种连在她身上的仪器导线乒乒乓乓互相碰撞。

过了一会儿，她才意识到自己在一间病房里。装潢看起来像首都医院。她已经回中国了吗？

不太对劲儿……她周边的视野非常模糊，只有视野正中间的东西才能看清。她必须主动转动眼球去看周围的东西，然后让大脑把信号拼接起来，试图获得一个正常的视野。没过多久，眼睛就变得又干又痒——正常人每分钟大约要眨动15次眼皮以达到清洁和湿润眼球的作用，而她自清醒以来就没有眨眼。姜染闭上眼睛，把眼泪挤出来，感到眼球像被刀划破了一样疼痛。

接着，窒息感涌来。姜染闭着眼倒回病床上，胸部剧烈起伏。但她很快控制住了自己的频率，防止二氧化碳过量排出引起呼吸性碱中毒。

最后，姜染感受到了心跳。不是摸到脉搏，不是听见"扑通"声，而是像移动手指一样的掌控感。

嘀嗒，嘀嗒，嘀嗒，嘀嗒。嘀嗒嘀嗒嘀嗒嘀嗒。

解控人生的少女

姜染让它快，它就快，让它慢，它就慢。姜染确信，如果勤加练习，她甚至可以控制瓣膜的开合。"植物性神经躯体化"，她已经接受于教授的神经治疗了吗？

"哎哟我的染染，你终于醒了！"母亲拎着两袋包子冲进病房，摸了两把她的脸蛋儿，扑在女儿身上痛哭。母亲的面孔沧桑了很多。

姜染轻抚母亲的后背安慰她，在床头的小镜子里看到了自己的面孔：冷漠、淡然，像戴着一副人皮面具。就跟锡曼人一样，跟过去的希思罗一样。

"女士，有些事我想跟姜染交代一下。"

"哎，哎，好的大夫，我这就出去，"母亲抹着泪起身往外走，"包子别忘吃，还有啥想吃的就跟妈说哈！"

等母亲关上房门，于教授再次坐在姜染的病床上，观察她的脸色。"恢复得不错。"

"你是不是给我用了'植物神经躯体化'疗法？"

于教授点点头，"第一次用，没掌握好量，有点过了……你可别忘了心跳啊。"

"啥？"

"我说你得时刻记得要心跳，"于教授面不改色，"你现在的神经都归意识管了，你要是忘了，心可就不跳了。"

"这……"姜染赶紧深呼吸平静一下，"我昏迷了多久？"

"15天，从首都机场晕倒算起。幸好没在锡曼发作，算你命大。"

姜染僵硬地笑了一下，"以后我干不了别的，只能在家里数心跳吗？"

"那倒不是，"于教授说，"神经有自我恢复的特质，你很快就会变得像过去一样。但我在你左手的大拇指上植入了一个神经电信号转换仪，只需要按动一下，你的植物神经就会进行短暂的躯体化。如果出现植物神经紊乱的症状，比如心脏不舒服，你就按一下。"

姜染看着自己的手指，内侧有一道浅浅的疤痕。除此之外，没有任何不适。小时候的她肯定想象不到，有一天她会把电击用的仪器戴在身上，只要一按就可以获得近乎完全的自控力。

"染染……"她敏锐地察觉到，于教授换了一种语调，"我尽心尽力帮你完成了手术，算是救了你一命。我要的东西，你是不是也该给我了？"

"什么东西？"她明知故问。

"植物神经躯体化的信号啊，你给我的是加密版本，能用，但我没法破解。你能给老师解密吗？或者告诉老师，这个信号是怎么得来的？你明知道老师一直——"

"认为这个社会有问题，想要改变它，是吗？"姜染冷静地说，"对不起，这个信号的来源，已经被我先一步改变了。过不了多久，这种信号就会在这个世界上消失。对不起。"

"我救了你的命，你怎么敢——"于教授的脸皱成一团，一把将桌上的玻璃水杯摔在地上。一声巨响，玻璃碴儿四溅。姜染连眼睛都没有眨一下。

母亲和几个护士应声进来，只见红着眼睛的老教授，紧按着自己不住颤抖的左手。

姜染 - 恢复

"小染……小染？"

姜染回过神来，吴玘正担忧地望着她。

"你的脸……刚才变得很白，而且一动不动，连呼吸都没了，没事吧？"

姜染摇摇头，感到有些眩晕。自从接受了治疗，她一陷入回忆或沉思就会化成一尊没有血气的雕像，身体仿佛忘记了呼吸，甚至是血液循环。即使没有按动左手大拇指的开关，偶尔也会这样。有时候，她会怀疑这是于教授的报复。500万元都给她了，还想怎样？

"我没事……"

"小染，"吴玘舔了舔嘴唇。每次要说出一些姜染不爱听的话前，他都会下意识地这么做。姜染提高了警惕。"我们这次合作很成功，我那一部分的奖金也用来给你治病了，可是眼睛都没有眨一下——我这么说可不是要你还钱哈。我只是……咱俩也谈这么久了，这次也算经历了生死考验，我觉得是不是……"

"吴玘……"

一位戴口罩的侍者端来一个花盘，放在两人中间。娇艳欲滴的香槟玫瑰花中间是一颗闪闪发光的钻戒。

"小染，你愿意嫁给我吗？"

没来得及阻止，吴玘已经手持戒指、单膝跪地。餐厅的乐队开始演奏情歌，其他客人也开始礼貌地起哄，邻桌的外国人甚至吹了几个口哨。

姜染一下子愣住了。

她爱吴玘，毫无疑问。生理上激素的爱，心理上对他温柔的依赖。而她对吴玘的感情也毫不怀疑。他曾两次在生死关头救下了她，毫不犹豫拿出平生一笔最大的奖金保她性命，在婚后一定也会继续呵护她、爱她。

理智上来讲，吴玘的客观条件也非常好。除了个子不高，五官是姜染从小就喜欢的剑眉星目；家庭条件一般，但事业心强，目前的收入远超同龄人；最重要的，他完全知道姜染难治的病和后遗症，并完全接受，换成别人几乎是不可能的事。换句话说，如果拒绝了吴玘，姜染怀疑自己这辈子都难嫁人了。

可是，尽管感情上、理智上吴玘都是最优选择，为什么此时此刻，她还会迟疑呢？

也许正是这份最优。吴玘太正常、太完美了——以这个社会的标准来看。他是完美的男友，5个女朋友的经历教会他如何挑口红、如何说甜言蜜语，满足当代女孩独立又脆弱的心理；他是完美的"社会人"，挑中风口上的行业，踩着时代的潮流步步高升；他也将是一个完美的丈夫，养育几个孩子，周末开车带全家去阿那亚旅游，生日送她最火的奢侈品包包。他们会是朋友圈里最完美的眷侣。

吴玘仿佛就像……这个社会的人形化身。有时候，姜染甚至怀疑吴玘使用隐语义算法算出了这个时代的底色，然后在这个标准里走向成功。

如果姜染接受了他，就意味着接受了这个社会赋予她的一切。她也将成为一个好妻子、好母亲，在商城里尽享珠光宝气，在朋友圈展现幸福家庭。当然，她还是会继续工作，成为新时代需要的女强人，负责影响范围更大的产品，把全世界的人都拴在一方小小的屏幕前，为他们制造欲望然后满足。而她呢？她的一切欲望也可以被满足。尽管那也是其他人为她制造的愿望。

总有一天，新的社会会为她的孩子们创作新鲜的欲望，而她太老了，无法容忍那些新奇的东西，就像自己的父母拼命阻止她玩电脑，甚至不惜借钱把她送进戒瘾学校……

吴玘的面孔深情而热切，钻石在烛光下无比闪耀。

她一定会说 yes。

——如果她不曾认识希思罗，如果她没有去过锡曼。如果她没有见过另一种社会形态，欲望从来无法被撩拨：每个人都有控制自己生活的权利，而不被情绪或社会习俗本身捆绑，尽管他们甚至没有选择的意愿和欲望……尽管姜染已经亲手终结了那一切，愧疚感让她在飞机落地时

解控人生的少女

差点丢了性命。

但至少,她知道有那种生活,曾经存在。

抬头的瞬间,希思罗的面孔在眼前一闪而过,与在不远处待命的侍者重叠。

幻觉罢了,她安慰自己。侍者的身高和体型都跟希思罗差得很远,只是……不对。

姜染再次望向侍者,后者戴着口罩,遮住了大半张脸。可是那双眼睛,是熟悉的银灰色,好像水体深处莹莹发光的银湖。

短暂的注视后,侍者转头离开了。

"抱歉。"

姜染的目光紧紧盯着侍者,抓起卡座上的外套就追了出去。

她没敢看吴玘的眼睛。

五

我能看到万物，

唯独看不到你希望的，

如今我愿遵从。

希思罗

姜染走后，希思罗很快发现了变化：仅仅几天的时间里，低着头使用手机的行人明显增多了，而且不仅是外乡人，连卖花的小姑娘也蹲在角落里死盯着自己的功能机。港口旁的主干道上，司机甚至因为看手机差点撞到路边的雕像。路过市政府时，几个从未在锡曼屿出现过的大幅广告在宣传一款手机应用：聆风互动。

希思罗记得，这就是姜染供职的公司。这一切都是姜染做的。

回到家里，巴耶利就拿着自己的手机冲了上来，"姐姐，有好玩的东西！"

希思罗躲闪着耀眼的屏幕，双手却已经接过了手机。

也许除了姜染，这个机制迟早也会被其他人研究出来；也许这并不是一个很可怕的改变，毕竟外乡一直这样生活着，甚至在"二战"前的锡曼屿也是如此，他们才是不正常的存在；也许接受这一切，她就能拥有创造力，去想象从没有人想象过的事物，用水彩描绘出从没有人见过的画面……

更重要的是,她从心底相信,就算姜染喜怒无常、利用了小妹,但姜染绝对不会伤害她……

手机开始振动,她扭头一看。

她接过巴耶利的手机,那种能暂时将躯体化的植物神经恢复成常态的信号就通过眼睛和指尖感染了她。一切逐渐变得不一样了。好像掉进了融化了的糖果里,一切都软绵绵、晕乎乎,清晰的理智变成了蜿蜒的丝绸,四处粘连。除了颜色、气味和质地外,眼前的物品转眼多了一种属性:墙上的壁画好美,地上的毯子真丑,桌上小丽花的气味难闻,让她烦躁。人也是如此。看到巴耶利,她感到怜爱却恨铁不成钢,在厨房做饭的母亲,她感到畏惧却尊重与感激。这就是"喜欢"和"不喜欢"吗?

希思罗冲进自己的房间,翻出晾晒干净的拉斐尔画册,扑面而来的美感像吃了芥末般直冲大脑。她抓起签字笔直接在地板上作画,喷涌而出的灵感仿佛将她送上了云霄。两个小时过后,她气喘吁吁地停笔,才知道母亲和妹妹在她身后看呆了。

她笑了,"妈,巴耶利,我爱你们。"

母亲依然冷漠地看着她,巴耶利则咧开了嘴,尽情地叫喊……

但事情逐渐有些不可控。原本平静的锡曼屿,暴力犯罪的绝对数量直线上升,政府暂时开启了宵禁;一些地方官员的贪腐被揭露出来,权力更迭明显加快;交通事故也在增加,人们突然变得又急躁又粗心。希思罗去找已经退休的尼尔老师,连他也承认,自持之力已经无法维护整个岛屿的和平与安宁。

然后就是不断发生的休克事件,各大医院紧急调用大型体育馆来安置失去意识的植物人。一切都发生得太快了,整个社会乱成一团,没人知道是什么带来了改变。

只有希思罗知道,但她却迟迟没有意识到这一点。不分白天黑夜,她都在作画。纸上、地板上、电脑上。曾经缥缈易逝的灵感全都被抓在手里，曾经难以言喻的空虚一点一滴被画笔抹平。

"在劳动的过程中，即在塑造及改变自身之外的自然界的活动中，人也塑造并改变了自己。他掌握了自然，并由此脱离了自然；他的合作能力、理性及美感得到了发展。……法国南部洞穴中美丽的图画，原始人武器上的装饰，希腊的雕像和神庙，中世纪的大教堂。技艺高超的匠人做出的桌椅，农民培植的花、树及谷物——所有这些都是人靠理性和技能对自然所做的创造性改造的表现……"

本科时期于教授对佛洛姆理论照本宣科式的宣讲漂浮在脑海中，她终于理解了整个世界对于艺术的欣赏与推崇。此时此刻，她与出现在历史长河中的所有艺术家融为一体，挥起自己的双臂对自然进行创造性改造。不想去管外面的世界如何，不想去理会警笛和火焰，她只想把这么多年空洞的时光补回来，把自己的一切从指尖由内而外翻开，把灵魂融进画笔，在无数表面剖析成独一无二的存在……

那是她真正感受到自己活着的时刻。

这，就是姜染说要送给她的礼物吗？

直到有一天，她在卧室的墙上画出一幅长着翅膀的英雄赫女像，母亲告诉她，巴耶利倒在了厨房里。

相见

"希思罗，是你吗？"

餐厅后面的小巷里，侍者停下了脚步。五光十色的高楼大厦悬在头顶，都无法照亮这块小小的洼地。也许这才是她真正的位置，大城市后巷的蝼蚁。

"希思罗！"

侍者回过头，银色的双眸在黑暗中闪出光芒。那人身材修长，真的比希思罗高太多。姜染开始后悔自己的行为。手机在口袋里嗡嗡振动，她正要伸手，侍者却突然冲了过来，一柄银色的餐刀转眼架在了她的脖子上。

"别动，我磨了一晚上，非常锋利。"

姜染举起双手，按下拇指内的开关，开始奋力控制身体里激增的肾上腺素。

"希思罗，是你吗？"

侍者空着的左手摘下口罩，是一张从未见过的面孔。持刀很稳，神色淡然，典型的锡曼人。

"你是怎么认出来的？"

"我只是……直觉。"姜染放下手，短暂松了口气，她知道希思罗不会伤害自己。"你来中国，为什么不跟我打个招呼？"

"你难道不知道我会来吗？还是你认为，我早就已经死了？"

"怎么会！"姜染被搞糊涂了，"我其实……只是想保护你们……事情很复杂，你先放下刀，听我解释……"

"用不着解释，你这个刽子手，杀人犯！"

利刃切进了姜染脖子上的皮肉。希思罗的手颤抖了。

"你说清楚，我利用你妹妹做实验是我不对，但我只是把锡曼人变成了正常人，我没有杀过任何人！"

"别装傻了，你的应用害死了多少人！"

"我没有……我没有理由害你们！"

"没有理由？"希思罗冷笑了一声，"我知道，你曾经像奴仆一样使唤我。你操纵别人的神经挣钱。你小时候被自控力这种事害得很惨，你的家人愚蠢到把你送进电击治疗所。你嫉妒我自由的族人……"

"你怎么敢这么说我的父母！"

"你害了我的亲人，我的亲妹妹！"

"我……"

姜染本在振动的手机突然发出一声尖利的哀鸣,把两人都吓了一跳。

"您有一条来自聆风公司的 S 级加急信息,请尽快查看处理!您有一条来自聆风公司的 S 级加急信息,请尽快查看处理!"

姜染

嘣,嘣,嘣。嘣,嘣,嘣。姜染默默地数着自己的心跳。

20 个座位的会议室至少挤下了多一倍的人,旁边工位的椅子都被搬空了,还有不少人抱着笔记本站在房间后面。北京的深秋,空调热气很足,很多人头上都在冒汗。最后一个人进来时,姜染艰难地给他挪了位置,自己紧靠在玻璃门上。

业务领导坐在最里面,人们自觉地在他身边空出一圈。他刚到 40 岁,见证过太多互联网产品的火爆和凋零,此刻也看起来十分镇定。只是看起来而已。即使隔着一个会议室,姜染还是察觉到了他的慌张。毕竟,她现在才是这个小空间里唯一冷静的人。多次按动大拇指上的开关,那种绝对的冷静就像一张敏感的薄膜,捕捉到此起彼伏的恐惧与紧张……在过去,锡曼屿的人也是如此轻易将她看穿的吗?

"线上会议已经掐了,这里都是自己人。小苗,重新说一下你的报告。"业务领导习惯性摸了下口袋,攥出了烟盒的形状,然后又放开了。他咽了口痰,嘴唇微微颤抖。

"是,"战略部的同事很年轻,有点身为目光焦点的兴奋,她也参加过那次酒局,当时拼命奉承吴玘,"根据当地新闻,锡曼屿于一周前,也就是 10 月 14 日开始出现聚集性休克现象,如今患病人数已达 7.5 万人。其中近百人死亡,其他人均有成为植物人的风险。"一张折线图出现在大屏幕上,以日期为横轴,以患病人数为纵轴,箭头不断走高。大家齐刷刷扭过头去看。姜染的视线被挡住了,但没关系。

"这份数据,"同事点击鼠标,另一条折线从纵轴 7 万的位置出发,随着患病人数增加而不断下降,仿佛是第一条折线的镜像,"是聆风互动在锡曼的 DAU。"她深吸了一口气才说出后半句话,仿佛在制造戏剧性的场景。不出所料,有几个人倒吸了一口冷气。姜染发现苗梁不自觉地笑了一下,应该是很满意自己的表现。

"有更多证据吗?"业务领导问。

"云哥他们跑了一批数据,"苗梁立刻回答,显然是准备好了,"分区域的数据能对得上,而且……"

"当地政府有察觉吗?"

"没有,但我觉得很快就能查到我们这里……PA 风险很大。我们要不要先跟外交部……"

业务领导挥手打断了她。"吴玘,你是负责锡曼国的产品经理,怎么回事?"

矮小的男人被从人堆里挤出来,几乎是跟跄地撑在了桌子上。他的脸色煞白,双腿发抖,眼珠乱窜,咬紧牙关一句话也说不出。

"怎么回事?"业务领导一掌拍在了桌子上。屋里像冰窖一样安静,一张张担忧公司存亡的肃穆面具后,幸灾乐祸,准备跑路,漠不关心,借机上位……什么都有。每个人都被自己的瘾控制着,烟酒、咖啡因、权力、金钱。毕竟,聆风互联网就是靠撩拨大众的瘾起家的。姜染之前怎么没注意到呢?哦对了,她只顾沉浸在属于自己的情绪里,被自己的瘾所牵引。现在,她唯一关心的是自己的心跳。

咚,咚,咚。咚,咚,咚。

要来了。

"是她!"吴玘突然直起腰板,一手指向挤在门上的姜染,"是她开发了锡曼国的 App,是她从一开始让他们上瘾的!她该负外交责任……

刑事责任！"

道道目光钉在姜染脸上，担忧的，看戏的，愤怒的。业务领导的眼神最犀利，但即使如此老谋深算的灵魂，也无法看穿姜染的秘密。姜染的脸开始发热，但随着不断按动手指上的开关，情绪又迅速冷却下去。就算刚刚跟她求婚的男人在牢狱之灾面前选择出卖自己，她依然很平静，就像周六的早上在出租屋的冰箱里拿出一块便利店面包。于教授说过，植物神经躯体化开关的按动频率不能太高，会有生命危险。但此时此刻，她绝对不能慌张……一旦自己被控制住，锡曼屿无辜的生命就彻底没有希望了。

"吴玘，锡曼的聆风互动起量时，我可是躺在首都医院做手术呢，"姜染指了指自己的胸口，"而且我传给公司的数据都被你改过，关键代码都是你写的。当初号称拿下这块互联网荒地的人，可是你。"她之前就发现了，是吴玘的修改导致了一些副作用发生。他的贪心那么明显，她早该发现的。

目光的利剑又转向吴玘。他无法解释。毕竟连集团老总都知道他吴玘攻陷了无瘾之国，通稿里甚至没带上姜染的名字。虽然拿给姜染做了手术，但那五百万元奖金和名声，实际上都在吴玘名下。

手机微微震动，一条消息确认了她最大的担忧：巴耶利快不行了。

有那么一瞬间，过去的姜染涌了上来：恐惧，愧疚，紧张，无助，想要干呕，想要尖叫着要把秘密说出来，快速挽救7万个无辜的锡曼人。

按动，再按动一下。她很快控制住了情绪，只留下决绝的冷静，像一汪冻成坚冰的湖水。理智告诉她，人类还没做好准备接受这个秘密，世界必将因此混乱。理智还说，她必须要救希思罗的族人，不惜一切代价。

咚咚咚，咚咚咚，咚咚咚。

剑拔弩张的会议室里，姜染悄声消失在玻璃门后。

姜染、希思罗

"师傅,去首都机场。"

姜染拉着希思罗跳上车,打开电脑放在膝盖上。

"最后一个航班,我已经买好机票了。"

"什么时候到?"希思罗焦急地说,"收到医院消息,病人的情况大都急转直下,估计熬不过 4 个小时了。"随着面孔一阵发热,眼泪又落了下来。

"尽快。"姜染深吸一口气,继续在电脑上敲打。"对不起,确实是我的错。我只给吴玘传了部分信息,如果他完全按照我说的设计代码,锡曼人根本不会有这么强烈的反应。只是他太贪心,加大了代码的强度……我知道你们的神经系统很特殊,如果过度专注,或者是沉迷于什么东西,呼吸、心跳就没空管了。严重时大脑会产生自我保护机制,所以巴耶利他们才会呈现植物人状态。躯体神经植物化过度了。"

听到巴耶利的名字,又是一阵担忧涌上心头。希思罗努力克制着自己。

"别担心,我一定会救巴耶利的。毕竟我这条命,也算有巴耶利的一份。"姜染简要解释了下自己神经和心脏的问题,还有拇指里的那个神经电信号仪。

"那,那份报告?"

"《锡曼屿互联网爆发式增长可行性报告》?你看到的是唯一的一份。我谁都没有给。连我这指头里的信号,都是加密的。"姜染笑了下。

"为什么?为什么要给我看?"

"我只是想给你一个选择,"姜染平静地说,"我说过,我要帮你找到你的'喜欢'。"

希思罗解开安全带，紧紧抱住了她。

"好了好了。"姜染还迟迟无法适应感情丰富的希思罗，"你的脸是怎么回事？快变回来，回头没法过安检的。"

"我也不知道。情绪爆发的时候，我突然就可以控制脸上的肌肉了，"希思罗闭上眼睛，深吸一口气。眉尾加速生长出了新的毛发，颧骨向外突出，脸颊凹陷下去，她的身体也缩小了些。

"很神奇……看起来有些躯体神经植物化的过程中，另一些植物性神经反而躯体化了。我需要赶紧研究一下吴玘的代码。"

"能救巴耶利吗？"希思罗赶紧问。

"救，当然要救。之前吴玘用的数据不全，导致神经特性紊乱。我在编写反向的治愈信号，希望可以让神经回到正轨。"

"回到正轨……回到从前的我们吗？"

"怎么？"

"没事，我很喜欢现在的自己……一个艺术家。"希思罗轻笑了一下，"我从未想过自己可以……谢谢你。"

"小希，你终于学会用'喜欢'了。"

"是你教会的。"

两人再次相视而笑。

"对了小染，还有一个问题。"

"什么？"

"那些信号……"希思罗问，"那些植物人已经不能使用手机，治愈你的神药又很少，你该怎么把信号传递给他们的大脑？"

姜染沉思了几秒，抬起头。她还不知道，在不断按动拇指的过程中，自己那双眼睛也已经变成了银灰色，像两座盈盈波光的银湖。

"当然是电击。"

姜染

两人下了车，快速往国际航班入口那里赶。首都机场太大了，希思罗脸上全是细密的汗珠，巴耶利的生命已经开始按小时倒计时了。

终于办好手续，两人向安检处奔去。姜染握着希思罗的手，希望通过自己的冷静来安抚她，就像希思罗曾经对她做过的一样。

"姜染！你给我站住！"

姜染停下脚步，左手立刻被钳住，几乎动弹不得。

"吴玘，你想干什么？"

"姜染，你可别想逃走，"男人的脸被愤怒和恐惧扭曲了，"你走了，这锅就全是我背了，搞不好还得坐牢……我的职业生涯就全毁了！"

"我的锅？要不是你篡改我的代码，想要激进地拿结果，根本不会发生这些事，"姜染冷静地回应，"这全都是你自找的。还有上次在咖啡厅，我严重怀疑是你故意换了我的咖啡，才逼我对锡曼屿出手，对不对？"自从获得了通透的思维，那是一个越想越不对劲的巧合。

"你……我不管，你就是不能走。"

"你再不放手，保安就要来了。"

"来了正好，反正你们也赶不上那趟飞机了。"

"你放开她。"希思罗握了下吴玘的胳膊，男人立刻像触电一样抖了一下，"你不要喊，喊的话你这胳膊就别要了。"

吴玘放开姜染，她的手腕已经青紫一片，"好啊，还带凶器，我看你们怎么过安检。"

"小希？"

"我没事，"希思罗把右手藏在袖子里，"快走，错过这场航班，巴耶利就没救了。"

"嗯！"

两人快速通过安检，留下吴玘一人在原地。

飞机终于起飞，姜染松了一口气，她突然觉得肩膀一沉。

希思罗脸色苍白，额头都是虚汗，倒在了她的身上。

"小希，怎么了？"

希思罗没有说话。姜染掀开盖在她胳膊上的毯子，鲜血从希思罗的右手手掌中间涌出来。

"怎么回事？"姜染赶紧给她包扎，同时警惕地注意空姐和其他乘客的动向，"你刚才，是用你的骨头在威胁吴玘？"

"我想英雄赫女曾经这样做过，也许我也可以……只是，我做得没有她好。"

"快别说了，专心止血！"

过了一会儿，伤口已经愈合了，希思罗的脸上也恢复了血色。

"小染，我还有一个问题想要问你。"

"你说。"

"你发现了我们的秘密，应该是一个非常重要的科研成果，足以改变世界，你为什么不把它公之于众，只是给了吴玘最温和的代码？这次你也完全可以告诉公司，说我们锡曼人的生理状态与常人不同，所以出现问题也不是你们能预见到的。这无可指摘……为什么你要冒着风险逃跑，跟我飞回混乱的锡曼？"

"我……首先，出现这种情况，确实跟我脱不了干系。自从我们相识，有好多人跟我打听你们的秘密。于教授、吴玘，还有公司里其他人。你知道我为什么拒绝跟于教授读研吗？她就一直想找到你们这种人，植物神经高度躯体化的人种。我这次做的App，其实是想最大限度地把你们变回普通人，这样就不会有人发现你们的秘密。都怪吴玘太贪心，才酿成大错。"

"为什么？"

"其实，我认同你们是更高级的存在，甚至是人类进化的下一步……生命是从大自然的混乱中产生，进化出薄膜、控制物质进出才有了最初的原型。你说得对，自持是人类最伟大的财富，是与植物和动物最根本的区别。但现在，我们的大脑中还是残留着兽性、欲望和瘾。总有一天，我们会进化成更理智的物种，摆脱条件反射的束缚，但不是今天……人类还没准备好迎接这一切，这种生理变化一定会导致社会剧变。就像锡曼屿现在的混乱，放到全球会混乱一千倍、一万倍。人类控制自身的能力加强，以上瘾为生的产业怎么办？"

"也许本来就不应该存在……"

"更重要的是，压迫会加剧。如果没有自身的偏好和选择，人们是否会更倾向于服从权威？就像你和巴耶利永远听从你的母亲，而所有的锡曼人都遵循一套社会规范。这在锡曼小国还行得通，但放到整个世界呢？"姜染的眼睛亮晶晶的，像一个圣人。她在绝对的理智中思考了很多。"换句话说，小时候，家长会因为我游戏打得太多而我把送进戒瘾学校，那当我有了完全的自控力，我会变成什么呢？一个学习机器，难道不是吗？"

希思罗呆住了，她从来没有想过这些。"那……巴耶利他们，就不救了吗？"

"救，当然要救。"姜染闭上眼睛，"要在死守住这个秘密的前提下救。接下来的一周，我会想办法潜入锡曼屿所有的医院，将治愈信号输送进每一个病人的大脑。"

"这……太难了。"

"我接受了植物神经躯体化的治疗，在理智帮助下，我能做的事很多。"姜染轻轻地说，"刚才在路上，我已经黑进了你们的医疗系统。为了验证最佳上瘾效果，吴玘开了很多组 ab 实验，锡曼各个行政区的神经转化程度也不一样，真正有危险的只有少部分人，大部分人的大脑会自我修复，正常醒来。根据病危程度施救，我有信心把伤亡度减到最低，当然要在你的帮助下……"

"小染。"

"怎么了？"

"我们……我们永远没法及时赶回去。"

希思罗

"为什么？"姜染感到不解，"只要在樟宜机场转机，再坐上船……我们来得及！"

希思罗摇摇头，"其实我一开始就知道来不及了。我跟你上飞机，只是想多跟你待一会儿，听听你的想法。锡曼屿的海关早就关闭了，我差点就没能出来。"

"那巴耶利……那锡曼屿那么多无辜的人……"

"也许……是时候告诉世界我们的存在了。"

"小希！"

希思罗抹掉眼泪，透过狭小的舷窗望向东南亚上空洁白的云层和远处的太阳。

"你知道你说的那些可怕的后果，我也理解你的担忧。但我想，你再怎么努力，这些都是瞒不住的。你知道吗？从我有意识以来，我就经常看到一只火鸟……一只全身鲜红的火鸟。但它总是一闪而过，我抓不住它。我一直觉得那是不够自持的惩罚。"

"小希……"

"来到中国后，你让我见识到了另一种社会、另一种生活，后来你又赐予我感情和创造力。最后我才抓住了那只火鸟……她就在我卧室的一面墙上，真想让你看看她。"

解控人生的少女

"小希,你在说什么!"

"姜染,我想艺术就是这样,让我们去想象从未想象过的东西,然后才能实现。也许我们可以从更基本的层面去改变自身,长出翅膀,像火鸟一样在空中翱翔呢?也许我们能变成不需要氧气的生物,从而直接飞上月球?"

"更可能变成一颗没有感情的螺丝钉,被塑造成别人想要的形状……"

"小染,不要害怕。我知道你的过去一直在困扰你……但事情已经发生了,我们还要隐瞒多久,压抑多久?你明白压抑的痛苦,对吗?看见一只火鸟,也许就是我们的使命呢?"

"小希,你到底怎么了?"姜染第一次有些慌了。她仿佛在希思罗脸上看到了于教授的样子——她一辈子都在研究文明社会病理学,想要改变些什么。

"你知道的。你能感受到。感受到我们的世界也许需要一些改变。而当改变发生,必定要有流血牺牲,就像赫女腿骨化剑……"

姜染愣住了。那些迷失在北京 CBD 的夜晚,那些不想被卷入世俗洪流的迷思。是的,她是如此羡慕无瘾之国,羡慕那里长大的孩子永远不用和自己拉扯。接受植物神经躯体化治疗后,姜染欲望的化身第一次出现在了身边,那个女孩飘浮在她的眼前,要求她正视自己最大的渴望……

希思罗的面孔开始出现血色的细纹。她深吸一口气,身上的笼沙沙沙作响,好像有什么东西要破茧而出。姜染突然知道她想干什么……用一种最艺术、最大胆的方式,像世界昭示他们的存在。

"把你算出来的信号告诉我,让我去救妹妹吧。"

希思罗望着姜染,她已经下定决心,准备振翅飞跃沧海。

姜染

"该死……你为什么,为什么总是这样啊。"接受神经治疗之后,姜染第一次崩溃。"你为什么总是想着别人。"

"小染……"

"小希,对不起,对不起,我一直都太自私、太自私了……"她压抑着哭声,努力不把空姐引来,"为了自己的身体,我把你们整个国家都置身于危险之下,又试图用一些冠冕堂皇的理由说服自己……其实你可以报警,可以把我们的公司告上法庭,可以拿刀逼我把救人的信号公之于众。可是你却……这么相信我。一直这么相信我。"

希思罗沉默不语。

"我骗了你,"姜染抹掉眼泪,"我利用绝对的自控力骗了你。我根本没有那么大能力去救那么多人……反向信号需要公司的超级计算机算三天三夜才能算出来。"

"那我的族人……巴耶利……"

姜染摇摇头,"就算你化成火鸟飞回去,都没有用了。"

"可是,你到底为什么要这么做?"

"因为我害怕啊,"姜染擦掉眼泪,"不管愿不愿,我已经活成了这个时代的缩影。我的所有欲望都是这个时代打造的,也只有这个时代能满足我的所有欲望。只要不常按动拇指里的开关,我身体很快就会恢复正常,过上舒舒服服的生活……我值得这种生活,不是吗?"

希思罗无言以对。

"其实你说得对,你们的潜力简直超乎想象。你们可以做出无数足以改变世界的事情。是我,旧世界的我,太害怕了。我想,我变成了我父母一样的人,不惜一切代价也要消灭某些新鲜的事物,他们无法把握的事物……有那么一瞬间,我觉得你们都死掉我也无所谓。"

"小染,你不是这样的人……"

"我是,我已经这样做了,我将要为此付出代价。"姜染深吸一口气,"小希,你记得,你们族人的自控能力也是包含一些脑区的,只要集中精力,就可以实现绝对短期记忆。就像你在大学期末考试时一眼记住一页书的内容,对吗?"

希思罗点点头,"就像我曾经记住你的面孔那样。"

"那好,过会儿我会给你传递一份振动信号,我要你运用你的绝对记忆能力一点不落得记住,然后飞回去救你的妹妹。"

"你不是说,这个信号需要超级计算机计算三天三夜才能算出来吗?"希思罗不明白。

"那是机器,"姜染笑了下,"目前在这个世界上,还没有一台计算机能超越人脑。更何况,处理神经信号本来就是人脑最擅长的工作。"

"别!"

来不及阻止,姜染已经紧紧按下左手的拇指。她的大脑瞬间飞速运转,在一秒内透支了50年的计算资源。当她再次睁开双眼,眼白里已经爆满血丝。

"小染!"

姜染倒在希思罗的身上,口中鲜血直接喷到了过道。

"这里有人吐血!""是锡曼屿那种烈性传染病!""空姐!空姐!"

来不及了。姜染撑起身子,与希思罗额头相抵。她再次按动手指,控制自己的头颅以一种极其快速而复杂的频率振动,那是救活锡曼人的密码。

对不起。初见时秋日的阳光。随风落下的银杏叶。画展。

希思罗捧着姜染的面颊,同样集中全部的精力接收、记忆这份振动。

对不起。一起听课。一起化妆。一起拍视频。

"女士,您怎么了,您还好吗?女士??"

对不起。在另一个国度重逢。殷血花的香气。为你寻找"喜欢"。

"女士,女士?"

对……不起。

浴血的希望

解开安全带,希思罗径直走向飞机的安全门,回身最后看了一眼姜染。那口型好像在说,谢谢你,我去救妹妹了。

在乘客的惊叫声中,希思罗已经瞬间从舱口消失,安全门也随即关闭。姜染爬向舷窗,一只由血肉组成翅膀的火鸟从云端飞起,转眼不知所踪。

姜染流泪了。模糊的视界中,她看见了一个光明的未来,人们脱离了自身欲望的掌控,飞上更高更远的天际,再也没有孩子会被送进戒瘾学校,在一声声尖叫中忍受几乎贯穿一生的痛苦。那是一个她不敢开启的未来。会流很多血,会死很多人,社会将发生巨变,但人类作为一个物种会迎来新生。

可惜她以身赎罪,再也看不见了。

就在姜染永远闭上双眼之前的一刻,那只火鸟终于追上了飞机,正落在舷窗前。丰满强壮的羽翼之间,露出一张少女的面孔。在猎猎狂风中,她俯身望向舷窗。

姜染笑了,嘴里再次咳出血块。她伸出沾满鲜血的右手,伸向舷窗,仿佛想再一次触摸神女。浴血的手和血化成的翼,最终隔着厚厚的舷窗无法相碰,只在内外各擦出一道血痕。

飞机穿越云层,火鸟已不知踪影。昏迷的少女张开手,那里躺着一片鲜血凝结而成的银杏。

　　　　我厌倦了有一双手

　　　　　　她说

　　　　我想要一双翅膀——

　　　但如果没有手,你怎么

　　　　　是人类？

　　　　　我厌倦了人类

　　　　　　她说

　　　　我想生活在太阳上——[1]

  昼温,科幻作家,华语科幻星云奖中篇小说金奖得主,乔治·马丁创办的地球人奖得主。作品发表在《三联生活周刊》《青年文学》《智族 GQ》和"不存在科幻"等平台。《沉默的音节》和《猫群算法》分别获得 2018 年、2021 年的中国科幻读者选择奖（引力奖）最佳短篇小说奖。2019 年凭借《偷走人生的少女》获得乔治·马丁创办的地球人奖（Terran Prize）。《解控人生的少女》获得 2022 年度华语科幻星云奖中篇小说金奖。多篇作品被翻译成英语、日语在海外发表,其中《沉默的音节》日文版收录于立原透耶主编的《时间之梯　现代中华 SF 杰作选》,并于 2021 年获得日本星云奖提名。多次入选中国科幻年选。著有长篇《致命失言》。出版个人选集《偷走人生的少女》。

---

[1] 参考资料：
《爱的艺术》艾·弗洛姆
《健全的社会》艾·弗洛姆
《推荐系统实践》项亮
《直到世界反映了灵魂最深层次的需要》露易丝·格丽克

后　记

为什么要策划一套中篇科幻小说丛书？我们时常需要回答这个问题。有时提问的是别人，有时提问的是自己。是因为自己从小对于科幻故事的偏爱？还是因为科幻文学近年来站上了时代的"风口"？

作为一本创刊四十余年的杂志，《青年文摘》陪伴了十几代青少年共同成长，也见证了改革开放至今各种文学体裁潮起潮落。对于科幻，其实我们一点也不陌生。在刘慈欣尚未"出圈"的2004年，《青年文摘》就分上下两期，连载了大刘的短篇科幻代表作《带上她的眼睛》。两年后，大刘才开始写作《三体》。而又要到整整十年后，这位"单枪匹马把中国科幻提升到世界水平"的作家，才真正为普罗大众所知晓。

翻开过往的1000多期杂志，从儒勒·凡尔纳、艾萨克·阿西莫夫、阿瑟·克拉克，到韩松、郝景芳、陈楸帆、特德·姜、刘宇昆、程婧波……科幻星空里那些不容忽略的明星，都曾在《青年文摘》中熠熠生辉，并由此走进亿万青少年的内心。

"孩子应该尽早阅读科幻作品，在9岁或10岁开始最好，给他们插上想象力的翅膀，做一场关于未来的美梦。"阿西莫夫的这句话，也是我们与中国科幻文化领军品牌"未来事务管理局"携手推出这套科幻丛书的初衷所在。把《青年文摘》的"科幻之眼"和"先锋意识"融入这套书中，为新时代的读者奉上一场智识和想象力的盛宴。

近年来，中国本土科幻文学创作进入高增量的爆发期，成名作家持续发力，新生代作者崭露头角。作为一本拥有"青年基因"的杂志，我们当然更关注后者这股鲜活蓬勃的创作力量。新生代作者以其开放多元的视野和思维，以及在科幻文学的题材、技巧上表现出的旺盛探索欲，在寻求中国元素、中国品格方面展露出更多的自觉与努力。这恰与本丛书甄选作家作品时，既注重科幻的故事品质和人文内涵，又着意弘扬本土意识的初衷不谋而合。

2023年被很多人称为"AI元年"，ChatGPT的横空出世令无数内容创作者战栗不安。然而，越是这样的时代，想象力的价值非但没有减少，反而越发凸显。运用人类专属的想象力与情感，创造出全新的、独特的文学艺术作品，是艰巨挑战，更是难得的机遇。

正如刘慈欣在《青年文摘》创刊40周年时，送给我们读者的寄语中所说："40年对于宇宙时空来说只不过是一瞬间，但却足以影响几代人的一生。当下的我们生活在一个充满未来感的时代，机遇和挑战并存，阅读可以带领你探索一切未知，抵御所有困境。相信爱阅读的你们，就是能把科幻变为现实的那一群人。"时间永是流逝，未来就在眼前。大刘的这段话让我们看到一位科幻作家的乐观与笃定。当我们经历的人生越多，就越愿意相信宇宙中机遇和浪漫的存在。

科学领域的浪漫，有时更为动人心魄。就像数学中那句悲伤与浪漫达到极致的话："平行的两条线，可以无限接近，但永不相交；相交之后，渐行渐远。"两条直线是这样，我们与未来之间也是这样。每一天都是未来，每一天也都将成为历史。未来感与历史感，科技感与使命感，就这样奇妙地交织在一起，形成了我们生命的全部，以及心潮所在。

是时候回答一开始的问题了。

为什么要策划一套中篇科幻小说丛书？

因为我们拥有历史与现在。

更因为我们——

相信科技与未来。

编者

2024 年 1 月